RENATE GREIL ist freischaffende Journalistin und Autorin. Nirgendwo kann sie besser über neue Projekte nachdenken als am Ufer des Ammersees, von wo aus man an klaren Tagen die Alpen sieht. *Die Kranichfrauen* ist Renate Greils erster historischer Roman und beruht auf ausgiebigen Recherchen vor Ort.

RENATE GREIL

DIE KRANICH FRAUEN

Der Wind der Freiheit

Ullstein

Besuchen Sie uns im Internet:
www.ullstein.de

Wir verpflichten uns zu Nachhaltigkeit
• Papiere aus nachhaltiger Waldwirtschaft
und anderen kontrollierten Quellen
• ullstein.de/nachhaltigkeit

MIX
Papier | Fördert
gute Waldnutzung
FSC® C021394

Originalausgabe im Ullstein Taschenbuch
1. Auflage Mai 2024
© Ullstein Buchverlage GmbH, Berlin 2024
Wir behalten uns die Nutzung unserer Inhalte für Text und
Data Mining im Sinne von § 44b UrhG ausdrücklich vor.
Umschlaggestaltung: bürosüd° GmbH, München
Titelabbildung: © Everett Collection / Shutterstock (Frau) /
www.buerosued.de (Himmel und Meer)
Gesetzt aus der Quadraat Pro powered by *pepyrus*
Druck und Bindearbeiten: ScandBook, Litauen
ISBN 978-3-548-06878-7

I

Paula in München

Paula saß auf dem Treppenabsatz und lauschte. Die Worte ihrer Mutter schallten zu ihr hinauf. »Du kannst unsere Tochter doch nicht aufs Land schicken. Jetzt, wo die jungen Männer aus der Gefangenschaft zurückkehren! Erst letzte Woche kam endlich der Junge von den Claasens nach Hause. Wir müssen Paula rasch verheiraten!«

Paula erschauderte. Hier ging es um ihre Zukunft. Insgeheim hatte sie bereits Pläne geschmiedet, sie aber noch nicht kundgetan, denn normalerweise trafen alle wichtigen Entscheidungen ihre Eltern. Sie musste unbedingt wissen, worüber die beiden sprachen, ganz egal, wie sehr sie sich vor dem fürchtete, was sie nun hören würde.

»Du hast doch selbst gesagt, dass wir Kapital für die neue Fabrik brauchen. Wir waren uns doch einig, dass wir im großen Stil investieren müssen. Und jetzt ist auch noch der blaue Lastwagen kaputtgegangen! Das Geld verliert stetig an Wert. Wie soll es nur mit dem Geschäft weitergehen? Und da willst du das Mädel den ganzen Sommer segeln lassen und sie allen möglichen Gefahren aussetzen? Du weißt, dass nicht alle GIs sich an Moral und Anstand halten. Und wenn sie auf dem See wieder einen ihrer Aussetzer hat? Ich verstehe nicht, was du dir dabei denkst!« Ihre Mutter redete ohne Punkt und Komma, und ihre helle Stimme kletterte noch ein paar Töne hinauf.

Paula fragte sich, was ihr Vater vorhatte. Jetzt, wo ihre Schulzeit hinter ihr lag und der Sommer vor ihr, wünschte sie sich nichts mehr, als dem zerstörten und staubigen München den Rücken zu kehren. Langsam rutschte sie eine Treppenstufe nach unten. Dass ihre Mutter sie möglichst rasch unter die Haube bringen wollte, hatte sie bisher nicht für bare Münze genommen. Sie vertraute darauf, dass ihr Vater sie nicht zu einer Heirat zwingen würde. Wieder hörte sie ihre Mutter sprechen, die ihren Vater nun sanft bei seinem Kosenamen aus der Kindheit nannte. Hansi.

Paula fragte sich, wann ihre Mutter ihn zuletzt so angesprochen hatte. Es fiel ihr schwer, sich Vater als jungen Mann vorzustellen, geschweige denn als Kind. War er vielleicht so wie ihr großer Bruder Ernst gewesen? Paula knetete ihre Hände nun so fest, dass ihre Fingerknöchel ganz weiß wurden. Die Erinnerungen holten sie ein, daran, wie sie das amtliche Telegramm bekommen hatten, als ihr Bruder Ernst an der Front in Frankreich hinter die feindlichen Linien geraten war. Nach zwei langen Wochen und vielen feucht geweinten Taschentüchern war endlich das erlösende Telegramm gekommen. Ernst hatte es zur Truppe zurückgeschafft, verletzt, aber am Leben.

Die Stimmen schwollen wieder an. Es musste ihrer

Mutter wirklich ernst sein. Paula schwankte, ob sie an mütterliche Besorgnis glauben sollte oder ob es eher darum ging, dass sie eine ihr zugedachte Rolle spielen sollte. Bei aller Zartheit war ihre Mutter Edith aus härterem Holz geschnitzt als so mancher Mann.

Paula schmunzelte. Sie hielt sich selbst auch nicht gerade für zerbrechlich. Sie war zwar schmal, aber durchaus stark, auch wenn sie ihre Muskelkraft selten unter Beweis stellen musste. Doch vor allem wusste Paula genau, was sie wollte, und dazu zählte nicht, sich auf dem Heiratsmarkt nach vorne zu drängen, um eine gute Partie zu machen. Dass es allerdings mit den Finanzen der Firma ihrer Eltern, *Seitzinger Haushaltswaren aller Art*, nicht zum Besten stand, das vermutete sie schon seit einigen Wochen, offen ausgesprochen hatte es jedoch bislang niemand. Früher führte Vater das Geschäft allein, aber seit er kurz vor Kriegsende, trotz aller Beziehungen, an die Heimatfront abkommandiert worden war, hatte ihre Mutter Edith das Geschäft am Laufen gehalten. Paula hatte selbstverständlich ausgeholfen, alle packten mit an. Zum Glück war Vater unversehrt zurückgekehrt, dennoch war ihr Zuhause jetzt, da der Krieg vorbei war, völlig verändert.

Paula seufzte, schloss die Augen und gestattete sich einen Moment, um an die glücklichen Zeiten auf dem Ammersee zurückzudenken. Sie spürte den Wind in den Haaren, hörte das Knattern der Segel, das Rauschen des Wassers, während sie auf der *Kranich* über das Wasser dahinflitzte – ein Gefühl von unbändiger Freiheit. Die Segelleidenschaft hatte sie wohl von ihren Großmüttern Maxima und Mechthild geerbt, die bei den Bombenangriffen im Münchner Osten ums Leben gekommen waren. Paula vermisste die beiden Frauen sehr und dachte an die gemeinsamen glücklichen Stunden auf der Segelyacht, auf ihrer geliebten *Kranich*. Sogar einige Regattasiege hatte die Familie mit dem Boot errungen. Paula fühlte den Stolz, der sie damals erfüllt hatte, als wäre sie gestern noch auf dem See gewesen, das blaue Wasser unter, der blau-weiße Himmel über ihnen.

Eine zuschlagende Tür weckte sie aus ihrem Tagtraum. Sie sprang auf und tat so, als ob sie gerade die dunkle Holztreppe hinunterlaufen würde. Aber es war niemand zu sehen. Offenbar ein weiterer theatralischer Akt ihrer Mutter. Sie legte sich heute wirklich ins Zeug!

Auf halber Treppe blieb Paula stehen. Die Tür zum Salon war wieder geschlossen, und nun hörte sie ihren Vater leise reden. Sachte stieg Paula die Treppe ein Stück weiter hinunter. In der Mitte gab es eine Stelle, die laut knarzte. Vorsichtig balancierte Paula an dem geschnitzten Geländer entlang. Immer noch war die Stimme schwer zu verstehen. Es half nichts, sie musste hinunter bis vor die Tür. Im Flur sah sie sich suchend um und entdeckte auf der kleinen Anrichte aus Nussbaumholz die Morgenzeitung, die sie als Alibi in die Hand nahm.

»Aber Edith, willst du Paula wirklich mit einem Fremden verheiraten? Sie ist doch gerade erst zwanzig geworden und hat noch Zeit. Lass doch die jungen Männer erst einmal zu Hause ankommen und sich wieder zurechtfinden. Von dem alten Claasen habe ich gehört, dass sein Junge völlig ausgezehrt ist und sich jede Nacht mit Albträumen quält. Meinst du wirklich, mein Liebling, dass ihm jetzt der Sinn nach Tanzeinladungen steht?

Außerdem habe ich meine eigenen Pläne mit unserem Mädchen. Sie ist praktisch im Segelclub aufgewachsen und hat das Zeug zu einer Regattaseglerin. Du weißt, wie viel mir der Club bedeutet, und ich habe meinem alten Herrn versprochen, dass ich alles tun werde, damit unser Yachtclub wieder sein Vereinsstatut erlangt und wir unser Eigentum zurückbekommen. Und wer ist da besser geeignet als unsere Tochter? Sie ist jung, politisch unbelastet und voller Begeisterung. Nach den langen Kriegsjahren würde ihr ein Sommer am See gut bekommen. Und hat Doktor Müller nicht frische Luft und viel Bewegung gegen ihre Ausfälle empfohlen? Du willst doch auch das Beste für deine Tochter!«

Ihr Vater wartete die Antwort gar nicht ab, sondern dozierte weiter: »Wenn wir sie bei den Amerikanern als Betreuerin oder Lehrerin einschleusen können, wäre das wirklich ein Gewinn für uns. Und Paula könnte Hedi im Landhaus zur Hand gehen. Deine Schwester wird schon gut auf unser Kind aufpassen.«

»Hedi kann nicht mal auf sich selbst aufpassen. Und am Ende setzt sie Paula noch Flausen in den Kopf, sodass sie meint, sie kann ihre guten Jahre mit Segeln vergeuden.« Beim letzten Satz wurde die Stimme ihrer Mutter wieder etwas schriller. »Für Hedi habe ich gerade noch

9

rechtzeitig einen Mann gefunden, und sie ist ja auch wirklich froh um die beiden Kleinen. Gerade jetzt, wo Berthold noch vermisst wird. Nein, für meine Tochter wünsche ich mir von Anfang an einen guten Start ins Leben, und das gelingt nun mal mit einem soliden Ehemann am besten. Den jungen Burschen fehlt ein mitfühlendes Herz und ein wenig Ermutigung! Die beste Heilung ist sicher eine liebende Ehefrau. Meinst du nicht auch, Hansi?«

Ihr Vater brummelte nur, als ihre Mutter fortfuhr: »Und dann noch das ganze Gerede von Frauen, die ihren Mann stehen, das sind doch Hirngespinste. Ich bin jedenfalls sehr froh, dass jetzt alles wieder so wird wie früher. Schau, Hansi, was wäre ich denn ohne dich?«

Paula hatte bildlich vor Augen, wie ihre Mutter nun den Kopf schräg legte und ihren Vater anblinzelte. Das konnte doch alles nicht wahr sein!

»Aber Edith, ich rede doch nicht davon, dass Paula ins Kloster gehen soll. Nur den einen Sommer, dann kann sie meinetwegen auf die Fremdsprachenschule, und nächstes Jahr feiern wir dann Hochzeit. Aber der Club braucht Paula jetzt! Ich habe vorhin mit dem zuständigen Captain dort gesprochen. Er ist bereit, unserer Tochter für das neue German Youth Activity Center, das er in unserem Segelclub aufbauen will, eine Chance zu geben. Paula soll dort mit den Kindern arbeiten. Wäre das nicht eine großartige Gelegenheit für sie?«

Langsam verstand Paula, was sich ihr Vater überlegt hatte.

Und sie konnte sich kaum etwas Besseres vorstellen. Sie musste sich zusammenreißen, um nicht in das Zimmer zu stürmen und ihre Mutter anzubetteln, dem Plan zuzustimmen.

Der altehrwürdige *Yachtclub Ammersee* war bei Kriegsende von den Amerikanern beschlagnahmt und der zugehörige Verein gemäß eines Kontrollratsbeschlusses zum ersten Januar 1946 aufgelöst worden. Das Vereinsstatut musste in einem umständlichen bürokratischen Prozess neu beantragt und auch von der amerikanischen Militärregierung genehmigt werden. Jetzt wollten die Amerikaner auf dem Vereinsgelände einen Freizeitclub für Jugendliche einrichten. Ihr Vater hatte ihr erklärt, dass die Amerikaner langfristig den Frieden sichern und den Gedanken der Demokratie in der Jugend verankern wollten. Im Viertel war neulich für einen deutsch-amerikanischen Debattierclub geworben worden, aber ihre Mutter hatte ihr nicht erlaubt, dort einzutreten.

Paula dachte an die Sommer, in denen es noch möglich gewesen war, unbeschwert auf dem Ammersee zu segeln, als es noch keine Sperrzone für das deutsche Militär gab und sie keine Angst vor feindlichen Tiefffliegern haben musste. Zu Beginn des schrecklichen Krieges war sie gerade mal zwölf Jahre alt gewesen, und jetzt stand der erste Sommer bevor, den sie wieder auf dem Wasser verbringen könnte. Sie wünschte sich nichts mehr, als den Wind in den Haaren zu spüren.

Und Kindern dazu verhelfen, auch dieses wunderbare Gefühl der Freiheit zu erleben, nachdem sie nichts anderes kannten als die Jahre des Krieges und der Angst? Schon immer hatte sie gerne anderen etwas beigebracht, sie konnte sich gut vorstellen, vor einer Klasse zu stehen. Und nun gab es eine Gelegenheit, ihre beiden Leidenschaften zu verbinden. Welch ein Glück! Das durfte ihre Mutter nicht kaputtmachen!

Sie richtete sich auf, legte die Zeitung beiseite, strich ihre Bluse glatt und schob sich eine vorwitzige dunkle Haarlocke aus dem Gesicht. Entschlossen klopfte sie an die Salontür.

Doch kaum war Paula ins Zimmer getreten, verwandelte sich das Eichenparkett in einen schwankenden Grund. Sie richtete ihren Blick auf den nächststehenden grün gemusterten Clubsessel mit den geschwungenen Mahagonilehnen, presste die Lippen zusammen und ballte ihre Hände zu Fäusten. Dabei gruben sich ihre Fingernägel in das weiche Fleisch der Handballen, doch der Schmerz erreichte sie kaum.

Sie versuchte es mit einer Übung, die ihr ihre geliebte Lehrerin Fräulein Mildred Schwarz beigebracht hatte, und murmelte immer wieder vor sich hin: »Alles ist gut, alles ist gut, alles ist gut. Du bist hier sicher.« Sie versuchte, ihre hochgezogenen Schultern zu lockern und vorsichtig die Fäuste zu öffnen. Da packte jemand sie am Arm, Paula nahm den Veilchenduft des Parfüms ihrer Mutter wahr. Sie ließ sich zum Sessel lotsen und sank im weichen Polster zusammen. Für einen kurzen Moment verschwammen Raum und Zeit, und eine Schwärze zog auf, in die sie zu versinken drohte. Als die Starre langsam nachließ, hörte sie, wie die Stimme ihrer Mutter sich überschlug: »Das kommt von deinem Gerede, dass sie von hier fortsoll. Siehst du nicht, wie unser Kind sich ängstigt!«

»Sonst sagst du immer, dass das alles nur Getue ist und sich von allein gibt.« Ihr Vater, der meist eine tiefe Sicherheit ausstrahlte, stand vor ihr und rang hilflos seine Hände. »Edith, jetzt mach doch etwas!«

Sie hörte Schritte, offenbar lief ihre Mutter gerade zur Anrichte, um die bitteren Tropfen zu holen. Als sich der Veilchenduft wieder näherte, öffnete Paula langsam ihre Augen. »Es ist schon gut«, murmelte sie und schob den Arm ihrer Mutter weg.

»Du nimmst das jetzt«, befahl Edith und zählte zehn Tropfen auf den Silberlöffel.

Den Mund nicht zu öffnen kam Paula kindisch vor, und sie fügte sich. Die bittere Flüssigkeit ließ sie husten.

Ihr Vater reichte ihr eines der schweren Bleikristallgläser mit den Tulpenornamenten. Statt der normalerweise stärkeren Getränke, für die ihr Vater eine kleine Schwäche hatte, war das Glas mit Soda gefüllt.

Als ihre Wangen wieder etwas Farbe angenommen hatten, setzten sich ihre Eltern zu ihr. Ihre Mutter trug ein dunkelblaues Kostüm mit einer hochgeschlossenen cremefarbenen Bluse und Vater wie immer einen dunklen Anzug mit einem weißen Hemd darunter. Offenbar kamen die beiden von offiziellen Terminen, denn er hatte die gute Krawatte umgebunden mit der goldenen Einstecknadel dazu. Jetzt fiel es Paula wieder ein: Vater war mit einem Captain der amerikanischen Militärregierung in der McGraw-Kaserne verabredet gewesen, und ihre Mutter hatte sich zum Wohltätigkeitsfrühstück mit ihrem Damenzirkel getroffen.

»Paula, wie du weißt, laufen die Geschäfte gerade ziemlich schleppend«, sagte sie nun. »Von der alten Fabrik und der Werkstatt sind nicht viel mehr als verkohlte Mauern übrig geblieben. Um die Firma wieder auf solide Füße zu stellen, müssen wir unsere Waren selbst herstellen. Daher müssen wir in eine neue Eisengießerei und in eine größere Werkstatt investieren, und so hohe Kredite bekommen wir derzeit nicht. Deshalb ist es ganz wichtig für uns alle, dass du, mein liebes Kind, eine vorteilhafte Partie machst, und das möglichst rasch. Das Gleiche gilt auch für deinen Bruder Ernst. Wie du weißt, haben Johann und ich damals unsere Verbindung in den Dienst der Familien gestellt, und nicht weniger erwarten wir auch von dir! Du und Ferdinand Claasen, das wäre eine Verbindung, die sehr zum Wohle unserer Familie beitragen könnte.«

Paula wollte etwas erwidern, aber die Worte kamen ihr nicht über die Lippen. Dass ihre Eltern damals nicht aus Liebe geheiratet hatten, sondern aus Kalkül, konnte Paula kaum glauben. Sie waren einander sehr zugetan, der Krieg hatte sie noch enger zusammenrücken lassen.

»Deine Mutter hat wie immer recht, aber ich denke, dass ein Sommer am Ammersee dir wirklich guttun würde. Ich weiß nicht, wie viel du von unserem Gespräch mitbekommen hast, aber, meine liebe Tochter, ich möchte, dass du die Amerikaner überzeugst, dass wir den Segelclub wieder in unser Eigentum bekommen, und das wird nur gelingen, wenn sie uns vertrauen.«

Bevor ihre Mutter wieder loslegen konnte, setzte er nach: »Und deiner Mutter und ihren Bemühungen um dein und unser Wohl wirst du selbstverständlich ebenfalls zur Verfügung stehen. Schließlich sind wir auch früher oft nur für einen Tag in den Club gefahren, und wir haben ein Auto mit Chauffeur zur Verfügung.« Ihr Vater sah sie direkt an. Beide waren nicht mit allem einverstanden, aber wenn er ein Machtwort sprach, dann fügte man sich besser, deshalb deutete ihre Mutter ein kurzes Nicken an, und Paula antwortete mit belegter Stimme: »Danke, Vater, ich werde mein Bestes geben.«

Ganz automatisch war dieser Satz aus ihr herausgekommen, sie war es nicht gewohnt, ihrem Vater zu widersprechen. Während der Kriegsjahre hatte sie getan, was getan werden musste, und auch jetzt würde sie folgsam sein. Aber dass sie auf einmal heiraten sollte, noch dazu einen fast Fremden – das war für sie nicht einmal im Traum vorstellbar.

Mit wackligen Knien ging sie die Treppe hinauf in ihr Zimmer. Am Fenster betrachtete sie ihre geschundenen Handballen. Sie musste ihre Nägel wieder kürzer schneiden, sonst riss sie sich noch ihre Hände blutig. Ihre Lehrerin hatte ihr erklärt, dass solche Zustände die Folge von verstörenden Erlebnissen sein könnten. »Zu viel Angst«, nannte die Lehrerin ihre Anfälle, und das verwunderte

Paula, da sie doch ein sehr behütetes Leben führte. Sie hatte es gut, wie ihre Eltern nicht müde wurden zu betonen. Ja, um die Firma stand es nicht gerade rosig, doch sie waren immer noch gut davongekommen. Und sie nagten wahrlich nicht am Hungertuch, konnten sich so manchen Luxus leisten. Niemand verstand, warum gerade sie diese Ängste plagten. Wieso hörten die Anfälle nicht einfach auf, jetzt, wo der Krieg vorbei war?

Es hatte ganz plötzlich angefangen: eine Erstarrung, die sie so steif werden ließ wie die Zinnsoldaten, mit denen ihr Bruder früher gespielt hatte und die jetzt auf dem Dachboden verstaubten, die zugeschnürte Kehle, das Herzklopfen und das Gefühl, ganz flach atmen zu müssen. Es war Krieg gewesen, aber ihre Eltern hatten sie immer beschützt, so gut es in diesen Zeiten eben ging.

Wenn sie so war, dann ertrug es ihre Mutter nur schwer, und ihr Vater stand hilflos daneben. Eine Zeit lang war sie nicht in die Schule gegangen, konnte sogar kaum das Haus verlassen. Sie musste eine Klasse wiederholen, aber der Unterricht fiel ohnehin so oft aus, dass sie das eher als Vorteil empfunden hatte, und so war sie eben in die Klasse von Fräulein Mildred gekommen, die sich ihrer annahm. Heimlich schwärmte sie für die Lehrerin, deren Herz am rechten Fleck saß. Und noch einen Vorteil hatte der ganze Schlamassel gehabt: Sie musste nicht zu den Treffen des Bunds Deutscher Mädel, denn davon hatten ihre Eltern sie mittels eines Attestes eines befreundeten Arztes befreien lassen, mit der Begründung, dass sie eine Lungenentzündung auskurieren musste. Ihre Ausfälle wurden folglich auch als Schwäche aufgrund der langen Krankheit deklariert.

Die Abstände zwischen den Momenten der Starre, wie Paula es nannte, waren inzwischen deutlich länger geworden, ganz verschwanden sie jedoch nicht. Paula zerbrach sich immer wieder den Kopf darüber, was sie wohl auslösen mochte. Ihre Mutter versicherte ihr ein ums andere Mal, dass sich das Ganze von allein geben würde, je älter sie wurde, und sie versuchte, ihr zu glauben. Doch weil die Starre urplötzlich über sie kam – natürlich in den unpassendsten Momenten –, achtete sie darauf, dass sie Fahrten und Besorgungen nicht allein bewältigen musste.

Paula stellte sich vor, wie sie in einem weißen bodenlangen Kleid, eingehüllt in viele Meter feinster Spitze, zum Altar schritt und dann darniedersank, ohne ein Wort sagen zu können. Sie musste kichern, das wäre wirklich zu komisch! Den Sohn der Claasens, er nannte sich Ferdi oder Edi, sah sie jedenfalls nicht neben sich am Altar stehen. Nicht einmal annähernd hätte sie sagen können, was für ein Mann dort auf sie warten sollte. Schließlich wollte sie Lehrerin werden, und Lehrerinnen hatten früher nach einer Heirat ihren Beruf aufgeben müssen, das wusste sie von Fräulein Mildred.

Zwar musste sich auch Bayern 1921 der neuen Zeit beugen, und nach einer Klage durften verheiratete Lehrerinnen weiter unterrichten, aber es fanden sich viele Mittel und Wege, um sie aus den Schulen hinauszudrängen. Unter den Nazis hatte kaum eine verheiratete Frau im Schuldienst bleiben dürfen. Wie es jetzt mit dem Schulwesen weitergehen würde, wusste noch niemand so genau, aber es wurden dringend neue Lehrer gesucht. Die Amerikaner hatten im Rahmen der Entnazifizierung parteitreues Personal entlassen, was große Lücken verursacht hatte, die mit Aushilfen und berenteten Lehrern notdürftig gestopft wurden.

Paula wollte so bald wie möglich ihren Weg Richtung Schuldienst einschlagen und sich nicht als Hausfrau um einen Mann und Kinder kümmern. Hoffentlich machte Ernst eine so gute Partie, dass sie aus dem Schneider war und studieren durfte. Eine Frau musste doch nicht heiraten, um ein glückliches und erfülltes Leben zu führen!

Sechs Frauen auf einen Mann hieß es in einer Schlagzeile kurz nach dem Krieg. »Das gilt nur für Berlin, wir sind in München«, hatte ihre Mutter den Bericht damals kommentiert. In Berlin räumten die Frauen immer noch den Schutt weg, das hatte Paula in der Zeitung gelesen. Die Berliner Trümmerfrauen waren Heldinnen, so viel stand für sie fest. Sie selbst hatte als Schülerin mit ihrer Klasse einen kurzen freiwilligen und äußerst schweißtreibenden Einsatz absolviert.

Seit dem Frühjahr letzten Jahres betrieben nun aber Sprengfirmen, Feuerwehr und die städtische Bauwacht in München die Räumung mit Baggern und Flaschenzügen professionell und systematisch, sodass sich langsam wieder das alte München und damit neue Hoffnung aus den Ruinen schälte.

2

Hedi und ihre Töchter

»Irmchen, halt, nicht ans Wasser!«, rief Hedi und eilte, so schnell sie es mit Rosalie an der Hand vermochte, hinter ihrer älteren Tochter her, die vom Spazierweg einen kleinen Pfad zum Ufer des Ammersees hinunterlief. Irmchen konnte mit ihren fünf Jahren noch nicht schwimmen, war aber nur dann zufrieden, wenn sie sich in der Nähe eines Gewässers aufhielt.

Und auch jetzt brachte sie ihre Mutter an den Rand der Verzweiflung, lief sie doch blindlings ins Wasser hinein. Patsch! Und schon hatten sie die Bescherung. Irmchen, die im morastigen Ufer stehend begeistert Schlamm hochholte und sich ihre nackten Arme damit bestrich. Wobei natürlich auch ihr geblümtes Sommerkleidchen, das die Schneiderin aus einer alten Tischdecke genäht hatte, etwas abbekam, sodass sich auf dem hellen Stoff unzählige braune Flecken bildeten. Dabei lachte Irmchen wie ein kleiner Kobold. Hedi versuchte, ernst zu bleiben, aber die Kleine mit ihren Lehmspuren im Gesicht war einfach zu niedlich. Trotzdem schimpfte sie ein bisschen mit ihrer älteren Tochter, während Rosalie, die nur ein gutes Jahr jünger war als ihre Schwester, sich hinter ihrem Oberschenkel versteckte.

Einmal mehr wünschte sich Hedi, dass sich Übermut und Schüchternheit zwischen ihren Töchtern ausgleichen würden, waren die beiden doch grundverschieden. Sie zog Irmchen ins Trockene und nahm sie fest an die rechte Hand, links klammerte Rosalie. Eine sanfte Brise strich über ihr Haar, sie sog tief die frische Luft ein, da hörte sie einen Vogel rufen: krru krarr. Hedi suchte den blauen Himmel ab, der mit weißen Schäfchenwolken getupft war. Da! Hinter der dunklen Tanne tauchte er auf: ein weißer Kranich. Einen Kranich zu sehen bedeutete Glück.

Sie dachte an die Jahre, in denen sie die *Kranich* gesegelt hatte. Auch wenn sie sich geschworen hatte, keinen Fuß mehr auf die elegante Rennyacht zu setzen, war sie doch stolz darauf gewesen, den Ehrentitel *Kranichfrau* zu tragen, den sich auch die besten Seglerinnen erst verdienen mussten.

Hedi sah auf die streng gescheitelten Haare ihrer Kinder hinab und unterdrückte den Impuls, über die kleinen blonden Köpfe zu streichen. Sie konnte es nicht riskieren, Irmchen loszulassen, und Rosalie würde es zum Weinen bringen. Ihre zwei Sternchen! Der Preis war hoch gewesen, aber das Segeln der *Kranich* konnte sie nun nicht mehr locken. In der Nazizeit hatte ihre Leidenschaft ein jähes Ende gefunden, denn der im Segelclub von oben eingesetzte Dietwart fand es unpassend, ja nahezu sträflich falsch, dass Frauen segelten, und hatte sie mit deutlichen Worten und kaum verschleierten Drohungen aus dem aktiven Segelkader des Clubs verbannt. Danach war es ihr noch schlechter gegangen als bei ihrem ersten Liebeskummer, so schlimm war das Verbot für sie gewesen. Ausnahmen gab es nicht.

Irgendwann durfte niemand mehr mit den Booten rausfahren, und sie fand sich mit einem Leben ohne ihre Segelleidenschaft ab. Obwohl, sie hatte immer noch die Worte ihrer Mutter im Ohr, einer geborenen Freifrau, die auch in dieser Hinsicht privilegiert aufgewachsen war und die ihr zugeflüstert hatte: »Nimm dir die Freiheit, solange es geht.«

Frei gefühlt hatte sich Hedi schon lange nicht mehr, diesen Luxus konnte sich niemand während des Krieges leisten, und sie als de facto alleinerziehende Mutter schon gar nicht. Ob es heute wohl gute Neuigkeiten gab? Vielleicht endlich eine Antwort vom Suchdienst oder gar eine Nachricht von ihrem Mann Berthold selbst?

Krru krarr, trompete der Vogel. Er flog einen Kreis direkt über ihr und schwang sich dann aufwärts nach Süden den Alpen entgegen davon. Die hohen Berge wirkten heute so nah, als müsste sie nur die Hand ausstrecken, um ihre noch schneebedeckten Spitzen zu erreichen. Hedi spürte ein leichtes Vibrieren in ihrem Herzen, schloss kurz die Augen und stand in ihrer Vorstellung in der Kühle hoch oben auf einem Gipfel, ganz frei.

Rasch zog sie die Kinder wieder auf den gekiesten Spazierweg und schlug den kürzesten Weg zum Landhaus der Familie Seitzinger in St. Alban ein. Dort wohnte sie mit den Kindern und dem älteren Hausmeisterpaar Pohlke, das ein strenges Regiment führte. Sie ahnte schon, dass Frau Pohlke sicher nicht erfreut über zusätzliche Wäsche und einen Badetag außerhalb der Reihe wäre. Herr Pohlke würde wieder Brennholz heranschleppen müssen, und Holz war immer noch Mangelware. Wie so vieles!

Aber sie durfte wirklich nicht jammern, sie mussten hier auf dem Land immerhin nicht hungern, denn zum einen hatten Frau Pohlke und ihr Mann die Blumenbeete schon seit Längerem in Gemüsebeete umfunktioniert, und zum anderen hielt sie selbst Hühner. Milch gab es vom Bauernhof nebenan, und statt Fleisch stand ab und an frischer Fisch vom See auf der Speisekarte. Die wenigen Lebensmittel, die sie und Frau Pohlke nach langem Anstehen mit den zugeteilten Lebensmittelkarten beim Kramerladen in der Fischerei, einem der historischen Ortsteile Dießens, ergattern konnten, würden bei Weitem nicht reichen.

Wenn Hedi an die Mahlzeiten und Abende mit ihren Töchtern dachte, die in den vergangenen Wochen außer den beiden Angestellten ihre einzige Gesellschaft waren, dann ging es bei ihnen im Haushalt sehr schlicht zu, und es hatte sich ein fester Ablauf eingespielt. Sie nahmen das Abendessen alle zusammen in der Küche am sauber geschrubbten Tisch ein, anschließend brachte sie die Kleinen zu Bett, während die rührige Frau Pohlke die Küche auf Hochglanz polierte und Herr Pohlke auf der Hausbank sein Pfeifchen rauchte. Für ihre Dienste wurden die beiden von Hedis Schwager bezahlt, dem das Landhaus gehörte.

Sie war den älteren Bediensteten sehr dankbar für ihre Treue und die Fürsorge, die sie ihr und den Mädchen zukommen ließen, doch manchmal vermisste sie eine anregende Unterhaltung und, wenn sie ehrlich war, noch einiges mehr.

Hedi verscheuchte diese Gedanken mit einem heftigen Kopfschütteln und seufzte leise. Wie so oft verspürte sie ein Ziehen im Bauch, das sich nur schwer ignorieren ließ. Sie zwang sich stets zu sinnvollen Aufgaben, wie es ihr von klein auf beigebracht worden war, und verbrachte ihre Abende entweder mit einem Buch oder an ihrem Sekretär, um Post zu beantworten und Suchanzeigen zu studieren. Manchmal schlief sie, noch bevor die Dämmerung einsetzte, in ihrem Lesesessel ein, so erschöpft war sie. Oft schrak sie in der Nacht hoch, weil sie meinte, ein Knarren zu hören oder Stimmen zu vernehmen, die sich dem Haus näherten.

Auch wenn der Krieg seit zwei Jahren vorbei war, fühlte sie sich nicht in Sicherheit. Die Sorge um Berthold zermürbte sie. Wenn sie nur endlich Bescheid wüsste! War ihr Mann noch am Leben, oder lag er irgendwo in einem Massengrab verscharrt im kalten Russland? Würden Irmchen und Rosalie ihren Vater jemals wieder in die Arme schließen? Wenn dieses Gedankenkarussell einsetzte, lief sie ruhelos im Wohnzimmer hin und her, bis sie wieder müde genug war, um zu Irmchen und Rosalie ins Bett zu schlüpfen. Die beiden belegten die leere Seite ihres Ehebettes, denn obwohl sie eigene kleine Betten in ihrem Kinderzimmer hatten, krochen sie doch beinahe jede Nacht zu ihr. Frau Pohlke meinte, sie würde die beiden Kleinen verzärteln. Aber sie musste sie doch für zwei lieben, solange ihr Vater nicht da war!

Als sie mit den Kindern beim Landhaus eintraf, lief ihnen Herr Pohlke aufgeregt entgegen. Hedi beschleunigte ihren Schritt und nahm dafür Rosalie auf den Arm. Irmchen wich ihr nicht von der Seite, denn sie hatte ihr versprochen, wenn sie keine Sperenzchen mehr machen würde, nachher mit ihr Walderdbeeren zu suchen.

»Da war ein Anruf für Sie, Frau Hedi!«, sagte Pohlke.

»Berthold?«, flüsterte Hedi. Der Angestellte schüttelte kaum merklich den Kopf, und Hedis Lächeln erstarb.

»Es war Ihre Schwester Edith. Sie muss dringend mit Ihnen sprechen, und sie kommt morgen mit Paula. Wenn alles klappt, dann sind sie gegen Mittag da!«, richtete Pohlke aus. Als Hedi nickte, fuhr er fort: »Sie hat gemeint, dass sie sich mit dem Telefonieren gar nicht aufhalten sollten, denn sie sei später außer Haus.« Da immer noch viele Bau- und Aufräumungsarbeiten im Gange waren, kam es vor, dass die Leitungen immer mal wieder unterbrochen waren, aber meistens klappte es inzwischen schon ganz gut.

Hedi blieb beim großen Spiegel stehen und musterte sich. Edith legte großen Wert auf ein gutes Erscheinungsbild, ganz gleich, in welcher Lebenslage man sich befand. Hedis dunkelblonde Haare waren nach einem schlimmen

Läusebefall im letzten Herbst wieder mittellang nachgewachsen und lockten sich wild. Die Haare konnte sie schön zurechtmachen, ihre blauen Augen jedoch blickten sie müde an. Sie musterte sich: Ihre Figur war nach den zwei Entbindungen fraulicher geworden, aber sie war immer noch schlank, und die Näherin aus dem Ort, Frau Sonnberger, hatte ihr neulich ein altes rotes Sommerkleid abgeändert, sodass es jetzt – hochgeschlossen mit einem kleinen weiß gesäumten Kragen, großen weißen Knöpfen und Puffärmeln – wie neu wirkte. Darin würde sie gut genug aussehen! Hedi ging in die Küche zu Frau Pohlke, die gerade dabei war, die Vorräte zu sichten, und stumm den Kopf schüttelte.

»Wie Sie sicher schon gehört haben, kommen meine Schwester und meine Nichte morgen. Wir müssen das blaue und das grüne Zimmer herrichten und uns überlegen, was wir auf den Tisch bringen können. Was haben wir denn da?«, fragte Hedi.

»Schauen Sie selbst! Ein wenig Mehl, etwas Fett, Brot, Milch und fünf Eier, aber kein Fleisch oder sonst irgendetwas, was für einen Hauptgang reichen könnte. Und noch ein paar Kartoffeln und Gelbe Rüben im Keller. Ich fürchte, wir müssen eines von den Hühnern opfern!« Frau Pohlke seufzte.

Hedi schüttelte den Kopf. Nein, sie brauchten die Eier, und überdies hatte sie jedes einzelne Huhn lieb gewonnen.

»Kann denn Ihr Mann nicht angeln gehen? Dann könnten wir Fisch servieren. Und ich suche nachher

Walderdbeeren, daraus können wir ein wunderbares Soufflé machen und als Dessert servieren. Und davor eine frische Kerbelsuppe, dann haben wir zumindest drei Gänge.«

»Und was, wenn er ohne Fische heimkommt? Ich würde den Heini lieber zum Fischer Bartl schicken«, wandte die Haushälterin ein.

»Aber wir können nur mit Naturalien tauschen. Dann bräuchten wir alle fünf Eier, wenn es überhaupt reicht. Ich gehe selbst und versuche mein Glück!«, kündigte Hedi an. Mit Geld zu bezahlen war wegen der rasanten Inflation schwierig geworden, abgesehen davon, dass Hedi selbst kaum Einnahmen erwirtschaftete und von der Familie ihrer Schwester und den Eltern ihres Mannes unterstützt wurde. Auch gab es immer noch eine strenge Zuteilung der Lebensmittel über Karten. Hedi hatte den Eindruck, dass einige Waren für den Schwarzmarkt bestimmt waren oder gehortet wurden, denn irgendwann, so gingen die Gerüchte, gab es eine Währungsreform, und dann war das Geld auch wieder etwas wert.

Wenn ihr Mann nicht bald heimkam, musste sie eine Entscheidung für ihre kleine Familie treffen. Diesen Sommer wollte sie noch am See bleiben, aber sie würde, spätestens wenn das Clubleben wieder intakt war, das Landhaus für die Familie ihrer Schwester räumen müssen. Doch noch wurde sie hier geduldet, und schließlich hielt sie dafür das Haus in Schuss. Morgen wollte sie bei ihrer großen Schwester einen guten Eindruck machen. Es war schwer, den Ansprüchen von Edith zu genügen, aber trotz aller Unterschiede waren sich die beiden Schwestern nah, vor allem seit ihre Eltern im Krieg umgekommen waren.

Frau Pohlke wuselte herum. Bis zum nächsten Tag war noch so viel zu tun. Das ganze Haus musste gewischt, die Zimmer hergerichtet und das gute Besteck poliert werden. Im Flur traf sie auf das schlammverkrustete Irmchen und fing lauthals zu lamentieren an. Auf ein warmes Bad würde das Kind heute verzichten müssen, dafür stellte Herr Pohlke eine Zinkwanne im Garten auf und füllte sie mit Brunnenwasser.

Hedi ließ Irmchen planschen und wusch sie mit einem Waschlappen und etwas Kernseife. Im Badewasser weichte sie auch gleich noch das verschmutzte Kleidchen ein und hoffte inständig, dass der Schlamm keine dauerhaften Flecken hinterließ. Aus einem weiteren geflickten Tischtuch hatte die Näherin für beide Mädchen zart bestickte Kleidchen mit Krägen gefertigt, in denen diese, kombiniert mit passenden Haarschleifen, morgen allerliebst aussehen würden.

Als die beiden ihren Mittagsschlaf hielten, den Hedi ihnen heute aufgezwungen hatte, lief sie rasch zum Fischer Bartl. Er hatte heute reichlich Renken gefangen und überließ ihr zwei schöne Exemplare, die sie bezahlen konnte. Auf dem Heimweg schaute sie nach den Walderdbeeren und entdeckte etliche, die schon reif waren. Mit Irmchen würde sie es heute nicht mehr schaffen, zum Pflücken zurückzukommen, dafür war zu viel zu tun. Also suchte sie rasch drei Handvoll zusammen und legte sie behutsam in ihren Sonnenhut, den sie vorher mit ihrem Taschentuch ausgelegt hatte. Frau Pohlke würde zufrieden sein!

Den ganzen Nachmittag und Abend arbeiteten die beiden Frauen im Haus. Herr Pohlke senste den Rasen und ging dann los, um Brennholz zu sammeln.

3

Anna in Dießen

»Anna, wach auf!« Berta rüttelte an der Schulter ihrer großen Schwester und versuchte, ihr die Bettdecke wegzuziehen. Erst seit Kurzem hatte Anna ihr eigenes kleines Zimmer. Zuvor wohnte dort lange eine einquartierte Flücht-
lingsfrau, bis diese endlich eine Zuzugsgenehmigung
bekommen und zu ihrer Schwester nach Hannover hatte
ziehen dürfen. Seit Januar gab es die sogenannte Bizone,
dabei waren die britische Zone, in der Hannover lag, und
die amerikanische Zone, in die Bayern fiel, zusammenge-
legt worden.

Zu Ostern hatte sich dann Annas großer Wunsch nach
einem eigenen kleinen Reich erfüllt, auch wenn die Kammer kaum mehr Platz bot als für ein schmales Bettgestell,
einen eintürigen Schrank und ein kleines Tischchen mit
einem Stuhl. Aber sie genoss es, ungestört in ihrem Zimmer zu schlafen. Davor hatte Anna sich einen Raum mit
ihren drei jüngeren Geschwistern geteilt. Auf der einen
Seite hatten sie und Berta geschlafen, auf der anderen die
beiden Jungen Bernhard und Emil, nur durch ein altes

Bettlaken von den Mädchen getrennt. Privatsphäre hatte es kaum gegeben.

»Wie spät ist es, Berta?« Anna gähnte und streckte sich. Das Frühstück um sieben durfte sie auf keinen Fall verpassen, da sie sonst oft bis zum Abend hungern musste.

»Kurz vor sieben. Und die Mama braucht dich heute. Du musst mit ihr ins Landhaus Seitzinger rüber, also mach schnell.«

»Weißt du auch, was ich dort tun soll?«

»Ich glaube, du sollst auf die Kleinen aufpassen.«

Anna ging gedanklich ihre Anziehsachen durch. Zu den Seitzingers ging man ordentlich, aber nicht zu chic. Sie suchte ihr blaues Kleid heraus, das mit dem abgerundeten Kragen und dem vorteilhaften Schnitt. Ihre Mutter hatte es aus einem einfachen Baumwollstoff gefertigt. Werktags trug sie am liebsten eine bequeme grüne Latzhose aus einem Leinenstoff mit großen weißen Knöpfen an den Seiten und an den überstehenden Trägern, und darunter ein einfaches Leibchen. Darin fühlte sie sich bei Weitem wohler als in Kleidern, obwohl sie so aus der Ferne manchmal für einen Jungen gehalten wurde. Sie war größer als die meisten Mädchen und deshalb schon oft als Bohnenstange tituliert worden. In dem blauen Kleid aber wirkte sie wie eine junge Dame. Dazu würde sie die flachen Sandalen anziehen, die ihre Mutter geschenkt bekommen hatte.

Die Seitzingers holten ihre Mutter oft für Näharbeiten in ihr großes Landhaus, das sich die Münchner Fabri-

kantenfamilie um die Jahrhundertwende in St. Alban gekauft hatte. Die Wahl fiel damals auf das vom Dorf aus
gesehen etwas abgelegene Haus, weil es nahe am Ammersee stand und der auch von einem der Seitzingers
mitgegründete *Yachtclub Ammersee* ganz in der Nähe entstand. Soweit Anna wusste, war der Yachtclub jetzt von
den Amerikanern besetzt und in keinem guten Zustand.
Der harte Winter hatte Plünderer angelockt. Von den Einheimischen durfte keiner das Gelände betreten, aber im
Dorf munkelte man, dass sich daran bald etwas ändern
würde. Ob die Städter den Club zurückbekamen, wusste
keiner in Dießen so genau. Nicht einmal der Vater hatte
beim Stammtisch im Ammerbräu etwas erfahren.

»Anna, komm endlich!«, hörte sie ihre Mutter rufen.
Schnell kämmte sie ihre glatten blonden Haare zu einem
Pferdeschwanz und wusch sich den Schlaf aus dem Gesicht. Am Frühstückstisch in der engen Küche saßen bereits ihre Geschwister und kauten an ihren Marmelade-
broten. Ihre Mutter schenkte ihr einen Becher Ersatzkaf-
fee ein und gab ihr eine Scheibe gestrecktes Mischbrot
mit dem roten Aufstrich. Mit der vor dem Krieg von den
Hausfrauen hergestellten Marmelade hatte dieser wenig
gemein, denn beim Einkochen der selbst gesammelten
Früchte hatte es an Zucker gefehlt.

»Pass auf, die Marmelade tropft ein bisschen«,
mahnte ihre Mutter und schaute dabei vielsagend auf ihr
Kleid.

Kaum fünf Minuten später rannten die Kleinen los
den Dießener Berg hinauf zum Schulhaus beim Kloster.

Mittags gab es dort neuerdings auch eine Art Schulspeisung, die von den Amerikanern organisiert wurde. Der Vater war bereits in der Werkstatt und ging oft schon tagsüber zum Stammtisch.

»Braucht mich der Vater heute nicht? Was soll ich eigentlich bei den Seitzingers machen?«, fragte sie ihre Mutter.

»Die Frau Hedi erwartet Besuch von Frau Edith, und da braucht sie mich. Ich muss noch Wäsche ausbessern, und du sollst die beiden Mädchen beschäftigen.«

»Bringt Frau Edith auch die Paula mit?«, fragte Anna. Sie kannte die Tochter der Seitzingers aus dem Yachtclub, aber es war schon Jahre her, seit sie sich das letzte Mal gesehen hatten. Anna dachte an die wilden Ausfahrten mit der schnittigen Rennyacht, die voller Bewunderung »die *Kranich*« genannt wurde, und an den kleinen wendigen Piraten, den der Nachwuchs allein segeln durfte. Auf dem Piraten namens *Schwalbe* waren Paula und sie bei den Schülerregatten ganz vorne mitgesegelt. Anna als Steuerfrau und Paula als Vorschoterin mit ihrem untrüglichen Gespür für Wind und Wellen. Damals war die Welt noch eine friedliche gewesen ...

Wieder den Wind in den Haaren spüren, was wäre das schön!

»Anna, was ist denn heute mit dir los? Du trödelst ja schon wieder. Komm, wir werden nicht dafür bezahlt, Löcher in die Luft zu starren«, tadelte ihre Mutter sie.

Zum Landhaus Seitzinger war es von ihrem einfachen Haus in der Fischerei in Dießen, das einen schmalen

Durchgang in den rückwärtigen Garten mit der Werkstatt ihres Vaters aufwies, eine gute Viertelstunde bei flottem Tempo zu laufen. Obwohl Hedi, die wie Edith eine geborene Schäfer war, nun den Nachnamen ihres Mannes Roth trug, war sie im Dorf nur als eine der Seitzingers bekannt. »Du musst Frau Hedi zu ihr sagen«, schärfte Annas Mutter Maria ihr ein. Sie hatte sich ihren Nähkorb umgehängt und schritt kräftig aus.

So früh am Tag roch das Gras nach Tau, und die Luft war noch frisch. Anna fröstelte, da sie in der Eile vergessen hatte, ihre Strickjacke anzuziehen. Doch sie gingen zügig, und bald wurde ihr warm.

Das weiß gekalkte Landhaus mit den taubenblau gestrichenen Holzverzierungen lag nah an den Bahngleisen und versteckte sich hinter einer hohen Hecke. Vorne zum See raus gab es einen schmalen Kiesweg, der zur Kirche St. Alban führte, die nahe am Ufer als Landmarke errichtet worden war. Für das Ehepaar Pohlke war noch ein kleiner Anbau nach hinten zum Bahndamm raus vorhanden, der den Angestellten etwas Privatsphäre ermöglichte. In einem weiteren separaten Bau befand sich eine geräumige Waschküche.

Ihre Mutter steuerte jetzt zielstrebig die Hintertür des Landhauses an, durch die man direkt in die Küche trat. Anna blickte zu den Fenstern hoch, von denen eines offen stand, und Hedi winkte ihr zu. Anna hob schüchtern die Hand. Hedi war damals, als Paula und sie als Kinder im Club gesegelt waren, eine sehr erfolgreiche Regattaseglerin gewesen, die von allen bewundert worden war. Keine zwei Worte hatte Anna als kleiner Segelknirps mit Hedi gewechselt. Als Hedi dann schließlich geheiratet hatte, war sie im Club nicht mehr gesehen worden. Von einem Tag auf den anderen war sie verschwunden. Anna hatte sich manchmal gefragt, ob ihr das Segeln wohl fehlte. Sie selbst vermisste es oft bitterlich.

Ihre Mutter zog sie am Ärmel und flüsterte: »Glotz die Leute nicht so an. Sei höflich und freundlich!«

In der Küche wirbelte Frau Pohlke und schaute auf, als ihre Mutter eintrat. »Grüß dich, Maria. Gut, dass du so schnell kommst.«

»Grüß dich, Rosa. Der Heini hat schon g'sagt, dass heute hoher Besuch kommt. Was ist denn zu tun?«

»Die Tischwäsche mit den bestickten Rosen muss ausgebessert werden. Oben im Salon liegt alles bereit. Und du, Anna, hilfst der Hedi mit dem Irmchen. Die büxt nämlich gerne aus und springt in jede Pfütze. Die guten Kleidchen ziehen wir den Mädchen deshalb erst später an.«

Die Haushälterin brachte sie noch zur Treppe, dann verschwand sie wieder in der Küche. Anna stand unschlüssig herum, während ihre Mutter zielstrebig die geschwungene Holztreppe nach oben nahm. Von dort hörte sie Kinderlachen, dann erschien ein Blondschopf an der Treppe. Gleich dahinter kam Hedi, die sich eine Schürze über ihr Kleid gebunden hatte. »Anna, wie schön, komm herauf. Wir räumen gerade noch auf, damit alles ordentlich ist, wenn der Besuch eintrifft«, sagte sie und machte mit einem breiten Lächeln Platz für Anna.

Bald darauf war Anna mit den beiden Mädchen im Garten. Irmchen pflückte Gänseblümchen, und Rosalie saß auf der Picknickdecke und spielte ruhig mit ihrer Puppe. Anna ließ Irmchen nicht aus den Augen, die war ein kleiner Treibauf, so viel war sicher.

Als die Sonne langsam höher stieg, zog sie mit den Mädchen in den Schatten des Walnussbaumes um und baute aus Stöcken und Rindenstücken eine kleine Puppenküche auf. Irmchen, die inzwischen wie ihre kleine Schwester die neuen bestickten Kleidchen mit Rüschen trug, rührte eifrig in der Gänseblümchensuppe, als sich ein Fahrzeug näherte und vor dem gusseisernen Tor stehen blieb. Irmchen ließ das Stöckchen fallen, das ihr als Kochlöffel gedient hatte, und rannte zum Tor. Anna holte den Wildfang gerade noch ein und nahm sie an die Hand. Da eilte auch schon Herr Pohlke herbei und öffnete die Flügel. Frau Seitzinger kam in einer schwarzen Limousine älterer Bauart, die von einem Chauffeur gesteuert wurde, und neben ihr im Auto saß auf dem Rücksitz eine junge Dame mit lockigen dunklen Haaren. Konnte das Paula sein?

Irmchen machte sich von Anna los und rannte zum Auto, Rosalie, die immer noch unter dem Baum saß, rief nach ihr.

Die junge Frau in dem Wagen erfasste die Situation, denn sie stieg mit Schwung aus und beugte sich zu Irmchen hinunter. Dabei nickte sie Anna zu, die schnell zu Rosalie lief. Paula folgte mit Irmchen, die vor ihr herhüpfte und ihr das Rezept der Blumensuppe erklärte.

»Grüß dich, ich bin die Paula«, sagte die junge Frau, während sie Anna musterte. »Und du bist doch die Anna. Die Anna Sonnberger, die schnellste Piratin vom Ammersee!«

Anna schmunzelte, so hatte nur Paula sie damals genannt. Sie erwiderte wie damals: »Und du bist die Piratenkönigin vom Ammersee!«

»Wirklich, hast du eine richtige Krone?«, mischte sich Irmchen ein.

Paula lachte und strich dem Mädchen übers Haar. »Keine echte Krone, nur ein Haarband aus Gänseblümchen. Wenn du willst, können wir für dich und Rosalie später welche flechten. Aber jetzt gehen wir erst einmal zusammen ins Haus, und ihr begrüßt eure Tante Edith.«

Sie nahm die zwei Mädchen an die Hand und lief mit ihnen die Haupttreppe hoch. Anna packte die Sachen zusammen und brachte sie zum Hintereingang. In der Küche saß ihre Mutter und trank einen Schluck Wasser. Damals im Piraten, da waren sie gleich gewesen. Heute fühlte es sich für Anna nicht mehr so an. Die Piratenkönigin war eine echte Schönheit geworden, mit ihren lockigen dunklen Haaren, den zarten Sommersprossen, den großen braunen Augen und ihrer schlanken, aber dennoch wohlgerundeten Figur, die durch den Schnitt ihres Kostüms noch betont wurde.

Anna sah an sich hinunter. Eine Bohnenstange war sie nicht mehr, aber für eine klassische Schönheit zu groß und zu knochig. Die blonden Haare trug sie meistens im Pferdeschwanz oder zu zwei Zöpfen geflochten, da sie so glatt waren wie der Ammersee an einem heißen Sommertag bei Flaute.

Plötzlich stupste ihre Mutter sie an. »Anna, was ist denn heute los? Immerfort träumst du vor dich hin. Du sollst nach oben zu Frau Hedi und Frau Edith in den Salon kommen. Sie müssen mit dir reden!«

Anna rückte den Pferdeschwanz zurecht, zog das Kleid glatt und ging hinauf. An der offenen Tür zum Salon blieb sie stehen und klopfte.

»Guten Tag, Anna! Eine fesche junge Dame bist du geworden«, sprach Edith Seitzinger sie an. Wie selbstverständlich hatte sie gleich das Kommando im Landhaus übernommen. Hedi kam auf sie zu und legte ihr ermutigend die Hand auf den Oberarm. »Nur herein in die gute Stube.«

Anna wurde gebeten, sich mit an den großen ovalen Tisch zu setzen, und bekam ein Glas Limonade. Die beiden kleinen Mädchen wurden in die Küche geschickt, denn Edith beabsichtigte, ein ernstes Gespräch zu führen. Anna überlegte, was das zu bedeuten hatte. Sollte sie als Kindermädchen aushelfen? Sie zupfte angespannt an ihrem Kleid herum, bis Paulas Mutter sie direkt ansah und dabei aufmunternd lächelte.

Zunächst erklärte Edith den Grund des Besuches. Später am Nachmittag hätte sie eine Besprechung mit Captain Bill von der US-Army, der hier in Dießen zuständig war. Die Amerikaner planten, in dem Segelclub einen Freizeittreff für Jungen und Mädchen zwischen zehn und sechzehn Jahren einzurichten. Dafür wurden moralisch einwandfreie Betreuerinnen gesucht. Paula, die gerade ihr Abitur absolviert und nicht beim Bund Deutscher Mädel mitgemacht hatte, kam dafür infrage und war dem Captain von ihrem Vater bereits vorgeschlagen worden. Zu ihrer Schwester sagte Edith nun: »Hedi, das ist doch sicher für dich auch eine Hilfe, wenn Paula den Sommer über bei dir wohnt. Sie kann sich um die Mädchen kümmern und dir Gesellschaft leisten.«

»Tante Hedi, bitte sag Ja, das wäre so schön«, bettelte Paula, da Hedi nicht sehr glücklich dreinsah.

Hedi nickte zögerlich. »Gut, dann beziehst du das blaue Zimmer. Das ist zwar nicht groß, aber wenn du dich am Fenster auf die Zehenspitzen stellst, kannst du den See sehen.«

Edith nahm nun wieder Anna in den Blick. »Ich habe mir ausbedungen, dass ich Paula dort nur den Dienst erlaube, wenn für ihre Sicherheit gesorgt ist. Auch weil sie immer eine enge Vertraute um sich haben muss, falls sie einen Schwächeanfall hat. Deshalb wünsche ich, dass du, Anna, dich dort ebenfalls vorstellst und mit Paula zusammenarbeitest. Soweit ich mich erinnere, kannst du gut segeln und hast Erfahrung mit dem Beaufsichtigen von Kindern. Paula und du, ihr seid doch schon zusammen gesegelt, das sollte also passen. Du warst doch auch nicht beim BDM oder sonst so etwas?«

Anna schüttelte den Kopf. »Dafür hatte ich keine Zeit, ich musste ja immer dem Vater in der Werkstatt helfen.«

»Wenn Captain Bill dich fragt, dann sagst du, das habe dich nie interessiert. Das ist wichtig, Anna!«

»Aber der Vater braucht mich doch in der Werkstatt. Ich kann nicht einfach irgendwo anders einen Dienst machen«, wagte Anna einzuwenden.

»Das klären wir, wenn Captain Bill zugesagt hat. Soweit ich weiß, bezahlt die US-Army recht ordentlich«, beschied ihr Frau Edith mit einem Seitenhieb auf die angespannte finanzielle Lage der Familie.

»Auf jeden Fall musst du heute Nachmittag mitkommen. Wir treffen uns hier um fünfzehn Uhr dreißig und gehen dann gemeinsam in den Yachtclub. Das Kleid kannst du anlassen. Mit deinem Vater rede ich später.«

Damit war Anna entlassen und stieg mit gemischten Gefühlen die Treppe hinunter. Ihre Mutter wartete schon an der Tür auf sie. Anna verabschiedete sich von der Köchin und den Mädchen und schüttelte nur den Kopf, als ihre Mutter sofort Auskunft wollte.

Als sie außer Hörweite des Landhauses waren, berichtete sie ihrer Mutter von dem Gespräch.

»Aber das ist doch eine gute Möglichkeit für dich! Du bist doch als Kind immer so gern gesegelt, und außerdem ist es wichtig, dass wir die Seitzingers als Arbeitgeber nicht verärgern. Du weißt doch, dass Vater früher gute Aufträge vom Yachtclub bekommen hat. Er wird schon einlenken, wenn du deinen Verdienst abgibst. Das käme uns gerade auch sehr gelegen, denn die Buben brauchen neue Schuhe, und für dich brauchen wir noch einen warmen Mantel.«

»Das stimmt schon, mir hat das Segeln immer Spaß gemacht. Und Paula ist wirklich sehr nett, hat aber anscheinend irgendwelche Aussetzer. Da braucht die Frau Seitzinger mich als Aufpasser. Aber ich weiß nicht, ob ich als Betreuerin arbeiten kann, mit Holz und Farbe kenne ich mich besser aus.«

»Ach was, das kannst du schon. Und das mit der Paula ist wohl nicht so wild, Frau Pohlke hat da etwas angedeutet. Manchmal soll sie aufgewühlt sein und wenig reden, aber das hört wohl von allein wieder auf, da musst du dann halt für sie da sein. Es wird Zeit, dass du endlich aus der Werkstatt rauskommst und dich mehr für die Küche und die Hauswirtschaft interessierst. Schildermaler ist kein Beruf für eine Frau.«

Anna erwiderte nichts darauf. Das Gerede davon, was Frauen zu tun und zu lassen hatten, war in den letzten Kriegsjahren, als die Männer alle an der Front waren, verstummt, und die Mädchen und Frauen hatten zahlreiche Aufgaben übernommen. Jetzt, da die Männer wieder nach Hause gekommen waren, durften Frauen plötzlich vieles nicht mehr, was in der Not selbstverständlich gewesen war. Sie mochte die Arbeit in der Werkstatt ihres Vaters, der eigentlich Kunst studiert hatte und sich nun notgedrungen als Schildermaler betätigte. Der Geruch nach rohem Holz, die Entwürfe für die Schilder, die der Vater ihr manchmal überließ, und die Arbeit mit Pinsel und Farbe, das alles machte ihr viel Freude.

Ihr Vater war auch die Kriegsjahre über daheimgeblieben, da er eine schwache Lunge und ein schlimmes Bein hatte und untauglich geschrieben worden war. Allerdings war er immer übellauniger und ungerechter geworden, je länger der Krieg andauerte. Der letzte kalte Winter war für ihn schwierig gewesen, da die wochenlangen Minusgrade und das wenige Heizmaterial bei ihm zu einer starken Erkältung geführt hatten, von der er sich immer noch nicht vollständig erholt hatte. Seitdem hielt er sich mehr in der Wirtschaft auf als in der Werkstatt. Deshalb hatte Anna immer mehr Aufträge allein übernommen und die Werkstücke als die ihres Vaters ausgegeben. Freilich, viel zu tun gab es für ihn im Moment nicht. Die US-Army hatte zuletzt einige neue Schilder malen lassen, und auch Captain Bill war schon einmal in der Werkstatt gewesen. Anna hatte ihn aus der Ferne gesehen, da der Vater sie nicht bei dem Gespräch dabeihaben wollte. Überhaupt hatte er selten ein gutes Wort für sie, dabei gab sie sich so große Mühe, ihm alles recht zu machen.

4

Treffen im Segelclub

Pünktlich um halb vier stand Anna wieder beim Landhaus und sah in den Garten. Inzwischen schwitzte sie in der stärker werdenden Maisonne und hätte gerne ihre Füße in das Wasser der kleinen Zinkwanne getaucht, in der Irmchen jetzt im Garten begeistert planschte. Paula passte mit dem Rücken zu ihr sitzend auf das spielende Kind auf. Das Mädchen schien eine begeisterte Wassernixe zu sein, genau wie ihre Mutter Hedi und, wie Anna gehört hatte, auch wie deren Mutter, Freifrau Mechthild von Perbruck.

Laut der Flurpost im Segelclub war diese irgendwann einmal im Gespräch für eine olympische Mannschaft im Mixed-Team gewesen. Aber als das Segeln endlich das erste Mal bei den Sommerspielen 1900 in Frankreich olympisch geworden war, da war Mechthild bereits mit dem Großvater von Paula verheiratet gewesen, und das erste Töchterchen, die immer so korrekte Edith Seitzinger, war schon auf der Welt. Die erste Olympiasiegerin im Segeln entsandte schließlich die Schweiz. Die vergilbte Zeitungsmeldung hatte früher eingerahmt im Segelclub gehangen, und Anna hatte die Notiz als Kind oft gelesen, aber sie kam nicht mehr auf den Namen der Olympionikin. Irgendwas französisch Klingendes, das wusste sie noch, hatte sie sich doch bei der Aussprache des Namens blamiert.

Nun hatte Irmchen Anna bemerkt und schickte ihr ein Kusshändchen, auch Paula drehte sich zu ihr um. Sie winkte den beiden zu, blieb aber am Gartentor stehen.

»Weißt du noch, wie die erste Olympiasiegerin im Segeln hieß?«, fragte sie Paula, als diese kurz darauf freundlich lächelnd auf sie zutrat.

Paula dachte nach, schüttelte aber dann bedauernd den Kopf. »Der Name der Yacht lautete *Lérina*, aber an mehr erinnere ich mich leider nicht. Wie kommst du jetzt darauf?«

Paula stellte sich neben Anna, denn ihre Mutter kam nun die Treppe herunter. Anna wurde verlegen und lenkte schnell ab. »Ich bin gespannt, was dieser Captain Bill von uns beiden wissen will. Aber ich kann gar kein Englisch, was ist, wenn er kein Deutsch spricht?«

»Keine Sorge, Anna, der Captain spricht Deutsch!«, beantwortete Edith Seitzinger ihre Frage. Sie hatte sich erstaunlich leichtfüßig genähert, musterte die beiden jungen Frauen und zupfte Paulas Kragen zurecht. Anschließend setzte sie sich an die Spitze der kleinen Gruppe und eilte mit damenhaft winzigen Schritten auf dem gekiesten Pfad Richtung St. Alban voraus. Dahinter liefen Paula und Anna, die sich verschwörerisch angrinsten, und den Abschluss bildete der Chauffeur, der fast wie ein Leibwächter wirkte.

Zum Segelclub war es in diesem Tempo eine Viertelstunde zu laufen, an der Kirche St. Alban und dem Dampfersteg vorbei, nach oben und dann immer neben dem Bahndamm entlang bis zu den Seewiesen. In der lang gezogenen Bucht stand viel Schilf, aber am südlichen Ende sah man bereits Masten emporspitzen. Paula beschleunigte ihr Tempo und überholte ihre Mutter, aber Edith rief sie zurück.

»Weißt du, was uns im Segelclub erwartet?«, fragte Paula. Anna hatte so eine Ahnung, denn das Clubgelände war zu Kriegsende von Flakhelfern besetzt gewesen, danach zogen französische Truppen durch, und ein paar Wochen nach Kriegsende kamen die amerikanischen Soldaten an, die den Club seitdem besetzt hielten. Im letzten eiskalten Winter war Brennholz sehr begehrt und das Gelände über den zugefrorenen See für Plünderer trotz einer hohen Einzäunung gut erreichbar gewesen. Aber um Paula nicht zu sehr zu beunruhigen, sagte sie: »Da wird vieles verwildert sein, und einiges wird Füße bekommen haben.« Dass der Club und die Boote auch mutwilligen Zerstörungen, laut dem Bootsbauer, für den sie manchmal kleine Malerarbeiten erledigte, ausgesetzt waren, behielt sie für sich.

Sie hatte außerdem gehört, dass manche Bootseigner am Ammersee zum Kriegsende hin ihre Jolle mit ein paar Axtschlägen unbrauchbar gemacht und im Schilf versteckt hatten, damit diese nicht in die Hände der Besatzer fiel. Anna wusste nicht, ob das nur ein Gerücht war. Da die meisten Eigner des *Yachtclubs Ammersee* aber in München wohnten, erschien es Anna recht unwahrscheinlich.

Schon der löchrige Zaun entlang des Segelclubgeländes wies auf Vandalismus hin, das gusseiserne Tor mit der bemalten Vereinsstandarte, ein zweigeteiltes Dreieck unten blau und oben orange mit in weiß gezeichneten Umrissen eines fliegenden Kranichs in der Mitte, war aus den Angeln gerissen und lag am Eingang, achtlos in den Dreck geworfen. Statt des Zaunes war eine Schnur gespannt, und dahinter hielten zwei bewaffnete amerikanische Soldaten Wache. Beide trugen eine MP-Binde am Arm, die sie als Angehörige der amerikanischen Militärpolizei auswies. An der Seite parkte auch schon der grüne offene Jeep der MP.

Als Edith forsch das Gelände betreten wollte, nahm der eine seine Waffe in Anschlag, und der andere rief: »Stop, no entry for Germans!«

»We have an appointment with Captain Bill«, sprang Paula ihrer Mutter bei. »Would you please let him know that Mrs Seitzinger, Miss Seitzinger and Miss Sonnberger are here?« Sie lächelte dem baumlangen Soldaten zu, der keine Miene verzog.

Dieser wies die Gruppe an, zu warten, und verschwand auf dem Gelände. »Woher kannst du so gut Englisch?«, wisperte Anna.

»Ich hatte heimlich Unterricht bei den Englischen Fräulein«, flüsterte Paula zurück.

Bewundernd sah Anna Paula an und kam sich einmal mehr wie ein Bauerntrampel vor. Ein weiterer Soldat trat in einem dreckverschmierten Overall aus dem oberen Bootshaus und gab dem Soldaten am Eingang einen Wink. Die drei Frauen durften passieren, während der Chauffeur am Tor warten musste. Frau Seitzingers Mundwinkel zeigten bereits nach unten, diese Behandlung passte ihr ganz und gar nicht. Deshalb blaffte sie den wartenden Soldaten am Bootshaus an: »Bringen Sie uns unverzüglich zu Captain Bill!«

Dieser nickte nur und deutete zur Terrasse des Clubhauses.

Paula versuchte, in das Bootshaus zu spähen, aber schon der äußere Eindruck war beklagenswert. Bretter waren herausgerissen, die Fenster vernagelt, überall spross Unkraut, die Rosenbeete waren ungepflegt, und Unrat lag allerorts herum. Schweigend gingen sie über das einst so gepflegte Gelände zur Terrasse des Clubhauses. Auch hier fehlten Fensterläden, die Fenster waren notdürftig geflickt, und die Farbe blätterte von den Wänden. Die Bohlen der Clubveranda wiesen Hackspuren auf, offenbar hatten Plünderer versucht, das Holz zu entfernen. Vom Freisitz aus hatte man beste Sicht auf die Steganlage, an der ein paar beschädigte Boote halb unter Wasser lagen. Auch ein paar Stegbretter fehlten, und weiter vorne gab es sogar ein richtiges Loch.

Anna blickte zu Paula, die seltsam verändert schien. Sie hörte, wie Frau Seitzinger ihrer Tochter zuflüsterte: »Lass dir nichts anmerken, mein Kind! Contenance!« Das nützte offenbar nichts, denn Paula sank in sich zusammen. Die aufgeregte Stimme Frau Seitzingers forderte Anna zum Handeln auf. Sie eilte zu Paula, stützte sie geschickt und ging langsam mit ihr die Treppe hinauf, dabei sagte sie immer wieder: »Das wird alles wieder gut, das kommt alles in Ordnung!«

Paulas Mutter hatte derweil einen der Klappstühle, die auf der Veranda standen, bereitgestellt und kramte in ihrer Handtasche. Sie förderte ein Fläschchen und einen kleinen Silberlöffel zutage und flößte Paula ein paar Tropfen aus dem Fläschchen ein. Anna blieb so vor Paula stehen, dass man sie vom Bootshaus aus nicht sehen konnte.

»Das wird gleich wieder, das ist nur ein kleiner Schwächeanfall«, sagte Frau Seitzinger leise zu Anna. Und tatsächlich kam Paula bald darauf wieder so weit zu sich, dass sie sich an den für sie vorbereiteten Tisch setzen konnten. Nur mit dem Sprechen tat sich Paula noch schwer.

Inzwischen kam der Soldat von vorhin wieder, diesmal aber sauber gewaschen und in der sandfarbenen Sommeruniform mit eingesteckter Krawatte der US Air Force. Paula nahm ihn noch verschwommen wahr, es fror sie trotz der Sonne, und sie spürte einen dicken Kloß im Hals. Auf jeden Fall war dieser Soldat ein gut aussehender Mann, der sich energisch und gleichzeitig geschmeidig bewegte, das fiel ihr durchaus auf. Ihre Mutter erhob sich ebenso wie Anna, aber sie selbst schaffte es nicht. Eine

Schwere zog sie nach unten, und sie hatte einen seltsamen Geruch in der Nase.

Paula hörte, wie ihre Mutter sich bei dem Soldaten, der wohl Captain Bill sein musste, für ihren Zustand entschuldigte, das Mädchen habe eben ein zartes Empfinden. »Kein Wunder bei dem Anblick«, sagte Edith bitter und ließ vielsagend den Blick schweifen.

Captain Conrad Bill ließ von seinem Adjutanten echten Kaffee und Wasser servieren, dazu stellte er einen Teller großer runder Kekse mit Schokoladenstückchen auf den Tisch und lächelte Anna und Paula aufmunternd zu. Edith dankte Captain Bill höflich für die Einladung zum Kaffee und begann dann, die Geschichte des *Yachtclubs Ammersee* zu erzählen. Offenbar wollte sie Paula Zeit geben, wieder vollständig zu sich zu kommen.

»Captain Bill, das hier ist ein ganz besonderer Segelclub! Im Jahre 1905 haben meine Eltern, das Ehepaar Schäfer, und die Eltern meines Mannes, das Ehepaar Seitzinger, den *Yachtclub Ammersee* gegründet, und zwar vorrangig aus dem Grund, den Segelsport auch dem weiblichen Geschlecht zu ermöglichen. Die Mutter meines Mannes, Maxima, stammte aus Holland und machte dort schon seit früher Kindheit das Ijsselmeer unsicher, und meine Mutter, Gott hab sie selig, betrieb als Freifrau von Perbruck ebenfalls schon früh das Segeln. Aber viele Segelvereine akzeptierten Frauen nicht in den Reihen der Aktiven. Um aber an nationalen und internationalen Regatten teilnehmen zu dürfen, ist eine Mitgliedschaft obligatorisch. So haben sich eben einige Münchner Familien zusammengetan und einen eigenen Club gegründet. Und als es darum ging, wo der Club aufgebaut werden sollte, da fiel die Wahl auf dieses schöne Fleckchen Erde. Auch deshalb, weil in der Nähe einige befreundete Künstler ihre Sommerresidenzen und dadurch nützliche Kontakte hatten. Meine Eltern haben einige der Künstler hier und in München gefördert. Wir hatten sogar lange in unserem Laden eine von Bildhauern und Malern gestaltete Serie im Sortiment, mit Kleinmöbeln und Beschlägen im Art déco.«

Captain Bill, der bis jetzt geduldig zugehört hatte, unterbrach Edith nun. »Das ist ja gewiss sehr interessant, aber heute soll es nicht um die Geschichte Ihres Clubs gehen, der, wie ich schon von Ihrem Mann gehört habe, für Ihre Familie von besonderem Interesse ist. Mir liegen vor allem die Kinder und Jugendlichen am Herzen, die jahrelang der Nazipropaganda ausgesetzt waren. Wir sehen uns daher verpflichtet, den deutschen Kindern hier zu zeigen, dass die Demokratie der richtige Weg zu Versöhnung und Frieden ist. Daher wird hier ein German Youth Activity Center, ein Jugendhaus, entstehen, mit viel Sport für die Kinder und Heranwachsenden, die jetzt auf der Straße herumstromern. Nach Schulschluss und in den Ferien werden wir hier mit dem GYA für die Kinder da sein.«

»Wer trägt im Club die Verantwortung?«, hakte Edith nach.

»Das bin ich, Mrs Seitzinger, und ich bin in der Region für das GYA-Programm zuständig!« Captain Bill strich energisch über seine Uniform.

Paula spürte, dass es jetzt an ihr war, das Gespräch in eine andere Richtung zu lenken. Aber sie konnte nur an den schlimmen Zustand der Anlage denken. Dabei wollte sie den Captain doch dringend fragen, ob es die *Kranich* noch gab. In diesem Augenblick spürte sie einen unwirschen Tritt an ihrem Schienbein. Edith.

»Ähm, Captain Bill, ich hätte da noch eine Frage«, brachte sie mühsam hervor.

»Du bist Paula, richtig?«, wandte sich der Soldat ihr zu. Der Blick aus seinen blauen Augen hatte sich verändert. Er musterte sie sanft.

Paula nahm all ihre Kraft zusammen. »Ja, ich bin Paula Seitzinger, und ich würde gerne als Lehrerin im German Youth Activity Center arbeiten.«

»Und was wolltest du fragen?«

»Es fällt mir nicht leicht, aber ich muss es einfach wissen: Was ist mit der *Kranich* passiert? Sie liegt nicht am Steg. Ist sie zerstört worden?« Letzteres flüsterte Paula nur noch, und schon stiegen wieder Tränen auf. Sie grub die Fingernägel in die Handballen, um nicht wieder in einen Anfall abzugleiten.

»Ist die *Kranich* der schöne Kreuzer?«, fragte der Captain.

Paula nickte.

»Dann kann ich dich beruhigen, Paula. Die Yacht habe ich draußen auf dem See an eine Boje hängen lassen, damit sie nicht Plünderern in die Hände fällt. Man muss ein bisschen was am Schiff machen, aber an sich sollte es in Ordnung sein.«

Paula atmete tief durch, endlich kam die Botschaft in ihrem Körper an. Der *Kranich* war nichts passiert, es war alles gut!

Captain Bill reichte ihr ein Fernglas, und sie stand auf, um den See abzusuchen. Da! Sie sah die Yacht, deren Schicksal so eng mit dem ihrer Familie verknüpft war. Der Mast lag abgeklappt auf dem Boot, aber der Rumpf schien nicht grob beschädigt, soweit sie das sehen konnte. Der weiße Anstrich blätterte ab, und der geschwungene Schriftzug war kaum noch lesbar. Sie richtete das Fernglas auf den Steg. Dort hingen ein paar der Piraten erbarmungswürdig an den Leinen. Das würde ein langer Weg werden, aber schließlich hatten sie ja den ganzen Sommer Zeit, um dem Club seinen alten Glanz zurückzugeben. Denn dass sie hierbleiben wollte, das wusste Paula ganz genau. Ihr Herz schlug schneller, und sie blickte auf das glitzernde Wasser hinaus.

5

Captain Bill und das GYA

Anna hielt die Luft an. Frau Seitzinger schien nicht zu wollen, dass ihre Tochter hier arbeitete. Warum sonst hätte sie so mit dem Captain gesprochen? Und nun insistierte sie, sie sei um den Schutz ihrer Tochter besorgt und wünsche deshalb, dass Anna immer an ihrer Seite bleiben müsse und die Mädchen nur zu zweit arbeiten sollten. Was hatte sie nur, fragte Anna sich.

Paula war sogar ein Jahr älter als sie selbst, und sie hatte schließlich schon lange keinen Aufpasser mehr.

Der Captain zog ein Gesicht, als ob er auf eine Zitrone gebissen hätte und nicht in einen himmlisch schmeckenden süßen Keks, von denen er Anna gerade auch ein Exemplar angeboten hatte. Anna schloss die Augen, um den feinen Geschmack noch deutlicher wahrzunehmen. Der Keks musste mit echter Butter und viel Zucker gebacken sein, so wie er auf ihrer Zunge schmolz. Aber da war noch ein anderer Geschmack. Sie biss noch mal ab und kostete vorsichtig. Es schmeckte auch ein bisschen salzig. Sie hatte ihren Keks mit Genuss zur Hälfte aufgegessen, da bremste sie sich und tupfte sich den Mund mit der bereitliegenden Serviette ab. Die andere Kekshälfte wollte sie für ihre Geschwister aufbewahren.

»Schmeckt dir der Cookie nicht?«, erkundigte sich der Captain.

»Doch, der Keks ist köstlich. Aber ich habe gerade nicht so viel Appetit und würde die andere Hälfte dann später essen«, schwindelte Anna.

Der Captain nickte nur. Er war um einige Jahre älter als sie, und an seinem Ringfinger sah sie einen Ehering blitzen. Dass der Mann ein Amerikaner war, merkte sie auch daran, wie weiß seine Zähne beim Lächeln blinkten.. Er wirkte kraftvoll, seine blauen Augen blitzten, und seine aschblonden Haare waren genauso glatt wie ihre eigenen. Anna fühlte sich in seiner Gegenwart nicht unwohl, wirkte er doch freundlich, aber nicht zu aufdringlich. Sie konnte sich nicht vorstellen, dass er einer Frau hinterherpfiff oder sie zweideutig ansprach, so wie sie es schon mehrfach erlebt hatte. Nicht, dass sie auf die Avancen der Besatzer eingegangen wäre. Das kam für sie nicht infrage.

Sie rutschte auf dem Stuhl herum, denn nun setzte der Soldat eine ernste Miene auf und begann mit seiner Befragung.

»Ich bin Anna Sonnberger und im Dezember neunzehn Jahre alt geworden. Mit meinen Eltern und meinen drei jüngeren Geschwistern Berta, Bernhard und Emil wohne ich in einem kleinen Haus in der Fischerei in Dießen. Mein Vater ist der Albert Sonnberger, er ist Maler, und wir haben hinter dem Haus eine Werkstatt. Ich glaube, mein Vater hat für Sie schon Schilder gemalt. Seitdem ich nicht mehr in die Schule gehe, habe ich meinem Vater in der Werkstatt geholfen und meiner Mutter mit den Kindern«, gab Anna bemüht Auskunft auf seine Fragen.

»Warst du beim Bund Deutscher Mädel?« Der Captain musterte sie mit festem Blick.

»Nein, denn ich hatte ...«

Anna spürte einen Tritt an ihrem Schienbein.

»Das war nichts für mich, das hat mich nicht interessiert«, erinnerte sich Anna an die Antwort, die zu geben man ihr eingeschärft hatte.

»Und hattest du damit keine Probleme?«

»Das hat der Vater geregelt, und in der Schule spielte es hier keine Rolle.«

»Waren deine Eltern in der Partei?«, hakte Captain Bill nach.

»Meine Mutter nicht, und mein Vater musste dazugehen, sonst hätte er gar keine Aufträge mehr bekommen. Aber er hat nicht aktiv mitgemacht und niemanden denunziert.«

»Hast du mitbekommen, was mit den Juden hier geschehen ist?«

»Ein paar Familien waren nur zur Sommerfrische da und sind dann einfach nicht mehr gekommen. Da wurde nicht groß drüber geredet.«

Anna biss ihre Zähne zusammen. Sie hatte bei einem ihrer Ausflüge nach Utting etwas mitbekommen, was ihr lange nachgegangen war. Der Anblick der ausgemergelten

Männer und Jugendlichen – zum Teil gerade so alt wie sie selbst –, wie sie von der Fabrikarbeit in ihre Unterkünfte getrieben wurden, hatte sie sehr verstört, aber letztlich hatte sie als damals Sechzehnjährige nichts dagegen ausrichten können. In Utting hatte es im letzten Kriegsjahr ein Außenlager vom KZ Dachau gegeben, aber sie schämte sich zu sehr, um das jetzt zu erwähnen. Sie hatte zwar nicht mitgemacht, aber doch Bescheid gewusst. So wie die meisten, auch wenn jetzt kaum noch darüber gesprochen wurde.

Der Captain blickte sie intensiv an, und Anna spürte, wie ihr die Röte in die Wangen stieg. Frau Seitzinger setzte wieder mit ihrem Geplauder an, und diesmal war Anna ihr sehr dankbar.

»Die Anna ist als Kind mit der Paula gesegelt. Wissen Sie, Captain Bill, die beiden waren bei den Kinderregatten immer auf den ersten Plätzen. Ihre Mutter, die Maria Sonnberger, die ist bei uns die Näherin. Ich kenne die Familie schon lange, und ich kann nur Gutes sagen. Das sind redliche und arbeitsame Leute, und die Anna ist wirklich sehr tüchtig!«

Captain Bill versuchte noch eine Frage: »Gab es denn keine Unternehmungen oder Fahrten, die ihr als Jugendgruppe unternommen habt?«

»Doch, es gab jedes Jahr viele Sammelaktionen. Wir sind zum Beispiel in den Wald gegangen und haben herumliegendes Holz und Tannenzapfen für den Ofen im Klassenzimmer gesammelt, und natürlich auch Eicheln, Kastanien und Hagebutten für die Schule. Wir waren immer ganz stolz, wenn wir viel zusammenbekommen konnten. Aber im letzten Winter hat es nicht gereicht, da sollten meine Geschwister jeden Morgen ein Holzscheit mitbringen.« Anna seufzte. Holz war gerade bei der Eiseskälte des letzten Winters sehr knapp gewesen, und manchmal mussten ihre Geschwister mit leeren Händen losziehen.

»Aber ihr seid doch sicher auch einmal verreist oder habt mit der Familie Ausflüge gemacht!«

»Zur Firmung ist meine Tante mit mir nach Garmisch aufgebrochen, und wir sind auf eine Alm gewandert. Und einmal im Jahr ist die Mutter nach München gefahren und hat Stoffe gekauft, da durfte ich schon mitkommen. Als es noch keinen Krieg gab und der Vater viel Erfolg mit seinen Bildern hatte, da waren wir, also mein Vater, meine Mutter, die Berta und ich, einmal eine Woche in Italien am Meer.« Anna konnte sich nur noch mit Mühe daran erinnern, wie das Salzwasser sich auf ihrer Haut angefühlt hatte, aber es war heiß und sandig gewesen, und die Eltern hatten damals viel gelacht. Alles war so viel leichter gewesen.

Captain Bill schien nun genug aus ihrem Leben gehört zu haben und wechselte das Thema. »Und du traust dir die Aufgabe im GYA auch zu? Auf viele Kinder aufzupassen kann ganz schön schwierig und herausfordernd sein.«

»Ich kann es versuchen, aber das sollte schon klappen. Und gesegelt bin ich immer gern, nur der Südteil des Ammersees war ja lange ein Sperrgebiet wegen der Bombentests, und später ging es auch nicht mehr.«

»Was waren das für Bombentests?« Der Captain wurde auf einmal hellhörig.

Anna schluckte. »Das weiß ich auch nicht genau, aber es wurde eben verfügt, dass keiner mehr den See im Süden befahren oder dort schwimmen durfte. Die deutsche Luftwaffe hat hier Bombenabwürfe geübt und neues Material getestet. Manchmal hat das ganz schön laut gerumst. Es hieß immer, da werden ganz besondere Waffen mit vernichtender Sprengkraft entwickelt, aber ich weiß nicht mehr darüber. Ich bin so froh, dass der Krieg endlich vorbei ist.« Anna machte eine Pause und setzte nach: »Aber es gibt schon noch einige Blindgänger im See, die darf man nicht selbst rausfischen. Das ist verboten.«

Captain Bill nickte. »Es ist zu Recht verboten, denn Blindgänger sind immer gefährlich. Man weiß nie, wann die Dinger hochgehen. Also immer Abstand halten und Meldung machen, das müsst ihr auch den Kindern einbläuen.«

»Ich hätte da auch noch eine Frage, verehrter Captain Bill. Wie kommt es eigentlich, dass Sie so gut Deutsch sprechen? Wie lange sind Sie hier schon stationiert?«, mischte sich jetzt wieder Frau Seitzinger ein, die es nur schwer auszuhalten schien, wenn sie nicht im Mittelpunkt des Geschehens stand. Das hatte Anna auch schon fragen wollen, sich aber nicht getraut.

»Das ist privat, Frau Seitzinger«, parierte der Soldat erstaunlich patzig.

»Ich bitte vielmals um Entschuldigung«, antwortete die Dame süßlich. Der Captain ließ Kaffee nachschenken und deutete auf den halben Keks, der auf Annas Teller lag: »Du kannst ruhig aufessen, es ist wirklich genug da!«

Nun wandte der Captain sich Paula zu. Statt sie zu ihrer Familie zu verhören, fragte er unverblümt: »Was ist das für eine Sache bei dir?«

Jetzt war es an ihrer Mutter, säuerlich für Paula zu antworten: »Das ist privat!«

»Ich habe hier die Verantwortung, und ich muss wissen, ob Paula in der Lage ist, auf dem Land und auf dem Wasser auf die Kinder aufzupassen!«, widersprach Captain Bill.

Paula wurde mulmig. Sollte sie jetzt dreist lügen und ihre Anfälle verschweigen? Was, wenn dadurch ein Kind zu Schaden käme? Das würde sie nicht wollen, aber noch weniger wollte sie, dass sie die Stelle nicht bekam. Daher entschloss sie sich, das Ganze herunterzuspielen.

»Captain Bill, diese kleine Schwäche tritt nicht oft auf, und ich bin mir sicher, dass ich das alles schaffen werde. Und die Anna ist ja auch noch da!«

Der Captain sah sie zweifelnd an. Deshalb legte Paula nach: »Ich habe wirklich schon viel Erfahrung mit dem Unterrichten, und es macht mir große Freude. Einigen jüngeren Schülern habe ich regelmäßig Nachhilfe gegeben, und ich lerne auch selbst sehr schnell. Am liebsten möchte ich Lehrerin werden! Und hier am See, da geht es mir normalerweise gut, ich habe mich nur sehr erschrocken, in welchem Zustand die Boote und die Anlagen hier sind. Bitte geben Sie mir die Chance!«

Ihre Mutter sah sie verwundert an. Das würde ein Nachspiel haben, das wusste Paula jetzt schon. So ein Mist! Jetzt hatte sie ihren geheimen Wunsch einfach so rausposaunt, und wenn der Captain sie jetzt wegschickte, dann wäre das auch noch umsonst gewesen!

Captain Bill blickte sie nachdenklich an. »Weißt du, Paula, ich glaube, du wärst eine gute Lehrerin. Deshalb will ich es mit dir versuchen, aber Anna und du, ihr müsst aufeinander aufpassen! Deine Mutter wünscht sich, dass ihr immer gemeinsam unterwegs seid, und das halte ich auch für sinnvoll. Ich gebe eine entsprechende Order aus!«

»Dann haben wir die Anstellung?«, fragte Paula zögerlich.

»Ja, aber nur, wenn ihr beide zusagt und von euren Vätern eine schriftliche Erlaubnis vorlegen könnt. Ihr seid ja beide noch nicht volljährig.«

Paula jubelte und warf Anna einen Blick zu. Warum sah sie nicht genauso glücklich aus?

Captain Bill stand auf. »Okay, dann machen wir einen Rundgang. Bis wir das GYA eröffnen können, ist noch viel zu tun. Am besten schreibt ihr eine Liste, was alles erledigt werden muss.«

Sie begannen im Clubhaus. Im oberen Stock waren die Zimmer jetzt für die Soldaten reserviert. Captain Bill hatte sich wohl das schönste Zimmer direkt mit Blick auf den See geschnappt, denn sein Name stand am Türschild. Er deutete auf eine Zimmertür weiter hinten: »Hier soll Sergeant Reilly einziehen. Er wird die ganze Zeit über hier wohnen und sich um alles kümmern. Wenn ihr etwas braucht, dann wendet euch an ihn.«

»Ich dachte, Sie leiten das Zentrum?«, fragte Anna vorsichtig nach.

»Sergeant Reilly ist für das GYA hier vor Ort zuständig. Er kann gut mit den Jungs umgehen und wird Boxtraining anbieten. Ich werde hauptsächlich am Wochenende da sein, und natürlich dann, wenn ich hier gebraucht werde. Merkt euch, dass ihr die oberen Stockwerke des Clubhauses nicht betreten dürft, das ist den Soldaten vorbehalten. Für die Betreuung der Kinder werden wir das obere Bootshaus herrichten. Da gibt es genug Platz, wenn alle Boote draußen sind und dort gründlich aufgeräumt wurde. Außerdem wird es Mahlzeiten für die Kinder und auch für euch geben. Sagt das schon mal allen: Im GYA gibt es kostenlos gutes Essen, Süßigkeiten und Limonade!«

»Wann sollen wir denn anfangen?«, fragte Paula.

»Nächste Woche am Montag seid ihr pünktlich um zehn Uhr da. Arbeitszeit ist von zehn Uhr bis achtzehn Uhr, am Samstag bis vierzehn Uhr. Sonntags habt ihr frei.«

Weiter ging es zum Steg. Anna hörte schon das Geräusch von fallendem Wasser, das von den Schaufelraddampfern kam. Gleich würde einer um die Ecke biegen. Da der Wasserstand durch die späte Schneeschmelze noch recht hoch war, war zu befürchten, dass sie auf dem Steg nasse Füße bekamen. Auch Paula hatte das typische Geräusch bemerkt und machte Captain Bill darauf aufmerksam. Gemeinsam blickten sie Richtung Süden über den See, der jetzt glatt poliert vor ihnen lag. Der leichte Nordostwind, der tagsüber ein sanftes Kräuseln der Wasseroberfläche bewirkt hatte, war nun fast eingeschlafen. Bald würde die bei den Seglern gefürchtete Abendflaute eintreten. Alle drei schwiegen und ließen den Moment auf sich wirken. Da schob sich der Dampfer ins Blickfeld, dahinter standen die Alpen Spalier.

»Welcher ist es?«, fragte Paula.

»Das ist die *Diessen*, mein Lieblingsdampfer«, meinte Anna, und bald darauf war das Schiff nah genug, um den Namen zu erkennen. Anna war jetzt schon vom Steg ans Ufer gelaufen. Der Captain blieb stehen, offenbar wusste er nicht, welchen Wellenschlag die *Diessen* auslösen würde.

»Wenn wir nicht nass werden wollen, müssen wir jetzt schnell vom Steg runter«, hörte Anna Paula noch rufen.

Die ersten Wellen rollten an, und vorne an der Stegspitze spritzte es schon hoch. Mit ein paar Sprüngen rettete sich nun auch der Captain auf das trockene Ufer, während die Wellen heranrollten. Seine Hosensäume hatten sich schon dunkel eingefärbt.

Anna hatte es als Kind geliebt, in die Wellen zu springen und dabei laut zu kreischen. Am liebsten wäre sie jetzt losgelaufen, direkt in die Wellen hinein, wie damals am Meer, wo das Leben so unbeschwert erschien. Stattdessen hörte sie wieder Frau Seitzinger, die auf Captain Bill einredete und diesen davon zu überzeugen versuchte, dass der Segelclub doch in einem zu schlechten Zustand sei, um jetzt als Jugendbegegnungsstätte genutzt zu werden.

Aber auch hier ließ der Captain sich nicht beirren. Das sei nur eine Frage der Möglichkeiten, meinte er, und außerdem sei das Gelände ideal, weil es sowohl von Dießen als auch von Rieden aus gut zu erreichen sei und er daher die Jugendlichen beider Dörfer ansprechen könne. Bahnstationen in Riederau und Dießen sowie Dampferstege in St. Alban und Riederau gab es außerdem. Und niemand könnte sich daran stören, wenn es ein bisschen lauter werden würde, denn in der direkten Nähe lagen keine Wohnhäuser. Der Adjutant erschien. Captain Bill blickte auf seine Armbanduhr und nickte dem Soldaten zu, der geduldig wartete.

Das war das Zeichen zum Aufbruch. Vorher ließ der Captain noch eine weiße Pappschachtel holen, die er Anna zum Abschied überreichte. »Hier habe ich noch ein paar Cookies für deine Geschwister einpacken lassen«, sagte er mit einem sanften Lächeln.

Anna wurde rot, denn sie hatte den halben Keks in ein Taschentuch gewickelt in ihre Rocktasche gesteckt, wo dieser schon ein bisschen zerbröselt war. War dem Captain ihre Geste etwa aufgefallen?

Frau Seitzinger sah Anna missbilligend an. Offenbar sollte sie die Keksschachtel nicht annehmen, doch das brachte Anna nicht übers Herz. Ihre Geschwister würden sich so freuen!

Also nickte sie und bedankte sich mit einem strahlenden Lächeln, das auf ihrem Gesicht blieb, während sie den

Raum verließen. Bis sie einen Blick auf Paula warf und deren traurigen Gesichtsausdruck sah. Als sie den Eingang einige Meter hinter sich gelassen hatten, schaute Anna in die Schachtel. Dort lagen vier große runde Schokoladenkekse, die herrlich dufteten.

»Ich schenke dir einen für Irmchen und Rosalie«, flüsterte Anna, und Paula nahm den Keks, wickelte ihn in ihr weißes Taschentuch und hielt ihn vorsichtig in der Hand. Frau Seitzinger war schon mit dem Chauffeur vorausgegangen.

Nun strahlte Paula. »Das wird richtig toll! Ich freue mich so!« Sie tanzte vorwärts und wirkte so glücklich, dass Anna es nicht fertigbrachte, von der noch fehlenden Erlaubnis ihres Vaters zu erzählen. Sie musste ihn einfach überzeugen!

6

Die Erlaubnis

Den Rest des Weges überlegte Anna, wie sie Frau Seitzinger bitten konnte, sie zu ihrem Vater zu begleiten. Denn Anna war nicht sicher, wie er reagieren würde, nein, sie fürchtete, dass er schlichtweg ablehnen würde. Gerade jetzt, wo durch die Besatzer mehr Aufträge kamen und auch die eine oder andere Witwe oder trauernde Mutter sich das Geld für ein Porträt ihres gefallenen Ehemanns oder Sohns angespart hatte. Anna war inzwischen schon ziemlich gut im Ausmalen der Gesichter, wenn ihr Vater die Konturen vorzeichnete. Und die Schildermalerei hatte sie fast schon zur Gänze übernommen, denn der Vater schaffte nicht mehr so viel wie früher und hatte oft Schmerzen, die er so manches Mal mit einer Maß Bier in der Wirtschaft bekämpfte.

Ihre Mutter, die oft außer Haus als Näherin arbeitete, bekam das gar nicht so genau mit, denn die Werkstatt war ganz allein Sache ihres Mannes. Anna sah nicht, wie es gehen könnte, dass der Vater den ganzen Tag auf sie verzichtete, und ohne gutes Tageslicht konnte sie auch nicht in der Werkstatt arbeiten. Anderseits sehnte sie sich danach, die Enge ihrer Familie einmal hinter sich zu lassen, und sie mochte Paula wirklich sehr. Wäre das schön, eine Busenfreundin zu haben!

Zurück am Landhaus der Seitzingers wartete Hedi mit den Kindern schon auf die kleine Abordnung. Ihre Schwester Edith wirkte aufgebracht. »Das ist ein ziemlicher Schnösel, dieser Captain Bill! Er besteht darauf, unseren Segelclub für sein amerikanisches Jugendprogramm zu beschlagnahmen, dabei wären doch andere Anlagen am See viel geeigneter!«, schimpfte sie. »Wenn du das gesehen hättest, wie verkommen alles ist, unser schöner Segelclub, den wir mit so viel Liebe aufgebaut und gepflegt haben, alles dreckig, abgerissen und beschädigt. Die Boote schauen schlimm aus, hängen halb untergegangen am Steg, und der Captain schiebt natürlich alles auf Plünderer. Aber ich kann mir schon denken, wer die Schäden angerichtet hat: erst die Franzosen, die gar keine Ahnung vom Segeln hatten, und dann die Amerikaner, die alles Gute für sich wollen! Und wir bekommen unseren Segelclub immer noch nicht zurück, obwohl der Krieg jetzt schon zwei Jahre vorbei ist.«

»Und was ist mit der *Kranich*?«, fragte Hedi und ließ den Blick auf ihrer Schwester ruhen.

»Sag das bloß nicht vor Paula. Sie hatte doch glatt einen ihrer Anfälle, weil sie dachte, dass die *Kranich* zerstört ist. Das hätte beinahe Johanns Plan kaputtgemacht, denn der Captain hat das natürlich bemerkt und hält sie nicht für fähig, allein auf die Kinder aufzupassen. Ehrlich gesagt, ich hätte Paula lieber bei mir in München, aber

Johann ist überzeugt, dass der Segelclub Paula jetzt braucht.«

»Aber was ist denn nun mit der *Kranich*?«, insistierte Hedi.

»Die *Kranich* liegt draußen an einer Boje und hat keine größeren Schäden«, ließ sich jetzt Paula vernehmen, die mit Anna im Garten angekommen war.

Hedi seufzte erleichtert und blickte sehnsuchtsvoll Richtung Segelclub, dann bemerkte sie das Taschentuch, das Paula vorsichtig in den Händen balancierte. »Was hast du denn da mitgebracht?«

Paula errötete. »Eine kleine Überraschung für Irmchen und Rosalie, der Captain hat uns amerikanische Cookies geschenkt.«

»Aber bitte erst nach dem Abendessen!«, mahnte Hedi, doch Irmchen hatte natürlich gleich bemerkt, dass Paula etwas mitgebracht hatte, und wollte nach dem kleinen Bündel greifen.

Paula hob ihren Arm hoch in die Luft und lachte. »Das ist eine Überraschung, die gibt es erst später.«

»Nur mal zeigen«, bettelte Irmchen.

Hedi schüttelte den Kopf und nahm Irmchen an die Hand.

»Komm, wir schauen mal in die Küche zu Frau Pohlke. Wir wollten ihr doch noch beim Kochen helfen.«

Jetzt oder nie! Anna sammelte allen Mut zusammen und trat auf Paulas Mutter zu. »Frau Seitzinger, ich hätte eine große Bitte! Captain Bill hat ja gesagt, dass ich die Erlaubnis vom Vater brauche, und der Vater, der ist ziemlich streng. Deshalb wollte ich Sie fragen, ob Sie mich nach Hause begleiten und ihm das richtig erklären könnten.«

»Aber, Kindchen, das verwundert mich schon, denn deine Mutter hatte keine großen Bedenken. Meinst du, dass er etwas dagegen haben könnte?«

Anna nickte nachdrücklich. Sie konnte Frau Seitzinger nicht alles erzählen, denn das würde den Vater noch mehr aufbringen. Frau Seitzinger sah sie forschend an und sagte, sie wolle das am besten gleich erledigen. Anna könne schon einmal vorlaufen, sie komme dann mit dem Chauffeur nach.

Zügigen Schrittes ging Anna nach Hause, die Sonne stand schon tief und hüllte das Ostufer in ein goldenes Licht. Lichtpunkte tanzten auf dem Wasser wie Feenstaub. Doch sie hatte heute vor lauter Aufregung keine Muße, um das zauberhafte Naturschauspiel wie sonst beobachten und würdigen zu können. Zu Hause schaute sie zuerst nach ihrer Mutter. Diese war noch unterwegs, deshalb beschloss Anna, draußen auf Frau Seitzinger zu warten. Allein traute sie sich nicht in die Werkstatt, denn sie hatte ihren Vater schon von draußen lautstark schimpfen gehört. Offenbar hatte er keine gute Laune, oder das Bein schmerzte ihn wieder.

Da kam auch schon Frau Seitzinger, und Anna ging vor, die schmale Gasse zwischen den eng aneinandergebauten Häusern in der Fischerei hindurch zum Hinterhof mit der Werkstatt. Frau Seitzinger klopfte an die Tür und trat ein. Der Maler war gerade mit einem Hinweisschild für die Sommerfrischler beschäftigt, die ersten Buchstaben hatte er schon fertig.

»Grüß Gott, Vater. Das ist die Frau Seitzinger aus München«, stellte Anna sie vor.

Ihr Vater sah auf, wischte sich die rechte Hand an der Hose ab und streckte sie Frau Seitzinger hin, die sie trotz der Farbflecke ergriff.

»Grüß Gott, Herr Sonnberger. Die Anna und ich hätten da eine Bitte an Sie!«

»Worum geht's denn? Ich bin beschäftigt, und das Schild muss fertig werden, bevor es dunkel wird.«

»Es geht um unseren *Yachtclub Ammersee*. Die Amis halten den Club immer noch besetzt, und der Captain will dort über den Sommer einen Jugendclub einrichten. Die Kinder müssen natürlich von jemandem betreut werden, und deshalb dachten wir an meine Tochter Paula und die Anna, weil die zwei ja früher schon so schön miteinander gesegelt sind. Bevor sie im Herbst ihre Ausbildungen antreten, könnten sie jetzt bei den Amerikanern noch etwas dazuverdienen.«

»Soso, und will der Ami unsere Anna überhaupt? Sie hat ja nur die Volksschule.«

»Ich kann versichern, dass die Anna diese Aufgabe bewältigen kann, und Captain Bill würde sie zusammen mit meiner Tochter nehmen. Sie als Vater von der Anna müssten nur noch die Erlaubnis geben.«

»Also wart ihr hinter meinem Rücken schon dort? Anna! Das gehört sich nicht«, herrschte der Vater Anna an und verkniff seinen Mund zu einem schmalen Strich.

»Das ging heute alles so schnell, und außerdem habe ich nicht geglaubt, dass der Amerikaner mich nimmt. Ich wollte dich ja fragen, aber da war niemand in der Werkstatt«, verteidigte sich Anna und ging einen Schritt auf ihren Vater zu.

»Jetzt bin ich wohl schuld, dass das Fräulein macht, was es will! So weit kommt es noch!«, höhnte ihr Vater.

Anna hielt ihm die weiße Pappschachtel hin. »Aber Papa, schau doch, was mir Captain Bill für die Geschwister mitgegeben hat.« Ihr Vater öffnete den Karton, blickte die amerikanischen Kekse an und schlug ihr die Schachtel wütend aus der Hand. Die Kekse landeten auf dem Werkstattboden.

Anna stieß einen Schrei aus und machte sich daran, die Krümel wieder einzusammeln.

»Lass das, Anna. Das bekommen die Hühner, solche Almosen brauchen wir nicht! Meint dieser Captain etwa, für ein paar Kekse gebe ich meine Tochter her?«

»Aber Herr Sonnberger, bitte mäßigen Sie sich. Ich kann Ihnen versichern, dass Captain Bill äußerst anständig war und die Mädchen immer nur zu zweit arbeiten. Das hat er mir ausdrücklich zugesichert!«

»Ach so, und Sie glauben diesem Mann, von dem Sie gar nichts wissen außer seinem Namen?«

Frau Seitzinger war ausnahmsweise sprachlos und sog empört die Luft ein. Mit so viel Aggressivität hatte auch Anna nicht gerechnet. Aber ihr Vater setzte noch nach: »Anna wird hier in der Werkstatt gebraucht. Sie kann nicht den ganzen Sommer am See rumsitzen und mit fremden Kindern spielen. Von mir gibt es keine Erlaubnis, basta!«

Anna schloss die Augen, am liebsten wäre sie im Boden versunken, so sehr schämte sie sich für die Unfreundlichkeit ihres Vaters. Aber offenbar gab sich Frau Seitzinger nicht geschlagen. »Und wenn ich Ihnen einen Ersatz für Anna in die Werkstatt schicke? Viel mehr als Hilfsarbeiten wird das Kind ja nicht bei Ihnen zustande bringen, denn der wahre Künstler sind doch Sie, Herr Sonnberger«, sagte sie in einem schmeichelnden Tonfall.

Anna schluckte eine Widerrede herunter, denn sie sah, wie ihr Vater interessiert sein Kinn vorreckte.

»Das müsste schon eine gescheite Aushilfe sein, am besten ein Mann! Und zahlen kann ich dem auch nichts, dass müssten schon Sie übernehmen, Frau Seitzinger!«, antwortete er schon nicht mehr ganz so polternd und rieb Daumen und Zeigefinger aneinander. Mit dieser Geste drehte er sich um und wandte sich wieder seinen Buchstaben zu.

Anna schlich mit gesenktem Kopf hinter Frau Seitzinger aus der Werkstatt, ihre Wangen glühten. Sie wagte es nicht, Frau Seitzinger anzusprechen, die sich missbilligend räusperte. »Das war jetzt nicht das, was ich erwartet hatte. Aber ich kümmere mich!«, sagte sie. Und ohne ihr die Hand zu reichen, eilte die feine Frau Seitzinger mit einem Kopfschütteln davon. Anna blieb zurück mit dem Gefühl, als ob sie sich für das Verhalten ihres Vaters rechtfertigen müsste. Sie kannte den eigentlichen Grund, durfte aber nichts davon erwähnen. Ob Frau Seitzinger einen Gehilfen finden würde? Anna zweifelte daran, bisher hatte sich für die Werkstatt jedenfalls niemand Brauchbares gemeldet.

Das Mädchen lief nach oben in sein Zimmer und warf sich schluchzend aufs Bett. Aber ihr war keine Verschnaufpause vergönnt, denn schon hörte sie den Vater laut nach ihr rufen. Bestimmt sollte sie das Schild fertig malen, damit er in die Wirtschaft gehen konnte. Aber vielleicht lenkte er doch noch ein, wenn sie ihm jetzt half und keine Widerworte gab.

Anna zog rasch ihre Arbeitslatzhose an und eilte in die Werkstatt. Hoffentlich sprach er sie nicht auf den Besuch von Frau Seitzinger an, denn ihr gingen so viele Gedanken durch den Kopf. Aber ihr Vater tat mit Blick auf ihre Arbeitskleidung so, als ob nichts gewesen wäre. »Anna, da bist du endlich. Das Schild malt sich nicht von selber. Schau, hier ist die Vorlage«, sagte er nur. Anna sah sie sich an und nickte. Das war tatsächlich das Signal für ihren Vater, seinen Malerkittel schnellstens abzulegen. Er müsse noch mal ins Dorf, wegen eines Auftrags reden, log er, ohne mit der Wimper zu zucken, und so malte Anna gewissenhaft Buchstaben um Buchstaben.

Als es langsam zu dunkel zum Malen wurde, war das Schild *Zum Dampfersteg* fertig. Im Zwielicht versuchte Anna, noch so viele Krümel wie möglich aufzuheben, die größeren Stücke hatte sie eingesammelt, als ihr Vater bei der Tür draußen war. Für die Hennen waren die buttrigen Schokoladenkekse jedenfalls viel zu schade. Sie konnte es immer noch nicht fassen, dass der Vater ihr wirklich den

Karton aus der Hand geschlagen hatte. Er wusste doch, wie selten sie Süßigkeiten bekamen. Das durfte sie ihren Geschwistern nicht erzählen. Sie würde sagen, dass ihr der Karton aus der Hand gerutscht sei, als sie ihn in der Werkstatt verstecken wollte.

In der Küche fand sie noch einen Ranken klebriges Brot und strich sich ein bisschen Margarine darauf. Ihre Geschwister waren anscheinend mit der Mutter unterwegs, denn immer noch war keiner daheim. Sie stellte sich vor den großen Spiegel im Flur und betrachtete sich, wie sie in der weiten Latzhose dastand. An ihr war nicht viel dran. An den Seiten schmückten ihre Lieblingshose große weiße Knöpfe, darunter hatte sie ein einfaches Trikothemd angezogen. Bei der Arbeit trug sie meistens die Latzhose und einen abgelegten Malerkittel vom Vater, den sie in der Taille mit einem Strick zusammenband. Sie sah ein Mädchen, das nicht im Entferntesten so elegant und fraulich wirkte wie Paula.

Einmal mehr bedauerte sie es, dass der Krieg ihr alle Chancen auf die höhere Schule zunichtegemacht hatte. Denn eigentlich hatte sich ihre Lehrerin aufgrund ihrer ausgezeichneten Noten sehr für sie ausgesprochen und eine Empfehlung geschrieben, aber der Vater hatte damals deutlich weniger verdient als in den guten Zeiten und hätte gar keine Aufträge mehr gehabt, wenn er nicht in die NSDAP eingetreten wäre. So hatte er immer noch etwas zugeschustert bekommen, durfte sogar ein Heimatbild für eine Ausstellung in München liefern. Bis zu dem schrecklichen Unfall, bei dem der Vater die Stiege hinuntergefallen war. Er hatte sich das linke Bein gebrochen, und die Knochen heilten nicht gut zusammen. Zwar hatte ihn die Verletzung vor dem Kriegseinsatz bewahrt, aber seitdem war er wetterfühlig und oft übellaunig. Nun machte er ihre Mutter dafür verantwortlich, dass er in diesem Provinzkaff, wie er es nannte, festsitze.

Als sie sich kennengelernt hatten, war der junge Albert ein aufstrebender Maler aus München gewesen, der in der Sommerfrische am Ammersee Motive einfangen wollte. Das Motiv, das ihn seinerzeit am meisten faszinierte, war ihre Mutter Maria. Maria, die Tochter einer alteingesessenen Fischersfamilie, heiratete den jungen schönen Maler, auch weil Anna schon unterwegs war. Die junge Familie bekam das kleine Haus in der Fischerei schon zu Lebzeiten von einem Onkel vererbt, der dort noch versorgt werden musste, bis er starb. Anna war noch klein gewesen, als der alte Mann, der komisch gerochen hatte, im Wohnzimmer aufgebahrt worden war.

Ihr Vater, der schöne Albert, war bei ihren Großeltern nicht gerne gesehen, und so sah auch Anna diese kaum, obwohl sie nur ein paar Straßen weiter wohnten. Außer ihren Eltern hatte Anna niemanden, der sich um sie sorgte.

Sie dachte an Sabine, mit der sie zu Schulzeiten eng befreundet gewesen war. Ihre Schulfreundin hatte inzwischen geheiratet und zeigte im Dorf stolz ihren Babybauch. Sie ging darin auf, ihrem Mann, einem Eisenbahner, alles recht zu machen, und wollte mindestens vier Kinder.

Anna stand vor dem Spiegel und schob sich ein Kissen in die Latzhose. Sie schüttelte den Kopf. Das war es nicht, was sie wollte. Ihre Haut brannte, sie hatte das Gefühl, dass ihr Leben in die völlig falsche Richtung ging und sie in einer Falle saß, aus der sie nicht mehr herauskam. Auf einmal empfand sie die dunkle Enge des Flurs als so bedrückend, dass sie nur noch rauswollte.

Anna rannte. Sie rannte so schnell, dass sie Seitenstechen bekam. Trotzdem lief sie weiter, ohne langsamer zu werden. Instinktiv hatte sie den Weg zum See eingeschlagen, und sie hielt erst an, als sie bei ihrer Lieblingsstelle angekommen war. Beim Blick auf den nun fast glatten See, auf dem sich weiße Wolken spiegelten, schöpfte sie Atem. Ihr Lieblingsplatz war zugleich ihr Geheimplatz: Auf einer kleinen Landzunge standen drei Weiden, die in der Mitte eine Art Nest bildeten und deren äußerster Weidenbaum knorrige Wurzeln ausgebildet hatte, die fast so etwas wie natürliche Stufen zum See bildeten, denn das Wasser hatte die Erde unter den Wurzeln längst weggespült und ausgehöhlt. So schwebte der Baum normalerweise auf einer Seite über dem Wasser, aber wegen des hohen Pegelstandes schwappten heute kleine Wellen ganz gemächlich an die Wurzeln.

Sie zog sich ihre Schuhe aus, stellte sich auf eine Wurzel und fühlte mit den Zehen vorsichtig nach der Temperatur, die sie auf etwa vierzehn Grad schätzte. Hätte die Sonne noch hoch am Himmel gestanden, würde sie sich jetzt im Wasser abkühlen. Doch die war bereits im Westen hinter den Hügeln verschwunden, und bald würde der See für ein paar Minuten in ein rosafarbenes Licht getaucht werden. Den Weg nach Hause fand sie auch im Dunklen, so oft, wie sie den kleinen Pfad schon entlanggeeilt war.

Eigentlich durfte sie nicht so weit in die Südspitze des Sees hineinlaufen, aber es hatte den Vorteil, dass sie an ihrem Geheimplatz völlig ungestört war. Hier ging sie hin, wenn sie einmal in Ruhe nachdenken wollte. Und im Moment drehten sich alle Eindrücke des heutigen Tages in ihr, immer wieder tauchte das glückliche Gesicht von Paula auf, die vor ihr tanzte. Dann schob sich wieder der Vater dazwischen, der zornig darauf bestand, über sie zu bestimmen. Das abgearbeitete Gesicht der Mutter, die in der Schneiderei Annas große Chance für die Zukunft sah. Danach tauchte das Bild von dem netten Captain auf, der ihr zutraute, anderen etwas beizubringen, sogar ein Vorbild für andere Jugendliche zu sein. Dass sie so auftreten konnte wie Paula, die von innen heraus strahlte, auch wenn sich das Strahlen heute kurz verschattet hatte. Wenn sie ganz nahe bei Paula war und viel Zeit mit ihr verbringen könnte, vielleicht würde sie selbst auch beginnen zu strahlen und herausfinden, was sie in ihrem Leben wirklich wollte ...

7

Familienleben

Anna überlegte, ob sie jemals glücklich gewesen war wie Paula eben auf dem Weg zurück in das Landhaus. Sie war schon stolz, wenn ihr ein Werkstück gut gelungen war, das Lob dafür steckte dennoch der Vater ein. Dass sie sich bereits einige Fertigkeiten angeeignet hatte, traute ihr niemand zu, alle gingen wie Frau Seitzinger davon aus, dass sie nur Hilfsarbeiten übernahm. Eine richtige Malerin würde aus ihr nie werden, hatte der Vater gesagt, deshalb brauche er ihr nur das notwendigste Handwerkszeug beizubringen.

Das Nähen, Stricken und Häkeln, Tätigkeiten, die ihre Mutter so schätzte, hatte Anna noch nie sonderlich gemocht. Die Stunden um Stunden stilles Arbeiten an einem Platz waren für sie, die am liebsten den ganzen Tag auf den Beinen war, eine Tortur, doch sie war fingerfertig und arbeitete zufriedenstellend. Aber ob sie eine gute Schneiderin abgeben würde? Sie dachte an den Segelclub, an die eleganten Boote, die runden Formen, das schön gearbeitete Holz. Sie spürte förmlich jede Kontur des Holzes unter ihren Händen.

Früher war sie mit einer kleinen Bande Kinder aus dem Viertel immer beim Bootsbauer rumgestromert, und Anna war mit ihren Fingern ganz vorsichtig die Bootsrümpfe entlanggefahren. Das hatte stets ein warmes Gefühl in ihr ausgelöst. Ab und zu war sie in den vergangenen Jahren im Büro des Bootsbauers gewesen, wenn sie für den Vater etwas besorgen sollte, denn angesichts des Mangels während und nach dem Krieg musste man sich gegenseitig aushelfen. Sie hatte Pläne gesehen von Schiffen, die der Bootsbauer Karli, der sich seit einiger Zeit feurig Carlo nannte, fertigen wollte, wenn im Leben wieder schöne Dinge wichtig würden.

Sie konnte diese Pläne für sich spielend übersetzen, sah das fertige Schiff quasi vor sich, roch den frischen Bootslack, spürte die feinen Hölzer, die auf dem Wasser dahingleiten würden. Boote bauen! Das war etwas, was sie glücklich machen würde, da war sich Anna ganz sicher. Um diesem Traum näher zu kommen, würde ihr der Sommer im Segelclub sicher helfen. Dann könnte der Vater sich schon mal daran gewöhnen, dass sie nicht immer seine Arbeit übernahm. Vielleicht ließ er sie dann bei Carlo lernen? Obwohl, sie hatte noch nie eine Frau in der kleinen Bootswerft arbeiten sehen, selbst zu Kriegszeiten nicht. Wahrscheinlich würde Carlo behaupten, dass eine Frau dort Unglück brachte, das hätten schon die alten Seefahrer gewusst.

Rom ist auch nicht an einem Tag erbaut worden, zitierte Anna für sich den Spruch ihres Vaters. Dass der Vater seine Erlaubnis heute einfach verweigert hatte! Wut stieg in ihr auf. Sie würde noch mal mit ihm reden, und zwar allein. Schließlich hatte sie ihren Vater schon so oft gedeckt und ihm aus der Patsche geholfen, wenn er nicht weitergekommen war. Dieser Sommer gehörte ihr. Sie wollte nichts mehr als sich von einer starken Brise Richtung Zukunft forttragen lassen.

Entschlossen machte sich Anna auf den Rückweg, allerdings um einiges langsamer, denn in der Dunkelheit galt es, nicht vom Weg abzukommen. Zu Hause war ihre Mutter schon in heller Aufregung und schimpfte sie, denn eigentlich musste Anna weit vor Einbruch der Dunkelheit daheim sein. Anna brach in Tränen aus. Waren heute alle in ihrer Familie gegen sie? Auf ihren Gefühlsausbruch reagierte die Mutter aber verständnisvoll. »Wenn die Kleinen im Bett sind, dann reden wir beide, und du erzählst mir, was du auf dem Herzen hast. Wir werden schon eine Lösung finden!«

Eine Stunde später saßen die zwei Frauen in der Küche. Anna berichtete, was am Nachmittag geschehen war. Dass sie als Betreuerin zusammen mit Paula arbeiten sollte und die Amerikaner wirklich nett gewesen seien und die Frau Seitzinger extra mit ihr wegen der Erlaubnis zum Vater gegangen sei und dieser rundheraus abgelehnt hatte. Und dann war da noch die Sache mit den Keksen. Sie holte die Schachtel und erzählte ihrer Mutter, wie es sich zugetragen hatte, dass jetzt statt runder Kekse nur mehr verschmutzte Bruchstücke im Karton lagen.

»Der Vater ist jetzt noch im Wirtshaus. Das hat heute keinen Sinn mehr, wenn du mit ihm sprichst. Ich werde mich um die Angelegenheit kümmern, mach dir keine Sorgen. Er wird die Erlaubnis schon noch geben. Und was deine Mithilfe in der Werkstatt betrifft, da kennst du meine Meinung: Das ist sowieso keine Arbeit für eine Frau. Dein Bruder ist langsam alt genug, dass er ein bisschen mithelfen kann, und nach der Schule geht Berni dann beim Vater in die Lehre. Er wird den Betrieb einmal übernehmen.

Für dich habe ich die Schneiderlehre vorgesehen, und da kannst du dich wirklich glücklich schätzen, denn wir könnten dich sofort als einfache Haushaltshilfe unterbringen. Sei froh, dass wir es dir ermöglichen, etwas Anständiges zu lernen, wo du nicht so schwer arbeiten musst! Und denk doch mal nach, Anna, wenn du einmal verheiratet bist, kannst du dir immer ein wenig eigenes Geld verdienen und viel sparen, wenn du die Kleidung für dich und die Kinder selbst nähst. Du hast ein Gefühl für Formen und Farben, und geschickt bist du auch. Du wirst sehen, die Lehre bei der Schneidermeisterin Betty wird dir gefallen! Du bist doch ein gutes Mädchen!«

Anna schwieg und lauschte den Worten der Mutter. Es hatte keinen Sinn, jetzt dagegenzuhalten, ihr zu erklären, dass die Schneiderlehre für sie nicht das Richtige war. Sie musterte ihre Mutter. Ihre Hände waren schwielig, der Rücken leicht gekrümmt, das einst hellblonde Haar, achtlos in einen Dutt gesteckt, war durchzogen von grauen Strähnen. »Bist du glücklich, Mama?«, fragte Anna.

»Natürlich, mein Kind. Schließlich habe ich dich, die Berta, den Berni und den Emil bekommen, und wir haben alle den Krieg überlebt. Wir haben uns, das ist für mich das größte Glück!« Ihre Mutter umarmte sie, aber Anna blieb steif.

»Ich wünsche mir so sehr, diesen Sommer zusammen mit Paula Lehrerin in dem Jugendclub zu sein! Kannst du das verstehen, Mama?«

»Anna, das wird schon noch klappen. Ich weiß, dass die Amerikaner ihre Angestellten mit Kaffee, Schokolade und Zigaretten entlohnen. Wenn dein Captain Bill so nett ist, wie du sagst, dann wird er sicher nicht kleinlich sein. Und wir bräuchten dringend gute Tauschware, denn die Reichsmark ist immer weniger wert! Der Vater braucht neue Farben und Leinwände, die Buben neue Schuhe, und für dich brauchen wir auch noch einen guten Wintermantel und ein paar Stoffe. Deine Geschwister sind noch im Wachstum und brauchen mehr nahrhaftes Essen. Außerdem müssen wir noch dein Handwerkszeug als Schneiderin kaufen, aber gute Scheren sind teuer!« Annas Mutter dachte einen Moment nach und ergänzte: »Außerdem wäre es äußerst unklug, die Frau Seitzinger zu verärgern. Von der Familie Seitzinger und aus dem Segelclub haben wir immer gute Aufträge bekommen, sowohl ich als auch der Vater. Das wird er schon noch einsehen!«

Mutter weiß nicht, dass der Vater in der Werkstatt vieles mir überlässt, dachte Anna. Der kleine Berni war zwar aufgeweckt, aber mehr als Hilfsarbeiten konnte der Bub mit seinen elf Jahren wirklich noch nicht übernehmen. Sie hoffte sehr, dass Frau Seitzinger ihr Versprechen wahr machte und einen Helfer organisieren konnte. Und dann würde Paula ihre beste Freundin werden, und sie würde auf Paula aufpassen, damit das Dunkle nicht ihr Strahlen verschattete. Und Paula würde mit ihr Englisch üben, und sie könnte den ganzen Tag am See sein und die Boote studieren. Vielleicht würde aus ihr auch eine Kranichfrau werden?

Nur wenige durften die *Kranich* segeln, aber sie war als Kind mit Paula schon ein paarmal auf der Yacht gewesen. Einmal hatte sie sogar die Pinne halten dürfen, und die *Kranich* war dahingeflogen, übermütig wie ein Rennpferd. Paula war eine sehr gute Vorschoterin, sie konnte den See lesen, und Anna hatte an ihren Körperbewegungen sehen können, welches Manöver anstand. Denn über den Ammersee wehten oft böige Westwinde, die schon so manches Boot zum Kentern gebracht hatten. Wenn sie mit den kleinen Jollen zu zweit gesegelt waren, war Anna immer die Steuerfrau gewesen, weil sie ein sehr feines Gespür für das Boot und das Zusammenspiel von Segel und Wind besaß. Wenn sie doch nur den Sommer im Segelclub verbringen durfte, würde sie vielleicht auch in den Kreis der Kranichfrauen aufgenommen werden! Mit dieser Hoffnung ging Anna schlafen.

Im Landhaus der Seitzingers tigerte Paula vor dem Abendessen hin und her. Der Zustand der Boote wühlte sie immer noch auf. Die *Kranich* hatte sie nur durch das Fernglas sehen können, aber sie fürchtete, dass die Yacht, die ihre Großmutter Maxima ihrem Großvater Ernst zum Geschenk gemacht hatte, doch schlimmer beschädigt war, als es der Captain hatte durchblicken lassen.

Maxima hatte die *Kranich* 1920 in einer Starnberger Werft fertigen lassen. Es gab einige Schwesterschiffe, eines ging an den Berliner Wannsee und eines in die Schweiz an den Zürichsee. Die neue *Kranich* hatte damals eine behäbige Yacht ersetzt, die Maxima bei der Gründung des Segelclubs aus Holland mitgebracht hatte. Die überstand den Ersten Weltkrieg aber nicht und war schließlich ausgeschlachtet worden.

Maximas Wahl fiel auf den Kreuzer mit fünfundvierzig Quadratmetern Segelfläche, weil ihr der schlanke Löffelbug und die Proportionen zusagten. Mit zehneinhalb Metern Länge war die Yacht sowohl elegant als auch schnell und zog auch schon bei leichtem Wind, was ein Vorteil am Segelrevier Ammersee war. Maxima ließ den Rumpf weiß lackieren, den Namen und eine Linie in Schwarz aufmalen und das Deck und die Kajüte mit edlen Hölzern gestalten. Zu Anfang verfügte die *Kranich* noch über ein Gaffelrigg, aber der Mast wurde nach ein paar Jahren umgerüstet.

Eine Zeit lang war die *Kranich* das bevorzugte Schiff von Hedi gewesen, wie Paula nur allzu gut wusste. Die Yacht hatte sie mehrfach zum Regattasieg gesegelt, meistens mit einer Mixed-Mannschaft, aber Hedi war Kopf und Steuerfrau der Erfolge gewesen. Paulas Großvater Ernst hatte zwar stets von seinem Geschenk gesprochen, dabei aber immer schmunzelnd behauptet, die Frauen des Clubs hätten sich mit der Yacht selbst beschenkt. Meine Kranichfrauen, nannte er die Frauen der beiden geschäftlich, freundschaftlich und durch Heirat verbundenen Familien Seitzinger und Schäfer immer liebevoll, auch ihre Mutter Edith, obwohl diese lieber an Land in der Sonne lag, als zu segeln.

Das Schiff hatte etwas Erhabenes an sich, das Lachen der Familie schien in dessen Mahagoniholz eingezogen zu sein, und die *Kranich* zu segeln war etwas ganz Besonderes und bislang nur wenigen Menschen vorbehalten. Sie und Anna gehörten zum Kreis der Anwärterinnen, die sich die Auszeichnung *Kranichfrau* wirklich verdienen konnten. Würde Captain Bill verstehen, wie wichtig die Yacht für ihre Familie und für sie war? Was, wenn sie nicht auf die *Kranich* aufpassen konnte?

Endlich hörte sie die Tür des Landhauses leise quietschen. Ihre Mutter kehrte von Anna zurück. Hoffentlich mit guten Nachrichten! Paula wusste, dass ihre Mutter sie nur als Betreuerin zum GYA lassen würde, wenn Anna auch dabei wäre. Die Kinder waren schon im Bett, und Hedi wartete mit dem Abendessen. Paula lief ihrer Mutter aufgeregt entgegen, erkannte an deren herabgezogenen Mundwinkeln aber schon, dass die Sache nicht gut verlaufen war. Doch sie durfte ihre Mutter nicht bedrängen, sonst würde sie ihr heute gar nichts mehr erzählen.

Nach dem bescheidenen Abendessen, das aus der ver-

längerten Kerbelsuppe garniert mit zarten Gänseblümchen und aus München mitgebrachtem Brot und Käse bestand, schenkte Hedi für jede ein Glas Rotwein aus. Dazu
gab es eine Spezialität von Frau Pohlke, die eine Art Cra-
cker gebacken hatte. Paula nahm einen kleinen Schluck
Wein, der samten ihre Kehle herunterglitt und nach Wald-
beeren schmeckte. Sie seufzte voller Genuss. In die friedliche Atmosphäre hinein fragte Hedi, ob bei Herrn Sonnberger alles geklappt hatte.

»Ich möchte jetzt nicht wiederholen, was dieser Herr
gesagt hat, aber die Anna kann einem wirklich leidtun. Er
brauche Anna für die Arbeit oder ich müsse ihm einen Ersatz bringen, hat er mich wissen lassen«, erläuterte Paulas Mutter säuerlich. Dass sie den Helfer auch zu bezahlen hatte, ließ sie weg.

»Aber ... aber das heißt ja, dass Anna nicht mit mir in
den Segelclub darf. Und damit bin ich dann auch raus!«,
stellte Paula fest.

»Nicht so laut, Paula, du weckst mir noch Irmchen
wieder auf, und dann haben wir hier keine ruhige Minute
mehr«, warf Hedi ein.

»Also, ich habe mir das schon überlegt, Mama. Auch
wenn Anna nicht im GYA arbeiten darf: Ich bleibe in
jedem Fall hier. Du hast doch auch gesehen, in welch
schlechtem Zustand der Club und die Boote sind. Da
muss jemand aus der Familie sich kümmern, da hat Vater
schon recht«, sagte Paula.

»Unsinn, Kind, du hast doch den Captain gehört. Allein lässt er dich nicht dort arbeiten. Und du weißt auch,

warum«, erhob ihre Mutter die Stimme und schaute sie warnend an.

»Das ist mir egal, ich überzeuge ihn schon. Notfalls muss Tante Hedi mitkommen!«, schlug Paula in ihrer Verzweiflung vor.

»Du weißt, dass das nicht geht. Wer soll denn dann auf Irmchen und Rosalie aufpassen? Und ich bin schon einmal aus dem Club verjagt worden, ein zweites Mal wird mir das nicht passieren«, erteilte ihr Hedi gleich eine Abfuhr.

Eine Weile saßen die drei Frauen schweigend am Tisch, Paula trotzig, Hedi traurig und Edith nachdenklich.

Schließlich ging ihre Mutter laut die Möglichkeiten durch, wie sie einen Helfer für den Schilderladen finden konnte. Aber das war gar nicht so einfach, denn arbeitsfähige Männer gab es weit weniger als vor dem Krieg. Die einen waren gefallen, die anderen versehrt, in Gefangenschaft oder strammer Nazi. Bald hatte sie keinen Namen mehr auf dem Zettel. Da rief sie plötzlich aus: »Ich hab die Lösung!«

Gespannt richteten Paula und Hedi ihren Blick auf Paulas Mutter.

»Herr Pohlke! Unser Herr Pohlke! Er ist sehr geschickt und kann dem Herrn Sonnberger sicher gut zur Hand gehen!«

Während Paula begeistert nickte, war es nun an Hedi, laut zu werden: »Was denkst du dir, liebe Schwester? Ich kann das Anwesen hier nicht nur mit Frau Pohlke führen. Allein die Beschaffung des Holzes! Und wer soll für unsere Sicherheit sorgen, wenn der einzige Mann im Haus den ganzen Tag Hilfsdienste beim Maler leisten soll! Nein, das kommt gar nicht infrage!«

»Aber, Hedi, es wäre doch nur für ein paar Stunden am Tag. Hier kann er auch noch etwas machen«, hielt Paulas Mutter dagegen.

»Herr Pohlke ist kein junger Bursche mehr, der kann nicht zwei Herren dienen!«

Je mehr die beiden Schwestern stritten, desto mehr kam in Paula wieder die altbekannte Beklemmung hoch. Deshalb stand sie vom Tisch auf und öffnete ein Fenster. Ihre Mutter würde das durchsetzen, denn soweit Paula wusste, wurden die Hausangestellten von ihrem Vater bezahlt, Hedi hatte nur wenig Geld zur Verfügung. Aber wenn Hedi den Plan nicht guthieß, dann würde sie auch nicht wollen, dass sie bei ihr wohnte. Es musste einen anderen Weg geben! Vielleicht fiel ihr über Nacht etwas ein, deshalb verkündete sie, dass sie jetzt müde sei und zu Bett gehen wolle. In dem Moment kam Frau Pohlke dazu und begann, den Tisch abzuräumen. Für Paula war klar, dass Frau Pohlke wohl einen Teil der lebhaften Unterredung mitbekommen hatte, denn sie wirkte ein wenig fahrig. Sicher würde sie nicht wollen, dass ihr Mann irgendwo anders Hilfsdienste leisten musste.

Mit ihrer Einschätzung sollte Paula recht behalten. Denn Frau Pohlke zog sich auch bald zurück und bat ihren Mann um ein Gespräch, in der Hoffnung, dass er noch eine rettende Idee hatte. Ihr Mann ging regelmäßig zum

Stammtisch in den Ort und hatte deshalb mehr Kontakte zu den Einheimischen als die Frauen, die von den Männerbünden ausgeschlossen waren. Und tatsächlich hatte ihr Mann einen Vorschlag, der zwar ein wenig gewagt war, aber funktionieren konnte.

In Dießen gab es nämlich noch eine Gruppe junger Menschen, die abgeschottet im Hotel Neue Post wohnten, welches die Amerikaner für sie beschlagnahmt hatten: die jüdischen Displaced Persons. Etwa hundert Jüdinnen und Juden, vornämlich aus Ungarn, wohnten dort und bereiteten sich auf ein Leben in Palästina vor. Und wie ihr Mann im Dorf erfahren hatte, lag ihnen daran, ein Handwerk zu erlernen, und in Dießen waren die meisten bei Fischern oder bei Töpfern in der Lehre. Vielleicht war einer unter ihnen, der malte und gerne bei Herrn Sonnberger arbeiten würde. Es gab allerdings eine Schwierigkeit: Als Deutscher wurde man nicht einfach in das Haus der Displaced Persons vorgelassen. Vor der Unterkunft standen Wachen, und die Bewohner hielten sich abseits. Aber Herr Pohlke hatte da schon eine Idee.

8

Eli Mandelbaum – Kibbuz Dießen

Gleich in der Früh machte sich Heini Pohlke auf den Weg ins Dorf. Sein Weg führte ihn zu einem Mann, dem er vertraute – einem Sozi. Der hielt sich von Stammtischen fern, denn er ertrug es nicht, nun fröhlich mit den Leuten zusammenzusitzen, die ihn unter dem Naziregime denunziert und verfolgt hatten. Das verstand Pohlke gut, denn gleich 1933 waren Kommunisten und Sozis verhaftet und ins KZ Dachau abtransportiert worden. Sein Freund war damals mit ein paar Wochen Haft davongekommen und hatte sich danach sehr bedeckt gehalten, aber noch heute raubten ihm die Gräueltaten der Nazis den Schlaf.

Als der Kibbuz im November 1946 in Dießen im von den Amerikanern beschlagnahmten Hotel Neue Post eingerichtet worden war, hatte er sofort seine Hilfe angeboten und mit seinen Genossen zu Weihnachten einen Basar veranstaltet, dessen Erlös dem Kibbuz zugutekam. Damals steuerte auch Pohlke das eine oder andere aus dem eigenen und auch aus dem Haushalt der Herrschaft bei.

Selbst die wenigen Schilderungen von seinem Freund über das Schicksal der Jüdinnen und Juden, die jetzt am

Ammersee ausharrten, waren eindrücklich gewesen und hatten ihn, den einfachen Hausmeister in guter Stellung, nachdenklich werden lassen. Gewiss, seine Herrschaft war den Nazis nie wohlgesonnen gewesen, verkehrten sie doch mit Künstlern und Freigeistern und hielten Frauen nicht für Gebärmaschinen, die dem Manne untertan sein mussten. Er hatte für den jungen und den alten Herrn Seitzinger so manches Mal brisante Aufträge erledigt, gerade zu Beginn des NS-Regimes. Später waren die Herrschaften selbst in die NSDAP eingetreten, aber es war dabei in erster Linie ums Geschäft gegangen. In Gefahr war er nie gewesen, hatte seine politische Gesinnung immer für sich behalten und kaum Widerstand geleistet. Pohlke hoffte, dass sein Freund seinen Plan unterstützen würde, im Kibbuz nach einem Helfer zu fragen, denn dieser war einer der wenigen Einheimischen, die dort vorgelassen wurden.

Er hatte Glück, Josef Karl war zu Hause und bat ihn auf eine Tasse Muckefuck in die kleine Küche, in der ein einfacher Holztisch mit zwei Stühlen stand. Pohlkes Frau Rosa hatte ihm zwei von den Semmeln, die sie heute Morgen zum Frühstück für die Gäste gebacken hatte, in die Tasche gesteckt, und Pohlke reichte sie seinem Freund.

Schnell waren die beiden in ein angeregtes Gespräch vertieft, bei dem sie sich bald der schwierigen Situation der Juden zuwandten, die nun ausgerechnet in Oberbayern leben mussten. Dort wo die Wiege der Nazis gestanden hatte, wie sein Freund jedes Mal zu sagen pflegte.

Aber jetzt war der Süden Deutschlands dem amerikanischen Sektor zugeordnet, und wer ausreisen wollte – und das wollten im Grunde alle jüdischen Displaced Persons –, rechnete sich hier die besten Chancen aus. Es gab mehrere Kibbuze und DP-Camps in der Nähe, in denen Überlebende in beschlagnahmten Gebäuden wohnten und arbeiteten. Bei den Amerikanern besaßen sie weitreichende Selbstbestimmungsrechte und verwalteten die Häuser selbst. Das wusste Heini Pohlke und fragte seinen Freund jetzt nach Neuigkeiten aus den drei Kibbuzen, die am Ammersee-Westufer eingerichtet worden waren. Sie waren klein, eher eine Art Trainingscamps, die die Jüdinnen und Juden auf die Ausreise nach Palästina vorbereiten sollten.

»Im Kibbuz in Greifenberg wird es eine Hochzeit geben«, berichtete er lächelnd und fügte leise hinzu: »Und von Schießübungen im Wald wird auch erzählt.«

Pohlke spitzte nur die Lippen und fragte dann:

»Und wie ist es hier in Dießen? Da stammen die meisten Bewohner doch aus Ungarn, oder?«, fragte Heini.

»Wir haben jetzt sogar ein jüdisches Lokal.« Sein Freund deutete auf einen Stapel Ausgaben der jüdischen Lagerzeitung aus dem großen DP-Camp in Landsberg, der *Jidisze Cajtung*, und suchte zum Beweis einen Artikel heraus, der über die Eröffnung eines jüdischen Lokals im März, schräg gegenüber des Dießener Kibbuz, berichtete. Heini war schon daran vorbeigegangen und hatte gerätselt, für welchen Zweck das Café nun genutzt wurde.

»Das ist eine Zeitung aus Dießen!«, erklärte sein Freund stolz.

Beim Suchen war auch ein Exemplar mit einem schön gezeichneten Titelbild, das einen Traktor, Palmen und ein lesendes Paar abbildete, aus dem Stapel gerutscht. Heini betrachtete die Zeichnung interessiert. »Wer ist denn der Künstler?«

Da musste sein Freund nicht lange nachdenken. »Bestimmt war das Eli Mandelbaum.«

»Weißt du eigentlich, wie lange der Kibbuz bestehen bleibt?«

Nun holte Josef Karl zu einer längeren Erklärung aus. »Also, es ist so: Die meisten Displaced Persons wollen nach Erez Israel ausreisen und bereiten sich auf ihr neues Leben in einem eigenen Staat vor, obwohl dieser in Palästina noch gar nicht existiert. Um dort bestehen zu können, lernen die Kibbuzniks hier im Ort töpfern und fischen, was beides eine lange Handwerkstradition in Dießen hat. Sehr wichtig war für die Menschen auch der Besuch von Ben-Gurion, dem Vorsitzenden der Jewish Agency, der bereits im Oktober 1945 in das DP-Camp in Landsberg kam. *Sche'erit Hapleta*, Rest der Geretteten, wie sich die Displaced Persons auf Hebräisch selbst nennen, sehnen nichts mehr herbei als die Gründung des jüdischen Staates. Ben-Gurion zu erleben war für viele der Beginn ihrer Erlösung, und sie erzählen noch heute oft davon. Noch ist es mit der Staatsgründung nicht so weit, aber viele wollen jetzt schon auswandern.«

Heini Pohlke wusste, dass sein Freund in vielen Angelegenheiten vermittelt hatte und ein wenig Jiddisch sprach. »Der Eli, der so gut zeichnen kann, besucht der auch einen der Ausbildungskurse hier?«, ging er nun sein Anliegen an.

»Im Winter wird getöpfert, das hat der Eli auch gern gemacht. Jetzt im Sommer sollte er mit zum Fischfang, aber das geht nicht, weil er nicht in ein Boot steigen kann. Gerade gestern habe ich versucht, ihm zu helfen, aber seine Angst ist zu groß. Ich bin nun auf der Suche nach einer neuen Beschäftigung, die ich dem Rabbiner für ihn vorschlagen kann.«

Das traf sich ja wunderbar, auch wenn es Herrn Pohlke für Eli leidtat, dass dieser solche Ängste ausstehen musste. Pohlke senkte kurz den Blick auf die Tischkante, dann sagte er mit einem freudigen Unterton: »Ich habe da einen Vorschlag, der gut zum Eli passen könnte, denn in einem neuen Land müssen sicher auch viele Schilder gemalt werden. Zufällig weiß ich, dass der Schildermaler Sonnberger für den Sommer noch eine Hilfe braucht.«

»Aber das macht doch seine Tochter Anna. Zwei Hilfen wird er ja wohl kaum benötigen!«

»Die Anna soll bei dem neuen amerikanischen Jugendclub arbeiten, den der Captain Bill im *Yachtclub Ammersee* einrichtet. Zusammen mit der Tochter vom Seitzinger, der Paula, soll sie den Kindern das Segeln beibringen.«

»Verstehe, der Alte rückt das Mädel sonst nicht raus. Aber gut, für die Anna wäre es eh besser, wenn sie mal von dem Sturkopf wegkommt. Ist ein gutes Mädchen, die hat was im Kopf. Dann werden wir gleich heute Vormittag beim Rabbiner vorsprechen, denn heute ist Freitag, und abends beginnt der wöchentliche Ruhetag, der Sabbat.«

Anna bemerkte das Klopfen an der Werkstatttür erst spät. Voller Konzentration malte sie gerade einen Buchstaben auf, dabei durften die Hände nicht zittern. Als sie das Quietschen der Tür hörte, schaute sie auf. Neben einem schlanken jungen Mann, der einen Strohhut in der Hand hielt und sie mit einem Blick aus tiefgrauen Augen fixierte, standen Frau Seitzinger und Herr Pohlke. Was hatte das zu bedeuten? Ihr Blick wanderte weiter, das glatte schwarze Haar des Burschen, der wohl im gleichen Alter war wie sie selbst, hatte sich beim Absetzen des Strohhuts verstrubbelt. Sie unterdrückte den Impuls, die Strähnen zurechtzuzupfen, wie sie es bei ihren Brüdern sofort getan hätte.

Der junge Mann wirkte zart, obwohl er nicht klein war. An einem Fuß schien er eine alte Verletzung zu haben, denn er entlastete diesen beim Stehen. Noch einmal riskierte Anna einen Blick in seine Augen, spürte eine Vertrautheit, die überraschend intensiv war, doch da war auch noch etwas Anderes, Aufregendes.

Anna hörte, wie Herr Pohlke sich räusperte. Ein hoffnungsvolles Lächeln umspielte ihre Lippen. Sollte Frau Seitzinger es tatsächlich geschafft haben, einen Helfer für den Vater zu finden? Anna trat mit schnellen Schritten auf die drei zu, die an der Tür stehen geblieben waren. »Grüß Gott, Frau Seitzinger, grüß Gott, Herr Pohlke!« Sie wandte sich an den Unbekannten und streckte ihm leicht verlegen ihre Hand hin. »Ich bin die Anna.«

»Ich bin Eli Mandelbaum«, erwiderte Eli mit einem leichten Akzent und nahm ihre Hand. Sie fühlte sich kühl an, gleichzeitig strahlte der Fremde eine wohlige Wärme aus. Ein bisschen länger als nötig, ja schon fast ungehörig lange, hielt Eli ihre Hand, bis Frau Seitzinger Anna direkt ansprach.

»Wo ist denn dein Vater? Wir haben etwas zu besprechen.«

»Der kommt sicher gleich wieder, er ist nur mal eben ins Haus gegangen«, antwortete Anna und blickte sich suchend nach ihrem Vater um.

Und dann schob sich auch schon ihr Vater durch die Tür. »Hätte nicht gedacht, dass Sie so schnell wieder da sind. Mal sehen, wen haben Sie mir da mitgebracht?« Annas Vater beäugte Eli wie ein Bauer eine Kuh auf dem Viehmarkt. Fehlte nur noch, dass er sehen wollte, wie sauber seine Fingernägel waren! Herr Pohlke trat einen Schritt vor, bereit, Eli sofort zu verteidigen. »Ist schon gut, Heini«, brummte Annas Vater.

»Das ist Herr Mandelbaum. Er ist ein talentierter Zeichner und möchte gern in den nächsten Monaten bei Ihnen die Kunst der Schilderherstellung lernen. Im Gegenzug geht er Ihnen zur Hand«, pries Frau Seitzinger Eli an.

»Soso, lernen möchtest du bei mir! Ist der Rabbi denn einverstanden?«, sprach er nun Eli an. Eli nickte. Anna sah, dass er am liebsten aus der Werkstatt geflohen wäre.

Kein Wunder, so unfreundlich, wie ihr Vater ihm begegnete.

»Ich kann dir auch das eine oder andere zeigen, das würde ich wirklich gern«, warf Anna ein. Elis tiefer Blick suchte sie, und Anna trieb es eine Hitze ins Gesicht. Sie wurde tatsächlich rot! Schnell wandte sie sich ab und tat so, als ob sie einen Pinsel reinigen müsse.

Ihr Vater schien auch etwas bemerkt zu haben, denn er ging Eli noch ungehobelter an. »Sprichst du denn auch unsere Sprache?«, fragte er barsch.

Eli, der die ganze Zeit seinen Strohhut in den Händen geknetet hatte, fixierte ihn ängstlich und ging rückwärts zur Tür hinaus.

»Herr Sonnberger, ich muss doch sehr bitten! Haben Sie denn gar keine Manieren?«, zischte Frau Seitzinger. »Wir hatten ausgemacht, dass ich Ihnen einen Helfer bringe. Ein wenig Freundlichkeit wäre da schon angebracht, oder haben Sie etwas gegen unsere jüdischen Mitbürger?«

Jetzt war es an ihrem Vater, entschieden den Kopf zu schütteln. »Es ist nur wegen der Anna«, murmelte er.

»Es ist auch wegen der Anna, dass wir heute hier sind. Also bitte, gehen Sie jetzt raus und zeigen Sie sich von Ihrer besten Seite, damit der Herr Mandelbaum bei Ihnen arbeiten möchte«, befahl Frau Seitzinger. Tatsächlich verließ Annas Vater die Werkstatt. Frau Seitzinger bedeutete Anna, dass sie bleiben und warten solle, und ging dann ebenfalls hinaus. Eine ganze Zeit lang hörte Anna draußen Stimmen, dann kam ihr Vater wieder herein. Allein.

»Und was ist jetzt mit dem Herrn Mandelbaum?«, fragte Anna ungeduldig.

»Er überlegt es sich«, brummte ihr Vater und trieb Anna zur Arbeit an. Die Schilder sollten schließlich am nächsten Tag ausgeliefert werden.

Annas Herz klopfte. Ihr Vater hatte sich gerade wieder von einer Seite gezeigt, die ihr mehr als unangenehm war, und am liebsten hätte sie ihn lautstark gerügt, aber das durfte sie natürlich nicht. Mit dem Vater hatte sie immer demütig zu reden, ganz gleich, wie dieser sich benahm. Und da hatte sie noch Glück, denn geschlagen wurden die Kinder von den Sonnbergers nicht. Prügel schätzte ihr Vater nicht als Erziehungsmethode und hatte sich deshalb sogar schon mit dem Lehrer ihres frechen Bruders Bernhard angelegt. Aber der Vater verlangte, dass die Kinder spurten, die ihnen zugeteilten Aufgaben erledigten und dabei immer freundlich waren. Gehorsam war ihm wichtig, und Anna wusste, dass alles andere in ihrem Elternhaus inakzeptabel war.

Manchmal wünschte sich Anna, dass sie einmal eine Woche lang nur machen durfte, wonach ihr der Sinn stand. So aber stahl sie sich wenigstens ab und an zu ihrem Geheimplatz am Seeufer, um durchzuschnaufen. Würde das immer so weitergehen? Die Monate türmten sich in ihren Gedanken zu Jahren. Der Sommer im Jugendclub wäre für sie eine heiß ersehnte Abwechslung, und wenn sie und Paula Freundschaft schließen könnten, wäre das ganz wunderbar. Aber so wie der Vater Eli behandelt hatte, wagte Anna kaum, sich Hoffnungen zu machen.

Im Landhaus der Seitzingers musste Paula ihre Mutter beruhigen, die nach der wieder einmal unerfreulichen Begegnung mit Herrn Sonnberger von Paula verlangte, sofort zu packen. Sie könne es nicht verantworten, einen so zartbesaiteten jungen Mann bei einem solchen Rohling arbeiten zu lassen, schimpfte ihre Mutter. Der Kerl sei wirklich eine Plage.

»Paula, ich habe es ernsthaft versucht, obwohl ich von Anfang an gegen den Plan deines Vaters war! Aber es scheint nicht zu klappen, die Anna wird die Erlaubnis wohl nicht bekommen, und du weißt, dass du nicht allein im Club arbeiten kannst«, erklärte ihre Mutter.

»Aber du hast doch gesagt, der Eli überlegt es sich. Vielleicht war der Vater ja nur wegen Anna so komisch, weil er sie beschützen will«, klammerte sich Paula an den Gedanken, dass doch noch alles gut werden würde.

»Wir können ebenso gut gleich abreisen, dann sind wir noch zum Abendessen in der Stadt. Das hier ist reine Zeitverschwendung, mein Kind!«

»Nein. Du kannst ja fahren, aber ich bleibe hier. Und bitte gib mir die schriftliche Erlaubnis vom Vater, die hat er dir doch sicher schon mitgegeben.«

»Nein, das hat er nicht. Du wirst also in jedem Fall mit mir nach Hause fahren müssen.« Wie immer hatte ihre Mutter das letzte Wort.

Hedi sah erschöpft von den Aufregungen des Tages vom Haus her zu, wie Paula mit Irmchen und Rosalie im Garten spielte. Aus Gänseblümchen flocht sie für beide Mädchen einen Haarkranz und lud die beiden Prinzessinnen ein, eine Teestunde mit ihren Puppen abzuhalten. Irmchen wurde es schnell langweilig, sie jagte durch den Garten wie ein junger Hund. Paula spielte daraufhin unermüdlich mit dem kleinen Treibauf Fangen, und das lustige Kreischen von Irmchen ließ Hedi schmunzeln. Vielleicht wäre es doch ganz schön, wenn Paula bei ihr auf dem Land bliebe und ihr mit den Mädchen half. Sie hatte ein Händchen für die Kinder, und für Paula wäre ein Sommer am See auch eine gute Sache. Hedi selbst hatte ihre Sommer am See damals geliebt, sogar wenn Flaute herrschte. Vielleicht konnte sie ja etwas ausrichten, einen Versuch wäre es wert.

Hedi gab Frau Pohlke Bescheid, dass sie rasch eine Besorgung machen musste, und stahl sich durch die Hintertür aus dem Haus. Mit dem uralten Herrenfahrrad, das Herr Pohlke hergerichtet hatte, fuhr sie rasch zum Hotel Neue Post. Am Eingang bat sie darum, mit Eli Mandelbaum zu sprechen, der auch sofort herunterkam. Hedi stellte sich ganz förmlich vor. Sie könne verstehen, wenn er nicht bei dem brummigen Herrn Sonnberger arbeiten wolle, sagte sie, aber für ihre Nichte Paula und für die Anna wäre es eine so große Chance, in dem neuen Jugendclub der Amerikaner zu arbeiten. Gerade für Anna sei es so wichtig. Und sie wisse, dass der Vater von Anna, also der Herr Sonnberger, eigentlich ein Künstler sei, aber eben manchmal etwas ruppig.

Eli hörte sich alles mit unbewegter Miene an. Er werde nach der Sabbatruhe seine Entscheidung mitteilen, gab er Hedi zur Antwort. Dabei atmete er tief ein, und sein Oberkörper straffte sich, er blickte ihr fest in die Augen.

Hedi bekam gleich so ein Gefühl, dass der junge Herr Mandelbaum zusagen würde.

9

Besprechung im Segelclub

Zwei Tage später war alles geregelt. Anna und Paula hatten beide von ihren Vätern die Erlaubnis erhalten, und Eli würde in der Werkstatt anfangen. Captain Bill hatte ihnen mitteilen lassen, dass sie am Samstag, den 10. Mai 1947, um zehn Uhr in Arbeitskleidung im Segelclub erwartet würden.

Jetzt war ihr erster Arbeitstag gekommen. Anna holte Paula, die schon an der Gartenpforte wartete, eine halbe Stunde vorher beim Landhaus Seitzinger ab. Beide Mädchen trugen heute Hosen. Anna hatte ihre grüne Latzhose extra frisch gewaschen und eine bequeme Bluse dazu ausgewählt, weil ihre Mutter gemeint hatte, ein wenig adretter als in der Werkstatt müsse Anna sich schon kleiden.

Paula hatte eine dunkelblaue Leinenhose, die bis zur Taille reichte und an zwei seitlichen Hosenschlitzen mit runden weißen Knöpfen verschlossen wurde, angezogen. Ursprünglich hatte die Segelhose Paulas Tante Hedi gehört. Annas Mutter hatte sie ihr geändert. Weil Hedi ein bisschen größer als Paula war, hatte sie bei der alten Hose den Saum eingenäht und die Knöpfe am Hosenlatz so versetzt, dass diese Paula nun wie angegossen passte. Auch Paula trug dazu eine weite helle Bluse und sah mit ihren zum Pferdeschwanz gebundenen dunklen Locken frisch und abenteuerlustig aus.

Anna hatte ihre glatten Haare heute nicht zusammengebunden, aber für alle Fälle einen Haargummi in der Tasche, in der auch eine Glasflasche mit Wasser und ein schrumpeliger Apfel steckten sowie ein Kopftuch, falls es zu staubig werden sollte. Sie zog einen Briefumschlag aus der Tasche und wedelte triumphierend damit.

Paula lachte und umarmte Anna herzlich. »Ich freu mich so, Anna! Das wird dufte!«

Anna blickte auf den Weg. Die Anfrage von Paulas Mutter hatte eine Menge Unfrieden ins Hause Sonnberger gebracht, hoffentlich war die Sache das wert. Sie stieß mit dem Fuß einen Stein an und blieb dabei fast stehen. Paula, der Annas Zaudern aufgefallen war, zeigte ihrer Kameradin, was sie in ihrer Tasche hatte: ebenfalls einen Briefumschlag, ein Klemmbrett mit Listen und zwei spitze Bleistifte, eine Proviantdose und eine Flasche mit Frau Pohlkes selbst gemachter Limonade.

»Gehen wir zwei allein?«, fragte Anna.

»Meine Mutter wollte eigentlich mitkommen, aber dann haben sie dringende Termine in München aufgehalten. Deshalb habe ich einen großen Koffer gepackt, und unser Chauffeur fuhr mich her. Mitgebracht habe ich auch ein paar Bücher, da kann ich dir gerne mal eines leihen, und natürlich auch das Englischbuch.« Sie zwinkerte Anna zu.

Die verzog keine Miene. »Wir sind ja alt genug«, antwortete sie trocken. »Hast du auch die Tropfen dabei, die deine Mutter dir letztes Mal gegeben hat, als dir schwindlig wurde?«

Nun wurde Paula ein bisschen verlegen. »Weißt du, Anna, die Tropfen sind eher zur Beruhigung meiner Mutter da. Mir helfen die gar nicht, und eigentlich brauche ich, wenn ich so gefühlstaub bin, nur ein bisschen Ruhe. Nach ein paar Minuten geht es wieder.«

Anna nickte kurz. »Dann mal los! Nicht dass Captain Bill noch auf uns warten muss!«

Beim Segelclub hatte man ein Band als Absperrung gespannt. Weit und breit war niemand zu sehen. Sollten sie jetzt einfach auf das Gelände spazieren? Als Anna unter dem Band hindurchschlüpfte, hörten sie Motorengeräusche, und Paula winkte ihr, damit sie wieder zurückkam. Gerade noch rechtzeitig, denn als sie sich die Haare aus dem Gesicht strich, kam der Militär-Jeep vor ihnen zu stehen.

Heute waren keine MP dabei, nur der Fahrer des Jeeps und der Captain auf der Beifahrerseite. Wie bei ihrer letzten Begegnung war er in Sommeruniform gekleidet, trug jedoch diesmal die dazugehörige Mütze. Es war zwar noch nicht heiß, aber die Sonne schien heute nach zwei bewölkten Tagen wieder. Der Himmel strahlte in einem intensiven Blau, es regte sich kein Lüftchen, und die Alpenkette hob sich gestochen scharf im Hintergrund des glitzernden Sees ab. Anna blickte auf die Kulisse, die ihr Vater nicht besser hätte malen können. Der Fahrer spannte die Leine ab, fuhr auf das Segelclubgelände, und die Mädchen liefen dem Jeep hinterher.

»Mein Vater hat erzählt, dass der Captain an einem College unterrichtet hat, bevor er zum Militär ging«, flüsterte Paula Anna zu. Im Segelclub hatte sich noch nicht viel getan, seit die beiden Mädchen zum ersten Mal da gewesen waren, aber immerhin lag kein Müll mehr herum.

Captain Bill verschwand im Clubhaus und bedeutete den beiden, sich schon mal auf dem Gelände umzuschauen. Das ließ Paula sich nicht zweimal sagen und zog ihr Klemmbrett aus der Tasche. Einen Bleistift hinters Ohr geklemmt, den anderen in der Hand schritt sie sogleich zielstrebig auf den Steg zu. In die Rubrik *Sofort erledigen* schrieb sie *Steg ausbessern*. Mutig balancierte sie über die verbliebenen Bohlen. Das Ammerseewasser leuchtete grünlich, kleine Fische schwammen zwischen den Steinen hin und her. Die Piraten lagen immer noch halb untergegangen am Steg. Paula notierte: *Jollen ausschöpfen, Schäden feststellen und reparieren. Mindestens zwei Piraten müssen segelfertig sein!* Kurz riskierte sie einen Blick zur *Kranich*, die weiter draußen an der Boje lag. Kranich *an Land holen und segelfertig machen!* kam auch auf die Dringlichkeitsliste.

Anna merkte an, dass es wichtig wäre, ein Motorboot zur Verfügung zu haben. Paula hatte das Clubmotorboot namens *Ernst* noch nicht gesehen, vermutete es aber abgedeckt im unteren kleineren Bootshaus, das eher einer Werkstatt glich. Deshalb gingen sie gleich die paar

Schritte dorthin und öffneten die großen Flügeltüren an den beiden schmalen Seiten, damit Luft und Licht hineinkamen. Jede Menge Dreck und Staub wirbelte bei der kleinsten Bewegung auf. Paula sah, dass Anna sich ein Tuch ums Haar band. Daran hätte sie auch denken können, denn es brauchte viel warmes Wasser, um ihre langen Locken zu waschen. Als Notlösung steckte sie die Haare nun mit dem zweiten Bleistift fest am Hinterkopf zusammen und hoffte, dass sich so später der Staub leicht ausbürsten ließ.

In der Halle entdeckten sie tatsächlich das alte Motorboot, allerdings fehlte der Motor. Die Mädchen suchten alles ab, fanden verschiedene Segel, Beschläge und einige Taue und Schnüre, die sortiert werden mussten. Paula notierte: *Bestände sortieren und prüfen, Motor?*

Nach einer Weile rief der Captain die Mädchen zu sich auf die Terrasse des Clubhauses. Diesmal gab es keinen Kaffee, dafür hatte der Captain einige Flaschen gekühlte Coca-Cola bereitstellen lassen, und daneben einen Teller mit ein paar dreieckig geschnittenen Sandwiches wahlweise mit Corned Beef oder Käse. Einen Moment standen die Freunden verdutzt nebeneinander, ohne sich zu rühren, und schauten mit großen Augen auf die Auswahl.

»Guten Appetit, liebe Fräulein«, wünschte der Adjutant lachend.

»Nehmt bitte Platz«, forderte der Captain Paula und Anna auf.

Paula setzte sich und zückte sogleich ihr Klemmbrett.

»Wir sind mit der Inspektion noch bei Weitem nicht fertig. Aber wir haben schon einige sehr dringliche Sachen notiert!«

Captain Bill lachte. »Zuerst kommt mal der Lunch. Greift bitte zu, ihr zwei«, meinte er und biss herzhaft in ein Sandwich.

Paula nahm einen Schluck Coca-Cola, die sie wie die beiden Soldaten aus der Flasche trank. Die Flüssigkeit schmeckte süß und gleichzeitig säuerlich und prickelte die Speiseröhre hinunter. Sie trank vorsichtig, denn sie fürchtete, von der Kohlensäure aufstoßen zu müssen. Genau das passierte nun Anna, die einen Rülpser nicht verhindern konnte. Ihre Freundin wurde puterrot und stellte die Flasche eilig auf den Tisch, während der Adjutant, der sich im Hintergrund aufhielt, feixte.

Nun brachte Paula die Sprache auf den fehlenden Motor. Um die Kinder im Segeln unterrichten zu können und bei Bedarf auf See eingreifen zu können, wäre ein funktionierendes Motorboot hilfreich, gab sie zu bedenken. Der Captain nickte, ließ sich ihr Klemmbrett geben und überflog ihre Notizen, die sie mit sauberer Handschrift gefertigt hatte.

»Das geht alles okay! Wir fangen mit zwei segelfertigen Piraten an, das genügt erst mal für die Kinder. Ihr zwei seid sehr tüchtig! Die Einzelheiten besprecht ihr bitte mit Sergeant Conner Reilly, der am Montag kommt. Er wird alles in die Wege leiten und euch helfen. Ich bin sehr beschäftigt und kann nur ab und zu da sein. Meistens werde ich an den Wochenenden vor Ort sein.

Ihr könnt über Sergeant Reilly jederzeit Bescheid geben, wenn ihr mich dringend braucht.«

»Captain Bill, wann soll der Jugendclub denn aufmachen? Es ist ja noch so viel zu tun!«

»Ich habe mir gedacht, dass wir das GYA an einem Sonntag eröffnen und gleich mit einem Tag der offenen Tür starten. Dann können die Eltern mitkommen und sich alles genau anschauen. Für das Programm an diesem Tag könnt ihr euch auch ein paar Punkte überlegen, das besprechen wir noch vorher.«

Der Captain ließ sich einen Kalender bringen, den er kurz überflog. »Also drei Wochen sollten reichen, um hier klar Schiff zu machen. Dann wäre es Sonntag, der 1. Juni. Wir müssen noch Plakate anfertigen, das wäre doch eine Aufgabe für dich, Anna!«

»Aber soll da wirklich GYA als Name stehen?« Anna sprach die Abkürzung deutsch aus.

»Was schlägst du denn für das GYA vor?«, fragte Captain Bill, wobei er die amerikanische Aussprache *dschie wai ey* betonte.

»*Jugendclub Seerose*, vielleicht?«, brachte Anna schüchtern hervor.

»Wir bleiben bei GYA, dann wissen die Kinder gleich, dass sie bei den Amerikanern zu Gast sind. Ob sie es nun deutsch oder englisch aussprechen, ist ganz egal«, entschied der Captain und ergänzte: »Ich werde ein paar Bücher herbringen lassen, deutsche und amerikanische Literatur und ein, zwei Wörterbücher.«

Anna rutschte auf ihrem Stuhl herum. Sie sollte noch etwas anderes ansprechen, denn ihre Mutter hatte gefragt, wie der Captain Anna für ihre Arbeit bezahlen wollte. Aber konnte sie ihn das einfach fragen? Bisher hatte er sich noch nicht dazu geäußert. Vielleicht sollte sie das Gespräch auf das Organisatorische lenken.

»Captain Bill, Sie haben gesagt, unsere Arbeitszeit ist unter der Woche von zehn Uhr bis achtzehn Uhr und am Samstag von zehn Uhr bis vierzehn Uhr. Bekommen wir hier auch Mittagessen? Und wie ist das mit ...« Anna senkte verlegen den Blick und verschränkte die Arme.

»Wie ist das mit der Bezahlung, meinst du?«, half ihr der Soldat aus der Patsche. »Nun, wir bezahlen unsere Angestellten wöchentlich in Reichsmark, aber manchmal auch in der entsprechenden Menge mit Zigaretten, Benzin, Zucker oder Kaffee, falls wir davon etwas abgeben können. Für eure Bezahlung habe ich zehn Reichsmark pro Woche vorgesehen, da ihr ja noch nicht so viel Erfahrung habt.«

»Meine Eltern würden es schätzen, wenn ich Ware zum Eintauschen bekommen könnte«, traute sich Anna noch zu sagen, obwohl sie sich einen höheren Lohn ausgemalt hatte.

Captain Bill nickte. »Da kann ich dir nichts versprechen, Mädchen. Aber ich werde es im Hinterkopf behalten.«

Paula hielt sich aus dieser Diskussion raus, denn bisher war immer für sie gesorgt. Ihre Mutter hatte ihr eingeschärft, dass sie den größten Teil ihres Einkommens als Kostgeld bei Hedi abgab, denn diese konnte nicht auch noch Paula durchfüttern. Nun wurde ihr bewusst, dass vieles, was für Anna und Hedi entscheidend war, für sie bisher keine Rolle gespielt hatte. Den Haushalt Seitzinger in München führte ihre Mutter, und neben einer Köchin gab es noch zwei Hausangestellte und einen Chauffeur, der ihnen auch bei schweren Arbeiten im Haus zur Hand ging. Früher hatte es zusätzlich ein Kindermädchen für ihren Bruder und sie gegeben, aber als die liebe Sonja zum Arbeitsdienst eingezogen wurde, war sie nicht mehr ersetzt worden.

Paula hatte Klavier spielen gelernt, und eine Nonne der Englischen Fräulein hatte ihr in all den Fächern Unterricht erteilt, die in der Schule nicht gelehrt werden durften. Daher konnte Paula auch einigermaßen Englisch und gut Französisch parlieren und hatte viel in verbotenen Büchern gelesen. In ihrem Zimmer hatte ihr Vater sogar ein Extraversteck dafür einbauen lassen. Dorthin hatte sie alles gelegt, was auf dem Index gestanden hatte. Zum Glück musste sie nun nicht mehr vorsichtig sein! Verträumt blickte sie auf den See und meinte schon, den Wind der Freiheit zu spüren. Eine leichte Brise, die ihr sanft die Locken zerzauste.

Anna rüttelte sie am Arm. »Paula, was ist denn los?«, hörte Paula sie sagen.

»Entschuldigung, ich habe nicht aufgepasst. Um was geht es?«

Captain Bill und Anna wechselten einen besorgten

Blick. Anna wiederholte, was der Captain gerade gesagt hatte. Er stellte sich vor, dass das GYA in den Ferien den ganzen Tag und zu Schulzeiten nachmittags geöffnet haben sollte. »In den Sommerferien bieten wir verschiedene Kurse an, da sollen wir uns schon mal etwas überlegen.«

Anna notierte alle Informationen auf dem Klemmbrett, das Paula ihr reichte. »Werden Sie von den Kindern Gebühren verlangen? Und wie steht es mit der Verpflegung?«, fragte sie nach.

»Nein, der Besuch hier soll nichts kosten, und die Kinder sollen gerne und freiwillig kommen. Ich möchte auch Essen für die Kinder anbieten, in den Ferien mittags eine warme Mahlzeit und ansonsten Lunch mit Limonade. Und an besonderen Tagen natürlich auch Cookies und Coca-Cola. Wir brauchen also auch noch eine Hauswirtschafterin, die alles vorbereitet und für alle kocht.« Er sah die Mädchen fragend an.

Paula schüttelte sofort den Kopf, Anna erwiderte nachdenklich den Blick des Amerikaners. »Ich kann meine Mutter fragen«, bot sie an.

Aber Captain Bill winkte ab. »Das wird Sergeant Reilly erledigen.« Er sah vielsagend auf seine Fliegeruhr und stand auf. »Ich gebe euch später noch Passierscheine mit, damit ihr ohne Probleme hier ein und aus gehen könnt. Achtet auf Pünktlichkeit und darauf, abends den Club rechtzeitig zu verlassen. Und bleibt immer zusammen!«

Bald darauf standen der Captain und sein Adjutant, beide hatten die Uniformen mit sandfarbenen Arbeitsoveralls getauscht, im oberen Bootshaus und misteten aus, während Paula und Anna im unteren zugange waren. Sie arbeiteten gemeinsam ein paar Stunden, was kaum Wirkung zeigte. Es gab wirklich sehr viel zu tun. Und es war schwer zu entscheiden, was sie als Erstes anpacken sollten. Denn immer, wenn sie sich eines Problems annahmen, kam das nächste zum Vorschein. Alles starrte vor Dreck, war beschädigt, angeschlagen, ausgefranst oder nur noch in Teilen vorhanden. Eine Herkulesaufgabe! Sie konnten nichts nach draußen räumen und dort liegen lassen, denn nach wie vor wurde geplündert. Erst mussten sie einen Plan machen, deshalb war Paula ganz froh, als der Captain sie am Nachmittag nach Hause schickte. Am kommenden Montag sollten sie ihren Dienst antreten. Anna bat den Captain noch, Schmierseife, Schrubber, Bürsten und Lappen bereitzustellen, denn alles musste abgewaschen und die Bootshäuser gründlich geschrubbt werden.

»Das wird mühselig!«, seufzte Anna, als sie und Paula wieder auf dem Rückweg waren. Von der ungewohnten Betätigung schmerzte Paula schon jetzt jeder Muskel, aber das behielt sie für sich. Bis die Bootshäuser wieder glänzten und sie so viele Schiffe wie möglich instand gesetzt hatten, würde sie nicht ruhen. Sie würde Frau Pohlke bei der nächsten Gelegenheit nach den besten Putzmethoden ausfragen.

Anna beschäftigte dagegen eine andere Frage. »Meinst du, der Sergeant Reilly ist genauso nett wie Captain Bill?«

»Du weißt, dass Captain Bill drüben in den Staaten eine Frau hat?«

Anna schnappte nach Luft. »Nein, nein, so meine ich das nicht. Aber er ist der erste amerikanische Soldat, mit dem ich länger als ein paar Minuten gesprochen habe, und wie er heute mitgeholfen hat, das hat mir imponiert.«

»In München gibt es jede Menge amerikanischer Soldaten, und alle flirten gern. Wir Mädchen wurden eindringlich gewarnt, mit einem GI etwas anzufangen, denn alle haben eine Familie in den Staaten und wollen sich nur ein bisschen amüsieren. Aber trotzdem haben einige Mädchen einen Boyfriend, der sie mit allerlei Waren versorgt und in die tollen Clubs mitnimmt. Da müssen wir aufpassen!«

Anna lachte. »Du klingst schon wie deine Mutter!«

10

Das große Aufräumen

Zu Beginn ihrer ersten Arbeitswoche erschienen die beiden jungen Frauen beinahe zu spät. Anna konnte nicht pünktlich aufbrechen, weil ihr Vater noch einen Schriftzug von ihr gemalt haben wollte, Eli würde erst in ein paar Tagen anfangen. Dann lief sie hektisch los und vergaß in der Eile ihren Rucksack, den sie schon ganz in der Früh gepackt hatte. Also musste sie noch mal umdrehen, als sie schon das Bahnhofsgebäude passiert hatte, und rannte den ganzen Weg zurück.

Bei Paula angekommen, herrschte dort große Aufregung. Irmchen wollte unbedingt mit in den Yachtclub und klammerte sich weinend an Paula fest, während Rosalie sich hinter Hedis Beinen versteckte und ebenfalls weinte. Paula redete mit Engelszungen auf das Kind ein, aber Irmchen ließ sich nicht beruhigen. Anna ging in die Hocke und schaute der Kleinen fest in die Augen. »Paula und ich müssen jetzt zur Arbeit gehen. Sag mal, Irmchen, wie alt bist du denn?« Anna hielt ihr die Hand hin mit vier ausgestreckten Fingern.

Irmchen reagierte prompt und zeigte ihre eigene

Hand mit allen ausgestreckten Fingern. »Ich bin schon fünf!«

»Wenn noch ein Finger dazukommt, dann beginnt für dich die Schule. Das ist dann deine Aufgabe, und da können Paula oder deine Mama auch nicht neben dir im Klassenzimmer sitzen. Genauso ist das mit unserer Arbeit. Heute kannst du nicht mitkommen.«

»Aber das ist doch für die Kinder!«, beharrte Irmchen.

»Stimmt, wenn wir alles aufgeräumt und schön hergerichtet haben, dann kommen die Kinder, aber die sind schon ein bisschen größer.« Anna zeigte ihr mit den Händen, wie viel größer. Irmchen legte den Kopf schief und zog die Stirn kraus. »Du musst noch ein bisschen wachsen! Jetzt müssen Paula und ich los, und du malst ein schönes Bild von Hedi, Rosalie und dir, und das hängen wir im Club auf! Versprochen!«

Irmchen nickte und ließ Paula endlich los. Sie wischte sich die Tränen aus dem Gesicht und sauste entschlossen zum Haus.

Auf der Treppe holte Hedi, die Rosalie auf ihre Hüfte gesetzt hatte, die Kleine ein, und schließlich winkten die drei Paula und Anna vom Treppenabsatz zum Abschied, bis sie um die Kurve verschwunden waren. Hedi kamen unvermittelt die Tränen, sie schluchzte kurz auf. Ihre Gedanken glitten zum Yachtclub. Wie gerne wäre sie mit den Mädchen dorthin gegangen, hätte die Bootshütten, das Clubhaus und den Steg, die so lange Zeit ihr eigentliches Zuhause gewesen waren, geherzt, ihre Wange an das alte raue Holz des Bootshauses geschmiegt und die darin gespeicherte Wärme aufgesogen! Vor ihrem inneren Auge bauschten sich Segel auf, sie fühlte die Pinne in ihrer Hand. Ja, dachte Hedi, mein wirkliches Zuhause ist immer die *Kranich* gewesen. Mit dem Boot auf dem Wasser dahinzugleiten, schnell und elegant wie dieser Vogel, war Heimat und Freiheit in einem. In der Ferne glaubte sie, den Trompetenruf des Kranichs zu hören, aber im Blau des Horizonts war nur ein Schwanenpaar zu sehen.

Mit langen Schritten erreichten die Mädchen bald den Yachtclub, diesmal hatte sich wieder eine Wache am Eingang postiert. »Geht durch bis zum Steg«, bekamen sie die Order.

Heute war allerhand los im Segelclub. Im Hof parkten einige Jeeps. Gleich mehrere Soldaten in den hellen Arbeitsoveralls des Militärs arbeiteten auf dem Gelände. Am Steg wurde gehämmert, mit einer Kreissäge wurden die fehlenden Bretter zugeschnitten. Es roch nach Harz und Sägespänen. Das frische Holz glänzte hell und hob sich von den durch Wind und Wetter vergrauten Bohlen ab. Ganz vorne winkte ihnen ein Mann in sandfarbener Uniform, unter der Militärkappe hatte sich eine braunrote Locke hervorgeschoben.

Er stand mit verschränkten Armen da, was seine muskulöse Statur noch betonte. Breit wie lang, fiel Anna zu ihm ein. Sie schätzte, dass sie beide etwa gleich groß waren. Das war wohl Sergeant Reilly, der alles andere als erfreut darüber schien, dass sie beide jetzt auftauchten. Zumindest wirkt es so, dachte Anna. Hätte er nicht so ein grimmiges Gesicht gemacht, hätte er eher lustig gewirkt mit den vielen Sommersprossen, die seine helle Haut tupften. Möglicherweise ein Ire, dessen Familie nach Amerika ausgewandert war. Soweit Anna wusste, waren die Iren Katholiken, bekannt für ihre strengen Moralvorstellungen, die noch ärger waren als die der Nonnen oben im Dießener Kloster. Anna fiel es schwer, den abweisenden Mann anzusprechen.

Das übernahm schließlich Paula, die sich vor sie stellte und ihm die Hand reichte. Der Soldat veränderte seine Haltung allerdings um keinen Millimeter.

»Sergeant Reilly? Wir sind Paula Seitzinger und Anna Sonnberger und melden uns heute zum Dienst«, sagte Paula mit ihrer freundlichsten Stimme.

»Ihr seid mir schon angekündigt worden.« Noch immer rührte der Mann sich nicht, doch Paula hatte den Eindruck, dass sich etwas an seinem Ausdruck veränderte, als er hinzufügte: »Ich habe euch beide zum Putzen eingeteilt, das scheint mir noch die geeignetste Aufgabe für zwei junge Frauen zu sein. Die Putzsachen stehen im Clubhaus bereit. Legt dort los!«

»Aber Captain Bill sagte, das Clubhaus ist tabu für uns«, traute sich Paula einzuwenden.

»So, sagte er das? Aber sicher meinte er nur die oberen Etagen. Ihr putzt als Erstes die Räume im Erdgeschoss inklusive der Fenster.«

Damit drehte sich der Soldat wieder um und starrte

auf den See hinaus. Paula folgte seinem Blick. Er schaute zur *Kranich*!

Paulas Gesicht wechselte die Farbe, was wiederum Anna alarmierte. Sie zog ihre Freundin am Arm, und mehr oder weniger untergehakt brachte Anna sie zum Clubhaus. Sie hoffte, dass die große Stube leer war, und schaffte Paula hinein, bevor diese in sich zusammensackte. Offenbar war Paula in heller Sorge um die Yacht. Anna versuchte, sich zu erinnern, was Paula ihr zu den Attacken gesagt hatte: Ruhe und etwas Zeit! Sie hörte Paula murmeln: »Es ist alles gut.«

Anna setzte sich neben ihre Freundin auf den Boden, strich ihr sanft über den Rücken und murmelte ebenfalls: »Es ist alles in Ordnung, es ist alles gut.« Eine gefühlte Ewigkeit saßen sie so auf dem Boden, so lange, dass Anna unsicher wurde. Sollte sie doch Hilfe holen? Da merkte Anna, wie sich Paulas Muskeln langsam entspannten, sie wirkte weniger starr. Wir sind auf dem richtigen Weg, dachte Anna erleichtert.

Paula räusperte sich, zog die Nase kraus, als würde sie jucken, konnte aber nicht sprechen. Anna suchte nach etwas zu trinken, holte ihre Wasserflasche hervor und reichte sie Paula. Die trank langsam ein paar Schlucke. Anna stand auf und hielt Paula die Hand hin, um sie hochzuziehen. Erst reagierte sie nicht, dann aber kam sie langsam wie eine alte Dame auf die Beine. Ganz verloren stand sie da.

Anna versuchte, sie aus ihren Gedanken zu reißen.

»Wir müssen mit der Arbeit anfangen, Paula! Ich suche schon mal das Putzzeug.« In einer Kammer stieß sie auf Eimer, Feger, Schrubber und Tücher sowie zwei grüne längliche Flaschen Reinigungsmittel mit englischem Aufdruck. *Best Green Soap for cleaning* stand darauf.

»Kannst du mir das übersetzen?«, fragte sie Paula und brachte die Flasche zu ihr.

Eigentlich war das gar nicht nötig, denn auf dem Etikett war eine Frau mit Schürze abgebildet, die eifrig einen Boden wischte. »Beste grüne Seife zum Reinigen«, übersetzte Paula und erklärte ihr jedes Wort einzeln. Als ob nichts vorgefallen wäre, packte sie nun mit an. Einzig ihre Gesichtsfarbe zeugte noch von dem gerade überstandenen Anfall, und ihr Blick wirkte bei genauerem Hinsehen etwas verschleiert.

Sie stellten Stühle und Bänke hoch, fegten und wischten alles gründlich ab. Dass Paula wohl nicht viel Übung im Putzen hatte, zeigte sich an ihren unrunden Bewegungen. Anna brachte ihr bei, den Boden in langen Schwüngen zu wischen. Gerade als sie mit dem großen Raum fertig waren, erschien Sergeant Reilly und rief sie zum Mittagessen. Es gab Brötchen mit Ei und Corned Beef, dazu jede Menge Coca-Cola.

Die Soldaten hatten von irgendwoher ein paar Wolldecken organisiert und machten es sich auf der Wiese gemütlich. Es wirkte fast wie ein friedliches Picknick, sie unterhielten sich auf Englisch und lachten gelegentlich. Anna bekam auch eine Decke, und der Sergeant bedeutete ihnen, sich etwas abseits zu platzieren. Paula aß nur wenig, aber ein Schluck der kalten Coca-Cola zauberte wieder ein bisschen Farbe auf ihre Wangen. Während Anna sich noch ein Brötchen holte, zog Paula ihre Liste heraus und notierte etwas darauf.

»Wir sind ja wohl nicht nur zum Putzen hier. Nachher gehe ich zum Sergeant und schlage ihm vor, dass wir ihm bei den Booten zur Hand gehen können. Schließlich wissen wir am besten, wie man die Slipanlage bedient«, schlug Paula vor.

Anna hatte ihre Zweifel, ob das viel nützen würde, nickte aber bestätigend. Schließlich sollten sie hier Lehrerinnen sein. Während die Soldaten immer noch Pause machten, standen die beiden Mädchen auf und räumten die leeren Flaschen samt Wolldecke weg. Sie schlenderten zum unteren Bootshaus und inspizierten die Slipanlage. Die Schienen ins Wasser waren intakt, soweit sie es erkennen konnten. Das Gestell, auf das die Boote gestellt wurden, befand sich unter Wasser, aber die Zugseile liefen noch in der Spur. Anna versuchte, die Kurbel zu drehen, damit der Bock hochkam, aber es bewegte sich nichts. Paula und sie versuchten es zusammen, da ging ein leichtes Rucken durch die Seile. Wahrscheinlich hakte es irgendwo.

Entschlossen zog Paula ihre Schuhe und Strümpfe aus und krempelte die Hose bis zum Knie hoch. Sie stapfte ins Wasser, einen stabilen Stecken mit Eisenkappe in der Hand, der zu diesem Zweck an der Wand des unteren Bootshauses aufbewahrt wurde, während Anna an der

Kurbel blieb. Paula stocherte, hob die Hand, und Anna drehte wieder, diesmal ging es schon deutlich leichter. Paula merkte, dass der Sergeant sie beobachtete. Sollten sie ihn um Hilfe bitten? Aber sie wollten ihm zeigen, dass sie mehr konnten als Putzen. Sie würden es schaffen! Auf einmal stand der Sergeant bei Anna und übernahm die Kurbel. Mit einem beherzten Ruck zog er an dem Wellrad, das Gestell tauchte auf und ließ sich nach oben ziehen. Dabei grinste er frech, und Paulas Gefühle schwankten zwischen Wut und Erleichterung, aber sie verkniff sich eine Bemerkung.

»Wir müssen die Boote aus dem Wasser nehmen, damit wir sie reparieren können«, sagte Anna und deutete auf die Piraten, die immer noch halb unter Wasser am Steg festgemacht waren. Der Sergeant nickte ihnen im Gehen zu, und Paula nahm das als Erlaubnis, hier weiterzumachen. Bald halfen ihnen zwei Soldaten, die sich auch die Hosenbeine hochkrempelten und ins Wasser stiegen, um das erste Boot ins Trockene zu bugsieren. Am flachen Ufer schöpfte Paula Wasser aus der Jolle. Als sie schließlich an Land gezogen war, begutachtete Anna die Schäden. Sie schüttelte den Kopf, so schnell war da nichts zu machen. Am Rumpf zeigten sich deutlich sichtbar Löcher von Axtschlägen, viele Stellen waren schadhaft.

»Hoffentlich sind die anderen in einem besseren Zustand! Dieses Boot hier stellen wir erst mal an die Seite«, sagte Anna und dirigierte ihre Helfer, die die Jolle neben dem Bootshaus seitlich an die Wand lehnten. Nummer zwei, die *Amsel*, schien in einem deutlich besseren

Zustand zu sein, hier würden einfache Ausbesserungsarbeiten am Holz und an der Lackierung genügen. Da mit vereinter Muskelkraft die Jollen von den Soldaten einfach getragen werden konnten, ließ Anna dieses Boot auf Arbeitsböcken im unteren Bootshaus aufstellen. Am Ende des Nachmittags hatten sie einige Jollen an Land gebracht, die an verschiedenen Stellen lagerten, nur das obere Bootshaus sollte frei bleiben.

Schwieriger gestaltete sich das Slippen der Kielyachten. Um diese an Land zu bewegen, bräuchten sie auf jeden Fall auch die passenden Bootshänger. Im oberen Bootshaus und auf dem Grundstück fanden sich noch welche, die aber allesamt erst einmal repariert werden mussten, weil die Räder platt waren oder ganz fehlten oder nur Teile der Gestelle vorhanden waren. Anna hoffte, dass ihnen morgen auch wieder so viele Helfer zur Verfügung stehen würden.

Pünktlich um achtzehn Uhr brachen die Soldaten auf, und auch die beiden Mädchen hatten ihren ersten Arbeitstag geschafft. Deutlich langsamer als am Morgen traten sie den Rückweg an.

»Das wird noch ganz schön viel Arbeit! Und wir brauchen den Bootsbauer, ohne ihn wird es wohl nicht gehen«, sagte Anna.

Paula nickte und hing ihren Gedanken nach. »Ich glaube, Sergeant Reilly will uns dort nicht haben. Irgendwie wirkt er gar nicht nett, aber wir müssen mit ihm auskommen«, sagte sie schließlich.

»Das wird schon, heute hat er uns doch auch einfach

machen lassen. Er sieht doch, was wir alles können. Mach dir keine Gedanken, Paula.«

Paula ließ die Schultern hängen. Sie war sich da nicht so sicher.

Am nächsten Morgen wartete Paula mit einem breiten Grinsen an der Gartenpforte auf Anna und wirkte frisch wie der Morgentau. Wie am Vortag packten einige Soldaten im Segelclub mit an, manch einer verstand auch etwas von Holzarbeiten. Stück für Stück räumten sie die Bootshäuser frei, besserten aus und reparierten, was mit ihren bescheidenen Mitteln möglich war. Gegen Mittag wurde mit einem Lastwagen ein schönes Ruderboot gebracht mit einer Nachricht von Captain Bill: *Es ist zwar kein Motorboot, aber vielleicht hilft es schon.* Das Ruderboot tauften die Mädchen *Ernestine*, und Anna malte den Namen geübt in schönen roten Buchstaben auf den Bug. Mit Sergeant Reilly kamen die Mädchen erstaunlich gut zurecht, da er meistens auf Abstand blieb und sie es so aussehen ließen, als hielte er die Zügel in der Hand. Für Putzarbeiten waren immer noch sie beide zuständig, aber am Ende der ersten Woche hatten sie schon viel geschafft.

Für den Samstag hatte sich Captain Bill angekündigt. Er kam kurz nach zwölf Uhr, winkte ihnen kurz zu und verschwand mit Sergeant Reilly im Clubhaus. Dann holte er Paula und Anna zu sich, während sich der Sergeant im Hintergrund hielt.

»Good Job, Anna und Paula! Die Bootshäuser und der

Steg sehen ja schon recht ordentlich aus. Aber was ist mit den Booten?«

»Wir brauchen unbedingt den Bootsbauer hier, und die größeren Schiffe sollten wir zu Carlo in die Werkstatt bringen. Auf jeden Fall sollte er dabei sein, wenn wir die *Kranich* an Land holen«, sagte Anna.

»Und wen gibt es noch?«, hakte Captain Bill nach.

»Es gibt noch Bootswerften in Riederau und in Utting, aber Carlo ist der beste Bootsbauer in der Nähe«, erklärte Anna ohne Umschweife. Der Captain zog eine Augenbraue hoch und wandte sich Paula zu. »Was benötigen wir noch für den Unterricht im oberen Bootshaus?

Paula war vorbereitet und zog ihre Liste heraus. Für die Kinder war kaum etwas da, was noch genutzt werden konnte. »Am wichtigsten sind Stühle und Bänke sowie Becher, Besteck und Teller. Zusätzlich brauchen wir Papier, Stifte und eine Tafel mit Kreide«, antwortete sie. Sie übergab ihm die Liste und zögerte kurz. »Thank you for the ... Ruderboot!«, sagte sie dann. Paulas Wangen röteten sich, als der Captain leise half: »Rowboat.« Sie ließ unerwähnt, dass das Ruderboot kein wirklicher Ersatz für ein Motorboot war.

»Kommen denn nächste Woche auch wieder so viele Helfer?«, mischte sich nun Anna ins Gespräch.

Captain Bill schaute fragend zu Sergeant Reilly, der schweigend fünf Finger zeigte.

»Also, wie es aussieht, bekommen wir noch ein paar Soldaten für die schweren Arbeiten hier. Paula, du kümmerst dich um das obere Bootshaus, und du, Anna, hilfst bei den Booten.«

Sergeant Reilly räusperte sich vernehmlich und trat von einem Bein auf das andere. Anna wartete darauf, dass er widersprechen und sie beide wieder zu Putzfrauen degradieren würde, aber der Sergeant schwieg und blickte in die Ferne. Der Captain überreichte den Mädchen ihren Lohn, den sie in Form von Zigaretten bekamen, und sie durften früher Schluss machen.

Inzwischen war das Wasser des Sees schon deutlich wärmer geworden, und heute brannte die Sonne herunter, sodass die Mädchen in ihren Arbeitshosen schon im Stehen schwitzten.

»Wollen wir nachher noch schwimmen gehen?«, fragte Paula.

Anna hatte am Morgen schon ein Handtuch und ihren Badeanzug in den Rucksack gesteckt, aber nun hatten sie die Zigaretten bekommen. Die konnten sie nicht einfach liegen lassen, und nass werden durften sie auch nicht. »Können wir die Rucksäcke im Landhaus lassen? Und dann schnell vorne bei den Fischerhütten in den See springen?«, schlug Anna vor.

»Gut, das machen wir. Aber du darfst Irmchen nicht verraten, wohin wir gehen, sonst kommen wir nicht zum Schwimmen.«

Doch das Problem stellte sich gar nicht, denn Hedi war mit den Kleinen unterwegs. Paula erzählte Anna, dass Hedi meistens so tat, als ob sie die Fortschritte im Segelclub nicht interessierten, aber genau zuhörte, wenn Paula den Kindern von ihrem Tag berichtete.

Bald darauf standen sie am Ufer. Beide hatten in der vergangenen Woche Farbe bekommen, und Anna wirkte gelöster. Paula nahm Annas Hand. Sie blickten sich an, lächelten und liefen los ins Wasser. An den Fußsohlen drückten spitze Steine, und das kühle Wasser ließ Anna kreischen. Paula war schon ganz drin und lachte.

»Paula, die Piratenkönigin!«, rief Anna und spritzte sie an.

»Anna, die schnellste Piratin vom Ammersee«, rief Paula und tauchte unter.

Paula schaute ihre Freundin an. Ja, Anna war wieder ihre Freundin geworden, und sie bewunderte, wie geschickt sie mit den Booten umging und dass sie wusste, wie man Holz bearbeitete. Sie hatte gesehen, wie Anna sanft mit den Händen über die geschundenen Schiffsrümpfe fuhr, und es war fast, als ob das Holz ihr etwas zuflüsterte. Auch mit den Soldaten ging Anna wie selbstverständlich um, obwohl sie sich mehr oder weniger in Zeichensprache verständigten. Aber Anna lernte schnell, und Paula hatte ihr schon einige Vokabeln und Sätze beigebracht.

Sorge bereitete ihr nach wie vor die *Kranich*, die immer noch weit draußen an der Boje hing. Sie waren schon mit *Ernestine* hingerudert und hatten eine erste oberflächliche Inspektion vorgenommen. Paula hatte ein Glücksgefühl durchzuckt, als sie wieder auf dem Boot gestanden hatte. Die *Kranich* hatte in den Wellen geruckelt, ganz so,

also ob sie es kaum erwarten konnte, wieder frei zu fliegen. Auf dem Rückweg hatte Paula geweint, aber es war
ein befreiendes Weinen gewesen, und sie glaubte Anna,
dass mit der *Kranich* alles gut werden würde. Anna hatte
so viele Talente und konnte so zupacken, und, am aller-
wichtigsten, sie waren Freundinnen.

II

Die Männer kommen

Seit knapp drei Wochen waren die Aufräumarbeiten im Segelclub im Gange, und sie hatten zusammen mit den Soldaten schon viel erreicht. In zwei Tagen sollte der Jugendclub seine Pforten öffnen. An diesem Freitag lief Paula vor ihrem Dienst rasch noch zum Bootsbauer. Carlo hatte die *Kranich* an Land geholt und bei sich in der Halle stehen, um das schöne Boot wieder segelfertig zu machen. Captain Bill hatte ihm persönlich den Auftrag erteilt, das wusste Paula. An dem Boot sollte nicht gespart werden, denn Captain Bill wollte es im Sommer selbst segeln, wie er Carlo verraten hatte. Er hatte auch schon ein paar Kanister mit Benzin geliefert, damit Carlo es gegen fehlende Teile eintauschen konnte.

Schwierig war es auch mit dem »Federkleid« der *Kranich*, denn die Segel waren rissig oder fehlten gänzlich. Eigentlich duldete Carlo keine Fremden in seiner Halle, aber bei Paula machte er eine Ausnahme. Schließlich war sie eine Seitzinger, die Familie war ein guter Kunde der Firma gewesen und sollte es in den hoffentlich bald kommenden besseren Jahren wieder werden. Deshalb ließ der

Bootsbauer sich auch all ihre Fragen gefallen, zeigte ihr das ausgesuchte Holz und die verschiedenen Lacke. Zufrieden atmete Paula das Duftgemisch der Werkstatt aus Lösungsmittel, Staub und Holz ein und tätschelte die *Kranich* am Rumpf.

Am Bahnhof wollte sie sich mit Anna treffen, die nicht weit weg in der Fischerei wohnte. Im Yachtclub verbrachten die Mädchen die meiste Zeit im oberen Bootshaus, das mittlerweile sauber geschrubbt glänzte. Einiges war schon für den neuen Jugendclub angeliefert worden, und Paula ging immer mehr in der Rolle der Lehrerin auf und plante die Stunden. Anna gab sie täglich Englischunterricht, und ihre Freundin erwies sich als sehr gelehrige Schülerin, hatte aber noch eine gewisse Scheu, mit den amerikanischen Soldaten mehr als ein paar Brocken Englisch zu reden, und wechselte immer wieder in ihre Zeichensprache.

Am Bahnhof fuhr gerade ein Zug ein, die Dampfwolken stiegen weiß auf, und das charakteristische Pfeifen war zu hören. Paula betrachtete die Neuankömmlinge, drei Herren im Anzug mit Aktentaschen, eine Bäuerin mit einem Käfig, in dem zwei Hühner aneinandergeduckt kauerten, und ein paar Jugendliche in kurzen Hosen und mit lässigem Gang. Paula stand von der Wartebank auf und wurde im selben Moment von etwas Schwerem getroffen. Sie schrie auf, denn unerwartete Berührungen machten ihr Angst. Unwillkürlich ballte sie die Hände zu Fäusten, spürte ihre kurzen Nägel in ihren Handflächen.

»Entschuldigung, habe ich Sie verletzt? Das wollte ich wirklich nicht, mein Fräulein!«, hörte sie eine junge Männerstimme sagen. Sehen konnte sie nichts, denn sie hatte ihre Augen zugekniffen und brachte kein Wort hervor. Augen öffnen!, befal sie sich und atmete tief durch. Was sie dann erblickte, gefiel ihr durchaus. Einem groß gewachsenen jungen Mann hing ein gut gefüllter Rucksack halb über dem Arm. Das sperrige Gepäckstück hatte sie wohl gestreift, als er es wieder auf den Rücken schwingen wollte. Der Bursche blickte sie aus braunen Augen aufmerksam an. »Alles in Ordnung?«

Paula nickte und hoffte, dass der Mann weiterging. Da hörte sie ein Rufen und sah auch schon Anna auf sich zukommen. Sie deutete in ihre Richtung und ließ den Mann stehen, der den beiden Mädchen, die heute einfache geblümte Kleider trugen, aufmerksam nachschaute.

»Wer war denn das?«, fragte Anna, als sie ein Stück vom Bahnhof entfernt waren.

»Ein Bahnreisender, der mich angerempelt hat. Nichts weiter.«

»Der sah aber schon recht fesch aus, der Bursche!«

Paula kommentierte das nicht weiter, sondern fragte Anna ihrerseits, wie es denn mit dem Werkstatthelfer Eli aus dem Kibbuz so lief.

»Der Eli macht das toll! Sogar mein brummiger Vater ist nett zu ihm und zeigt ihm alle grundlegenden Techniken. Schließlich soll der Eli genug können, dass er, wenn er nach Erez Israel ausreist, ohne Hilfe zurechtkommt.

Und wie schön der Eli malen kann! Für meine Geschwister hat er deren Lieblingstiere auf Papier gezeichnet. Einen Löwen für den Berni, einen Schmetterling für die Berta und einen Hund für den Emil.«

»Und was hat er für dich gezeichnet?«, fragte Paula, der aufgefallen war, wie zärtlich Annas Stimme klang, wenn sie von Eli sprach. Anna wurde rot. »Das war nur für die Kinder, und überhaupt sehen meine Eltern es nicht so gern, wenn ich mit dem Eli alleine bin. Schließlich ist er ein Mann, der hier nur auf der Durchreise ist.« Letzteres sagte Anna im Tonfall ihrer Mutter und betonte die Worte *Mann* und *Durchreise* mit gespitzten Lippen.

»Ich habe gehört, dass nur eintausendfünfhundert Personen pro Monat nach Palästina einreisen dürfen und die Briten, die noch das Mandat für Palästina haben, illegal Einreisende in Lagern in Zypern festsetzen.«

»Eli sagt, dass sich das bald ändern wird und er fest daran glaubt, dass Ben-Gurion in Palästina demnächst einen eigenen Staat ausrufen wird. Deshalb lernen sie hier fleißig für ihr neues Leben in Erez Israel.«

Beim nächsten Besuch bei den Eltern in München mache ich mich schlau, nahm Paula sich vor, denn sie merkte, dass Anna Elis Situation mehr beschäftigte, als sie zugab. Bald musste sie ohnehin übers Wochenende nach Hause fahren und die Verehrer kennenlernen, die ihre Mutter für sie ausgesucht hatte. Bislang hatte sie die Besuche noch aufschieben können mit der Begründung, die Kraftanstrengungen, die das Herrichten der Clubanlagen mit sich brachte, seien zu groß.

Paula war schon gespannt, was Captain Bill heute sagen würde, denn nun trafen sie die letzten Vorbereitungen für die große Eröffnung, und es sah schon recht ordentlich aus. Anna hatte bunte Plakate gemalt, die auf den Schautafeln in Dießen und Riederau für die Eröffnung des GYA am Sonntag, den 1. Juni, warben. Auch an der Schule hatten sie ein Plakat aufhängen dürfen. Hoffentlich würden genügend Kinder und Jugendliche kommen! Heute wollten sie noch Girlanden basteln, und das große Schild, das der Sergeant bei Annas Vater bestellt hatte, sollte noch am Eingang aufgestellt werden.

Lachend betraten die beiden Mädchen durch das wieder montierte Tor das abgezäunte Gelände. Wachen standen inzwischen nur noch im Ausnahmefall davor, da der Club jetzt ständig bewohnt war. An den Abenden und am Wochenende kamen Soldaten von den Flughäfen in Penzing oder vom Fursty, wie der Flugplatz in Fürstenfeldbruck genannt wurde. Auch aus dem Münchner Hauptquartier, wo Captain Bill stationiert war, reisten Kameraden an den See, um sich zu erholen. Allerdings hatte das GYA Vorrang, und die Mädchen sahen kaum fremde Soldaten im Yachtclub. Gehört hatten sie, dass an den Samstagabenden regelmäßig ausschweifend gefeiert wurde, einmal spielte sogar eine amerikanische Band.

Wie immer galt der erste Blick der Mädchen dem See und dem Steg, an dem das Ruderboot *Ernestine* und die beiden Jollen *Amsel* und *Fink*, beide mit frischem weißen Anstrich und blauen Absetzungen, lagen. Heute regte sich kein Lüftchen, und die Boote schaukelten kaum. Nur wenn einer der Raddampfer vorbeischaufelte, rollten hohe Wellen an, die nach wenigen Minuten abrupt endeten. Paula musste schmunzeln, als sie daran dachte, wie der Captain sich bei ihrem ersten Treffen nasse Füße geholt hatte.

Neu war die amerikanische Flagge, die nun vom wieder aufgestellten Mast am Steg wehte. Das war wohl Sergeant Reillys Werk gewesen, der sich im Clubhaus häuslich eingerichtet hatte. Am Segeln lag ihm wenig, aber er hatte einen abgetrennten Bereich im oberen Bootshaus bekommen, wo er Boxtrainings abhalten wollte. Dort hingen schon ein großer und mehrere kleine Punching Bags von der Decke, dazu gab es Springseile und Hanteln. Nur mit den Handschuhen, Leibchen, Sportschuhen und den Pratzen sah es noch nicht so gut aus. Hier wartete der Sergeant noch sehnlichst auf eine Sendung aus der Heimat von seinem alten Boxclub in Hell's Kitchen im Stadtteil Manhattan, New York, der für die Kinder gebrauchte Sachen gespendet hatte.

Seit sein Boxraum eingerichtet war, trainierte der Sergeant dort täglich mehrere Stunden, um in Form zu bleiben. Ein Vorteil für Anna und Paula, die dadurch weniger unter seiner Beobachtung standen. Frauen hatten dort keinen Zutritt, für die Tür hatte Anna extra ein Schild mit der Aufschrift *Boys only* malen müssen. Und nun noch die Flagge, was Paula einen Stich versetzte. Früher hatte an dem Mast immer die Clubflagge im Wind geweht, der dreieckige Wimpel in den Farben Blau und Orange mit stilisierten Umrissen eines fliegenden Kranichs in der Mitte.

Paula dachte an ihre von ihrem Vater zugewiesene Aufgabe, den Club wieder in die Hand des Vereins zu bekommen, und nahm sich vor, heute bei Captain Bill nach der noch ausstehenden Vereinsneuzulassung zu fragen. Doch der Captain wurde erst gegen Nachmittag erwartet, und Sergeant Reilly zog sich in sein Boxkammerl zurück.

Anna und Paula hatten sich schon an die rhythmischen Schläge und die Seilschwünge gewöhnt, die gedämpft herüberdrangen. Sie saßen an einem der Arbeitstische und schnitten aus Karton Dreiecke aus, die sie dann bemalten und schließlich auf eine Schnur knüpften. Anna schrieb *Herzlich willkommen* auf eine Seite der Wimpelkette und *Welcome* mit Herzen auf die andere. Mittags setzten sie sich an den Steg, tranken Cola und aßen Kekse und Äpfel.

Ab kommender Woche sollte die Erna, eine patente Witwe aus Riederau, für die Kinder kochen, und Captain Bill hatte versprochen, dass es gutes und reichhaltiges Essen statt der üblichen Suppen aus Brennnesseln, Kerbel, Bucheckern, Eicheln oder stark verdünnter Milch geben sollte. Erna backte schon jetzt für den Tag der offenen Tür, denn sie wollte eine ganze Kuchenparade zaubern. Beim Anblick der Blöcke echter Butter, der Zuckerpackungen und der Mehlsäcke war sie so aus dem Häuschen geraten, dass Anna schon befürchtet hatte, sie würde ihnen umkippen. Nur die Cookies, die amerikanischen großen runden Kekse, kamen schon fertig aus der Stützpunktküche, die den Club mit Lebensmitteln und fertigen Snacks belieferte. Auch jede Menge Holzkisten mit Limonade und Cola standen schon im Kühlkeller bereit. Aus der Küche des Clubhauses duftete es verführerisch nach frischem Backwerk.

Gerade als sie zum Abschluss noch die Füße in den See hielten und den kleinen Fischen am Ufer beim Herumstromern zusahen, kam ein Jeep vorgefahren.

»Wollte der Captain nicht noch kommen?«, fragte Anna.

Paula nickte nur, zog sich eilig wieder die Sandalen an und strich den Rock ihres Kleides glatt. Sie hatte an der Tür zum oberen Bootshaus stehen wollen, und nun erwischte er sie beim Nichtstun! Aber Captain Bill kam strahlend auf sie zu und bat um eine Führung, die sie ihm gern gaben. Im unteren Bootshaus lagerten Segel, Seile und Ersatzteile, und an der *Sperling*, einer weiteren Jolle, wurde der Rumpf bearbeitet.

Im oberen Bootshaus zeigte Paula den Unterrichtsraum, die selbst gezimmerten Regale mit den Materialien und Büchern. Die Wände des Raums hatte sie mit den Zeichnungen von Irmchen verschönert, auf dem Lehrerinnenpult stand ein Wiesenblumenstrauß. Alles roch frisch und sauber.

Captain Bill brummte zufrieden und sah dann auf seine Armbanduhr. »Es kommen heute noch Gäste. Wir treffen uns auf der Terrasse zum Kaffee in einer halben Stunde.«

Damit ließ er die Mädchen stehen. »Irgendwie ist der Captain heute anders«, flüsterte Anna zu Paula. Bald darauf kamen zwei junge Männer an und wurden vom Adjutanten auf die Terrasse geführt.

»Das ist ja der Mann vom Bahnhof«, stellte Paula bei einem Blick aus dem Fenster fest.

»Was die wohl hier wollen?«, fragte Anna besorgt.

Als die Mädchen zur verabredeten Zeit auf der Terrasse erschienen, saßen dort die vier Männer versammelt um den Tisch. Sergeant Reilly grinste zufrieden, während Captain Bill ihnen Plätze am Tischende anbot.

»Ich will gleich zur Sache kommen. Anna und Paula, ihr habt hier sehr gute Arbeit geleistet. Aber nun hat es sich ergeben, dass wir als Lehrer für das GYA Wolf von Birkenstein und seinen Freund Dietrich Müller gewinnen konnten. Denn in so einen Club kommen doch in der Hauptsache Jungs, und die brauchen dringend gute Vorbilder.«

»Aber, was soll denn das heißen?«, stotterte Anna.

»Nun, eigentlich benötigen wir hier nur zwei zusätzliche Lehrer. Von Birkenstein«, damit wies der Captain auf den Mann vom Bahnhof »ist ein ausgezeichneter Regattasegler von der Küste, und Müller kennt sich mit Boxtraining aus.«

Jetzt schaltete sich Paula ein: »Captain Bill, Sie haben uns Ihr Wort gegeben, dass wir den Sommer über hier arbeiten dürfen.«

»Was erlaubst du dir, Fräulein«, blaffte sie der Sergeant an. Dass er junge Frauen nur für Putz- und Hausarbeiten geeignet hielt, daraus hatte er keinen Hehl gemacht.

Captain Bill brachte ihn mit einer Handbewegung zum Schweigen. »Ich stehe zu meinem Wort. Anna und Paula, ihr könnt euch um die Mädchen kümmern und Hauswirtschaftsunterricht geben.«

»Hauswirtschaft?«, fragte Paula entgeistert.

Anna war mit einem Schlag übel. Es fühlte sich an, als ob der Captain ihr einen Schwinger in den Magen versetzt hatte. Dafür hatte sie beinahe einen Bruch mit ihrer Familie riskiert, dass sie jetzt als Dienstmagd für zwei hergelaufene Kerle den Boden wischte? Sie hatte sich so angestrengt, um zu zeigen, was alles in ihr steckte!

Sie bemerkte, dass einer der beiden jungen Herren sie intensiv betrachtete. Es war ihr unangenehm, denn anders als der Bursche vom Bahnhof strahlte dieser Härte aus. Anna schaute ihn an, Dietrich Müller, wenn sie vorhin richtig aufgepasst hatte. Sein Lächeln erreichte seine blauen Augen nicht. Sie hatte wohl laut geschluchzt, denn auf einmal wurde es ganz leise am Tisch.

»Das ist nicht gerecht«, flüsterte Anna und konnte die aufkommenden Tränen nicht unterdrücken. Sie stand auf und rannte zum unteren Bootshaus. Paula wollte ihr schon nachgehen, da machte Wolf von Birkenstein einen Vermittlungsversuch: »Knotenkunde ist ja so ähnlich wie Handarbeiten. Das wäre auch noch etwas, das die Mädchen unterrichten können. Ihr könnt doch Knoten, oder?«

Paula warf ihm einen scharfen Blick zu, der ihn sofort verstummen ließ. Der andere hatte bislang kein Wort zu den Mädchen gesagt, nur Anna angeglotzt. Jetzt bat der Sergeant den Captain um eine Unterredung unter vier Augen. Paula vermutete, dass er sie loswerden wollte. Sie nutzte die Gelegenheit, um auch aufzustehen. »Ich schau mal schnell, ob Anna etwas braucht.«

Als Dietrich sich ebenfalls erhob, setzte sie schnell ein »allein« dazu. Wenn es nötig war, dann kramte Paula ohne jeden Skrupel ihren schärfsten Ton hervor, den sie sich bei ihrer Mutter abgeschaut hatte.

Paula zwang sich, nicht zu rennen, als sie zu ihrer Freundin ging. Anna lehnte an dem Bootsrumpf, den sie eben noch mit Hingabe abgeschliffen hatte, und weinte. Paula wusste nicht, wie sie sie trösten sollte, schließlich strich sie besänftigend über ihren Rücken. Das war wirklich der Gipfel der Frechheit, dass sich nun zwei Kerle, dem Anschein nach handelte es sich um Russlandheimkehrer, ins gemachte Nest setzten. Nie hätte sie gedacht, dass Captain Bill auch so einer war, der nur Männern etwas zutraute.

»Wir lassen uns das nicht gefallen! Oder willst du aufgeben, Anna?«

»Aber der Captain hat doch schon entschieden, und ich kann es mir nicht leisten, die Arbeit zu verlieren. Meine Familie braucht meinen Lohn!«

»Gut, dann bleiben wir. Aber das letzte Wort in Sachen Arbeitsaufteilung ist noch nicht gesprochen!«

Captain Bill war zu den Mädchen getreten. »Sorry, meine Fräuleins. Die beiden Herren sind wirklich besser als ihr geeignet, um im GYA zu arbeiten. Sergeant Reilly sagte, dass es keine vier Lehrer braucht. Aber ich stehe zu meinem Wort: Ihr dürft auch bleiben. Hauswirtschaft für die Mädchen und Knotenkunde für alle, und ihr dürft in der Segelabteilung aushelfen, wenn Not am Mann ist. In eurer Freizeit dürft ihr selbstverständlich die Boote auch allein nutzen und so lange segeln, wie ihr wollt. Das ist mein letztes Angebot.«

Er hielt ihnen seine Hand hin. Paula schaute Anna an, in deren Augen Tränen glitzerten. Anna nickte, dann schlug sie ein, zog die Hand aber schnell wieder zurück. Paula ergriff ebenfalls seine Hand, die sich trotz der Wärme kühl anfühlte.

12

Eröffnung des GYA

Anna schlich nach Hause. Wobei sie gar nicht klar sagen konnte, was sie genau schmerzte. Es war, als ob ein fester Klumpen an Unbehagen sie langsam zu Boden drückte. Die Reaktion ihrer Mutter konnte sie sich schon ausmalen: »Frauen gehören nun mal ins Haus, und Hochmut kommt vor dem Fall«, deshalb freute sie sich, als sie durch die offene Werkstatttür einen schwarzen Schopf sah. Eli strahlte, als er Anna bemerkte. Aber gleich darauf stutzte er. »Anna, was ist mit dir?«, fragte er besorgt. Anna lehnte sich an die Werkbank und konnte nur mit Mühe die Tränen zurückhalten. Sie schilderte Eli stockend, wie sie von Captain Bill degradiert worden war. Jedenfalls empfand sie es so, nachdem die beiden Männer Paula und ihr vor die Nase gesetzt worden waren.

»Ich verstehe, dass es dir mit so einer Entscheidung nicht gut geht, gerade weil du so hart gearbeitet hast. Du bist so begabt und geschickt, und der Captain macht hier einen großen Fehler! Aber er wird das schon merken, zeige ihm einfach, was du alles kannst!«, versuchte Eli, sie zu trösten. Ein bisschen Zuversicht hatte er ihr schon gegeben, wie immer, wenn sie sich ungestört austauschen konnten. Elis ruhige, besonnene Art und seine Anerkennung schätzte Anna sehr. Leider gab es dazu wenig Gelegenheit, denn ihre Eltern sahen es nicht gern, wenn sie ihre Köpfe zusammensteckten.

»Wovon träumst du?«, fragte Eli sie, nachdem Anna sich etwas beruhigt hatte. Aber hier, auf der Werkstattbank ihres Vaters, wollte Anna nicht darüber sprechen, denn sie hatte das Gefühl, dass dies ihren Traum sofort beschmutzen würde. Stattdessen sah sie ihn traurig an und sagte: »Nicht hier!« Eli nickte. Es gab Orte für Träume und Orte für Pflichten. Für Eli war die Werkstatt wider Erwarten ein Ort, den er zu schätzen gelernt hatte. Die kreative Arbeit machte ihm Freude, der Maler Sonnberger sah in ihm einen gelehrigen Schüler und ließ ihn Pausen einlegen, wenn seine alte Fußverletzung ihn zu arg schmerzte. Wenn er morgens zur Arbeit kam und dabei noch ein paar Worte mit Anna plaudern konnte, dann schien für ihn den ganzen Tag die Sonne. Aber Eli wusste auch, dass er Anna nicht in sein Herz lassen sollte, denn bald würde er fortgehen.

Paula, die ihren Vater angerufen hatte, bekam statt Verständnis einen Vortrag. Sie solle doch froh sein, dass die beiden Männer sich um die wilden Jungs kümmern konnten und sie nicht so schwer arbeiten müsse. Schließlich müssten jetzt alle zusammenstehen und den Russlandheimkehrern, die unter dem Einsatz ihres Lebens für Deutschland gekämpft hatten, jede denkbare Unterstützung geben. Und überhaupt gehe es nicht voran mit der Genehmigung für die erforderliche Vereinsgründung, da müsste Paula sich jetzt wirklich von ihrer besten Seite zeigen.

Als Paula den Namen »Wolf von Birkenstein« nannte, wusste ihr Vater gleich, dass der junge Mann von einem ostpreußischen Landgut stammte und bereits einige beachtliche Erfolge im deutschen Regattasport verbucht hatte. Sicher waren seine Leute vertrieben worden und standen jetzt vor dem Nichts. Zu Dietrich Müller fiel ihrem Vater nichts ein, kein Wunder bei dem Allerweltsnamen.

Am Samstag mussten die Mädchen nicht zum GYA, aber ihnen war aufgetragen worden, sich am Sonntag um acht Uhr in der Früh einzufinden und noch das eine oder andere aufzubauen. Sie hatten ein buntes Programm zusammengestellt, das Kinder und Jugendliche anlocken sollte. Es gab eine Wurfbude, an der es viele Preise zu gewinnen gab, Rundfahrten mit den offenen Jeeps, Ausfahrten mit den Segelbooten, Boxtraining zum Ausprobieren, eine Mal- und Bastelecke und ganz viel Coca-Cola, Limonade, Kuchen, Kekse und als besonderes Angebot auch Hotdogs, die ein Koch der Amerikaner zubereiten sollte.

Captain Bill setzte darauf, dass allein das Essen und Trinken schon viele Neugierige anziehen würden. Jeder Besucher würde Verzehrmarken am Eingang bekommen, da er verhindern wollte, dass das Buffet zu schnell leer geräumt wurde. Auch Anna schätzte die Mahlzeiten, die sie von den Amerikanern bekam, denn seit sie hier arbeitete, ging sie ohne das bohrende Hungergefühl zu Bett, das sie in den letzten Jahren oft am Einschlafen gehindert hatte.

Eigens für diesen Tag hatte ihre Mutter Anna einen neuen, etwas weiteren Rock genäht, dazu eine hochgeschlossene Bluse, die am Rücken geknöpft wurde, mit runder Schulterpasse, kurzen Tulpenärmeln und kleinem Bubikragen. Den cremefarbenen Stoff dafür, der mit einem modernen kleinen grafischen Muster in Rot und Schwarz bedruckt war, hatte sie dank Annas Naturalienlohn eintauschen können. Der neueste Chic sollte das sein, aber Anna empfand die Rückenknüpfung der Bluse als unpraktisch. Auch ihr Wunsch nach einer eleganteren Hose, statt des zum Segeln wenig geeigneten Rocks, wurde von ihrer Mutter ignoriert.

Aus dem gleichen Stoff hatte ihre Mutter auch ein breites Haarband genäht, mit dem Annas mittellange Haare aus dem Gesicht gehalten wurden. Sie fühlte sich verkleidet und fand, dass die Farbe sie blass machte, aber ihre Mutter war mit Annas Aussehen sehr zufrieden. Als sie um halb acht schließlich das Haus verließ, war sie einfach froh, endlich unterwegs zu sein.

Anna lief zum Landhaus der Seitzingers, um Paula abzuholen. Dort saßen Hedi und die Mädchen noch beim Frühstück in der Küche, Paula hatte vor lauter Aufregung nur einen Schluck Kakao getrunken. Sie trug auch ein neues Sommerkleid, das Annas Mutter ihr genäht hatte, mit angeschnittenen kurzen Ärmeln aus einem weißen

Stoff und einem Aufdruck aus großen roten Blumen und grafischen Strichen.

Paula hatte ihre langen Locken kunstvoll aufgesteckt. Hedi bestand darauf, dass Paula noch einen Strohhut mitnahm, und gab auch Anna einen mit. »Es soll heute heiß werden, und wenn ihr den ganzen Tag in der Sonne steht, bekommt ihr schnell einen Sonnenstich! Und ihr wollt doch sicher nicht vor den jungen Herren umkippen, oder?«

Anna und Paula ließen die Köpfe hängen, was Hedi mit einem erhobenen Zeigefinger kommentierte. »Bange machen lassen gilt nicht, meine Damen!«

Irgendwie war Anna schon leichter ums Herz, als sie endlich mit Paula losging. Sie hoffte nur, dass Paula den Tag ohne einen ihrer Anfälle durchstand, denn sie sah jetzt schon ein wenig blass aus. Anna hatte sich vorgenommen, sich heute von ihrer besten Seite zu zeigen, denn schließlich würden die Leute aus dem Dorf kommen.

»Das wird schon werden!«, sagte sie mehr zu sich als zu Paula, die heute nicht wie sonst fröhlich plapperte. Die Degradierung vom Freitag saß den beiden noch in den Knochen. »Kommen Hedi und die Mädchen nachher auch?«

»Nein, Hedi will den Yachtclub erst wieder betreten, wenn er nicht mehr besetzt ist, und die Mädchen sind noch zu klein.«

»Aber wir haben Irmchen doch versprochen, dass sie kommen darf, wenn alles fertig ist.«

Paula schüttelte nur den Kopf und schritt zügig aus.

Am Eingang stand noch niemand, aber das große Schild mit der Aufschrift *German Youth Activities* mit der amerikanischen Flagge, den Boxhandschuhen und dem Segelboot war an zwei Pfosten zwischen dem Tor und dem oberen Bootshaus befestigt. Dort wollten sie noch die von ihnen gefertigte Wimpelkette aufhängen. Die Wege waren frisch geharkt, der Rasen kurz gemäht, und ein paar alte Rosenstöcke streckten wenige duftende Blüten der Sonne entgegen. Das Gelände sah sauber und ordentlich aus. Am Steg hing die amerikanische Flagge schlaff herunter. Anna hoffte, dass später noch ein leichter Wind aus Nordost aufkommen würde, denn sonst konnten sie nur Ausflüge mit dem Ruderboot *Ernestine* anbieten.

Captain Bill war noch nicht eingetroffen, zumindest stand noch kein Jeep auf dem Gelände. Sie spazierten erst einmal zum Steg hinunter und atmeten tief die noch leicht feuchte Luft ein. Anna ließ den Blick schweifen, aber an diesem Sonntagmorgen waren keine Boote draußen, nur ein einsamer Schwimmer zog seine Bahnen. Sie ging zum unteren Bootshaus, es war verschlossen. Seltsam, dass Sergeant Reilly noch nicht zu sehen war!

»Komm, wir gehen ins obere Bootshaus und hängen die Dekoration noch auf!«, schlug Paula vor.

»Das ist doch was für die Männer«, meinte Anna schnippisch.

Paula lachte nur. »Wer zuerst an der Tür ist!«, rief sie und spurtete los, wobei sie eine ihrer Sandalen verlor.

Grinsend lief Anna an ihr vorbei. Ihr Treiben war nicht unbeachtet geblieben, denn nun brachte Wolf, der aus dem Clubhaus kam, ganz Kavalier den verlorenen Schuh und hielt ihn Paula mit einer Verbeugung hin. Hinter ihm war Dietrich hervorgetreten, der Paula verächtlich musterte.

»Dein Freund hält mich wohl für eine verwöhnte Göre«, sagte Paula zu Wolf, der ihr galant den Arm gereicht hatte.

»Dietrich ist nicht so, wie es den Anschein hat«, nahm Wolf seinen Freund in Schutz.

Von oben her ertönte eine Hupe. »Das wird Captain Bill sein«, sagte Paula auffordernd zu Wolf.

Aber Wolf schien sich nicht angesprochen zu fühlen, und daher ignorierte auch Paula das Hupen. Sollte der Fahrer halt selbst aussteigen und das Tor öffnen, sie war ja jetzt für die Hauswirtschaft zuständig. Der Jeep hielt bald darauf neben ihnen. Captain Bill lachte vom Beifahrersitz herunter. »Good Morning! Super Wetter heute!«, rief er ihnen zu.

Er bat Wolf, Sergeant Reilly zu holen, der schnell zu ihnen stieß. Die Rückbank des Autos stand voll mit Paketen. Pünktlich zur Eröffnung waren die Spenden aus Amerika eingetroffen. Paula hatte Sergeant Reilly noch nicht oft lachen sehen, doch jetzt zog sich ein breites Grinsen über sein sommersprossiges Gesicht, und er wirkte wie ein kleiner Bub an Weihnachten. Die Männer schafften die Pakete in die Boxkammerl, und Dietrich half dem Sergeant, der auch heute seine bequeme Sommeruniform trug, beim Auspacken. Die zwei scheinen sich gut zu verstehen, dachte Paula.

Wolf dagegen war mit Anna zu den Booten gegangen und machte die beiden Piraten segelfertig, wie Paula aus der Ferne beobachtete. Die Art, wie Wolf behände in die Boote sprang, zeigte, dass er schon viel Zeit auf dem Wasser verbracht haben musste. Anna schien den jungen Mann auch zu mögen, denn angeregt fachsimpelte sie mit ihm über die anstehenden Bootsreparaturen.

Captain Bill rief alle zu einer Lagebesprechung zusammen. Paula sollte bei der Essensausgabe helfen und die Marken kontrollieren. Dietrich hatte die Wurfbude zu betreuen, bei Sergeant Reilly durfte geboxt werden, und später sollte Paula die Mal- und Bastelecke übernehmen, während Wolf und Anna die Abteilung Segeln betreuen sollten.

Wolf hatte die Idee, einen kleinen Dreieckskurs vor dem Steg zu markieren, damit die kleinen Segler immer im Blick der Eltern blieben. Markierungsbojen gab es noch, und mit dem Ruderboot konnten sie diese auch setzen, aber Anna riet dazu, damit noch zu warten, da sich der Wind erfahrungsgemäß am späten Vormittag noch einmal drehte. Kurz darauf trafen weitere Jeeps ein, auch der Koch der Amerikaner kam. Er baute einen mobilen Stand auf und begann damit, die Hotdogs vorzubereiten.

Noch war kein einziges Kind da. Was, wenn niemand kommt?, fragte sich Anna. Aber da streckten schon die ersten neugierigen Buben ihre Nasen durch den Zaun.

Anna kannte die Kinder und rief sie beim Namen. Zögerlich traten die beiden Zwölfjährigen ein, sie waren barfuß und steckten in speckigen kurzen Lederhosen. Anna bedeutete Paula, den Buben etwas zu essen und zu trinken zu besorgen. Mit vollen Backen standen sie kurz darauf da und schauten sich die Jeeps an. Die Wurfbude und die Boote beachteten sie gar nicht.

»Wollt ihr eine Runde drehen?«, fragte Anna und warf dem Captain einen vielsagenden Blick zu. Die Buben nickten.

Captain Bill, der heute seine schicke blaue Ausgehuniform trug, setzte sie auf die Rückbank, und sein Fahrer brauste mit ihnen los. Zurück kamen sie dann zu fünft, unterwegs hatten sie noch zwei Jungen aufgelesen, die sich auf den Beifahrersitz quetschten.

Langsam tröpfelten die Besucher herein. Um elf Uhr sollten die Bürgermeister der Gemeinde Rieden und der Gemeinde Dießen zu einem Antrittsbesuch vorbeikommen. Eingeladen waren auch der Pfarrer und die Nonnen, die in St. Alban ein paar Kinder aufgenommen hatten, sowie die Schulschwestern vom Kloster. Aber Anna glaubte nicht, dass sie kommen würden. Man nahm zwar gern die Spenden der amerikanischen Soldaten oder ihrer Frauenkomitees an, aber viel mehr Zusammenarbeit hatte nicht stattgefunden. Und so war es dann auch, nur die Bürgermeister und ihre Familien kamen und ließen sich den echten Kaffee und guten Kuchen schmecken.

Schließlich kam etwas Wind auf, und er wehte, wie Anna es vermutet hatte, stabil aus Nordost. Inzwischen standen einige Kinder bei Anna und Wolf auf dem Steg. Entgegen seiner gestrigen Ankündigung hatte Captain Bill Anna zur Abteilung Segeln eingeteilt, was sie als ein gutes Zeichen wertete. Der Rock war natürlich etwas hinderlich für sie, aber bei dem leichten Wind noch kein Problem. Sie segelte barfuß, während Wolf in dunklen Leinenhosen und weißem Hemd schon maritimer wirkte. Er scherzte mit den Buben und Mädchen, und wenn er lachte, zeigten sich Grübchen.

Wolf nahm den *Fink* und startete als Erster mit den Kindern, die allerdings schwimmen können mussten, denn es gab keine brauchbaren Kinderschwimmwesten mehr im Segelclub. Deshalb mussten die Nichtschwimmer leider an Land bleiben. Und das waren gar nicht so wenige, wie Anna feststellte. Im Geiste setzte sie also Schwimmen auf den Stundenplan. War das dann eine Frauen- oder eine Männerangelegenheit? Diese Aufteilung ist doch blanker Unsinn!, dachte sie und nahm sich vor, die Grenzen auszutesten.

»Wann legen wir ab, Anna?«, fragte ein Bub.

»Geht gleich los, ich ziehe uns vor an den Steg, und du hältst das Boot noch fest.«

»Ja, aber dann kann ich ja nicht mitkommen!«

Anna sah sich in der *Amsel* um. Da saßen schon drei Kinder, für einen Vierten war kein Platz.

»Wie heißt du?«

»Ich bin der Matthias.«

»Matthias, du bekommst eine ganz wichtige Aufgabe, und beim nächsten Schlag nehme ich dich mit. Ich erkläre es dir. Wenn ich das Kommando gebe: ›Klar zum Ablegen!‹, dann antwortest du, wenn du so weit bist: ›Ist klar!‹ Als Nächstes sage ich: ›Klar bei Vorleine!‹ Du konzentrierst dich auf das Boot und die Vorleine, die frei laufen muss, und antwortest dann: ›Vorleine ist klar!‹ Und wenn ich rufe: ›Vorleine los!‹, dann erst lässt du los und antwortest: ›Vorleine ist los!‹«

Eigentlich würde die Jolle allein vom Stegkopf davongleiten, aber Matthias ging ganz ernsthaft an seine Aufgabe und arbeitete mit deutlicher Stimme an den Kommandos. Den Buben wollte sie sich nachher genauer anschauen. Aber jetzt segelte sie erst einmal ganz gemütlich mit den Kindern ein Stück weit bei halbem Wind hinaus und erklärte ihnen, was sie bei einer Wende machen sollten.

»Immer auf den Großbaum aufpassen«, warnte sie. Als sie mit dem Boot aus der Bucht herausgesegelt waren, pfiff der Wind etwas stärker, und die Jolle legte sich auf eine Seite. Die Kinder kreischten. »Gut festhalten«, befahl Anna und entschloss sich, gleich zu wenden. Sie erklärte alles, und der Mutigste übernahm die Fock. Deutlich gab sie die Kommandos: »Klar zur Wende!«

Drei Stimmchen riefen: »Ist klar!«

»Ree!« Anna drückte die Pinne, sie wechselte mit den Kindern die Seite, indem sie unter dem Großbaum durchtauchten, der Mutige hatte beim Kommando »Über die Fock!« das Vorsegel einfach losgelassen. Die Fock flatterte, und mit vereinten Kräften klemmten ihre kleinen Mitsegler diese fest. Die Kinder klammerten sich eher ängstlich am Bootsrand fest, deshalb segelte Anna ganz gemächlich mit ihnen zurück und ließ sich zum Anlegen die Fockleine geben, damit kein Malheur passierte. Matthias stand am Steg, fing die Vorleine, die eines der Kinder ihm zuwarf, und holte die Jolle heran.

Etwas später kam auch Wolf angesegelt, der direkt vor ihr aufgebrochen war.

»Wenn es windiger wird, müssen wir zu zweit in eine Jolle. Meine Kinder waren etwas überfordert«, meinte Anna.

»Wenn es totale Anfänger sind, dann ist das auf jeden Fall besser«, stimmte Wolf zu.

Sie fragten die wartenden Kinder, und ein paar von ihnen waren schon gesegelt. Diese sollten bei Wolf einsteigen, und Anna schickte Matthias los, Paula zu holen.

»Endlich Wind!« Paula freute sich, auf den See zu kommen. Sie übernahm die Fock, und zwei Kinder durften noch dazu, Matthias saß bei Anna und ein Mädchen bei Paula. Sie hatten einen Riesenspaß, und als sie gleichzeitig mit Wolf starteten, entwickelte sich sofort ein kleines Wettrennen. Anna zog mit der *Amsel* am *Fink* vorbei und lachte Richtung Steuermann. Sie jauchzte vor Freude und fand, dass sie genauso fröhlich wie Paula sein konnte.

13

Spiel und Spaß im GYA

Nach der gelungenen Eröffnung ging es am nächsten Tag nun mit dem regulären Betrieb los. Captain Bill hatte im Clubhaus übernachtet, da er seiner kleinen Truppe noch zur Seite stehen wollte. Sergeant Reilly hatte sein Boxstudio selbst geputzt und alles ordentlich hergerichtet. Der Soldat berichtete stolz, dass einige Jungs versprochen hatten, regelmäßig zum Training zu kommen. Dietrich akzeptierte er als Hilfstrainer, da dieser früher in einem Verein geboxt hatte. Überhaupt war Dietrich sehr sportlich, denn er konnte segeln, rudern, reiten und boxen. Wobei sich Dietrich an Land sicherer zu fühlen schien, weshalb Wolf von Birkenstein als Chef der Sparte Segeln fungierte.

Anna und Paula hatten für die Mädchen einen Teil der oberen Bootshalle für ihre Handarbeitskurse und Bastelarbeiten bekommen und diesen Bereich mit alten Segeln abgetrennt. Ratlos standen sie nun vor den Tischen.

»Was machen wir heute mit den Mädchen?«, fragte Paula.

»Wir haben noch Papier und Pappe, also basteln wir was.«

»Aber was? Wir müssen schon etwas vorgeben.«

Captain Bill entdeckte sie, wie sie so unglücklich auf die Materialien starrten.

»Was ist los? Fehlt euch etwas?«

Anna wollte schon erwidern: Ja, wir wollen unseren Job zurück und den ganzen Tag auf dem See herumtollen. Aber sie schluckte die Antwort herunter und sah auf den Boden.

»Für das Fach Hauswirtschaft sind wir gar nicht richtig ausgestattet, Captain Bill. Da brauchen wir für die Nähkurse Nähmaschinen, Nadeln und Faden sowie Stoffe, Stickgarn, Wolle zum Häkeln und Stricken und so weiter«, fing Paula an.

»Aber mit irgendetwas müsst ihr doch beginnen können?«

»Wir können mit diesem Material basteln, aber da haben wir beide nicht so viel Erfahrung.«

»Ich habe eine tolle Idee. Ihr bastelt mit den Mädchen kleine Boote aus Papier. Die können sie dann am Ufer ins Wasser lassen.«

»Und die Jungs dürfen die richtigen Boote segeln?«, warf Anna scharf ein. Sie schüttelte den Kopf, dann fiel ihr noch etwas Wichtiges ein. Mit deutlich sanfterer Stimme fügte sie hinzu: »Captain Bill, es gibt da noch etwas anderes, was mir gestern aufgefallen ist: Viele der größeren Kinder können nicht schwimmen. Das ist gefährlich, besonders wenn man an einem See lebt, deshalb wollte ich darum bitten, Schwimmkurse mit ins Programm aufzunehmen.«

»Da hast du absolut recht. Am besten machen wir Wochenkurse für die Kinder, wenn das Wasser warm genug ist. Die Mädchenkurse übernimmst du, Anna, und die Jungenkurse soll Dietrich machen.« Captain Bill lächelte Anna an, als ob nichts gewesen wäre, und wandte sich dann an Paula. »Stell mir bitte eine Liste zusammen mit den Sachen, die ihr benötigt. Ich werde sehen, was ich tun kann. Und eine gute Nachricht habe ich noch, wir bekommen bald eine Kiste mit Lehrbüchern und englischen Büchern aus den Staaten! Meine Schwestern haben einiges für die neue Bibliothek hier gesammelt.«

Damit verließ der Captain den Raum.

»Wir sollen Papierschiffe basteln?« Anna war so wütend, dass sie dem Tisch einen Stoß versetzte.

»Du solltest lieber auf einen Boxsack schlagen, Kleine«, ließ sich eine tiefe Stimme von der Seite hören. Anna wandte sich um und sah Dietrich, der wieder sein falsches Grinsen zeigte und offenbar hinter den Vorhängen versteckt gelauscht hatte. Sie schauderte. Jetzt musste sie mit diesem Kerl, der ihr vom ersten Augenblick an so unangenehm gewesen war, auch noch gemeinsam Schwimmkurse abhalten. Ihren Sommer am See hatte sie sich ganz anders vorgestellt. Wenigstens durfte sie nach Feierabend aufs Wasser.

Ihre Grübelei endete abrupt, als Paula mit einem Poltern zu Boden sank. Im Fallen riss sie einen Stuhl um, der nun halb auf ihrem Bein lag. Oje, die Aufregung war wohl doch zu viel gewesen für ihre Freundin! Dietrich war schneller bei Paula als sie und hob vorsichtig den Stuhl auf. Anna schob ihn zur Seite und bat Dietrich, aus dem Clubhaus eine kühle Cola zu holen.

Paula fühlte, wie sie in die Dunkelheit stürzte. Auf ihrem rechten Bein lag etwas Schweres, das sie noch weiter in den mit Wasser gefüllten Tunnel drückte. Dann nahm sie einen Geruch aus Erde und Rauch wahr, so intensiv, dass sie sich noch mehr zusammenkrampfte. Etwas Bedrohliches kam näher, erdrückte all ihre Sinne, überwältigte sie völlig. Doch dann trat etwas Helles in Erscheinung. Der Druck ließ nach, und sie wurde mit dem Oberkörper nach oben gezogen.

Hinter sich spürte sie eine Wärme, und der Geruch änderte sich in den von Seife und Wind. Das musste Anna sein, die nun beruhigend auf sie einredete. Noch hörte sie nur Gemurmel, konnte die Worte nicht unterscheiden. Das schwarze Wasser schlug immer wieder über ihr zusammen, wenn sie auftauchen wollte. Könnte sie sich doch nur erinnern, was ihre geliebte Lehrerin ihr beigebracht hatte.

Loslassen! Das war's! Sie versuchte vorsichtig, die Fäuste zu öffnen und die hochgezogenen Schultern zu entspannen. Langsam drang zu ihr durch, was Anna murmelte: »Alles ist gut, alles ist gut, alles ist gut, du bist hier sicher.«

Paula fiel in das Murmeln ein, auch wenn nur sie ihre Stimme im Kopf vernahm, denn reden konnte sie nicht. Sie hörte, dass jemand kam, und versuchte, die Augen zu öffnen. Es gelang ihr nicht, ihr Gesicht war zu verkrampft, aber sie roch einen weiteren frischen Duft.

Anna saß bei Paula, deren Anfall dieses Mal offenbar besonders schlimm war, denn die Verkrampfung hielt schon ein paar Minuten an. Dann kam Wolf hereingestürmt mit der Colaflasche in der Hand. Besorgt musterte er Paula, die blass und elend halb liegend auf dem Boden saß. Hinter ihm tauchte Dietrich auf und riet seinem Freund, der hysterischen Gans ein paar Ohrfeigen zu verpassen, damit sie wieder zu sich käme.

»Untersteh dich!«, protestierte Anna.

Ihre Unruhe ließ Paula wieder wimmern.

»Seht ihr nicht, dass sie einfach ein bisschen Ruhe braucht?«

Wolf blickte skeptisch. »Meinst du wirklich, dass das mit ein bisschen Ruhe weggeht? Das sieht wie eine Angstattacke aus. Wie bei meinem Kameraden Fabian.«

»Und was hat beim Fabian geholfen?«, flüsterte Anna, um Paula nicht zu beunruhigen.

Als Antwort begann Wolf zu summen. Ein Kinderlied. Dietrich stimmte ein, und tatsächlich schien das Gesumme auch Paula zu helfen, die sich ein bisschen regte.

»Schaut, dass niemand reinkommt, und gebt uns einen Moment«, flüsterte Anna wieder. Wolf nickte und wandte sich zum Gehen, und auch Dietrich verließ nach einem letzten Blick auf die beiden Mädchen das Bootshaus. Paula kam nach ein paar Minuten Ruhe wieder zu sich und trank ein paar Schlucke Cola. Mit zittrigen Beinen stand sie auf, aber das Sprechen fiel ihr noch schwer. Anna befahl ihr, sich auf einen Stuhl zu setzen, in Ruhe zu atmen und sich zu strecken.

Bald darauf trafen die ersten Kinder ein. Sie waren hungrig. Wolf und Dietrich nahmen sie mit hinunter an den Steg und beschäftigten sie dort. Anna und Paula liefen zu Erna in die Küche. Sie hatte noch Reste von der Eröffnung, die sie gleich servieren konnte, und wollte rasch eine Mehlsuppe kochen, die sie sogar mit etwas Zucker bestreuen würde.

Auf der Terrasse des Clubhauses deckten sie eine lange Tafel, und bald schon saßen sie mit den Jüngeren am Tisch. Sergeant Reilly wollte mit den größeren Jugendlichen danach essen, was Paula für eine gute Idee hielt. Der Soldat entschied, dass es später eine warme Mahlzeit geben sollte, und belegte Brote und Kekse dann kurz vor Ende des Programmes.

Jeder Tag im GYA verlief unterschiedlich, denn sie wussten nie, wie viele Kinder kommen würden. Die älteren männlichen Jugendlichen nahmen sich Anna und Paula gegenüber Frechheiten heraus, aber dann schritt meistens Sergeant Reilly ein, der sie am Sandsack boxen ließ, bis sie ihre Wut und ihren Ärger losgeworden waren. Immer noch hielt der Sergeant nicht viel von Anna und Paula, die sich redlich Mühe gaben, den Mädchen etwas beizubringen. Aber vieles konnten sie selbst nicht, und so waren die beiden so manches Mal nach der Arbeit im

Landhaus der Seitzingers, um Frau Pohlke und Hedi aus-
zufragen oder sich etwas zeigen zu lassen.

Hedi hatte die Idee, dass Paula den Mädchen geho-
bene Tischkultur näherbringen sollte, und so lernten
Paula und Anna von Hedi, die schweren Stoffservietten
so zu falten, dass daraus kleine Kunstwerke wurden. Hedis und Annas Lieblingsform war der Schwan, während
Paula die Rose bald perfekt beherrschte. Hedi lieh Paula
auch noch ein Sachbuch – *Der schön gedeckte Tisch* –, das
sie selbst von ihrer Schwiegermutter zur Hochzeit bekommen hatte.

Als sie es zu den Übungsstunden im Bootshaus mit-
brachten, erwies sich das Buch als Renner bei den Mädchen. Paula holte einen Schwung Servietten aus dem
Clubhaus, und dann wurde gefaltet. Ganz vorne in ihrem
Abteil hatten sie einen Tisch aufgebaut, der dann der
»schön gedeckte Tisch« werden sollte. Ein Tischtuch, das
Paula aus dem Haushalt der Seitzingers mitgebracht
hatte, musste erst einmal ausgebessert und geplättet werden. Tischsets verzierten sie mit selbst gehäkelter Spitzen-
borte. Schöne Teller, Gläser und Besteck liehen sie sich
aus einem Schrank im Clubhaus. Am Schluss kamen die
gefalteten Servietten auf die Teller, und kunstvoll arrangierte Blumengestecke schmückten die Tafel.

Wenn alle Vorbereitungen abgeschlossen waren, spielten die Mädchen abwechselnd ein mondänes Abendessen
nach – die einen wollten dabei Schauspielerinnen sein
und die anderen Gräfinnen oder Prinzessinnen. Paula
hatte für solche Spiele viel Geduld und Fantasie und

brachte den Mädchen ganz nebenbei einiges aus Kunst und Kultur bei. Sie dachte sich Menüfolgen aus, die Anna mit den Mädchen kunstvoll auf Karten schrieb.

Anna stahl sich immer öfter zum Steg und in die Bootswerkstatt hinunter. Bald würde das dritte Boot, die *Sperling*, fertig sein, und wenn die *Kranich* vom Bootsbauer wiederkam, dann könnten sie auch größere Segeltörns unternehmen. Weitere Kielboote sollten in diesem Jahr nicht repariert werden, hatte Captain Bill entschieden.

Für den Unterricht in Knotenkunde hatte Anna kleine Bretter organisiert, die sie von den Jungs schön glatt schleifen ließ. Dort sollten die einzelnen Knoten in Miniaturformat angepinnt und beschriftet werden, damit jeder der angehenden Segler zu Hause eine Merkhilfe hatte.

Auch ein paar der Mädchen wollten lieber segeln als Hauswirtschaft lernen, sodass Paula und Anna immer öfter am Steg und auf dem Wasser zu finden waren. Sie legten die Anweisung, dass sie beim Segeln aushelfen durften, wenn es notwendig war, großzügig aus, auch weil es den Mädchen genauso viel Spaß machte wie den Jungs. Sergeant Reilly drückte oft mehr als ein Auge zu, solange er mit den Halbstarken boxen konnte. So ergab sich bald ein bunter Stundenplan, der manchmal eingehalten wurde und manchmal nicht, was aber auch nicht weiter tragisch war, hatte Captain Bill doch angeordnet, dass die Kinder hauptsächlich Spaß haben sollten.

Beliebt war auch Paulas Englischunterricht. Da war sie

ganz in ihrem Element, und hin und wieder brachte sie sogar Sergeant Reilly dazu, als Muttersprachler Texte vorzulesen und die Aussprache der Kinder zu korrigieren.

Nach dem schlimmen Anfall hatte Paula ein paar Tage gebraucht, in denen sie sehr in sich gekehrt gewesen war. Nun aber schien wieder die Leichtigkeit zu gewinnen, wenngleich ihr manches zu schaffen machte. Den Kindern gegenüber spielte Paula die Fröhliche, und sie merkte, dass die Kleinen an ihren Lippen hingen, wenn sie unterrichtete. Anna übernahm eher die praktischen Anleitungen, sie konnte besser zeigen und vormachen als erklären.

Wenn die Kinder am Nachmittag nach Hause gingen, blieben Anna, Paula und Wolf oft noch etwas länger und segelten manchmal zu dritt. Wolf überließ dabei meist Anna das Ruder, blieb aber immer der Kapitän, der die Befehle gab.

Am liebsten ging Paula aber mit Anna allein einen Schlag raussegeln. Schnell waren sie wieder das eingespielte Team von früher: die Piratenkönigin und die schnellste Piratin vom Ammersee. Wenn viel Wind war, dann blies er ihnen beim Segeln den Kopf frei. Meist wartete Wolf auf dem Steg, bis sie wieder sicher an Land waren, und half Paula und Anna galant aus dem Boot.

Seit dem Vorfall im Bootshaus schaute er besonders nach Paula, dabei ruhte der Blick seiner braunen Augen zärtlich auf ihr, wie sie neulich bemerkt hatte. Hedi neckte sie schon, erzählte sie doch daheim oft von Wolf. Aber wer war dieser Wolf von Birkenstein, der sich da langsam in ihr Herz schlich? Hedi hatte gemahnt, sich nicht vorschnell auf etwas einzulassen.

»Was möchtest du in deinem Leben erreichen, Paula?«, fragte Hedi sie in einer ruhigen Abendstunde im Landhaus.

Für Paula war die Antwort ganz klar: »Ich möchte Lehrerin werden und unterrichten.«

»Willst du denn keine Familie gründen?«, hakte Hedi nach.

»Das kann doch beides möglich sein«, rief Paula.

»Wie viele verheiratete Lehrerinnen kennst du denn?«

Da musste Paula lange nachdenken. »Im Moment kann ich dir gerade keine nennen. Aber die Zeiten werden sich ändern, da bin ich mir sicher. Und ich bin ja noch jung, du hast auch erst geheiratet, als du dreiunddreißig Jahre alt warst.«

Daraufhin seufzte Hedi. »Wenn ich nur wüsste, wo Berthold steckt und ob es ihm gut geht.«

An einem der Tage, als Anna mit Paula noch einen Schlag segeln war, dämmerte es bereits, als sie vom Landhaus der Seitzingers heimwärts ging. Auf dem einsamen Stück Weg neben der Bahnlinie meinte Anna plötzlich, Schritte zu hören. Sie fürchtete, dass Dietrich sie jetzt auch noch nach Hause verfolgte, er tauchte schon im GYA oft unvermittelt hinter oder neben ihr auf und machte häufig spöttische Bemerkungen. In ihrer Angst ging Anna immer schneller. Bald würde sie auf die belebtere Seepromenade einbiegen, es waren nur noch ein paar Meter.

Als sie die Aussichtsbank passierte, löste sich von der Bank ein Schatten. Anna schrak zusammen, da hörte sie eine bekannte Stimme. Sie drehte sich um, vor ihr stand Eli. »Ich bin's, Eli. Ich wollte dich nicht erschrecken.«

»Eli, was ist denn? Bist du hinter mir hergelaufen?«

Er schüttelte den Kopf und schaute sich wachsam um. Aber es regte sich nichts. Langsam gingen sie weiter.

»Es scheint alles in Ordnung zu sein, du hast vermutlich nur ein Tier aufgeschreckt. Anna, ich wollte dich um etwas bitten.«

»Worum geht es denn?«

»Ich möchte schwimmen lernen, aber ich habe Angst vor dem Wasser. Wenn ich demnächst aufbreche, werde ich die Reise auf einem Schiff antreten müssen, das mich nach Erez Israel bringt, und dann möchte ich mit einem guten Gefühl mitfahren.«

Anna dachte nach. Wenn das Schiff im Meer kenterte, würde es Eli wenig nützen, wenn er schwimmen konnte. Aber offenbar hatte er so große Angst vor dem Wasser, dass er ein Schiff gar nicht erst betreten konnte. Ihr Vater hatte erzählt, dass Eli nur deshalb bei ihnen war, weil er es nicht über sich gebracht hatte, auch nur einen Fuß in ein Fischerboot zu setzen. Vielleicht war das so eine Sache, wie sie auch Paula plagte.

Sie überlegte nicht lange. »Eli, ich werde mein Bestes geben, damit du schwimmen lernst«, versprach sie. »Gleich morgen früh fangen wir an!« Sie war froh, dass

Eli sie noch bis zum Haus brachte. In seiner Nähe fühlte sie sich geborgen, sie gingen so nah beieinander, dass sie seine Wärme spüren konnte.

14

Schwimmen für die Freiheit

Anna schlich an diesem Junimorgen schon früh aus dem Haus, in ihrem Rucksack hatte sie ein Handtuch und frische Unterwäsche dabei. Inzwischen hatte sich das Seewasser zumindest an der Oberfläche auf angenehme zweiundzwanzig Grad erwärmt. Sie war mit Eli an der alten Rossschwemme am Südufer verabredet, weil dort kaum jemand war und es flach ins Wasser ging. Den Badeanzug hatte sie sich schon angezogen, damit sie sich nicht vor Eli umziehen musste.

Eli traf kurz nach ihr ein. Friedlich lag der See vor ihnen, die noch tief stehende Sonne zauberte Glitzer auf die sanften Wellen. Anna legte ihre Hose ab und watete ins flache Wasser. Eli blieb am Ufer stehen und sah ihr zu.

»Am liebsten würde ich gleich wieder davonlaufen«, rief er ihr ängstlich zu.

Anna kam wieder ans Ufer und breitete ihr Handtuch aus. »Am besten, wir schauen erst einmal auf das Wasser, und dann ziehst du die Schuhe und Strümpfe aus und krempelst deine Hose etwas hoch. Nur damit die Füße ein bisschen Feuchte spüren können.«

Anna merkte seine Unruhe und beschloss, ihn abzulenken.

»Wenn du dir ein schönes Land vorstellst, was siehst du da?«

»Ich sehe Erez Israel, das wunderbare Land, wo wir in Freiheit leben werden. Wir sind der Stolz und die Zukunft unseres Volkes! Wir werden zusammenleben, und jeder wird seinen Teil beitragen. Männer, Frauen und Kinder werden dort miteinander leben, und alle dürfen tun, was sie können und lieben.«

Anna hörte gebannt zu, wie Eli von einem Staat sprach, den es noch gar nicht gab. Noch hatten die Briten in Palästina das Sagen. Sie blieb skeptisch, was die von Eli beschworene Gleichberechtigung anging. Es klang für ihren Geschmack ein wenig zu gut, um wahr zu sein. »Wie meinst du das, Eli? Müssen die Frauen sich nicht um die Kinder kümmern und den Haushalt machen?«

»Anna, ein Kibbuz funktioniert anders als eine Familie, wie du sie kennst. Die Kinder werden betreut, es wird gemeinschaftlich gegessen, und auch die Wäsche wird gemeinsam erledigt. Jeder leistet das, was er leisten kann, und bekommt das, was er braucht. Wenn wir erst einmal in Erez Israel sind, dann werden wir frei sein.«

»Dann gib jetzt mal deinen Füßen Freiheit«, forderte ihn Anna lachend auf. Eli legte die schweren Halbschuhe ab, die er bei der Arbeit in der Werkstatt trug. Ihr Vater erlaubte nicht, dass barfuß oder in Sandalen gearbeitet wurde, deshalb hatte Eli trotz der immer heißer werdenden Tage feste Schuhe an. Darunter trug er zerschlissene graue Socken. Am rechten Fuß sah Anna eine breite Narbe.

»So, nun stell dich vor mich und sag mir, was du spürst.«

»Es ist etwas kalt, und das weiche Gras kitzelt an den Fußsohlen.«

»Jetzt mach mal die Augen zu und spüre einfach.«

Anna trat vor Eli ins Wasser und schöpfte vorsichtig ein bisschen davon auf Elis Füße.

Eli rührte sich nicht, aber als er die Augen wieder öffnete und Anna im Wasser stehend sah, wich er zurück.

Anna beschloss, dass es für heute erst einmal genug war. Offenbar fürchtete sich Eli sehr vor Wasser, aber er vertraute ihr. Um ihm zu zeigen, dass nichts passierte, ging sie etwas weiter hinein und beschrieb Eli genau, was sie sah. Die spitzen Kiesel, die Wasserpflanzen, die kleinen Fische und den sandigen Seeschlamm, in den sie etwas einsank. Am liebsten wäre sie jetzt eine weite Runde geschwommen, aber Anna wollte Eli nicht allein lassen. Sie kam wieder heraus, trocknete ihre Füße ab und schlüpfte in die Hose.

»Eli, das wird Zeit brauchen. Wenn du dich erst einmal ins Wasser traust, wirst du das Schwimmen schnell lernen.«

Eli stemmte sich hoch, wobei er nicht gerade überzeugt wirkte.. »Wir müssen los! Wann treffen wir uns wieder?«

»Morgen Abend?«

Eli nickte und lächelte sie an. Sie gingen ein kurzes

Stück gemeinsam, dann trennten sich ihre Wege. Anna überlegte, wie sie Eli die Angst vorm Wasser nehmen könnte. Und noch ein Gedanke beschäftigte sie: Ob in Israel die Frauen und Männer wirklich gleichberechtigt leben würden? Sie hatte erlebt, dass Frauen das tun durften, was sie wollten und konnten, aber nur, wenn keine Männer zur Verfügung standen. Sogar bei den Amerikanern lief das so, wenn der Captain es auch lockerer handhabte als der Sergeant. Auch Dietrich war der Ansicht, dass Frauen sich mit Hausarbeit und Kindererziehung beschäftigen und alles andere den Männern überlassen sollten. Bei Wolf sah es schon ein bisschen anders aus, er war mehr auf der Linie des Captains, der es auch zuließ, wenn die Mädchen das Gleiche wollten wie die Buben.

Für Anna waren die vergangenen Wochen im GYA herausfordernd gewesen, hatte sie sich doch über manche Gebote einfach hinweggesetzt und ausgetestet, wie weit sie gehen konnte. Dass sie die Jolle *Sperling* wieder segelfertig gemacht hatte, hatte ihr sogar ein Lob von Captain Bill eingebracht. Es war wirklich schade, dass der Captain so selten ins GYA kam. Anna hatte das Gefühl, dass er sie so sah, wie sie wirklich war. In sich spürte sie immer deutlicher eine Zerrissenheit, eine Sehnsucht, der sie keinen Namen geben konnte. Ihr fehlten dafür die Worte.

Nachdenklich kam Anna beim Landhaus an. Heute war sie früh dran, Paula stand noch nicht am Tor. Sie schlüpfte durch die Seitentür ins Haus. Frau Pohlke, die mit weißer Schürze in der Küche arbeitete, bot ihr sofort eine Tasse

Kaffee und ein Marmeladenbrot an. Es roch nach echtem Kaffee – ein Teil der Bezahlung aus dem GYA.

Nicht immer bekamen sie Naturalien, manchmal waren es auch Reichsmark, die ihre Mutter dann sofort für Lebensmitteleinkäufe auf Marken verwendete. Sie selbst bekam ein kleines Taschengeld zugeteilt. Zu Hause war es für Anna gerade recht entspannt, da ihr Vater mit Elis Arbeit zufrieden war und ihre Mutter Maria mit den amerikanischen Waren vieles auf dem Schwarzmarkt eintauschen konnte.

Anna wurde aus ihren Gedanken gerissen, als Paula hereinwirbelte. Sie strahlte, als sie Anna am Küchentisch sitzen sah. Sie hatte Segelhosen an, die sie aufgekrempelt hatte, eine kurzärmlige weiße Bluse und trug die Haare offen. Inzwischen war sie genauso braun gebrannt wie Anna und hatte heute, wie so oft, gute Laune. Anna konnte gar nicht anders, als in ihr Lachen einzufallen. Sie fühlte eine besondere Verbundenheit zu Paula und verbrachte gern die Tage mit ihr. Paula war ihre Freundin, aber es gab nach wie vor auch trennende Unterschiede, gerade was die finanziellen Mittel anbelangte. Sie fürchtete den Tag, an dem ihre Freundschaft nicht mehr selbstverständlich sein würde. Würde ihre Freundin zu ihr halten, wenn es darauf ankam?

Paula hatte ein Buch dabei, das sie Anna zeigen wollte. Es handelte sich um einen Naturkundeführer, der sich mit heimischen Pflanzen beschäftigte. Auch die Heilkräuter waren darin verzeichnet, und Paula fand es spannend, wie diese angewendet wurden. Sie wollte den Mädchen heute in der Hauswirtschaftsstunde die Heilpflanzen vorstellen und anschließend mit ihnen kleine Sträuße pflücken gehen. Paulas Augen leuchteten, wenn sie sich auf den Unterricht vorbereitete und ihr etwas einfiel, was für die Mädchen interessant sein konnte.

»Du bist wirklich eine tolle Lehrerin, Paula!«, lobte Anna ihre Freundin.

Die beiden jungen Frauen brachen auf. Schweigsam ging Anna neben Paula her. »Was hast du heute? Ist irgendetwas?«, fragte Paula.

»Gestern auf dem Heimweg habe ich noch Eli getroffen, und er wollte, dass ich ihm Schwimmen beibringe. Und heute Morgen haben wir es gleich versucht, aber, was soll ich sagen, er kann nicht einmal den Zeh ins Wasser strecken.«

»Weißt du, woher seine Angst kommt, oder willst du ihn lieber nicht danach fragen?«

»Eli hat nichts gesagt, aber er kommt aus Budapest. Und mein Vater hat mir erzählt, dass die Donau in Budapest rot vor Blut war, als die Pfeilkreuzler Frauen, Männer und Kinder direkt am Ufer erschossen haben. Und seine Eltern leben beide nicht mehr, so viel weiß ich von ihm.«

»Armer Eli, das muss schwer für ihn sein.«

»Ich würde ihm wirklich so gerne helfen.«

Bedrückt gingen sie ins GYA. Beide fröstelten trotz des strahlenden Sonnenscheins bei der Vorstellung, was Eli zugestoßen sein mochte. Schließlich meinte Paula: »Wenn er nicht von selbst etwas erzählt, würde ich ihn nicht darauf ansprechen. Das kann alles noch schlimmer machen. Geh einfach ganz normal mit ihm um, so wie du es bei mir auch machst, wenn ich einen meiner Gefühlszustände bekomme.«

Die letzten Worte flüsterte Paula.

Am Abend gingen Paula und Anna bei Carlo vorbei, um nach der *Kranich* zu sehen. Captain Bill wartete schon ungeduldig auf das Schiff, das er gerne segeln wollte. Paula und Anna freuten sich auch auf die Rückkehr der Yacht, um sie dann mit den kleineren Kindern zu segeln. Sie hofften, dass Captain Bill ihnen auch das erlauben würde. Mit den kippligen Jollen galt es als zu gefährlich, sich weiter vom Ufer zu entfernen. Die Piraten kenterten schnell, wenn die Segelanfänger Fehler machten oder eine der Böen, die oft bei Westwind wehten, das Boot umwarf.

In der kleinen Werft strahlte die *Kranich* bereits in neuem Glanz, nur der Lack musste noch gut durchtrocknen. Bald würde der Bootsbauer die Yacht wieder zu Wasser lassen, aber die neuen Segel fehlten noch. Immerhin hatte der Segelmacher schon passendes Tuch bekommen.

Am folgenden Abend trafen sich Eli und Anna wieder an der Rossschwemme, aber es war dort zu viel los, um baden zu gehen. Anna lotste Eli deshalb zu ihrem Geheimplatz, wo sie ganz bequem auf der Wurzel der Weide sitzen und die Füße ins Wasser hängen konnten. Einladend klopfte sie auf den Platz neben ihr. Nachdem Eli sie eine Weile beobachtet hatte, zog er doch Schuhe und Strümpfe aus und krempelte genau wie Anna die Hosenbeine hoch. Vorsichtig nahm er neben ihr Platz, peinlich darauf bedacht, die Beine über dem Wasser zu halten.

Anna tat nun, was Paula ihr geraten hatte, und sprach über alles, was sie heute im GYA erlebt hatte. Einer der älteren Jungs, die gelegentlich zum Boxen kamen, wenn sie Zigaretten und Cola abstauben wollten, hatte versucht, Paula an den Hintern zu fassen. Aber Sergeant Reilly hatte die Szene im Blick gehabt und dem Jungen die Hand auf den Rücken gedreht, bevor er Paula überhaupt zu nahe kommen konnte. Danach hatte er ihn nach draußen eskortiert und ihm eine auch drinnen noch gut vernehmbare Strafpredigt gehalten. Der Junge kam im Anschluss reumütig an, um sich bei Paula zu entschuldigen.

»Das ist ja noch mal gut ausgegangen«, sagte Eli.

Anna nickte und planschte mit den Füßen, das Wasser schmiegte sich kühlend an. Sie merkte, dass Eli sie musterte. »Anna, du wolltest mir neulich schon erzählen, wovon du träumst. Ist das hier der richtige Platz?«, hakte er nun nach.

Anna lächelte. »Hier träume ich von einem Leben, in dem ich nicht gesagt bekomme, was ich tun und lassen darf, was mich glücklich machen soll und was nicht. Meine Mutter möchte, dass ich genau so ein Leben führe wie sie, und hat mir eine Lehrstelle zur Schneiderin besorgt. Und dann soll ich heiraten und vier Kinder bekommen.«

Anna hatte die Stimme erhoben. Die Vorstellung, nie eine Minute für sich zu haben, machte sie wütend. Schon jetzt war es für sie schwierig, Zeit für sich zu finden, eigentlich war sie von früh bis spät beschäftigt.

Eli hörte ihr zu und vergaß dabei, die Beine hochzuhalten. Seine Füße baumelten im Wasser.

Anna bemerkte das und sprach deshalb schnell weiter. »Mein Traum ist es, Boote zu bauen. Elegante schön geschwungene Boote, die auf dem Wasser dahingleiten und sich vom Wind davontragen lassen. Aber Mädchen können nicht Bootsbauer werden. Stattdessen soll ich Kleider nähen, dabei ist mir Mode ziemlich egal.« Inzwischen strampelte sie heftig mit den Füßen. »Wäre es in deinem Land möglich, dass Frauen Boote bauen?«

Eli nickte. »In Erez Israel könntest du frei sein!«, sagte er zärtlich.

»Aber dort würde mich doch niemand wollen. Du willst doch auch weg von den Deutschen, die den Jüdinnen und Juden so viel Schlimmes angetan haben.«

Eli dachte nach und griff nach Annas Hand. Sie fühlte eine starke Energie, die sie zu ihm hinzog. Am liebsten hätte sie Eli geküsst, aber das durfte sie nicht. Sie durfte keinen Mann küssen, der sie nicht heiraten wollte, und schon gar nicht Eli, der bald nach Palästina reisen würde.

»Du könntest doch auch hierbleiben. Mein Vater sagt, dass er dich auf einer Kunstakademie unterbringen kann, er hält dich für sehr talentiert. Du könntest ein bekannter Künstler werden. Stattdessen willst du in einem Kibbuz leben und Schilder malen.«

»Aber ich kann und will hier nicht bleiben. Meine Familie ist der Rest der Geretteten, meine Zukunft liegt in

Erez Israel. Und wer weiß, vielleicht braucht es dort auch einen Künstler?«

Eli war aufgesprungen und landete mit den Füßen im Wasser. Er sah nach unten, dann wurde er blass. Anna trat rasch neben ihn, gerade noch rechtzeitig, um ihn zu stützen. Vorsichtig half sie ihm ins Trockene. »Das war sehr mutig von dir, Eli!«, murmelte sie.

Eli ließ sich nach hinten ins Gras fallen und riss dabei Anna mit. Sie landete auf ihm, und es fühlte sich fremd und so anders an, dass Anna die Luft wegblieb. Eli roch nach grünem Moos und sanften Wellen, und Anna spürte, wie er einen Arm um sie legte. Eine Weile lagen sie nur da, beobachteten die ziehenden Wolken. Gerade wollte Anna aufstehen, doch jetzt hielt Eli sie zurück. Er küsste sie auf die Haare, tastete sich vor bis zu ihrem Mund. Anna schloss die Augen, horchte in sich hinein. Ein süßes Ziehen meldete sich. Dann spürte sie Elis weiche Lippen auf ihren. Es war atemberaubend. Sie erschrak und machte sich los.

»Nein, Eli, das dürfen wir nicht!«, flüsterte sie.

15

Die Schwimmweste

Im GYA hatten sich die Abläufe eingespielt, und ein paar Kinder hielten ihnen auch nach den Anfangswochen die Treue. So wie der kleine Matthias, der sich sehr fürs Segeln begeisterte, und zwei etwa zwölf Jahre alte Freundinnen, die vor allem an Paulas Lippen hingen. Der Boxclub hatte ebenfalls zuverlässige Anhänger gefunden, auch wenn Sergeant Reilly ein strenges Kommando führte. Dietrich half dort, wo er gebraucht wurde, mal beim Segeln und mal beim Boxtraining, jedoch nie bei den Mädchen. Anna pendelte zwischen Segeln, Mädchenunterricht und unterem Bootshaus, wo sie mit Wolf die Ausrüstungen und Boote pflegte und herrichtete. Sie war nun einmal am versiertesten mit den Booten, das hatte selbst Sergeant Reilly anerkannt. Und Wolf benötigte auch öfter ihre Hilfe bei den Segelstunden.

Paula kümmerte sich um den Stundenplan für die Mädchen und die kleineren Jungs und ging auch mal mit Wolf zum Segeln, wenn Anna die Knotenkunde übernahm oder in der Werkstatt arbeitete. Anna fiel auf, dass Paula Wolf oft länger als notwendig ansah und ihr freundliches Gesicht noch mehr strahlte, wenn sie mit ihm Zeit verbrachte. Sie selbst suchte auch die Nähe des Seglers, der sie wie eine Kameradin behandelte und ihren Rat schätzte.

Dietrich hingegen stichelte weiterhin aus dem Hintergrund gegen die Frauen und tauchte regelmäßig wie ein Schatten aus dem Nichts auf. Der Mann war ihr höchst unangenehm, aber bei Sergeant Reilly hatte er einen Stein im Brett. Der Sergeant wies all ihre Klagen zurück und tolerierte auch, wenn sich Dietrich im Ton vergriff.

Der nette Captain Bill fand selten den Weg ins GYA, aber Anna freute sich immer, wenn sie seinen Jeep auf dem Gelände geparkt sah. Inzwischen wusste sie, dass er als ältester Bruder von drei Schwestern früh Verantwortung übernommen hatte. Sein Urgroßvater war aus dem nahen Augsburg nach Amerika eingewandert, was wohl auch die guten Deutschkenntnisse des Captains erklärte.

Mit dem Schwimmunterricht für die Kinder wollte er noch ein wenig warten. Anna war diese Anordnung sehr recht, denn sie hätte mit dem spöttischen Dietrich eng zusammenarbeiten müssen. Das vermied sie, wo immer es ging.

Heute war Dietrich zum Unterrichtsschluss bei den Mädchen aufgetaucht und fragte Anna, ob sie mit ihm einen Schlag segeln wollte. Obwohl ein wunderbar stabiler Ostwind wehte, gab Anna vor, dringend zu Hause erwartet zu werden. Paula verstand den Wink nicht und unterstützte Dietrichs Bitte noch. Man könnte doch eine Abendausfahrt mit den zwei Piraten machen – Anna und Dietrich mit dem *Fink*, Paula und Wolf mit dem *Sperling*, das wäre doch ganz wunderbar! Dabei glühten ihre Wangen, und Anna ärgerte sich über ihre Freundin, die so unsensibel reagierte.

»Paula, ich habe dir doch schon letzte Woche gesagt, dass mich der Vater daheim in der Werkstatt braucht. Eli ist gerade mit einem Sprachkurs beschäftigt und kann nur ein paar Stunden am Vormittag zum Helfen kommen«, sagte sie deshalb mit Nachdruck.

»Tatsächlich? Ich kann mich gar nicht erinnern, aber wir können uns ja auch aufteilen, und ich gehe mit Wolf noch einen Schlag segeln. Heute würde ich gerne einmal meinen Kopf frei pusten!«

»Aber wir sollen doch immer zu zweit bleiben! Hast du das vergessen?«

»Ich bringe Paula sicher nach Hause, darauf gebe ich dir mein Ehrenwort«, mischte sich jetzt Wolf ein.

Anna wollte sich nicht wie Edith Seitzinger aufspielen, deshalb packte sie nun ihren Rucksack. »Dann bis morgen. Wolf, ich verlasse mich auf dich!«

Von Dietrich verabschiedete sie sich nur mit einem Nicken und ging schnellen Schrittes davon. Nach Hause wollte sie jedenfalls nicht, denn da war Eli und würde sie mit seinen grauen Augen erwartungsvoll anschauen. Sie musste erst einmal überlegen, wie sie sein Problem lösen konnte. Eli würde niemals auf ein Schiff steigen und nach Palästina reisen, wenn er nicht die Angst vor dem Wasser verlor. Sie brauchte einen Rat. Wie automatisch ging sie zum Landhaus Seitzinger. Hedi stand an der Gartentür und winkte ihr zu.

»Grüß dich, Hedi. Ich wollte nur Bescheid sagen, dass die Paula noch im GYA zu tun hat und Wolf sie später nach Hause bringt.«

»Danke, Anna. Aber sonst seid ihr doch immer zu zweit? Habt ihr euch gestritten?«

Anna hatte wohl ein trauriges Gesicht gemacht. Es gab ihr einen Stich, wenn sie daran dachte, dass Wolf nun mit Paula segeln war und sie zusammen lachten. Aber das sollte Hedi nicht wissen, deshalb beeilte sie sich, zu sagen, dass zwischen ihr und Paula alles in Ordnung sei.

»Hedi, du kennst doch den Eli. Darf ich dich etwas fragen? Das müsste aber unter uns bleiben.«

»Und das hat mit dem Eli zu tun, mit dem jungen Mann aus dem Kibbuz?«

Anna nickte. Hedi blickte sich im Garten um. Irmchen und Rosalie spielten gerade mit ihren Puppen. Die Gelegenheit schien günstig, deshalb bat Hedi Anna gleich herein und ging mit ihr zum Haus. Sie sagte Frau Pohlke Bescheid, dass sie ein Auge auf die beiden Kinder haben sollte, nahm aus der Küche einen Krug Tee aus frischer Minze und zwei Gläser und ging mit Anna in den Salon hinauf.

»Hier sind wir ungestört. Jetzt erzähl mal, was du auf dem Herzen hast.« Hedi blickte Anna aufmunternd an.

»Der Eli arbeitet bei meinem Vater in der Werkstatt, und ich habe ihm auch so manches gezeigt. Und jetzt hat er mich gebeten, ihm das Schwimmen beizubringen. Natürlich habe ich zugesagt, aber wir müssen das heimlich tun, denn meine Eltern wünschen nicht, dass ich mit Eli alleine bin.«

»Brauchst du jemanden, der dir ein Alibi gibt?«

»Nein, das ist es nicht. Aber ich kann meine Mutter nicht fragen, denn sie würde mein Hilfsangebot nicht gutheißen. Das Problem liegt bei Eli. Er hat panische Angst vor offenen Gewässern, traut sich nicht mal mit dem Zeh hinein. Dabei will er doch bald mit dem Schiff nach Palästina fahren. Er vertraut mir, aber ich weiß keinen Rat.«

»Was sagt Eli denn selbst darüber?«

»Er würde am liebsten weglaufen. Ich glaube, es hängt mit dem Schrecklichen zusammen, das er erlebt hat. Eli stammt aus Budapest, aber er spricht nie über seine Vergangenheit. Er ist eine Waise, hat dort keine Angehörigen mehr. Und offenbar gibt es auch in seinem Kibbuz niemanden, der ihm helfen kann.«

»Das ist in der Tat ein schwieriges Problem. Es ist klar, dass er etwas Schlimmes erlebt oder gesehen haben muss, aber vermutlich wird es ihm nicht möglich sein, darüber einfach so zu sprechen. Ich habe einiges erfahren über Männer, die schwer gezeichnet aus dem Krieg gekommen sind. Manche nehmen starke Mittel ein, aber das scheint auf Dauer keine gute Lösung zu sein.«

»Kennst du jemanden, der Eli besser helfen kann?«

»Nein, leider nicht. Du sagst, dass er dir vertraut. Ich habe da eine Idee. Ich schau mal, ob ich nicht irgendwo noch Bertholds Schwimmweste finden kann. Das würde Eli vielleicht Sicherheit geben, denn damit kann er nicht untergehen, egal was er anstellt. Wenn er die Weste trägt, gewöhnst du Eli ganz langsam an das Wasser und gehst in sehr kleinen Schritten vor.«

»Das leuchtet mir ein. Sollen wir die Weste gleich suchen?«

Sie wurden von Frau Pohlkes Schimpfen unterbrochen. Offenbar war Irmchen langweilig geworden, und sie war ausgebüxt.

»Anna, ich schau später danach. Ich muss mich zuerst um Irmchen kümmern, sonst wachsen Frau Pohlke noch mehr graue Haare.«

Hedi stieg vor Anna die Treppe hinunter. Hedi hat auch schon reichlich graue Haare für ihr Alter, dachte sie. Aber den Wildfang zu beaufsichtigen war wirklich anstrengend, das hatte Anna selbst schon festgestellt.

Ihr war ein wenig leichter ums Herz, als sie das Landhaus verließ. Weil es immer noch recht warm war, ging sie noch rasch zu ihrem Geheimplatz, legte schnell ihre Kleidung ab, sprang nackt ins Wasser und schwamm wie ein Fisch weit vom Ufer weg. Als sie wieder herauskam, war niemand zu sehen, aber Anna zog sich rasch an, denn sie hatte den Eindruck, nicht allein zu sein. Mit einem Satz rannte sie los, ihre Mutter hatte ihr stets eingeschärft, sich unverzüglich in Sicherheit zu bringen, falls sie ein ungutes Gefühl überkam.

Als die Franzosen bei Kriegsende in der Gegend die Besatzer waren, hatte ihr Vater ihre Mutter und Anna im Haus versteckt und alle Besorgungen selbst erledigt. Bei den Amerikanern, die kurz darauf die Franzosen ersetzten, waren sie bald weniger vorsichtig, dennoch waren es weiterhin unruhige und gefährliche Zeiten für junge Frauen. Deshalb rannte Anna nun in einem Rutsch bis zum Bahnhof und schnaufte dort erst einmal durch, bevor sie nach Hause ging.

Paula genoss den Abend mit Wolf auf dem See. Rasch waren sie über die Bucht nach Aidenried gesegelt, dann ließ der Wind nach. Wolf brachte sie zum Lachen, und wie zufällig berührte er Paulas Arm. Es fühlte sich nach mehr an, aber der Moment verstrich. Paula sprach ihn auf seine Zeit im Krieg an, und Wolf reagierte überraschend abweisend.

Mit kalter Stimme, die von weit herzukommen schien, sagte er: »Das kannst du dir gar nicht vorstellen.« Er drehte sich von ihr weg. Die Stimmung war dahin, und Paula fragte sich, womit sie Wolf dermaßen verärgert hatte.

Es war schon spät, und wegen der einsetzenden Flaute dauerte es einige Zeit, bis sie an Land kamen. Erst als Wolf sie wie versprochen zum Landhaus begleitete, stellte sich wieder die vertraute Stimmung ein, die sonst zwischen ihnen herrschte. Hedi hielt schon nach ihr Ausschau und bedeutete ihr, leise zu sein, denn die Kinder schliefen bereits. Auch Paula ging gleich schlafen.

Hedi suchte noch nach der Schwimmweste. Dabei schmunzelte sie über ihre Nichte, die den feschen Wolf offenbar sehr anziehend fand. Die Verbindung mit einem mittellosen Mann würde ihre Schwester Edith aber sicher nicht gutheißen, denn Paula sollte eine gute Partie machen und am Wochenende nach München reisen, wo ihr ein passender Verehrer vorgestellt werden sollte.

Hedi hatte sich mit Wolf unterhalten, der aus russischer Gefangenschaft gekommen war. Er hatte ihr neue Hoffnung gegeben, dass Berthold noch am Leben sein könnte. Vor Kurzem erst hatte Wolf erfahren, dass seine Familie auf einem Landgut in Niederbayern bei entfernten Verwandten untergekommen war, aber sein älterer Bruder Fritzi und sein Vater Friedrich waren auch noch nicht aus der russischen Gefangenschaft zurückgekehrt.

Ach, Berthold! Als sie ihn 1940 geheiratet hatte – damals mehr aus nüchternen Überlegungen heraus –, wollte sie ihn vor dem Militärdienst bewahren. Für sie selbst bedeutete die Heirat Schutz vor den Nachstellungen der Nationalsozialisten. Sie hatte sich lange nicht für eine Ehe interessiert, ihren Spaß konnte sie schließlich auch ohne Trauschein haben.

Hedi wollte damals nicht als wartende Hausfrau enden, und jetzt tat sie seit Wochen und Monaten genau das: warten. Warten auf Nachricht, warten auf den Suchdienst, warten auf ein neues Leben. Gewiss, sie hatte mit ihren zwei Mädchen den Krieg überstanden und im Landhaus Seitzinger eine sichere Unterkunft gefunden. Die Villa in München, die sie nach der Eheschließung bezogen hatten, war derzeit von amerikanischen Soldaten besetzt, genauso wie der *Yachtclub Ammersee*, der so lange ihre wahre Heimat gewesen war. Früher war sie im Sommer mehr auf dem Wasser gewesen, als dass sie in dem Unternehmen ihres Vaters Gernot gearbeitet hätte.

Die elterliche Eisenwarenfabrik war zerstört, die Eltern im Krieg umgekommen. Ihr Schwager wollte die Fabrik wiederaufbauen, wenn die Amerikaner dies erlaubten und genügend Kapital zusammenkam. Vielleicht böte die neue Fabrik dann auch ihr eine Möglichkeit auf ein eigenes Einkommen, denn Hedi konnte sich vorstellen, einen Geschäftszweig, der schon Anfang der 1930er-Jahre zum Erliegen gekommen war, wiederzubeleben und mit Künstlern zu arbeiten. Aber viele Künstler, die sie gekannt hatte, waren emigriert oder eingesperrt, deportiert und getötet worden. Andere wirkten traumatisiert, wenige voller Tatendrang. Trotzdem würde es ihr vielleicht gelingen, an alte Traditionen anzuknüpfen.

Der Einsatz ihres Vaters im Kunstschmiedebereich hatte seinerzeit als innovativ gegolten, denn er legte von namhaften Künstlern gestaltete Kleinserien von Beschlägen, Zaunabschlüssen und Wasserhähnen auf. In den gehobenen Münchner Kreisen war es in den 1920er-Jahren Usus gewesen, sich exklusive Badezimmer und Brunnen aus feinstem Marmor gestalten zu lassen. Sogar ein Marmorbruch in Italien hatte der Familie gehört. Sie arbeitete eng mit der Familie Seitzinger zusammen, die in ihren Eisen- und Haushaltswarengeschäften besondere Objekte anbieten konnte und ausgezeichnete Kontakte zur betuchten Kundschaft hatte.

Mit der Heirat von Edith und Hansi hatten sich die beiden Firmen auch familiär miteinander verbunden. Leider waren von dem Vermögen aus ihrer Familie kaum noch Mittel übrig geblieben, die Seitzingers waren besser durch die Kriegsjahre gekommen. Auch die Kunstsammlung ihrer Eltern Gernot und Mechthild Schäfer war verloren, Bombenabwürfe und Brände hatten sie zerstört.

Aber es gab noch etwas, was sie der Kunstbeflissenheit ihrer Familie zu verdanken hatte: ihren Mann Berthold. Seinerzeit hatte ihre Schwester sie gezwungen, eine der von ihrer Mutter Mechthild regelmäßig veranstalteten Matineen zu besuchen. Edith hatte sie mit einem neuen Kleid ausgestattet, das sich vorteilhaft an ihre Figur schmiegte, und ihr selbst die Haare hochgesteckt. Und dann hatte Berthold Roth neben ihr gesessen, und als sie bei der Lesung kaum still sitzen konnte, hatte er sich mit ihr in den Garten geschlichen, weil er dort, wie er es ausdrückte, die Schönheit atmen hörte.

Er war ein stiller Mann mit einem großen Herzen, der Geduld und Ausdauer bewiesen und schließlich auch ihr Herz erobert hatte. Und Berthold hatte viel Verständnis für ihre Liebe zum Segeln gezeigt. Aber selbst wollte er nicht auf ein Boot steigen, das war nichts für ihn, er brauchte festen Boden unter seinen Füßen. Hedi hatte ihm eine absolut sichere Schwimmweste besorgt, die nur auf ihren Einsatz wartete. Doch die Weste landete bald auf dem Dachboden im Landhaus.

Deshalb war Hedi nun mitten in der Nacht auf den staubigen Dachboden gestiegen, um sie zu suchen, aber als sie das Licht andrehen wollte, blieb es dunkel. Die Birne war durchgebrannt. Es half nichts, sie musste bis morgen warten, in der Dunkelheit würde sie nichts finden.

Müde stieg Hedi die Leiter hinab und wusch sich kurz. In ihrem Bett lagen schon die beiden Mädchen, und aus Paulas Zimmer hörte sie ruhiges Atmen. Trotzdem war Hedi zu unruhig, um sich auch hinzulegen. Wenn sie beobachtete, wie Paula und Anna versuchten, ihren eigenen Weg zu gehen, dann rief das bei ihr Erinnerungen wach, die sie, seit Irmchen und Rosalie auf der Welt waren, ganz nach hinten geschoben hatte. Ehefrau und Mutter, das war sie gewesen in den letzten sieben Jahren, und bald genauso lang hatte sie den *Yachtclub Ammersee* nicht mehr betreten, geschweige denn ein Segelboot.

Sie hatte diese braune Brut gehasst, die Nazis, die sie kleingemacht und ihr den Traum, bei Olympia teilzunehmen, für immer zerstört hatten. Vermutlich konnte sie gar nicht mehr segeln, auch wenn ihr Schwager sie drängte, in den neu zu besetzenden Vorstand des Vereins zu gehen. Wenn Berthold nicht bald zurückkam, musste sie mit den Kindern zu seiner Familie ziehen, sie hatte kaum noch Reserven.

Ein Schritt, den sie nur im Notfall gehen wollte, denn ihre früheren Freiheiten hatte die Familie Roth stets spöttisch zu kommentieren gewusst. Frauen, die ehrgeizig waren und mehr wollten als Kirche, Kinder und Küche, wurden dort schief angesehen. Aber sie wollte mehr! Sosehr sie ihre Töchter liebte, das konnte nicht alles sein!

Paula hatte sie neulich auf eine Idee gebracht, die es ihr wert schien, genau geprüft zu werden. Hedi dachte darüber jetzt häufiger nach, doch zuallererst musste sie ausloten, ob sie selbst dazu bereit wäre.

16

Paula und Hedi

Am Wochenende hatten sich Soldaten aus den Stützpunkten angekündigt, die im Clubhaus feiern und sich über das Wochenende erholen wollten, das GYA blieb also am Samstag geschlossen. Paula plante, nach München zu fahren. Schon am Donnerstagabend ging Hedi mit Paula die Garderobe durch und überlegte, was Paula auf der Fahrt tragen sollte. Außerdem bestand sie darauf, dass Paula am Freitagabend badete und ihre Haare wusch, damit ihre Schwester Edith nichts an ihrer Tochter auszusetzen hatte. Am Samstagmorgen sollte der Chauffeur der Seitzingers kommen, um Paula abzuholen.

Paulas Einwand, sie könne sehr gut mit dem Dampfer nach Herrsching und von dort mit der Bahn nach München fahren, wurde von ihrer Mutter einfach überhört. Paula kam sich einmal mehr wie die verzogene Gans vor, als die sie Dietrich hinter ihrem Rücken betitelte. Dabei fühlte sie sich viel stabiler als noch vor wenigen Wochen. Es war, als ob sie die Ruhe des Sees in sich aufnahm und neuen Lebensmut sammelte. Durch die warmen Holzplanken des Boothauses fühlte sie sich beschützt. Sie hielt sich den ganzen Tag am glücklichsten Ort ihrer Kindheit auf, dem *Yachtclub Ammersee*.

Paula erinnerte sich wieder an damals, an ihre Eltern, jung und ungestüm, ihren Bruder Ernst, der sie auf dem Rücken herumtrug, ihre verwegene Tante Hedi, die von allen bewundert wurde, und an ihre Großeltern, zu denen sie aufschaute und die diesen wunderbaren Platz geschaffen hatten. Und sie selbst mittendrin, von allen geliebt.

Manchmal hallten das Lachen und die Fröhlichkeit aus der Vergangenheit in ihrem Kopf wider und erzeugten ein warmes Kissen, auf das sie sich getröstet bettete und das ihre Gesichtszüge weich werden ließ.

Paula hatte, seit sie im GYA arbeitete, an Muskeln zugelegt, und ihr Appetit war zurückgekehrt. Dank der kalorienreichen amerikanischen Lebensmittel und der guten Küche von Frau Pohlke schlotterten die meisten Kleider nicht mehr an ihr herunter, sondern passten wieder. Neben der abgeänderten Segelhose von Hedi hatte sie inzwischen auch eine praktische Latzhose aus gestreiftem Leinenstoff bekommen, die Annas Mutter Maria ihr genäht hatte. Diese hatte sie im GYA deponiert, genauso wie die weißen Stoffturnschuhe mit der hellen Sohle. So konnte Paula jederzeit segeln gehen, denn normalerweise trug sie lieber eine Kombination aus einem einfachen Rock und einer unifarbenen kurzärmeligen Bluse. Im Grunde ahmte sie ihre Lehrerin, Fräulein Mildred, nach, die immer anthrazitfarbene Röcke mit weißer Bluse getragen hatte. Sie hatte das Gefühl, so ein wenig Autorität auszustrahlen. Ein bisschen mehr Farbe hielt Paula für das GYA dennoch für angemessen.

Captain Bill, der vor seiner Einberufung selbst unterrichtet hatte, schätzte ihre Fähigkeiten, mit den Kindern umzugehen und sie spielerisch zum Lernen zu animieren. Es gab natürlich keine Noten, und Paula lobte die Kinder häufig. Captain Bill hatte ihr auch Fibeln, Hefte und Stifte für die Kinder besorgt, dazu schleppte er regelmäßig Bücher an, aber viele waren auf Englisch und konnten nur von wenigen gelesen werden. Auch Paula musste noch ein Wörterbuch nutzen, wenn sie einen der englischen Klassiker studieren wollte. Sie wünschte, er würde einfache Bilderbücher und Comics mitbringen, da würde sie auch die Buben zum Lesen bekommen.

»Denkst du schon wieder an deinen Unterricht?«, fragte Hedi, der Paulas nachdenkliche Miene nicht entgangen war.

»Steht mir das etwa auf der Stirn geschrieben?«

»Ja, denn da bildet sich immer eine strenge Längsfalte.« Hedi lachte. »Komm, wir müssen aussuchen, was du morgen anziehst. So einfach gekleidet, wie du in das GYA gehst, können wir dich nicht nach Hause schicken.«

»Aber die guten Kleider habe ich doch in München hängen, hier draußen brauche ich nur die sportlichen Sachen.«

Hedi öffnete den zweitürigen Nussbaumschrank, der in Paulas Zimmer stand, und prüfte die Kleidung, die auf der Stange hing. Ihr Blick fiel auf das Kostüm, das Paula getragen hatte, als sie im Mai mit ihrer Mutter angekommen war.

»Das ist zu warm. Ich kann doch bei der Hitze keine Jacke tragen! Warum kann ich nicht in Rock und Bluse fahren?«, fragte Paula bettelnd.

»Du bist eine Seitzinger, da kleidet man sich entsprechend. Und die Jacke kannst du ja im Auto ausziehen, du musst sie nur rechtzeitig wieder überstreifen.«

Hedi nahm das Kostüm heraus. »Das muss noch abgebürstet und gelüftet werden. Dazu passt die helle Sommerbluse mit dem kleinen Muster, die hinten geknöpft ist. Und die Haare trägst du offen, mit einem Stoffband nach hinten. Das wird Eindruck machen.«

»Ich wusste gar nicht, dass du dich so für Mode interessierst? Ich kenne dich eigentlich nur in Hosen und praktischen Pullovern«, sagte Paula schnippisch.

»Was soll das, Paula? Willst du wirklich den Rest des Sommers in München verbringen? Denk doch mal nach, wenn Edith annimmt, dass du hier ein Wildfang wirst, der sich nicht benehmen kann, wird das das Resultat sein«, entgegnete Hedi streng. Das fehlte noch, dass die sonst so verständige Paula auf einmal Flausen in den Kopf bekam.

Paula senkte den Kopf. »Entschuldige, Tante Hedi, ich will dir keine Schwierigkeiten machen. Aber Mutters Heiratspläne finde ich furchtbar, und ich will ja gar keine gute Partie machen. Ich habe nicht vor, zu heiraten. Mein Plan ist es, Lehramt zu studieren und erst einmal zu arbeiten. Nur weil meine Mutter kein Nein akzeptieren wird, mache ich das Spiel mit, werde aber zu verhindern wissen, dass es zum Äußersten kommt.«

»Soso. Lehrerin möchtest du gerne sein. Warum glaubst du, dass das der Weg ist, den du gehen möchtest?«

Paula zuckte zusammen und zog die Stirn kraus. Dass Hedi sie jetzt einem Verhör unterzog, war sie von ihrer Tante nicht gewohnt.

»Ich dachte, du bist auf meiner Seite. Weißt du, wenn ich vor den Kindern stehe, sie mir zuhören und bereit sind, zu üben, damit sie mir anschließend zeigen können, was sie bereits gelernt haben, fühle ich mich von Glück und Dankbarkeit durchdrungen. Ich habe Kinder im GYA, die können weder richtig lesen noch schreiben, weil der Lehrer in der Schule sie als dumm abgestempelt hat. Dabei hatten sie durch Krieg und Vertreibung einfach keine Chance, es zur richtigen Zeit zu lernen. Und wenn einer dieser Buben zu mir kommt, um Hilfe bittet und nach ein paar Wochen laut und deutlich vor allen den ersten Text flüssig und sauber lesen kann, das ist eine so große Freude! Ich spüre einfach, dass ich als Lehrerin an der richtigen Stelle bin. Du willst doch auch etwas anderes sein als Hausfrau, oder täusche ich mich da?« Paula klang ganz und gar klar, als sie von ihrer Berufung schwärmte.

Hedi war schon geneigt, sie zu unterstützen, aber noch kannte Paula nicht den Preis, den es sie kosten würde, diesen Weg zu gehen. Deshalb sagte sie kühl: »Das ist etwas anderes. Aber ja, es stimmt schon, das Hausfrauendasein ist ein Aufgabengebiet, das meinen Neigungen und Begabungen wenig entspricht. Du weißt, wie die Umstände waren! Und wenn Berthold nicht zurückkommt, werde ich Irmchen und Rosalie allein großziehen müssen. Und ehrlich gesagt weiß ich nicht, wie ich diese Aufgabe bewältigen soll.«

Hedi sank in sich zusammen. Sie rang um Fassung. Paula umarmte ihre Tante und sagte dann die Floskel, die alle sagten, wenn die Rede auf Berthold kam: »Er kommt zurück, du wirst sehen! Du darfst die Geduld nicht verlieren.«

Unwillig riss sich Hedi aus der Umarmung los, stellte sich ans Fenster und starrte auf den See hinter den Bäumen, damit Paula ihr Gesicht nicht sehen konnte und sie ihre Haltung wiederfand. Aber eines musste sie Paula noch mit auf den Weg geben, gerade wenn sie an den jungen Wolf von Birkenstein dachte und daran, wie Paula und er zusammen auf sie gewirkt hatten. »Und was ist, wenn du dich verliebst? Wenn du das Gefühl hast, dass du nicht mehr ohne diesen Mann an deiner Seite sein kannst, keine Minute deines Lebens? Was machst du dann?«

»Da besteht keine Gefahr. Die Männer, die meine Mutter mir vorstellen will, sind ganz und gar nicht mein Fall.«

Und wie steht es mit Wolf von Birkenstein?, war Hedi versucht, zu sagen, tat es aber nicht. Wenn Paula glaubte, sie sei gegen die Liebe immun, dann würde sie ihr diese Illusion lassen. Und außerdem würde eine unpassende Verbindung noch größere Unruhe geben als ein Studium zur Lehrerin, denn das Gelernte könnte Paula durchaus bei eigenen Kindern nützlich sein. Sie beschloss, das Thema erst einmal ruhen zu lassen. »Bitte komm morgen pünktlich nach Hause. Wir müssen den Badeofen anheizen, und das Wasser bleibt nicht ewig warm«, sagte sie im Hinausgehen.

Die Vorräte an Brennholz waren schon wieder deutlich geschrumpft, auch der Herd und der Zuber für die Wäsche mussten befeuert werden. Alle vierzehn Tage stand ein Waschtag auf dem Programm, da musste Hedi Frau Pohlke mit den großen Stücken behilflich sein. Gewaschen wurde in der Waschküche im Anbau. Ein großer Zuber, unter dem ein Feuer gemacht werden konnte, wurde mit Seifenlauge gefüllt. Flecken, Manschetten und Krägen mussten extra gebürstet werden, die Wäsche wurde eingeweicht und mit einem Stampfer gerührt. Das war eine schweißtreibende Arbeit, die Hedi Frau Pohlke so manches Mal abnahm, da diese sich dann ständig die Seite hielt vor Schmerzen.

War der erste Waschgang erledigt, ging es in den nächsten Zuber, in dem die Wäsche geschweift wurde, und bei feiner Wäsche gab es zwei Durchgänge. Jetzt im Sommer bei gutem Wetter breitete Frau Pohlke die großen weißen Leintücher und Tischdecken im Gras zum Bleichen aus, damit auch wirklich alle Flecken verschwanden. Immer wieder wurden die Laken mit Wasser besprengt, um so die Kraft der Sonne zu nutzen. Dabei musste Herr Pohlke helfen, denn Hedi brach jedes Mal mit den Kindern zu einem langen Spaziergang auf, damit Irmchen keine Katastrophe anrichtete. Im letzten Jahr hatte sie es tatsächlich fertiggebracht, Blütenblätter abzureißen und auf die Laken zu streuen, weil man das doch bei Hochzeiten so machte und die Laken aussahen wie weiße Schleier.

Manchmal wunderte sich Hedi schon, auf was für Ideen die Kleine kam, aber Paula war der Ansicht, sie sei lediglich aufgeweckt. Andere hielten sie für unerzogen, so auch ihre Schwiegereltern. Berthold war natürlich ein mustergültig braver Sohn gewesen, ähnlich wie Rosalie, die still und brav bei den Erwachsenen saß und stundenlang mit ihren Puppen spielte. Ihre Schwester Edith hatte bereits mehrfach erwähnt, dass Irmchen sie sehr an Hedi erinnerte. Erst als sie in einem Segelboot sitzen konnte, war Hedi wie umgewandelt gewesen.

Das Gespräch mit Paula hatte Hedi aufgewühlt, erst in den Morgenstunden schlief sie ein.

Der nächste Tag begann mit Regen, auch Paula hatte schlecht geschlafen. Die Schwimmweste von Berthold hatte Hedi inzwischen gefunden, sie war in einem Schrank unter einem Stapel zerfranster Pullis gelegen. Sie hatte sie gereinigt und war dann rasch zum See gegangen, um sie selbst auszuprobieren. Nun war sie wieder trocken, und Hedi hatte sie in ein festes Papier gepackt und verschnürt, um sie Anna mitzugeben. Sie gab Paula Bescheid, damit Anna das Paket am Abend mitnahm. Hoffentlich hatte Anna mit der Schwimmweste bei Eli Erfolg!

Nun lief sie mit Herrn Pohlke den Wald ab. Wie viele andere hatte Hedi eine Genehmigung dafür, herumliegende Äste und Reisig im Wald zu sammeln. Vielleicht fand sie auch noch ein paar Walderdbeeren, die Irmchen so liebte, und frische Kräuter, die sie als Salat essen konnten.

Paula bekam von dem Aufwand, den es Hedi zusammen mit dem Ehepaar Pohlke kostete, den Haushalt am Laufen zu halten, wenig mit. Dass Paula Lebensmittel und Schwarzmarktware im Tausch für Kost und Logis abgab, half dennoch. Aber die Schwarzmarktsachen konnte nur Hedi selbst oder Herr Pohlke eintauschen gehen, denn Frau Pohlke hatte alle Hände voll zu tun mit Kochen, Waschen, Flicken und Putzen.

Wenn Hedi losging, um mit den Lebensmittelmarken einzukaufen, dann musste sie oft lange anstehen, nur um dann festzustellen, dass Margarine, Zucker oder Mehl aus waren. Die Bauern und Fischer ließen sich meistens auf den Schwarzmarkttausch ein, aber da durfte man sich nicht erwischen lassen.

Es hatte ihr imponiert, dass Paula so genau wusste, was sie konnte und wollte. Es stimmte, Hedi war nicht wie ihre Schwester Edith, die problemlos den Geschäftshaushalt führen konnte und sich souverän auf dem Parkett der besseren Münchner Gesellschaft bewegte. Ihre Nichte war dazu erzogen worden, Ähnliches zu leisten. Aber was konnte sie selbst eigentlich? Ihre Fähigkeit, schnell zu segeln, schien aus einem anderen Leben zu kommen, einem Leben, das abrupt beendet wurde, als der von den Nazis aufgezwungene Dietwart sie aus dem Yachtclub geworfen hatte.

Nein, eigentlich war es schon weit vorher vorbei gewe-

sen, segelnde Frauen wurden nach 1933 wie Abweichle-
rinnen behandelt, wie Frauen, die ihren Platz nicht kannten.

Noch immer spürte Hedi den starken Sog des Wassers, den flüsternden Wind in den Haaren, doch ihr Körper wurde schwer wie Blei, wenn sie daran dachte, den
Yachtclub Ammersee wieder zu betreten.

Aber was blieben ihr noch für Möglichkeiten, wenn
aus ihrer Idee nichts wurde oder ihr Schwager sie nicht in
seinem Unternehmen duldete? Sie konnte weder singen
noch malen, und wenn sie daran dachte, dass sie ein weiteres Mal heiraten müsste, schauderte es sie.

Oder sollte sie doch noch mal einen Schritt zurück
machen und auch auf die Universität gehen? Aber vermutlich warteten die Professoren dort nicht gerade auf
eine Mutter mit zwei Kindern, auch wenn es ihr als einer
der wenigen möglich gewesen war, ein Lyzeum zu besuchen und die Schulzeit mit dem Abitur abzuschließen.
Was nutzte es schon, dass sie Altgriechisch und Latein
konnte? Lehrerin zu werden hatte Hedi nicht interessiert,
lieber hätte sie ein Studium der Ingenieurswissenschaf-
ten angestrebt. Das war natürlich nicht infrage gekommen, da hatte ihre Familie sie lieber segeln lassen.

Dann hatte Edith die Heirat arrangiert, die sich als
Glücksfall erwiesen hatte. Nur dass auch dieses Glück
nicht von langer Dauer gewesen war, denn Berthold hatte
die Einberufung bekommen, kaum dass Rosalie sich angekündigt hatte. Nur wenige Monate nach seinem Eintritt
in die Wehrmacht kam die offizielle Vermisstenmeldung.

Aber weder war seine Leiche aufgetaucht, noch wusste irgendjemand, wo er steckte. Sie meinte zu spüren, dass er auf dem Weg zu ihr war, auch wenn es wenig Anlass zur Hoffnung gab.

Hedi beschleunigte ihre Schritte und konzentrierte sich wieder auf ihre Aufgabe.

17

Gartenparty München

Paula fühlte die altbekannte Beklemmung stärker werden, je weiter sie in die Stadt hineinfuhren. Noch immer säumten Schuttberge die Straßen. Ruinen erhoben sich zwischen den intakten Villen, vor denen Militärfahrzeuge der amerikanischen Besatzer parkten.

In dem Viertel Nymphenburg, in dem Paula zu Hause war, stand eine Reihe von schönen Stadthäusern, die Villenkolonie Gern. Ihre Familie hatte Glück gehabt, und die Beschädigungen an ihrer frei stehenden Stadtvilla mit schönem Garten waren inzwischen ausgebessert. Weil ihr Vater Geschäftsbeziehungen mit der amerikanischen Militärregierung in Bayern unterhielt, waren sie von einer Besatzung verschont geblieben.

Als das Auto, mit dem sie chauffiert wurde, in die Einfahrt bog, war im Garten schon einiges los. Paula stutzte, als sie aus dem Autofenster sah. Offenbar richtete ihre Mutter eine Gartenparty aus. Auch das noch, dachte Paula, denn so konnte sie sich später nicht einfach wegstehlen, wenn die Unterhaltungen mit den für sie ausgewählten jungen Herren ermüdend wurden. Als Tochter der Gastgeberin hatte sie bis zum letzten Paukenschlag präsent zu sein, das wusste sie.

Ihre Mutter war gerade in der Küche und erwischte sie, als Paula sich über die Hintertreppe in ihr Zimmer schleichen wollte. »Paula, mein Kind, lass dich anschauen!«, rief sie.

Paula wurde ans Fenster gezerrt, und ihre Mutter nahm sie genau unter die Lupe, ganz so, als ob sie jede Verfehlung an der Anzahl ihrer Sommersprossen ablesen konnte. Im Stillen dankte Paula Hedi, die sie heute Morgen frisiert und zurechtgemacht hatte, für ihre Umsicht. In der Kostümjacke war es ihr warm geworden, aber ihre Mutter fand nichts auszusetzen und nickte zufrieden. »Du kannst dich rasch frisch machen, Paula. Die ersten Gäste der Sommerparty, die wir extra zu deinen Ehren geben, kommen zum Kaffee um fünfzehn Uhr, bis dahin haben wir noch jede Menge zu tun.«

Flink rannte Paula nach oben in ihr Zimmer und öffnete das Fenster weit, denn die Luft roch abgestanden. Am Schrank hing schon das elegante cremefarbene Seidenkleid, das ihre Mutter für sie ausgesucht hatte. Vor dem Krieg hatte sie es getragen, und im vergangenen Jahr war es dann für Paula abgeändert worden. Jetzt hatte es kleine Puffärmelchen, eine schmale Taille und einen weiteren Rock, der ihr bis übers Knie reichte. Statt der Perlenschnüre waren am Oberteil Blüten aufgestickt, auch am Rock fanden sich die Verzierungen. Dazu lag ein Strohhut mit einem cremefarbenen Band bereit. Sie strich sachte über den feinen Stoff. Wie sie ihre Mutter kannte, hatte sie sicher noch passende Rosen geschnitten, die an den Hut oder ins Haar gesteckt werden sollten.

Rasch wusch sich Paula das Gesicht mit kaltem Wasser, schlüpfte in ein einfaches geblümtes Sommerkleid und lief barfuß in den Garten. Ihre Mutter dirigierte gerade den Chauffeur, der nun mithalf, Tische und Stühle heranzuschleppen. Ein altes Segel lag bereit, offenbar sollte es aufgespannt werden, um ein wenig Schatten zu spenden. Ihr Bruder Ernst kam gerade mit dem Fahrrad angefahren, stieg ab und lief auf Paula zu, um sie fest an sich zu drücken. »Schön, dass du da bist, liebe Schwester!«, sagte er laut. Und dann flüsterte er ihr noch ins Ohr: »Mutter hat drei Kandidaten für dich eingeladen, also nimm dich in Acht!«

»Und wie viele Damen kommen extra für dich?«, flüsterte Paula zurück.

Ihr Bruder lachte nur und wirbelte Paula herum. Er wirkte verändert. Freier. Ob Ernst schon jemanden gefunden hatte und ihre Mutter dann abließ von ihrem Vorsatz, sie so schnell wie möglich zu verheiraten?

Paula machte Ernst ein Zeichen, dass sie später mit ihm sprechen wollte, denn ihre Mutter näherte sich und schaute ihre Kinder missbilligend an. »Es wird nicht geflüstert! Das gehört sich nicht! Und jetzt spannt das Segel, damit wir nicht in der Sonne sitzen müssen.«

Paula kraxelte auf den Apfelbaum, und Ernst warf ihr eine Leine zu. Er stieg auf die Leiter und spannte die lange Seite des dreieckigen Segels an den Birnbaum gegenüber, die Spitze wurde am Haus festgemacht. Edith brachte auch noch zwei Sonnenschirme heran, die beim Buffet stehen sollten. Die Bespannung war nicht mehr ganz intakt, und sie mussten improvisieren.

Auch beim Essen und Trinken mussten Abstriche gemacht werden. Französische Austern und Champagner konnte Edith ebenso wenig servieren wie frischen russischen Kaviar, stattdessen reichten sie geräucherte Renke vom Ammersee, die Paula direkt vom Fischer mitgebracht hatte, Kartoffel- und Nudelsalate, Spargelsalat und als Clou ein mageres Spanferkel, das im Küchengarten schon auf dem Spieß steckte, der von zwei Lehrbuben abwechselnd gedreht wurde.

Für die Kaffeetafel waren kleine Erdbeertörtchen vorgesehen, sogar einen Klacks Sahne gab es dazu. Auch die berühmten Vanilletörtchen ihrer Köchin konnte Edith aufbieten, obwohl ihr das Besorgen der Zutaten einige Rennerei eingebracht hatte. Weil es so heiß war, gab es sogar selbst gemachtes Minzsorbet, zu dem ein leichter Weißwein gereicht werden sollte.

Zu Mittag wurde für die Geschwister und Mutter Edith nur eine leichte Mehlsuppe im Esszimmer serviert. Vater Johann war noch im Geschäft und würde erst kurz vor der Feier heimkommen. Es herrschte eine merkwürdige Schwere beim Essen, denn keiner wollte über den Sinn und Zweck der heutigen Feier sprechen, und so bemühte Paula sich, die Stimmung mit lustigen Geschichten aus ihrem Unterricht aufzulockern.

Als Edith sich nach dem Essen kurz zurückzog, setzten Paula und Ernst sich in den Schatten. Paula war neugierig darauf, was oder wer ein Lächeln in das angespannte Gesicht ihres Bruders gezaubert hatte. »Sag, Ernst, hast du ein Mädchen kennengelernt?«, fragte sie neugierig.

»Nur eines? Du kennst doch unsere Mutter, und es herrscht ein Überschuss an hübschen Mädchen in der Stadt.«

»Du weißt, wie ich das meine. Gibt es da eine, die dich zum Lachen bringt? Denn wie unsere Großmama Mechthild schon immer sagte: Eine Ehe wird von zwei Dingen zusammengehalten – Humor und Respekt!«

Ernst grinste verschmitzt. »Die Mechthild war schon eine besondere Frau. Sie hat damals aus Liebe geheiratet.«

»Ach, ich dachte, das war eine arrangierte Ehe, um der verarmten Landadelsfamilie aus einer finanziellen Misere zu helfen! Tante Hedi hat erzählt, dass arrangierte Ehen in unserer Familie Tradition haben. Und schau unsere Eltern an, die waren schon von Geburt an füreinander vorgesehen.«

»Wenn du meinst, liebe Schwester, ich lass dir beim Heiraten gern den Vortritt. Ich würde mein Leben gerne noch in vollen Zügen genießen, nachdem mir schon die Jugend geklaut wurde.«

Sein Gesicht verschattete sich. Er hatte gleich nach dem Abitur Soldat werden müssen und war in Frankreich gefangen genommen worden. Gleich zweimal! Das erste Mal hatte er sich befreien können und war wieder zu seiner Einheit an der Front zurückgekehrt. Das zweite Mal blieb er allerdings lieber bei den Franzosen, wie er Paula anvertraut hatte, da war der Krieg schon so gut wie verloren gewesen. Bald nach Kriegsende war er dann wieder nach München gekommen.

Ob er schon eine Zukünftige gefunden hatte, verriet er ihr jetzt aber nicht und zog Paula damit auf, dass die Last, die Familie zu retten, ganz allein bei ihr läge. Paula fühlte wieder diesen zähen Klumpen in sich. Die Angst und die Schwere krochen in ihr hoch. Das spürte auch ihr Bruder, der sie in den Arm nahm. »Es wird alles gut, meine Kleine, mach dir keine Sorgen!«

Dann war es auch schon Zeit, sich für die Gäste herzurichten, und Paula schlüpfte in das elegante Kleid, steckte die langen Haare mit der Hilfe des Hausmädchens kunstvoll auf, krönte die Frisur mit zwei cremefarbenen Rosenblüten und tupfte sich ein paar Tropfen 4711 hinters Ohr, in die Kniekehlen und auf die Handgelenke. Die kleine Flasche hatte Paula von ihrer Mutter geschenkt bekommen, und sie nutzte den Duft nur sparsam. Aber heute sengte die Sonne auf die Stadt herab, und Paula wollte nicht nach Schweiß riechen.

Sie fand ihre Mutter bei der Köchin, die mit ihren beiden Helferinnen aufgeregt hin und her flatterte. Auch zwei Bedienungen waren extra für die Feier engagiert worden, für sie lagen frisch gestärkte Schürzen bereit.

Paula musste nach den Getränken schauen: Die Weißweinflaschen, ein deutscher Riesling, wurden im Abgang der Kelleraußentreppe in einer Zinkwanne gekühlt, die Eisbrocken hatten sie vom Löwenbräu mit einer Kutsche angeliefert bekommen, dazu noch ein Fässchen Helles für die Herren. Für die Damen standen einige Kästen Zitronenlimonade bereit, die auch zum Mixen von Radler gebraucht wurde.

Kurz darauf trafen die ersten Gäste ein, in der Hauptsache reifere Damen und ihre Töchter. Einige der jungen Mädchen, die sich alle herausgeputzt hatten, kannte Paula gut. Die forschen sprachen sie unverblümt auf Ernst an, andere standen stocksteif herum und waren offensichtlich nicht aus freien Stücken da. Paula und Ernst spielten eine Runde Boccia mit den jungen Damen, was sie gut durch den Nachmittag brachte.

Dann kam ihr Vater nach Hause und hatte bereits den ersten Kandidaten für Paula im Gepäck: die Claasens mit ihrem Sohn Ferdinand. Bald war die Gesellschaft bunt gemischt, und Paulas Vater Johann gab dem Schankkellner einen Wink, der sich sofort daranmachte, das Fass anzuzapfen. Zwei gezielte Schläge brauchte er, dann sprudelte der helle Gerstensaft, die Krüge wurden gefüllt und von den fleißigen Bediensteten an die Tische gebracht. Ihre Mutter setzte Paula und Ferdinand nebeneinander, nicht ohne Paula im Weggehen noch einen strengen Blick zuzuwerfen.

»Nenn mich gern Ferdi! Wir kennen uns vom Segeln, oder?«, sagte er verlegen.

»Hmm, das kann schon sein. Ferdi, ihr segelt normalerweise am Starnberger See, oder? Dürft ihr denn schon wieder in euren Club?«

»Wir sind Mitglieder im Starnberger Yachtclub, aber wir dürfen noch nicht auf das Gelände. Die Amerikaner haben alles besetzt, können aber nicht gut segeln. « Er machte eine verlegene Geste. »Wir versuchen, eine Art Kooperation zu etablieren mit den Eignern als Skipper der Boote. Wie ist es am Ammersee?«

»Bei uns haben die Amerikaner ein GYA eingerichtet, eine Art Jugendclub, und ich helfe dort über den Sommer aus. Vieles ist noch nicht wieder in gutem Zustand, besonders die Boote haben sehr gelitten. Von den Mitgliedern darf keiner aufs Gelände.«

»Aber du darfst dort segeln gehen?«

»Ich arbeite in dem Club als Lehrerin und segle manchmal nach Feierabend mit den anderen Betreuern. Wir bringen den Kindern und Jugendlichen allerhand bei. Sie dürfen segeln, boxen, und ich gebe auch normalen Unterricht«, berichtete Paula stolz.

Als sie Ferdi gerade etwas fragen wollte, legte ihre Mutter ihr die Hand auf die Schulter. Paula warf Ferdi ein entschuldigendes Lächeln zu. Der nächste Kavalier wartete schon auf sie, und sie setzte sich zu ihm. Der junge Mann schmeichelte ihr unaufhörlich: dass sie Augen habe wie ein Reh, ihre Frisur ein Kunstwerk sei, das Kleid sicher aus Paris stamme und ihre Wespentaille sehr entzücke. Paula wurde bei dem Süßholzgeraspel übel. Es klang so einstudiert, als würde er jeder Frau die gleichen Komplimente machen.

Ihre Mutter rettete sie und winkte sie heran. Neben ihr stand der nächste Kandidat, Erich, der im Krieg einen Unterschenkel verloren hatte. Erich trank ein Bier nach dem anderen, wirkte weit weg und hatte genauso wenig Interesse an Paula wie sie an ihm. Sie wusste nicht, ob sie erleichtert oder empört sein sollte. Schließlich landete sie wieder bei Ferdi, der ihr ein Glas Wein brachte.

Sie nippte daran, doch ihr Kopf schmerzte, und, sobald es die Höflichkeit zuließ, stahl Paula sich ins Haus, um sich kurz aufs Bett zu legen und in Ruhe durchzuatmen. Als sie die Augen schloss, dachte sie an Wolf, dem sie nichts vorspielen musste und der sie auch in alten Hosen schön fand. Unwillkürlich musste sie lächeln.

Da klopfte es an ihrer Zimmertür – Ernst war heraufgekommen mit dem Auftrag, sie wieder zu ihrem Kavalier zurückzubringen.

Sie ließ Ferdi reden, der über Segelboote plauderte, über Masten, Schoten und Klemmen und die optimale Trimmung bei leichtem Wind. Er erläuterte ihr die Curry-Klemme, eine Erfindung des genialen Seglers Manfred Curry. Paula steuerte ein Stück Lebensgeschichte von Curry bei, der in Riederau gewohnt hatte oder noch wohnte, so genau wusste das Paula nicht. Er hatte in den Sommern dort lange auf einem Hausboot namens *Tiger* gelebt, mit Strom und Telefonanschluss vom Ankermast. Jedenfalls hatte das ihre Mutter Edith einmal erzählt, die bei der Erwähnung der *Tiger* leicht errötend vom Prunkstück der Luxusyacht, einer Badenische mit Wanne aus weißem und schwarzem Marmor mit Korallenimitation und einer riesigen Kupfermuschel, berichtete. Die Innenausstattung im maurischen Stil des 1930 aus einem Flussdampfer umgebauten Hausbootes hatte nicht nur ihrer Mutter den Atem verschlagen. Seit Kriegsbeginn lag die

Tiger eingemottet an Land. Paula hatte das aufgebockte Schiff, das immer mehr verfiel, schon bei einem ihrer Spaziergänge vom Zaun aus gesehen.

Gegen Mitternacht ging die Gartenparty zu Ende, und Paula half noch beim Aufräumen mit. Erschöpft sank sie tief in der Nacht in ihr Bett. Am Morgen ging sie ins Esszimmer hinunter, wo das Frühstück bereitstand. Ihr Vater saß schon am Tisch und hob überrascht die Zeitung an.

»Paula, du bist schon auf? War ein gelungenes Fest gestern, findest du nicht auch?«

»Guten Morgen, Papa. Ich bin die Morgenkühle am See gewohnt, hier in der Stadt ist es jetzt schon ziemlich stickig. Kannst du mir den Kulturteil geben?«

Ihr Vater reichte ihr die Seiten, und Paula vertiefte sich in die Lektüre, während sie Kaffee trank. Echten Kaffee, wie sie beim ersten Schluck erleichtert feststellte. Aber kaum hatte sie sich nachgeschenkt, begann ihr Vater ein Gespräch. »Paula, du bist ja jetzt schon eine Weile vor Ort in unserem Yachtclub. Hast du den Eindruck gewonnen, dass wir eine Chance haben, ihn zurückzubekommen? Hat Captain Bill irgendetwas angedeutet?«

Überrascht hob Paula den Blick. »Ich glaube nicht, dass sich in diesem Sommer da noch etwas tut. Der Jugendclub soll über die Ferien laufen, das hat Captain Bill schon angekündigt. Und es ist eine sinnvolle Arbeit, die wir dort für die Kinder und Jugendlichen machen. In den Kriegsjahren und auch danach haben viele keinen Unterricht gehabt oder zu viel versäumt, weil sie vertrieben wurden und wochenlang unterwegs waren oder sich das

Brennholz für das Klassenzimmer nicht leisten konnten. Es ist so schön, zu sehen, wie die Kinder aufblühen und wieder lachen können.«

»Du klingst ja fast schon wie eine kleine Lehrerin. Es ist ja ehrenwert, dass du dich da so engagierst, aber was hast du in unserer Sache erreicht?«

»Captain Bill steht dem Club auf jeden Fall wohlwollend gegenüber. Die amerikanischen Soldaten haben viel gerichtet und auch das Material bezahlt. Drei Piraten haben wir jetzt im Segelbetrieb, und bald kommt die *Kranich* vom Bootsbauer zurück. Wo sind eigentlich die anderen Boote hingekommen? Es müssten doch eigentlich viel mehr auf dem Gelände sein als die paar Schiffe.«

»Weißt du, Paula, manche Eigner haben ihre Boote schon während des Krieges versteckt. Schon allein wegen der Bleikiele, auf die die Wehrmacht scharf war. Und manche haben kurz vor Kriegsende ihre Boote weggebracht, damit sie nicht in die Hände von Plünderern fallen oder als Kriegsbeute verschleppt werden.«

»Aber wo haben sie die Boote hingebracht? Es wurden doch auch Scheunen und Heustadel durchsucht.«

»Manche haben die Boote im Wasser versenkt oder sie auch unbrauchbar gemacht, indem sie mit der Axt ein Loch hineingeschlagen und sie ins Schilf geschoben haben.«

»Was heißt das genau? Wo könnte ich die Boote finden?«

»Paula, das ist nichts, womit du dich beschäftigen musst. Wir haben unser Boot im Club gelassen, und bald segeln wir wieder auf der *Kranich*! Das wird wunderbar werden!« Damit faltete ihr Vater die Zeitung zusammen. Beim Hinausgehen gab er Paula noch eine Botschaft für Hedi mit auf den Weg: »Wir planen bald eine Vorstandswahl für den *Yachtclub Ammersee* hier in München, das ist laut der Militärbehörden der nächste Schritt. Hedi muss unbedingt zu dieser Wahl kommen. Bitte richte ihr das aus und bestell meine besten Grüße!«

Paula nickte und sah ihrem Vater nachdenklich nach.

18

Badehosen gesucht!

Am Montagmorgen trafen Paula und Anna Wolf am Steg.
»Ich muss etwas mit euch besprechen!«, rief er ihnen zu.
Verstohlen schien er Paula zu mustern, als ob er Hinweise auf irgendwelche Auswirkungen ihres Münchner
Wochenendes suchte. Aber da gab es keine Spuren, Paula
war lediglich ein bisschen müde.

Sie war froh gewesen, als sie am Sonntagabend auf
dem letzten Dampfer von Herrsching nach Dießen gefahren war, bis zum Anleger hatte der Chauffeur sie gebracht.
Je näher der Dampfer der Westseite des Ammersees kam,
desto mehr hatte Paula wieder aufgeatmet. Sie hatte nach
den vertrauten Konturen des Yachtclubs Ausschau gehalten und zufrieden festgestellt, dass alles in bester Ordnung zu sein schien. Die Wellen hatten geglitzert und
Paula auf dem Oberdeck stehend die letzten Sonnenstrahlen genossen, bevor die Sonne verschwunden war.

An diesem Morgen hatte sie Anna bereits alles über
die Gartenfeier erzählt, der Freundin allerdings verschwiegen, dass sie Ferdi, den einzig netten Kandidaten,
ständig mit Wolf verglichen hatte. Wolf hatte sich in ih-

rem Kopf eingenistet und schob sich immer wieder in ihre Gedanken. Nun stand er ganz real vor ihr, und sie spürte, wie sehr sie ihm nah sein wollte.

»Guten Morgen, Wolf. Wir können gleich rauf ins Bootshaus gehen und uns besprechen«, sagte Paula betont sachlich und wandte sich Anna zu, die nickte. Dietrich war noch nicht zu sehen. Zu dritt machten sie sich auf den Weg, und Wolf legte gleich los: »Es herrscht bestes Badewetter, aber die Kinder gehen nicht baden. Ein paar können schon gut schwimmen, aber es gibt ein anderes Problem: Sie haben keine Badekleidung. Mir haben sich ein paar Jungs anvertraut und mir gesagt, dass sie sich genieren, wenn sie nur mit ihrer Unterhose bekleidet ins Wasser gehen sollen.« Er schaute die beiden jungen Frauen fragend an.

»Gibt es denn Badekleidung zu kaufen?«, fragte Paula.

Anna schüttelte den Kopf. »Von meiner Mutter weiß ich, dass gerade gar nichts angeboten wird. Sie hat für meine Brüder aus einem alten Mantelfutter Badehosen genäht, Berta hat einen Badeanzug von mir bekommen, und mir passt zum Glück noch ein alter.«

»Ich habe eine Badehose von meiner Zimmerwirtin ausgeliehen bekommen, die stammt wohl aus Vorkriegszeiten«, sagte Wolf.

»Mir hat Hedi einen Badeanzug von sich gegeben«, bekannte Paula.

»Sollen wir Captain Bill fragen, ob er Badesachen für die Kinder besorgen kann?«, schlug Anna zögernd vor und ließ den Blick schweifen.

»Das wäre doch gelacht, wenn wir so ein Problem nicht selbst lösen könnten. Ich habe da schon eine Idee: Wir können im Handarbeitsunterricht Hosen und Badeanzüge nähen.« Paula grinste zufrieden.

»Aber wir haben keine Nähmaschine, und Stoff ist auch Mangelware!«, wandte Anna ein.

»Wir machen einen Aufruf an die Bevölkerung, dass sie Stoffreste spenden sollen. Anna, du fragst bitte bei deiner Mutter nach, welche Stoffe sich eignen. Und wir bitten darum, dass uns jemand seine Nähmaschine ausleiht.«

»Also bei der Nähmaschine habe ich wenig Hoffnung. Es gibt kaum Ersatzteile, und jede Näherin passt wie ein Haftelmacher auf ihre Maschine auf«, wandte Anna ein. »Aber versuchen können wir es natürlich.«

»Paula, vielleicht wäre es gut, wenn du Captain Bill noch einmal um Nähmaschinen für den Hauswirtschaftsunterricht bittest. Das wäre doch auch sehr nützlich für die Mädchen, wenn sie einfache Näharbeiten selbst erledigen können. Und das mit den Stoffspenden finde ich eine prima Idee«, fügte Wolf begeistert hinzu.

»Stimmt, die Nähmaschinen samt Zubehör hatte ich schon vor einiger Zeit bei Captain Bill angefragt. Geliefert hat er bis heute noch nichts. Ich werde nachher zu Sergeant Reilly gehen.«

»Anna, kannst du rasch nach Hause laufen, um deine Mutter zu fragen?«

»Ich kann nicht einfach während der Arbeitszeit weggehen. Das müsste der Sergeant genehmigen. Eigentlich müssen wir ihn auch fragen, ob wir eine Sammelaktion machen dürfen. Die Stoffspenden müssten doch hier abgegeben werden, oder?«

»Nein, das machen wir in eigener Regie. Wir müssen doch zeigen, dass wir in der Lage sind, selbst etwas für unsere Kinder auf den Weg zu bringen. Die Stoffe sollen sie im Landhaus Seitzinger abgeben, das liegt auch näher am Ort«, bestimmte Paula.

»Ich frage meine Mutter heute Abend. Morgen machen wir die Zettel und hängen sie auf.«

»Gut, dann ist das besprochen. Erzählen wir den Kindern von unseren Plänen?«, fragte Wolf.

»Ich fände es besser, wir überraschen sie. Sonst trauen sie sich nicht mehr her, wenn sie keinen Stoff organisieren können«, meinte Anna und erinnerte sich an die Fehlzeiten der Kinder im kalten Winter, wenn sie morgens keinen Scheit Holz für den Ofen im Klassenzimmer mitbringen konnten.

»Ich rufe heute Abend meine Mutter an und bitte sie, auch etwas zu schicken«, sagte Paula.

Dann erschien Sergeant Reilly in der Tür, den Paula gleich abfing. Wolf und Anna gingen zu den Booten und machten diese startklar. Die Soldaten hatten sie bei ihrem Wochenende hier nicht beschädigt, wie Anna erleichtert feststellte. Während Wolf im unteren Bootshaus nach einem Segel suchte, stand Anna am Ende des Steges und schaute den kleinen Wellen nach.

Diese Woche wollte Bootsbauer Carlo nun endlich die

Kranich ins Wasser bringen, das hatte er ihr am Wochenende erzählt, als Anna bei ihm vorbeigeschaut hatte. Ihr war die Ehre zuteilgeworden, den Schriftzug *Kranich* wieder am Bug aufzutragen, und obendrein hatte Carlo ihr die Lackdosen mit den Resten geschenkt. Die neuen Segel der *Kranich* waren auch schon da und lagen in der Kajüte. Anna freute sich auf den Tag, an dem sie mit Paula und Wolf zum ersten Mal wieder mit der *Kranich* rausfahren würde.

»Was gibt es denn zu lachen?«, sprach sie auf einmal Dietrich an, der sich angeschlichen hatte und Anna nun vorwurfsvoll ansah.

»Nichts, was dich interessieren muss. Hast du im Boxclub heute nichts zu tun?«

»Ich wollte dich fragen, ob wir heute eine Runde schwimmen gehen.« Mit heiserer Stimme setzte er nach: »Du schwimmst doch gern, nicht wahr?«

Anna zuckte zurück, als hätte sie einen Schlag in die Magengrube bekommen. Dann war es doch Dietrich gewesen, der ihr neulich Abend nachgelaufen war!

»Schwimmen gehe ich nur mit Freunden«, antwortete sie eisig.

Dietrich ließ sich nichts anmerken, aber sein linkes Auge begann zu zucken. »Wie du meinst. Das wird dir noch leidtun!«, erwiderte er drohend.

Damit machte er auf dem Absatz kehrt und verschwand wieder. Anna musste sich einen Moment auf den Steg setzen, ihr war ganz kalt geworden und ihr wurde schlagartig klar, dass sie sich einen Feind gemacht hatte.

Am nächsten Tag schrieben Paula, Anna und die großen Mädchen jeweil zehn Handzettel, die sie später rund um die Gemeinde verteilen würden:

Sonne, Wind und Wasser sind für alle Menschen da, für Arm und Reich zur Freude und Gesunderhaltung. In Unterwäsche schwimmen, das ist nicht die richtige Lösung! Deshalb suchen wir Stoffreste, damit wir den Mädchen Badeanzüge und den Buben Badehosen anfertigen können. Geeignet sind abgelegte Uniformteile, alte Mantelfutter oder Sporthemden ebenso wie ein zerrissenes Nachthemd oder Schlafanzüge. Ein abgelegtes Sommerkleid ergibt schon drei bis vier Badehosen!

Bitte stöbern Sie in Ihrer Mottenkiste, alles, was größer ist als fünf Zentimeter im Quadrat, können wir verwenden. Wir nähen in unserer Handarbeitsklasse im GYA die Badebekleidung selbst. Bitte geben Sie die Stoffe im Landhaus Seitzinger, Unterer Albaner Weg, jederzeit ab. Wir danken Ihnen herzlich für Ihre Spende! Die Betreuerinnen im GYA

Den ganzen Nachmittag benötigten sie, um die Zettel herzustellen. Anna verzierte sie noch mit gezeichneten Badehosen und Badeanzügen und malte Wellen und eine Sonne auf. Danach gingen Paula und Anna mit den Mädchen in den Ort, um die Zettel aufzuhängen. Wolf wollte am Abend nach Riederau spazieren, um dort welche an den Anschlagtafeln zu befestigen. Und sogar Dietrich nahm zwei Zettel mit, weil er es richtig fand, nicht bei den Amerikanern betteln zu gehen.

Insgeheim vermutete Anna, dass Dietrich weiterhin der Ideologie der Nationalsozialisten nachhing, denn blonde und blauäugige Kinder wurden von ihm immer bevorzugt behandelt. Sie wunderte sich darüber, dass Wolf, der sich klar von den Nazis distanzierte, so fest zu seinem Freund Dietrich hielt.

Aber offenbar hegte nur sie den Verdacht, Captain Bill hätte das keinesfalls geduldet. Doch ohne Fakten konnte sie die Sache nicht bei Captain Bill ansprechen, und bei Sergeant Reilly brauchte sie es gar nicht erst zu versuchen.

»Ich glaube, die *Kranich* ist zurück!«, schrie Paula plötzlich zwei Tage später, als sie auf dem Weg zum GYA waren. Jetzt sah Anna sie auch: eine Mastspitze in der Bucht. Paula trieb sie zur Eile, und im Laufschritt stürmten die Mädchen zum GYA und gleich den Steg hinunter. Da lag die *Kranich* majestätisch funkelnd in der Morgensonne, ganz vorne festgemacht am Steg. Bootsbauer Carlo streckte den Kopf aus der Kajüte und rief: »Auf euch habe ich schon gewartet. Kommt, wir segeln einen Schlag, dann zeige ich euch alles!«

Anna putzte die Sohlen ihrer Leinenturnschuhe sorgfältig mit einem Lappen ab, um das schöne Deck zu schonen. Sie zog das Boot heran und sprang auf das Vordeck. Paula stürmte ins Bootshaus, um ihre Segelschuhe zu holen, und wechselte die Schuhe auf dem Steg. Da kam auch schon Wolf, der ebenfalls ganz aufgeregt war. »Paula, die *Kranich* ist da! Komm, wir segeln schnell einen Schlag mit Carlo. Wir sind ja heute früh dran«, rief er dröhnend.

Jetzt mussten sie auch Wolf mitnehmen, der sofort das Kommando übernehmen wollte. Aber das ließ Carlo nicht zu, er dirigierte die Crew. Die neuen Segel waren noch steif und knisterten beim Setzen. Carlo übernahm selbst die Pinne, als sie vom Steg ablegten, und die *Kranich* spreizte ihr Gefieder und schoss sogar bei dieser leichten Brise davon. Dann sollten sie die Positionen wechseln, und Carlo ordnete verschiedene Manöver an, damit sie das Boot kennenlernten.

Paula übernahm als Erste die Pinne. Sie lag ruhig in der Hand, und Paula spürte, wie der Wind und die Wellen das Boot bewegten und es auf kleinste Kurskorrekturen sofort reagierte. Sie merkte allerdings auch, wie sich die Aufregung durch ihren Körper zog und ihr die Tränen kamen. Paula suchte Blickkontakt mit Anna. Auf ein Nicken hin wechselten die Frauen die Positionen, was Carlo zum Glück nicht kommentierte. Er hatte wohl auch gesehen, dass Paula unter den hektischen roten Flecken im Gesicht ganz blass geworden war.

Anna konzentrierte sich auf das Boot, beobachtete die Segel und den Verklicker unablässig, spürte die Energie der *Kranich*, die geschmeidig durch das Wasser glitt. Es war ihr, als ob sich die Kraft des Windes direkt auf sie übertrug. Anna jauchzte vor Glück. Da schlug die Kirchturmuhr der kleinen St. Albaner Kirche.

»Wir müssen zurück!«, rief Wolf, und Anna fuhr eine Wende. Schnell waren sie wieder zurückgesegelt, das Anlegen längsseits zum Steg übernahm wieder Carlo, und Anna, die neben ihm saß, prägte sich jedes Detail ein. Am Steg stand schon Dietrich, der die Vorleine von Wolf in Empfang nahm und säuerlich grinsend rief: »Beeilt euch, Captain Bill ist da, und er wird nicht erfreut sein, dass ihr einfach mit der *Kranich* rausgesegelt seid!«

Carlo und Anna sicherten das Boot mit Fendern und vertäuten die Yacht am Steg, während Wolf und Paula rasch zum Clubhaus liefen. Anna kam es so vor, als ob Paula etwas schwankte.

»Was ist mit deiner Freundin? Ich hab schon gedacht, sie kippt uns im Boot um«, sagte Carlo.

»Ach, das war nur, weil sie sich so gefreut hat. Mit Paula ist alles in Ordnung!«, schwindelte Anna.

Captain Bill war jedoch gut gelaunt, denn er hatte eine Überraschung für Paula im Gepäck: zwei gebrauchte Nähmaschinen mit Untergestell der Marke Pfaff nebst Ersatznadeln und Nähgarn in Weiß und Rot. Paula betrachtete die schwarzen Maschinen mit der glänzenden Schrift, die von zwei Soldaten ausgeladen wurden. Vor Freude strahlend erzählte Captain Bill, dass er die Nähmaschinen inkognito auf dem Schwarzmarkt in der Münchner Möhlstraße erstanden hatte, denn auf dem Dienstweg war die Beschaffung nicht möglich gewesen.

Paula schwankte ein bisschen, aber sie atmete tief durch. »Das ist wirklich ganz wunderbar. Aber könnten

Sie mich für einen Moment entschuldigen? Ich müsste mich eben frisch machen.« Damit ließ sie den verdutzten Captain stehen und rannte ins obere Bootshaus zur Damentoilette. Gerade noch rechtzeitig, denn nun hatte die Dunkelheit sie komplett erreicht, und sie ließ sich an die Wand gelehnt herab zu Boden sinken. »Es ist alles in Ordnung, du bist in Sicherheit«, sagte sie sich in Gedanken, weil ihre Stimme versagte. Diesmal jedoch half ihr das Mantra, schneller wieder auf die Beine zu kommen. Sie trank einen Schluck Wasser aus dem Hahn, kühlte die Handgelenke und atmete tief ein und aus. Mit zittrigen Knien verließ sie den Waschraum, vor der Tür wartete schon Wolf, der ihr wortlos eine geöffnete Flasche Cola reichte.

Sie nahm ein paar Schlucke. Wolf räusperte sich. »Komm, setz dich noch ein bisschen. Anna hat Captain Bill abgelenkt und ist mit ihm zur *Kranich* gegangen, wo Carlo ihm alle Arbeiten am Boot genau erklärt.«

Paula nickte und ließ zu, dass Wolf sie am Arm stützte und zu einer der Schulbänke dirigierte. Normalerweise war ihr eine solche Nähe unangenehm, wenn ihr so blümerant wurde. Aber bei Wolf war es anders, er hüllte sie ein wie eine weiße, weiche Wolke.

»Wo sollen denn die schicken Nähmaschinen hin? Wollt ihr eine Nähstube eröffnen?«, fragte Wolf.

Die Nähstube hielt Paula für eine gute Idee, und sie wusste auch schon einen Ort, denn neben dem Boxclub gab es noch eine freie Ecke mit einem Fenster. Sie stand auf und inspizierte den Platz.

»Gute Wahl, Paula. Genügend Licht und gleichzeitig Ruhe zum Arbeiten. Und ihr könnt noch einen Vorhang anbringen.« Wolf nickte ihr aufmunternd zu.

Paula sah bereits vor sich, wie die Mädchen hier bald nette Badekleidung für die Kinder nähen würden, und spürte ihre Kraft zurückkehren. Noch etwas heiser flüsterte sie: »Genau das machen wir. Komm, wir schaffen schon mal Platz.«

Sie fegte noch einmal durch, dann trugen die Soldaten auch schon die Nähmaschinen herein, gefolgt von Anna und Captain Bill, der sich zufrieden umschaute.

»Captain Bill, das ist ganz wunderbar, dass sie uns die Nähmaschinen bringen. Da werden sich die Mädchen sehr freuen. Wir wollen nämlich Badekleidung für die Kinder nähen, denn in Unterwäsche baden zu gehen, das ist doch nicht das Richtige.«

»Das ist eine tolle Idee. Braucht ihr sonst noch etwas?«

»Nein, wir haben schon einen Aufruf gestartet, um Stoffspenden zu sammeln.«

Bisher war kaum etwas abgegeben worden, aber Paula war zuversichtlich. Sie hatte noch einen Joker im Ärmel, nämlich ihre Mutter Edith, die sofort Hilfe zugesagt hatte.

»Ich habe auch noch ein Paket dabei, das der Chauffeur deiner Mutter bei mir im Münchner Hauptquartier abgegeben hat«, sagte Captain Bill. Wie auf Bestellung kam sein Fahrer mit einem großen Karton, und darin befanden sich Stoffreste in guter Qualität für die Badesachen. Captain Bill las die Karte vor: »Mit den besten Empfehlungen eine Spende für die Kinder im GYA, die uns auch sehr am Herzen liegen. Ihre Edith Seitzinger und Freundinnen.«

Der Soldat schmunzelte und bat Paula, ihrer Mutter und deren Freundinnen seinen herzlichen Dank auszurichten.

19

Seeleben Anfang Juli

Mit der schnell gefertigten Badekleidung stand nun den
Schwimmkursen für die Kinder nichts mehr im Weg.
Aber auch für ihren besonderen Anfänger Eli hatte Anna
eine hübsche Badehose genäht und dafür einen blau-weiß
karierten Stoff ausgewählt. Das Päckchen deponierte sie
in der Werkstatt ihres Vaters, und sie war gespannt, ob er
die neue Badehose tragen würde.

Mit seiner Wassergewöhnung ging es nur langsam
voran. Die Schwimmweste, die er ebenfalls in der Werkstatt aufbewahrte, hatte er noch gar nicht ausprobieren
wollen. Anna hatte ihm als Hausaufgabe aufgegeben, sich
jeden Tag eine schöne Stelle am Ufer des Ammersees zu
suchen und zumindest ein kleines Stückchen Körper –
egal ob Zeh, Ellenbogen oder Finger – vom Wasser benet-
zen zu lassen und sich so mit dem Gefühl, Wasser auf der
Haut zu spüren, vertraut zu machen. Wenn Eli selbst das
Zeichen dafür gab, dass er es noch mal mit dem Unterricht versuchen wollte, würden sie sich wieder treffen.

Die Liste für den ersten Schwimmkurs im GYA war schon

ziemlich voll. Dietrich und Anna, die von Captain Bill zu Schwimmlehrern ernannt worden waren, hatten als Gruppengröße sechzehn Kinder festgelegt. Anna überlegte, dass sie eine Absperrung bauen könnte, damit die Kinder nicht zu weit hinausschwammen. Vom Steg aus wollte sie eine starke Leine spannen, aber dafür brauchte es noch einen Pfosten auf der anderen Seite. Dietrich wollte es lieber einfach halten und schlug vor, das Ruderboot *Ernestine* dort vor Anker zu legen und das Seil locker zu ziehen. Anna hielt diese Konstruktion für schlampig und wenig sicher, aber Dietrich hatte keine Lust, mühsam einen Pflock in den Schlick zu rammen. Anna war kaum in der Lage, den schweren Hammer hochzuheben, der dazu benötigt wurde, deshalb konnte sie es nicht selbst erledigen.

Die fünf Wochen seit der Eröffnung waren wie im Flug vergangen, das Kalenderblatt zeigte inzwischen Montag, den 7. Juli, und nun sollte der Schwimmkurs starten. Dietrich bastelte an einem Hilfsgerät, indem er an eine Eisenstange einen Metallring schweißte. So eine Rettungsstange sei ganz praktisch, meinte er. Er stellte sich vor, die Kinder vom Steg aus zu unterrichten. Anna dachte eher an einen spielerischen Ansatz und suchte nach alten Rettungsringen, an die sich die Kinder hängen konnten. Wenn sie nur daran dachte, dass sie den ganzen Nachmittag in Dietrichs Nähe aushalten musste, wäre sie am liebsten weggelaufen.

Es war geplant, dass Paula und Wolf während des

Schwimmtrainings mit den anderen Kindern auf der *Kranich* segeln gingen. Die Kinder liebten diese besonderen Ausfahrten, es galt als Auszeichnung, für die Mannschaft der *Kranich* ausgewählt zu werden. Auch für das Team Paula und Wolf war es eine nicht alltägliche Situation, aber sie arbeiteten gleich Hand in Hand, Paula als Vorschoterin und Wolf als Steuermann, zu zweit hatten sie die Rennyacht gut im Griff.

Wenn sie Kinder mit an Bord nahmen, dann reffte Wolf meistens das Großsegel und reduzierte so das flotte Tempo, das manchen Kindern Angst machte. Umkippen konnte die Yacht eigentlich nicht, ein schwerer Bleikiel sorgte für Stabilität.

Inzwischen sprach Paula, wenn Anna sie am Vormittag am Landhaus auf dem Weg zum GYA abholte, immer entweder von den Ausfahrten mit der *Kranich* oder von Wolf, den sie zu bewundern schien. Anna fühlte sich in der Gegenwart von Wolf, mit dem sie weit öfter als Paula zusammenarbeitete, auch sehr wohl. Seine ruhige und besonnene Art schätzte sie sehr. Sie schwärmte heimlich sogar ein bisschen für ihn.

Aber da gab es noch die Gefühle für Eli, die sie schwer einordnen konnte. Wenn sie doch nur wüsste, was Liebe eigentlich genau war und wer der Mann sein würde, mit dem sie ihr erstes Mal erleben würde! Eli hatte sie geküsst, das war aufregend und überwältigend gewesen. Bei diesem einen Kuss war es bislang geblieben, doch in Elis Blick sah sie ein Versprechen und ein Verlangen nach mehr. Aber das durften sie doch nicht, oder?

Anna hoffte, dass ihr erster Mann auch der Mann sein würde, mit dem sie ihr Leben verbringen wollte. Oder würde sie allein bleiben? Manche Verbindungen, wie die ihrer Schulfreundinnen, kamen ihr so unstimmig vor, so unecht. Wo war denn da die Liebe? Anna kam sich unwissend und unreif vor. In der Klosterschule war darüber nicht gesprochen worden, und sie hatte auch keine ältere Schwester, die sie fragen konnte. Paula war ihr keine Hilfe, denn sie wich diesen Themen aus. Alles, was Anna wusste, war, dass sie sich nur auf einen Mann einlassen würde, den sie wirklich liebte. Nicht einen wie Dietrich, der ihr ohnehin immer zu nahe kam und ihr immer mehr Angst einjagte.

Eine Gelegenheit, mit Wolf über Dietrich zu sprechen, bot sich noch am gleichen Vormittag, denn Wolf und Anna sollten mit der *Kranich* zu Carlo segeln, er hatte tatsächlich noch weitere Zubehörteile für das Boot aufgetrieben. Anna sorgte sich, ob sie rechtzeitig zum Start des Schwimmkurses um zwei Uhr zurück sein würde, aber Sergeant Reilly sah darin kein Problem.

Die *Kranich* lag direkt am Steg, und routiniert zogen Anna und Wolf die Segel auf. Es wehte nur ein ganz leichtes Lüftchen, aber für die kurze Strecke würde es schon reichen, zumal die *Kranich* auch bei einer leichten Brise elegant durchs Wasser glitt. Wolf ließ Anna den Vortritt und bot sich als ihr Vorschoter an, da Anna sich in dem Revier besser auskannte. Eine Geste, die sie zu schätzen wusste.

Als sie auf Kurs waren, fasste Anna sich ein Herz. »Du, Wolf, darf ich dich einmal etwas Persönliches fragen?«

»Klar, frag mich ruhig alles, was du wissen willst.«

»Der Dietrich, also der Dietrich, der«, stotterte Anna.

»Was ist denn mit Dietrich? Gibt es Probleme?«

»Also eigentlich nicht direkt, aber irgendwie ist es mir unangenehm, wenn ich mit ihm allein bin. Und er ist so ganz anders als du, Wolf. Weißt du, ich habe mich schon oft gefragt, warum ihr beide Freunde seid und warum er auch im GYA ist, obwohl er eigentlich dort gar nicht sein will, so hochmütig, wie er immer tut.«

»Du weißt doch, dass Dietrich und ich in russische Kriegsgefangenschaft geraten sind, oder? Damals war ich kaum ein paar Wochen an der Front, Dietrich dagegen war schon länger im Krieg und wusste, worauf es ankommt. Viele unserer Kameraden sind gestorben. Aber ich habe überlebt, weil Dietrich im Lager auf mich aufgepasst hat. Er hat mir eine Stelle besorgt, bei der ich nicht so schwer körperlich arbeiten musste. Und da ist es doch das Mindeste, dass ich ihn jetzt ebenfalls unterstütze. Er wollte mit an den Ammersee, und deshalb ist er hier. Vielleicht trifft er nicht immer den richtigen Ton, wenn er mit euch Mädels redet, aber, Anna, der Dietrich ist im Grunde seines Herzens ein guter Mensch.«

»Das ehrt Dietrich. Aber du stehst nicht in seiner Schuld. Das hätte wahrscheinlich jeder getan.«

»Nein, Anna, davon verstehst du nichts. Das Lager ...« Wolfs Stimme brach ab. Als er sich wieder gesammelt hatte, waren sie schon fast angekommen, und Anna leitete das Anlegemanöver ein. Carlo stand bereits am Steg, den er für seine Arbeit nutzen durfte, und nahm sie in Empfang.

»Perfekt!«, lobte er Anna.

Wolf hingegen gab sich wortkarg, auch auf der Rückfahrt ins GYA. Anna grübelte über das nach, was Wolf erzählt hatte. Er schien zu denken, dass er tief in Dietrichs Schuld stand. Aber durfte Dietrich sich deshalb alles erlauben? Auch ihr gegenüber?

Im GYA erwartete Paula sie schon. Für Wolf hatte sie Post dabei. Er stutzte und las den Absender: Seine Mutter schrieb ihm! Schnell steckte er den Brief ein, denn die Kinder waren nun schon im Club und umringten ihn und Paula.

Anna ging rasch los, um sich zu stärken, danach zog sie sich im oberen Bootshaus für den Schwimmkurs den Badeanzug an, streifte aber noch eine weite Bluse darüber. Sie setzte auch einen Strohhut auf, denn es war ein heißer Tag, und die Sonne brannte vom Himmel herunter. Bald standen zehn Jungs und sechs Mädchen vor Dietrich und ihr und warteten gespannt darauf, dass der Kurs anfing. Anna lachte und sagte: »Wir beginnen mit etwas ganz Schwierigem! Da müsst ihr euch gleich gut anstrengen.«

Einer der Buben maulte, aber als Dietrich ihn streng ansah, verstummte er sofort.

»So, ihr stellt euch in Reihen zu viert auf und geht bis

zu den Knien ins Wasser. Die Großen zuerst!«, kommandierte Anna.

»Was hast du vor?«, flüsterte Dietrich.

»Sie sollen erst mal ein bisschen planschen. Du passt vom Steg auf, dass keiner untergeht.«

Einen Moment lang dachte Anna, Dietrich würde ihr widersprechen, aber dann ging er doch auf den Steg, seine Rettungsstange neben sich, weil die Kinder schon im Wasser standen. Kurz darauf war eine wilde Wasserschlacht im Gange, und lautes Lachen erschallte auf dem ganzen Gelände.

Nachdem die Kinder sich ausgetobt hatten, ging es an die erste Übung: vom Wasser getragen werden. Das war gar nicht so einfach. Anna musste Hilfestellung leisten, und Dietrich fing einen der Jungs, der sich zu weit in den See hinausgewagt hatte, mit seiner Schwimmstange ein.

Die ersten Lippen waren schon ganz blau, deshalb scheuchte Anna die Kinder wieder aus dem Wasser und ordnete eine Pause an. Dietrich organisierte Limonade und für jeden einen der amerikanischen Schokocookies. Dann ging es noch mal ins Wasser, und die Ersten versuchten schon, die Beine zu bewegen wie ein Frosch. Anna warf den alten Rettungsring aus, den sie aufgetrieben hatte, und zog jedes Kind mit dem Ring einmal durchs Wasser. »Macht die Augen zu und spürt, wie das Wasser euch trägt«, rief sie ermutigend.

Dietrich schüttelte nur den Kopf. Sie konnte seine Missbilligung fast schon riechen. Das würde eine schwierige Woche werden!

Auf dem Heimweg begleitete Wolf die Mädchen, ab dem Landhaus ging Anna alleine weiter. Wolf kam mit ins Landhaus Seitzinger, denn Hedi hatte ihn zum Abendessen eingeladen. Sie wollte ihm unbedingt ein Bild ihres Mannes Berthold zeigen, sie klammerte sich an die Hoffnung, dass jemand etwas über seinen Verbleib wusste. Zudem wollte sie sich den jungen Mann, der bei ihrer Nichte ein gewisses Funkeln in den Augen auslöste, noch einmal genauer anschauen.

Hedi setzte sich mit Wolf auf die Veranda, während Paula sich frisch machte. Sie erkundigte sich nach seiner Familie, und Wolf zog den Brief hervor, denn er inzwischen gelesen hatte. »Gerade heute habe ich Nachricht bekommen von meiner Mutter. Sie lebt mit meinen jüngeren Geschwistern Leonhard und Marianne bei entfernten Verwandten auf einem Gut in Niederbayern. Ich habe sie jetzt seit drei Jahren nicht mehr gesehen.«

»Wolf, das muss schwer sein. Wo habt ihr gelebt?«

»Wir hatten ein Gut in Ostpreußen in der Nähe von Königsberg. Meine Mutter ist vor den Russen weg, mein älterer Bruder Fritz ist noch in Kriegsgefangenschaft. Aber es gibt gute Nachrichten! Mein Vater Friedrich ist nun auch bei meiner Mutter in Niederbayern gelandet. Als ich aus dem Gefangenenlager kam, wusste ich nicht, wo meine Familie sich aufhielt. Mein Vater hatte mir nur eingeschärft, dass ich mich nach Bayern durchschlagen sollte, weil wir dort einige Verwandte haben. Und in München ergab sich dann gleich die Gelegenheit mit dem Arbeitsangebot. Ich bin wirklich froh, hier zu sein.«

»Aber wie hast du deine Familie ausfindig gemacht?«

»Das lief über den Suchdienst des Roten Kreuzes. Meine Mutter und meine Geschwister waren lange unterwegs, sie hielten sich in mehreren Stationen und Übergangslagern auf. Nun berichtet sie sehr nett über die Verwandten. Offenbar können sie sich auf dem Gutshof nützlich machen, und meine Geschwister können nach den Sommerferien auf das Gymnasium gehen. Erst einmal wollen sie wohl dortbleiben.«

»Hast du denn schon Pläne für die Zukunft?«, fragte Hedi.

Wolf schüttelte den Kopf. »Vor dem Krieg hätte ich meine Zukunft im Regattasport gesehen, und ich habe mich für unsere Pferdezucht interessiert. Jetzt denke ich, dass ich studieren sollte. Ich will auch demnächst einmal nach München fahren und mich an der Universität erkundigen. Aber nun genug von mir, Paula hat gesagt, Sie wollten mich etwas fragen?«

Hedi holte die Fotografie ihres Mannes in Uniform hervor und zeigte sie Wolf. »Das ist mein Mann Berthold. Er wird vermisst, und er war auch im Osten stationiert. Erkennst du ihn?«

Wolf betrachtete die Fotografie lange und kramte in seinen Erinnerungen. Dann legte er das Bild behutsam auf den Tisch.

»Ich bedaure, aber ich habe ihn noch nie gesehen. Wissen Sie, in welcher Einheit er war?«

Hedi schüttelte den Kopf.

»Dann wird es schwer. Der Osten ist groß, und es gibt

viele Wege, sich nach Hause durchzuschlagen. Es sind noch viele Soldaten dort, geben Sie die Hoffnung nicht auf. Schauen Sie, mein Vater ist ja auch wieder da.« Wolf lachte.

Paula hatte sich umgezogen und kam in einem hübschen Sommerkleid auf die Veranda. Sie setzte sich zu den beiden. Hedi schenkte ihr auch ein Glas des leichten Weißweines ein, den sie schon Wolf angeboten hatte. Wolf erzählte, dass er am Vormittag mit Anna gesegelt sei und diese sich nach Dietrich erkundigt habe.

»Die Anna hat gesagt, dass sie Dietrich unheimlich findet. Sie denkt, dass er ihr sogar schon einmal gefolgt ist«, bestätigte Paula.

Hedi zog eine Augenbraue hoch, sagte aber nichts und wartete.

»Dietrich ist mein Freund, und er hat keine Familie mehr«, sagte Wolf. »Alle sind bei einem Bombenangriff in Berlin ums Leben gekommen. Und vielleicht benimmt er sich manchmal etwas ruppig, aber er meint das sicher nicht so.«

»Und du würdest für deinen Freund die Hand ins Feuer legen?« Hedi sah Wolf forschend an.

»Wie gesagt, er ist mein Freund, und ohne ihn wäre ich nicht mehr am Leben. Das ist alles, was ich weiß.«

»Also mich hält Dietrich für eine alberne Gans, aber ansonsten habe ich mit ihm auch nicht viel zu tun. Meistens hilft er Sergeant Reilly beim Boxtraining. Die beiden scheinen sich auch ganz gut zu verstehen, denn sie gehen ganz locker miteinander um. Die neue Nähstube ist ja neben dem Boxkammerl, und die beiden achten sehr darauf, dass die großen Jungs, die bei ihnen trainieren, den Mädchen keine blöden Sprüche an den Kopf werfen.«

Hedi sah die beiden an. Anna sagte so etwas aus gutem Grund, davon war Hedi überzeugt, deshalb appellierte sie: »Es wäre sicher gut, wenn ihr in nächster Zeit verstärkt darauf achtet, dass Anna nicht mit Dietrich allein ist. Vielleicht findet Dietrich ja im Ort ein nettes Mädchen, und dann löst sich das bestimmt alles in Wohlgefallen auf.«

20

Das Wochenende im Clubhaus

Am Ende der Schwimmkurswoche kam Captain Bill überraschend ins GYA. Er hatte für die kleinen Wasserratten
eine Belohnung dabei, die sie erhielten, wenn sie die Ab-
schlussprüfung bestanden. Die bestand darin, den Steg
entlang bis zur Spitze zu schwimmen und wieder zurück
ans Ufer. Die Kinder schafften es alle. Jeder bekam dafür
eine kleine Tafel Schokolade von Captain Bill ausgehän-
digt. Anna hielt das für übertrieben, aber der Captain
meinte nur: »Mit Speck fängt man Mäuse.«

Er gratulierte Dietrich und Anna für ihre gute Arbeit
und wollte, dass sie den Schwimmunterricht an einem
Tag in der Woche fortsetzten, damit die Kinder unter Auf-
sicht üben konnten. Anna verzog das Gesicht. Die Woche
war überstanden, aber sie hatte auch das Gefühl, dass
Paula und Wolf auf sie aufgepasst hatten. Dietrich nahm
die Anweisung in militärischer Gelassenheit an. Es war
wirklich schwer, herauszufinden, was er dachte.

Captain Bill lud Anna und Paula nach Feierabend auf die
Terrasse des Clubhauses auf einen Drink ein. Es war nun

Mitte Juli, und die Sommerferien standen vor der Tür. Paula und Anna wollten Sommerkurse anbieten, damit die Kinder bei der Stange blieben. Paula hatte ein Theaterprojekt vorgeschlagen, dabei sollten die Kostüme von der Nähabteilung angefertigt werden, und Anna wollte mit den Kindern die Kulissen bauen.

Aber Captain Bill fand, dass die Kinder besser draußen sein sollten. So schnell würde sie ihre Idee nicht aufgeben. Man könne ja ein Freilufttheater aufbauen, meinte Paula. Schön wäre es auch, wenn die Kinder einmal eine richtige Theateraufführung zu sehen bekämen und dafür einen Ausflug nach München unternehmen könnten.

Captain Bill hörte aber nur mit einem Ohr zu, sein Interesse am GYA hatte merklich nachgelassen. »Wir machen so weiter wie bisher«, sagte er schließlich gelangweilt. »Paula, du kannst ja eine Theaterklasse an einem Nachmittag machen und mit den Kindern ein paar Sketche schreiben. Aber in der Hauptsache soll in den Ferien Sport und Spiel in der Natur angeboten werden, denn die Kinder brauchen auch Erholung. Und hier direkt am Seeufer können wir mit unserem GYA tolle Angebote machen.«

Wie um Bestätigung heischend sah sich der Captain um und deutete auf das Sommeridyll, das sich vor der Terrasse des Clubhauses aufblätterte: Badende und Boote, die sanft im Wasser schaukelten, Holz und Wasser nah vereint, am Horizont einer der Liniendampfer, der von Herrsching aus Dießen ansteuerte.

Paula und Anna sahen einander verstohlen an, das würden sie später besprechen. Paula hoffte, dass Captain Bills wachsendes Desinteresse am GYA mit der baldigen Zulassung des Segelvereins zusammenhing. Würden die amerikanischen Besatzer den Segelclub demnächst freigeben? Paula hatte schon gehört, dass andere Clubs ihren Status inzwischen zurückerhalten hatten und die früheren Mitglieder ihr Segelleben wieder aufnahmen, was wohl der Grund dafür war, dass immer mehr Segelboote am See zu sehen waren.

Aber es gab auch Clubs, die zur Freizeitgestaltung der Amerikaner beschlagnahmt worden waren und als Recreation Center deklariert wurden. Manchmal gab es dort eine Mitnutzungsmöglichkeit der deutschen Eigner. Captain Bill erzählte den Mädchen, dass sich ab sofort die amerikanischen Soldaten am See erholen wollten und das Gelände künftig zu den Zeiten, in denen die Kinder nicht da waren, zu diesem Zweck genutzt werden würde. Dafür sollte das GYA auch ab und zu samstags geschlossen bleiben, morgen zum ersten Mal.

Jetzt am Wochenende erwartete er eine ganze Anzahl an Kameraden vom Fursty, dem Flugplatz in Fürstenfeldbruck, und vom Office of Military Government aus München. Auch seinem besten Freund wollte er endlich seinen Lieblingsplatz in Bayern zeigen. Deshalb sollten morgen Vormittag noch Boote hergeschleppt werden, unter anderem ein weiterer 45er Nationaler Kreuzer, die *Condor*, die in Dießen bei der früheren Segelschule lag.

»Ich habe die Boote ausgeliehen, sie kommen nur für

das Wochenende zu uns. Ich bringe auch einen besonderen Gast mit, meinen Freund Rick Paisley, der als Militärarzt im Schwabinger General Hospital viele Schichten schiebt«, sagte Captain Bill. »Und dann habe ich noch eine Bitte an euch beide: Könnt ihr am Samstagnachmittag den Adjutanten in der Küche und bei der Bewirtung helfen? Selbstverständlich gegen Extrabezahlung. Mein Fahrer bringt euch abends nach Hause. Ihr würdet mir wirklich aus der Patsche helfen.« Captain Bill blickte sie bittend an.

Anna schüttelte den Kopf. »Das tut mir sehr leid, Captain Bill. Ich hätte wirklich gerne geholfen, aber die Schulschwestern vom Kloster oben haben zum Beerensammeln aufgerufen, und ich habe schon zugesagt, eine Gruppe anzuleiten.«

»Das ist aber schade«, meinte Paula.

»Anna, vielleicht kannst du deinen Ernteeinsatz noch verschieben? Ich bräuchte schon euch beide hier«, bat Captain Bill.

»Das kann ich nicht allein entscheiden«, erwiderte Anna.

Der Adjutant kam und holte Captain Bill ans Telefon. Ein Anruf aus München. Paula nutzte die Gelegenheit, um zu versuchen, Anna umzustimmen. »Schau mal, Anna, du würdest mir wirklich auch einen Gefallen tun. Wenn es morgen gut läuft und Captain Bill gute Laune hat, dann kann ich das Gespräch auf die Vereinszulassung bringen. Mein Vater macht mir schon die Hölle heiß, weil nichts vorwärtsgeht. Er will endlich wieder segeln. Komm,

Anna, du findest doch jemanden, der deinen Erntedienst übernimmt.«

»Ich fände es nicht gut, die Schwestern zu enttäuschen. Aber wenn Captain Bill eine Extra-Lebensmittelspende an die Schulschwestern macht, dann wäre das sicher ein Ausgleich.«

»Soso, ich soll also Lebensmittel spenden? Würdest du deine Bezahlung dafür geben, Anna?«, sagte Captain Bill, der Annas letzte Worte gehört hatte.

Anna nickte. »Das ist doch Ehrensache. Die Kinder und die Schwestern sollen nicht darben. Mehl und Zucker wären gut, das lässt sich lagern.«

Captain Bill hielt ihr die Hand hin, und Anna schlug ein. Daheim würde ihre Mutter zwar schimpfen, aber den Schwestern wäre die Abmachung sicher recht, davon war Anna überzeugt. Ihre Schwester Berta konnte an ihrer Stelle Beeren sammeln, sie war alt genug dafür.

Als Anna und Paula am Samstag um dreizehn Uhr ins GYA kamen, standen auf dem Rasen etliche Jeeps, aber von den Soldaten war nicht viel zu sehen, nur am Steg lagen zwei in Badehosen in der Sonne. Es war wieder ein Sommertag wie aus dem Bilderbuch, eine leichte Brise strich über den See, und kleine Wölkchen tupften den tiefblauen Himmel. Von weiter weg wehten Gitarrenklänge herüber.

Anna und Paula meldeten sich in der Küche und mussten erst einmal Obstkuchen belegen, Sahne schlagen und kleine Kanapees mit Gurken, Käse und geräucherter Forelle fertigen. Dann deckten sie in aller Eile die Tische auf der Terrasse für Kaffee und Kuchen ein, sodass alles einladend und frisch wirkte.

Paula hörte die *Kranich*, bevor sie sie sah, denn Captain Bill, der das Boot segelte, ließ die Segel killen. Das Knattern hätte sie überall erkannt. Besorgt musterte sie das Boot, das Killen war schlecht für die Segel. Da winkte ihr jemand auf der *Kranich* zu. Sie erkannte Wolf, und ein Seufzer der Erleichterung entfuhr ihr. Der Yacht würde nichts passieren.

Bald darauf lagen einige Boote festgemacht, und lässig gekleidete Männer in Leinenhosen und Trikothemden sammelten sich rund um den Steg. Sergeant Reilly war mit Dietrich in einem der Piraten unterwegs gewesen. Heute schien Dietrich gute Laune zu haben, denn er lächelte den Mädchen sogar zu.

Paula und Anna wurden nach wie vor in der Küche gebraucht, es mussten Unmengen an starkem Bohnenkaffee gekocht werden. Ein Stimmengewirr zeugte davon, dass die Männer nun draußen an den Tischen saßen. Die beiden jungen Frauen banden sich, wie vom Captain gewünscht, frische weiße Schürzen um und servierten die Obstkuchen mit viel Sahne und die Kanapees. Der Adjutant rannte unentwegt mit der großen Kaffeekanne hin und her.

Als der erste Soldat »Fräulein, hierher« rief, seine Hand in Richtung von Annas Hinterteil ausholte und er dabei einen Kussmund zog, schritt Captain Bill ein. Er stellte sich neben die beiden Mädchen, bat um Ruhe und rief: »These two young ladies are teachers here. Behave yourself!«

Das Gelächter der Männer verebbte, und eine Weile waren nur das Klappern der Gabeln und das Klirren der Gläser zu hören.

Anna und Paula flitzten zwischen Küche und Terrasse hin und her, bald waren Kuchen und Kanapees aufgegessen, und die Guys forderten nun Sandwiches. Darin hatten die beiden Frauen inzwischen schon Übung, denn für die Kinder bereiteten sie oft noch welche am Nachmittag zu. Sie stapelten die belegten Brote zu einem Turm auf, schön in Dreiecke geschnitten, wie die Amerikaner es mochten. Die Soldaten hatten die Vorratskammer reichlich gefüllt, es gab Corned Beef, Schinken, Käse zum Streichen und am Stück, Thunfisch in Dosen, einige Gläser eingelegter Gurken, fertiges Gurken-Relish und dazu Mayonnaise satt.

Als sie die letzten Sandwiches nach draußen brachten, war gerade eine hitzige Diskussion am Tisch von Captain Bill im Gange. Paula tat sich zwar mit manchem Dialekt ein wenig schwer, aber für das meiste reichten ihre Sprachkenntnisse. Offenbar hatte das Gros der Soldaten kaum Ahnung vom Segeln. Einer erzählte gerade, dass eine ähnliche Yacht wie die *Kranich* erst vor Kurzem am Starnberger See versenkt worden war. Soweit sie es verstand, offenbar mutwillig, weil einer der Soldaten unter dem Einfluss von zu viel Alkohol gelangweilt war und das Boot mitten auf dem See auf die Seite gelegt hatte. Rasend schnell lief es voll Wasser. Nur wenig später war es schon auf den Grund gesunken, die Kameraden konnten zum Glück alle gerettet werden.

Paula durchlief es eiskalt. Alkohol floss jetzt auch hier bei den Soldaten in Strömen, die inzwischen von Kaffee auf Bier und Wein umgestiegen waren. Die Gesichter wurden röter und das Lachen dreckiger. Bei Sergeant Reilly stand eine Schnapsflasche, die verdächtig nach Eigenproduktion aussah. Einige Stamperl Willi, wie der klare Schnaps aus Williams-Christ-Birnen kurz genannt wurde, hatten Dietrich, Wolf und der Sergeant wohl schon getrunken, so glasig, wie sie blickten.

Paula signalisierte Wolf mit den Händen Time-out. Sie hoffte inständig, dass er verstand, dass er besser mit Dietrich nach Hause ging, bevor es noch zu einer Schlägerei kam. Und tatsächlich, als Paula wieder aus der Küche kam, waren Dietrich und Wolf weg. Sie sah, dass die beiden sich Richtung Ausgang bewegten, Wolf hielt dabei die Flasche in der einen Hand und zog mit der anderen seinen Freund weiter.

Da kam Anna zu Paula gelaufen und machte ein ganz bestürztes Gesicht. »Was ist los? Ist etwas passiert?«, fragte Paula.

»Du musst schnell an Captain Bills Tisch gehen und hören, was die Soldaten sagen. Sie planen irgendetwas mit der *Kranich*!«

Paula eilte zum Tisch und stellte sich so auf, dass sie die Stimmen gut hören konnte, die Männer sie aber nicht wahrnahmen. Der eine, ein rotgesichtiger mit dem gleichen Akzent wie Sergeant Reilly, sagte gerade, dass die

Yacht viel zu schade sei, um mit den Kindern hier auf dem See zu schaukeln. Es stünden einige Regatten auf mehreren Seen an, da wäre das Boot für eine Crew aus München bestens geeignet. Er bekam für seine Rede viel Zuspruch.

Captain Bill fand Gefallen an dem Vorschlag eines anderen GIs, dass er die Yacht als Kriegsbeute am Ende seiner Dienstzeit in Bayern mit nach Übersee nehmen sollte.

Paula stand da wie erstarrt. In ihrem Innern tobte es, aber sie war nicht imstande, mit der Faust auf den Tisch zu hauen und laut Nein zu brüllen. Sie merkte, dass sie angerempelt wurde, und die altbekannte Dunkelheit bemächtigte sich ihrer nach und nach. Die Soldaten konnten doch nicht einfach die *Kranich* wegholen und sie dann wie das Starnberger Schiff im Suff versenken! Sie sah nur noch verschwommen und merkte, dass Anna neben ihr sein musste und noch jemand anderes. Dann verließ sie die Kraft.

Anna packte Paula am Arm, um sie ins Haus zu ziehen. Ein Soldat, der offenbar noch nicht so viel getrunken hatte, unterstützte sie plötzlich auf Paulas anderer Seite und musterte sie genau. Als ihrer Freundin die Füße wegrutschten, hob er sie kurzerhand hoch, und Anna zeigte ihm, wohin er Paula tragen konnte. Es war wirklich wie verhext, denn ihre Freundin bekam nun schon zum dritten Mal einen ihrer Anfälle, und diesen jetzt auch noch auf der Terrasse des Clubhauses! Jedes Mal war es dabei um die *Kranich* gegangen, die Paula über alles liebte und über die sie wachte, als wäre sie ein Teil von ihr.

Anna sah, dass der Mann, der neben Paula saß, ihr Handgelenk hielt und auf seine Uhr schaute, er maß offenbar ihren Puls. Das musste der Freund vom Captain sein, der Arzt. Sachlich fragte er: »Hat deine Freundin das öfter?«

»Ja, aber das ist nichts Schlimmes. Wenn man sie ein bisschen in Ruhe lässt, dann geht es ihr bald wieder gut.«

Der Mann nickte nur und sprach beruhigend auf Paula ein. Aber es schien nicht zu helfen.

»Ich habe ihr schon öfter beigestanden. Lassen Sie mich das machen«, schlug Anna vor.

»In Ordnung«, sagte der Mann und stand auf. Er sah sich suchend um, ging dann rasch nach oben und kam mit seiner Arzttasche wieder. Er nahm eine Flasche mit einer Flüssigkeit heraus und wies Anna an, einen Löffel mit etwas Zucker zu holen.

»Das sind Topfen zur Beruhigung«, sagte er, als sie wieder da war, und flößte Paula den Löffelinhalt ein. Tatsächlich schienen die Tropfen sofort zu wirken, denn Paula fing an zu husten, schlug die Augen auf und fragte mit rauer Stimme: »Wer sind Sie? Und was ist passiert?«

Der Soldat stellte sich als Arzt Rick Paisley vor und meinte, sie habe gerade eine ausgewachsene Angstattacke gehabt. Anna starrte auf das Fläschchen: »Was sind das für Tropfen?«

»Das ist ein Beruhigungsmittel, wirkt etwas dämpfend.«

Paula fühlte sich seltsam schummrig, und schlecht wurde ihr auch, das würde sie nicht noch mal nehmen.

Anna brachte ihr eine kalte Cola, aber Paula wollte auch nichts trinken.

»Am besten bringst du deiner Freundin ein Glas kaltes Leitungswasser«, meinte Paisley. »Ich schau mal, ob ich einen Fahrer auftreiben kann. Das Beste ist, wenn wir euch nach Hause fahren.«

»Aber wir müssen doch noch aufräumen und das Geschirr spülen«, wandte Anna ein.

»Das können wir Jungs auch ganz gut selbst erledigen«, meinte der Arzt augenzwinkernd. »Deine Freundin braucht Ruhe, so eine Angstattacke ist sehr anstrengend für den Körper. Sie muss sich ausschlafen, und morgen wird es ihr wieder besser gehen.« Damit erhob er sich.

Anna achtete darauf, dass Paula das kalte Wasser in kleinen Schlucken trank, da kam Paisley auch schon mit Captain Bill zurück. »Anna, ihr seid für heute fertig. Mein Freund Rick fährt euch nach Hause«, ordnete er an. »Könnt ihr morgen Abend noch mal kommen, um aufzuräumen?«

»Ja«, sagte Anna und zog sich gleich die weiße Schürze aus.

Der Arzt hakte Paula unter, setzte sie ins Auto, und bald waren sie beim Landhaus der Seitzingers angekommen. Irmchen kam im Nachthemd aus dem Haus gelaufen und stand bewundernd vor dem Jeep.

»Hello«, begrüßte sie den Mann, während Paula ausstieg.

Jetzt kam auch Hedi heran und blickte besorgt auf ihre blasse Nichte.

»Sie braucht nur ein bisschen Ruhe, das war heute doch zu viel Trubel«, erklärte Anna.

»So, und nun zu dir, Anna. Wohin soll es gehen?« Dass Anna zu Fuß nach Hause ging, lehnte der Arzt ab. Als sie losbrausten, kam Anna eine Idee.

»Mr Paisley, wirkt das Mittel auch, wenn jemand panische Angst vor dem Wasser hat?«

»Captain Paisley, please! Zur Vorbeugung kann man es auch nehmen, allerdings nur zwei Tropfen. Das ist doch nicht für dich?«

»Nein, es wäre für einen guten Freund. Er ist Jude und hat Schlimmes erlebt.«

Mehr musste sie nicht erklären. Zum Abschied drückte er ihr das Fläschchen in die Hand. »Aber bitte sparsam verwenden. Das ist ein starkes Mittel.«

Glücklich schloss Anna die Finger darum. Nun wusste sie, wie sie Eli helfen konnte.

21

Alles nur Gerüchte?

Anna schlief wenig in dieser Nacht. Immer wieder kreisten ihre Gedanken um das Gehörte. Wenn sie doch nur besser Englisch verstehen könnte! In der Theorie war sie schon ganz gut, aber wenn die Männer so schnell und teilweise im Dialekt sprachen, fand sie es schwierig, der Unterhaltung zu folgen. Sie vermutete stark, dass die Soldaten ein Auge auf die *Kranich* geworfen hatten. Kein Wunder, galt sie doch als eine der schönsten Segelyachten am Ammersee. Es waren zwar inzwischen wieder einige Boote im Einsatz, die meisten waren allerdings noch nicht wieder so gepflegt restauriert worden wie die *Kranich*.

Die *Condor*, die sich Captain Bill ausgeliehen hatte, sah schon wieder ganz manierlich aus, aber dieser 45er Nationale Kreuzer war ein kürzeres Schiff als die *Kranich* und noch gaffelgetakelt, nahezu im Originalzustand aus den 1920er-Jahren. Sie erinnerte sich, dass die Segel der *Condor* ein ziemliches Flickwerk mit einigen deutlich erkennbaren Ausbesserungen waren. Soweit sie wusste, existierte in der früheren Segelschule, die die *Condor* bei sich liegen hatte, auch schon wieder ein kleiner Schulbetrieb. Anna wusste nicht, wer dort das Sagen hatte, denn der frühere Eigentümer galt seit dem Krieg als vermisst.

Sie hatte die Segelschule lange gemieden, weil sie zu Kriegszeiten eine KdF-Organisation und den Großkopferten vorbehalten war, wie ihr Vater zu sagen pflegte und dabei missbilligend den Kopf schüttelte. Er war zwar in die NSDAP eingetreten, als es nicht mehr anders ging, aber wenn niemand zuhörte, hatte ihr Vater sich deutlich über die Gesinnung der Braunhemden ausgelassen. Nach dem Krieg war er entlastet worden, auch aufgrund einiger Persilscheine, die Zeugen an die Entnazifizierungsbehörde geschickt hatten. Ohne diese Entlastung hätte Anna bestimmt nicht mit Paula bei den Amerikanern arbeiten dürfen.

Endlich hatte sie eine beste Freundin, und es gefiel ihr, dass die Kinder diese anhimmelten. Paula war als Lehrerin wirklich ein Naturtalent, während es Anna mehr zu den Booten zog. Dass es Paula heute so schlecht gegangen war, hatte Anna einen gehörigen Schrecken versetzt. Sie war davon ausgegangen, dass ihre Freundin diese Angstattacken überwunden hatte. Paula konnte sich nie erinnern, was diese Zustände bei ihr auslösten. Jedenfalls hatte sie Anna nichts dazu sagen können, nur dass sie sich besser und stabiler fühlte, seit sie sich am See aufhielt.

Das Gefühl hatte sie wohl getrogen, aber der Freund des Captains hatte ihr geholfen. Er war ein bisschen älter als Captain Bill und hatte keine Uniform getragen, dafür aber ein lässiges weißes Leinenhemd und weite dunkle

Leinenhosen. Das kleine Fläschchen, das sie von ihm bekommen hatte, hatte Anna gleich in ihrem Geheimversteck verstaut, unter einer losen Diele in ihrem Zimmer. Wenn es nicht anders ging, würde sie es Eli anbieten. Anna hoffte aber, dass Eli seine Angst vor Wasser aus sich selbst heraus überwinden konnte. Jedenfalls würde sie Paula erst einmal nicht erzählen, dass sie das Fläschchen von dem amerikanischen Arzt bekommen hatte.

Anna beschloss, heute etwas früher ins Landhaus Seitzinger zu gehen, so konnte sie den üblichen Sonntagsnachmittagskaffee mit ihren Eltern und Verwandten, die sie regelmäßig fragten, wann sie endlich einen Verlobten vorzeigte, umgehen. Gleichzeitig interessierte es sie brennend, wie Paula die Nacht überstanden hatte und was sie genau gehört hatte. Anna hatte noch die Worte *overseas, requisition* und *sailing boat* im Ohr. Wenn die Amerikaner die *Kranich* wegbringen würden, wäre das für Paula furchtbar. Für ihre Freundin war die *Kranich* nicht nur ein Gebilde aus Holz und Tuch, sondern wie ein Familienmitglied, über das Paula als Kranichfrau wachen musste, seit ihre Tante Hedi den Segelclub nicht mehr hatte betreten dürfen.

Nachdem Anna mit ihrer Mutter und den Geschwistern die Sonntagsmesse besucht hatte, behielt sie den guten dunkelblauen Sonntagsrock und die aparte rote Bluse gleich an und spazierte nach dem Mittagessen am See entlang zum Landhaus.

Am Bahnhof türmten sich Dampfwolken, der Zug aus Augsburg war angekommen! Die Sonntagsgäste stiegen aus und machten sich auf, in Dießen in den Seeanlagen und in der Fischerei zu flanieren, manche wollten auch in den See springen und sich abkühlen. Badezug nannten die Augsburger die Verbindung an den Ammersee.

Auch am Dampferanleger qualmte es, und der Schaufelraddampfer *Diessen* setzte mit lautem dreimaligen Tuten zurück und fuhr ab. Anna ließ sich in der Seeanlage auf einer der Bänke nieder und sah dem bunten Treiben zu. Hier quengelte ein kleines Mädchen, weil es getragen werden wollte, dort flirteten zwei junge Frauen mit ihren Begleitern. Dazwischen Städter, die von der Überfahrt noch ein bisschen blass um die Nase waren und erst einmal Luft schnappen mussten.

Anna schlenderte weiter und kam bald darauf beim Landhaus an. Paula lag im Schatten auf einer Decke und schien zu dösen, neben ihr schlief Irmchen, alle viere von sich gestreckt. Hedi winkte Anna von der Veranda aus zu sich und bedeutete ihr, mit ihr ins Haus zu gehen, um die beiden nicht zu wecken.

»Rosalie schläft in ihrem Bett, die Pohlkes unternehmen einen Ausflug, und ich halte hier Wache«, berichtete Hedi. Sie holte einen Krug Limonade aus der Küche und schenkte Anna ein großes Glas ein. »Was war denn gestern los, Anna?«, fragte sie.

»Hat Paula nichts erzählt? Sie hatte wieder einen ihrer komischen Zustände, und der Freund von Captain Bill hat uns heimgefahren.«

»So, der Freund von Captain Bill. Er ist Arzt, richtig?«

»Ja, er heißt Captain Rick Paisley und arbeitet in München im amerikanischen Militärkrankenhaus. Er war sehr nett zu uns und hat sich gleich um Paula gekümmert. Hat sie irgendetwas erzählt?«

»Sie hat die ganze Zeit gemurmelt: Die *Kranich* darf nicht weggenommen werden. Sie war gar nicht zu beruhigen.«

Also doch! Anna seufzte. »Es wäre möglich, dass das passiert. Die Soldaten haben etwas davon gesagt, dass sie die *Kranich* an einen anderen See bringen wollen oder sogar nach Amerika, wenn ich das richtig verstanden habe. Sie meinen, für das Segeln mit den Kindern sei die Yacht zu schade«, erklärte sie.

Hedi ballte die Fäuste. »Das wäre sehr schlimm. Aber die *Kranich* ist über zehn Meter lang, und nach den Bestimmungen dürfen die Besatzer sie deshalb beschlagnahmen und darüber bestimmen. Was hat denn Captain Bill dazu gesagt? Er hat doch die *Kranich* extra für sich herrichten lassen.«

»Mein Englisch ist leider nicht so gut, Hedi. Ich hatte gehofft, dass Paula mehr verstanden hat. Aber sie ist so weiß wie eine Wand gewesen und wurde ganz starr, als sie mitbekommen hat, um was es geht. Kannst du da nichts machen? Auf dich hört der Captain vielleicht.«

Hedi stand auf und sagte: »Jetzt muss erst einmal Paula wieder auf die Beine kommen.«

»Meinst du, sie kann heute mit zum Aufräumen in

den Club kommen? Wir sollen nachher dorthin, weil wir gestern so überstürzt aufbrechen mussten.«

Hedi schüttelte den Kopf, und in dem Moment nahm die Mittagsruhe ein jähes Ende, denn nun war Irmchen aufgewacht und kam laut singend zu ihnen ins Haus gerannt. Sie redete sofort auf Anna ein und erzählte ihr von den Tieren und den Blumen, die sie heute schon gesehen hatte. Hedi ging rasch in die Küche und kochte einen starken Kaffee. Anna deckte mit Irmchen den Gartentisch, und pünktlich zum Anschnitt des Sonntagskuchens war auch Rosalie aufgewacht, die sich mit verschlafenem Gesicht an Hedis Bein klammerte. Auch Paula setzte sich, wirkte aber immer noch fahrig und blass. Irmchen plapperte munter weiter und unterhielt alle.

Wenn Anna allein zum Club gehen musste, dann müsste sie bald aufbrechen, denn dort wartete sicher viel Arbeit auf sie. Aber sie hatte ihre Freundin unterschätzt. Paula dachte nicht daran, heute zu kneifen und Anna im Stich zu lassen. Hedi runzelte die Stirn. »Dann begleiten wir euch und nehmen dich wieder mit nach Hause, wenn du dich schwindlig fühlst.«

Paula widersprach nicht, die Verstärkung schien ihr ganz recht zu sein. Anna hatte allerdings noch einen anderen Verdacht, ihr war nicht entgangen, wie Captain Paisley Hedi einen bewundernden Blick zugeworfen hatte. Offenbar war auch Hedi interessiert, und Anna fand das vernünftig. Wer wusste schon, ob Hedis Mann Berthold noch lebte und wann er zurückkommen würde?

Paula sprach nicht über die *Kranich*, und Anna hielt es für klüger, abzuwarten, bis Paula das Thema von selbst anschnitt. Kurz darauf brachen die drei Frauen mit den beiden Mädchen auf, Hedi hatte ein Badehandtuch und Wechselkleidung für Irmchen und Rosalie eingepackt.

Es dauerte nicht lang, da wollte Rosalie getragen werden, und Irmchen forderte »Engelchen flieg!«, worauf Rosalie dann natürlich auch fliegen wollte. Also ging Hedi in der Mitte und fasste die Kinder links und rechts an der Hand. Paula und Anna gingen jeweils außen, und abwechselnd ließen sie ein Kind fliegen. Das Jauchzen von Irmchen brachte selbst Paula zum Lächeln. Dann wollte Irmchen lieber Blumen pflücken, und Paula half ihr, einen kleinen Strauß zusammenzustellen.

Bald kamen sie beim Yachtclub an. Anna sah, dass schon einige der Jeeps wieder abgefahren waren, aber der von Captain Bill stand noch neben dem Bootshaus. Die *Kranich* war noch unterwegs, am Steg lagen nur zwei der Piraten. Paula zögerte kurz, schnaufte noch mal tief durch und ging in Richtung Clubhaus. Hedi blieb am Tor stehen, aber Irmchen riss sich los und rannte zielstrebig in Richtung Wasser. Anna konnte sie noch einfangen, aber Irmchen war kaum zu bändigen. Als sie sie auf den Arm nehmen wollte, um sie wieder zu Hedi zu bringen, schrie Irmchen wie am Spieß. Hedi blieb immer noch am Tor stehen, und Anna wusste nicht, was sie machen sollte. Da kam Paula mit zwei Eiswaffeln aus dem Clubhaus und lockte Irmchen wieder zu Hedi und Rosalie.

Sergeant Reilly trat auf die Terrasse und erklärte Paula und Anna, dass die meisten Soldaten wieder abgereist waren, aber der Captain und sein Freund mit Wolf noch eine Runde segelten. Die Terrasse wirkte ordentlich, in der Küche allerdings stapelte sich der Abwasch. Paula spülte, und Anna trocknete ab, und nach zwei Stunden Arbeit blitzte die Küche wieder und roch fein nach Zitrone und Soda. Der Wind war inzwischen eingeschlafen, und die Segelboote würden eine Weile brauchen, bis sie wieder am Steg anlegen konnten. Paula wirkte müde, deshalb schlug Anna vor, noch ein bisschen am See spazieren zu gehen und sich auf eine Bank zu setzen.

»Warum betritt Hedi den Yachtclub eigentlich nicht mehr? Captain Bill hätte doch nichts dagegen, wenn sie ihn fragen würde«, wollte Anna wissen, die die Situation beschäftigte.

»Da musst du Hedi selbst fragen, aber sie will erst wieder herkommen, wenn die Besatzer weg sind und wir über den Yachtclub selbst bestimmen dürfen.« Plötzlich schluchzte Paula auf. »Und das kann ich immer besser nachvollziehen. Wir bauen den Club auf, und dann kommen die Amerikaner oder die Franzosen und dürfen sich alles nehmen, was sie möchten. Der Krieg ist doch schon zwei Jahre vorbei, wie lange soll das noch so gehen?«

»Aber es wird sich doch etwas ändern. Du hast doch auch von der Rede gehört, die der amerikanische Außenminister Marshall kürzlich gehalten hat. Mein Vater sagt, dass sich mit diesem amerikanischen Hilfsprogramm für Europa vieles verbessern wird.«

»Das haben wir im Landhaus auch schon diskutiert. Hedi wertet es als einen Silberstreif am Horizont, der ihr Mut macht. Ich habe auch gehört, dass es eine neue Währung geben soll. Aber zuallererst steht die Zukunft der *Kranich* auf dem Spiel.«

»Hast du von dem Gespräch etwas mitbekommen?«

»Ich erinnere mich, dass die *Kranich* verschleppt werden soll, und dann wurde alles ganz schwarz. Wir müssen unbedingt mehr rausfinden.«

»Gute Idee, Paula. Vielleicht war das Ganze ja nur so ein launiges Dahergerede wie am Stammtisch von meinem Vater.«

»Dein Wort in Gottes Ohr, Anna. Komm, wir gehen zurück ins Landhaus. Ich habe Irmchen versprochen, dass ich ihr heute noch eine Gänseblümchenkette mache.«

Im Landhaus schlug Hedi vor, im Garten bei dem herrlichen Wetter ein Picknick mit Schnittlauchbroten zu veranstalten, und lud Anna zum Bleiben ein. Irmchen fragte Anna und Paula nach dem Yachtclub aus und erkundigte sich nach den Booten. »Erzähl mir von der *Kranich*«, bettelte sie Hedi an.

Als sich alle gestärkt hatten, begann Hedi mit ihrer Geschichte: »Alles fing damit an, dass dein Großvater Ernst zu einem Geschäftspartner nach Holland reiste und dabei dessen ganz reizende Tochter kennenlernte und sich in sie verliebte. Das war deine Großmutter Maxima. Sie war eine geborene de Jong, und die Familie stammte von Seefahrern ab. Maxima liebte das Wasser und den Wind, aber sie liebte auch ihren Schatz und heiratete Ernst. Er versprach ihr, dass sie weiterhin segeln durfte.

Die beiden befreundeten sich mit Mechthild und Gernot, deinen anderen Großeltern. Mechthild war eine Freifrau, eine geborene von Perbruck, und sie teilte mit Maxima die Leidenschaft für das Segeln. Aber viele Clubs akzeptierten Frauen als aktive Seglerinnen nicht, und sie hatten mit Vorbehalten zu kämpfen. Deshalb taten sich deine Großeltern zusammen und wollten mit weiteren Freunden einen eigenen Segelclub gründen, in dem alle segeln durften.

Unter den Freunden befand sich ein Künstlerehepaar, das hier in der Nähe ein Stück Land gekauft hatte und in der Sommerfrische am See malen wollte. Und als die Seewiesen zum Kauf angeboten wurden, erwarben deine Großeltern das Grundstück, und der *Yachtclub Ammersee* wurde gegründet. Das war 1905, also vor zweiundvierzig Jahren, da war ich noch gar nicht auf der Welt. Aber eure Tante Edith war schon geboren, genauso wie euer Onkel Johann, den damals alle Hansi nannten.

Anfangs bauten sie nur ein Bootshaus, das untere. Fünf Jahre später kam das obere Bootshaus dazu, und bald darauf bauten sie das zweistöckige Clubhaus mit Terrasse und mit Zimmern im ersten Stock und unter dem Dach, damit die Familien auch über Nacht am Ammersee bleiben konnten. Das wurde Ernst und Maxima aber bald zu eng, und sie kauften dieses Landhaus hier als Sommerfrische für die Familie. Am Anfang steuerte jede Familie ein Segelboot bei. Weil Maxima ihren Mann so sehr liebte, schenkte sie ihm 1920 den 45er Nationalen Kreuzer, der in der Bootswerft Rambeck am Starnberger See gebaut wurde und den sie aus ihrem ansehnlichen Erbe bezahlte. Maxima taufte die Yacht auf den Namen *Kranich*, das bedeutet Glück.

Die *Kranich* wurde das Flaggschiff des Yachtclubs und am liebsten von den Frauen der Familien Seitzinger und Schäfer gesegelt, die deshalb die Kranichfrauen genannt wurden. Maxima hatte noch Verbesserungsvorschläge für das Schiff, die umgesetzt wurden, und sie ließ auch einen Klappmast einbauen.«

»Was ist denn ein Klappmast?«, wollte Irmchen wissen.

»Der Mast ist der lange Baum, an dem die Segel festgemacht werden«, erklärte Hedi.

»Und den kann man einfach umklappen?«, staunte die Kleine.

»Ganz so einfach ist es nicht, aber das Manöver ist sogar auf See möglich. Denn in Holland, dem Heimatland von Maxima, gibt es viele Brücken, und wenn ein Segelboot darunter durchfahren will, muss man den Mast abkippen und anschließend wieder aufrichten.«

»Wenn ich groß bin, werde ich auch eine Kranichfrau«, sagte Irmchen ganz ernsthaft. Hedi mustert die Kleine und lächelte.

»Warum bist du eigentlich keine Kranichfrau mehr?«, wollte Irmchen nun wissen, und Hedis Blick verdüsterte sich.

22

Sorge um die *Kranich*

Für die Kinder begannen bald die großen Ferien, sechs lange Wochen bis zum ersten September. Sie erhielten am Donnerstag ihre Zeugnisse, und für den ersten Ferientag am Freitag, den 18. Juli, planten Paula und Anna eine kleine Feier für die Kinder mit Sackhüpfen, Eierlauf und Dosenwerfen sowie ein Wettschwimmen der Anfänger und Fortgeschrittenen.

Wolf war gleich Feuer und Flamme für diese Idee, Dietrich hingegen zog verächtlich die Mundwinkel nach unten. Bei Sergeant Reilly handelten sie eine Extraverpflegung für die Kinder heraus, und er organisierte sogar einen amerikanischen Koch vom Penzinger Fliegerhorst, der wieder Hotdogs servieren würde. Als Preise für die Gewinnerinnen und Gewinner hatte Reilly zudem Kaugummis und Schokolade besorgt. Essen war zwar im Sommer, wenn es viel zu ernten gab, nicht so knapp wie im Winter, aber die meisten Kinder waren immer noch spindeldürr.

Paula hatte sich nach ihrem Aussetzer am Wochenende voll auf den Ferien-Spieletag konzentriert, aber die letzte Attacke hatte sie sehr mitgenommen, und sie musste immer wieder Pausen einlegen. Anna beschloss, Nachforschungen anzustellen, was genau mit der *Kranich* passieren sollte. Sie hoffte sehr, dass die Verschleppung der Yacht sich als bloßes Gerede entpuppen würde.

Als Erstes suchte sie das Gespräch mit Wolf, der ja mit Captain Bill am Wochenende gesegelt war. »Wie kommt Captain Bill eigentlich mit der *Kranich* zurecht?«, fragte sie ihn, als sie am Steg gemeinsam die Boote kontrollierten.

»Der Captain scheint ein guter Segler zu sein, aber der Ammersee mit seinen Fallwinden ist kein einfaches Revier.«

»Segelt er gerne mit der *Kranich*?«

»Schwer zu sagen, ich kann nur vermuten, dass er vielleicht lieber einen Drachen oder ein L-Boot hätte.«

»Hat der Captain eigentlich etwas gesagt, was die Zukunft des GYA angeht?«

Jetzt wandte Wolf sich Anna zu. Er war offensichtlich überrascht und musterte sie mit einem Anflug von Misstrauen: »Warum fragst du das alles? Gibt es da etwas, was ich wissen sollte?«

»Neulich kam mir Captain Bill seltsam desinteressiert vor. Er wollte auch gar keine besonderen Ferienkurse mehr anbieten, obwohl er das am Anfang geplant hatte. Vielleicht ist hier auch bald Schluss, und der Club wird wieder freigegeben?«

»Soweit ich weiß, sind Verhandlungen im Gange, und ob das GYA dann noch weiter bestehen wird, das müssen wir abwarten. Ich bin jedenfalls nur für diesen Sommer engagiert«, antwortete Wolf und prüfte ein zweites Mal, ob die *Amsel* auch richtig festgemacht war.

Anna nickte. Paula und sie waren auch nur bis zum September eingeplant, dann würde es schnell zu kühl werden, um die Kinder im Bootshaus zu unterrichten. Nur das Clubhaus hatte Öfen, aber dort residierten ja die Soldaten.

Sie dachte nach. Wenn Captain Bill hier die Zelte abbrach, würde er dann die *Kranich* mitnehmen? Es gab auch größere Einrichtungen an den anderen Seen und in den Bergen, die Recreation Centers, damit sich die amerikanischen Besatzungssoldaten entspannen konnten. Oder wollte der Captain statt der *Kranich* Boote, die einfacher zu segeln waren, für die Kinder?

Wolf räusperte sich. »Es gibt da eine Neuigkeit, die eigentlich noch gar nicht bekannt werden soll. Ich werde Captain Bill bei der Organisation einer großen Regatta hier am See helfen. Sie soll Ende August stattfinden, und dort will der Captain mit mir und Sergeant Reilly auf der *Kranich* starten. Aber sag es nicht Paula! Ich glaube, sie wird enttäuscht sein, dass sie nicht als Mitglied der *Kranich*-Crew vorgesehen ist.« Wolf musterte sie eindringlich.

Annas Gedanken rasten. Eine Regatta! Paula und sie könnten als eigenes Team teilnehmen. Die *Amsel* war das schnellste der Piratenboote. »Trag Paula und mich schon mal mit der *Amsel* ein. Ich werde ihr nichts sagen, das kannst du gerne selbst übernehmen.«

»Denkst du, der Captain lässt euch mitmachen?«,

fragte Wolf skeptisch. Doch Zweifel daran ließ Anna gar nicht erst aufkommen. Die Regatta würde ihnen einen Aufschub bis Ende August gewähren, bis sie wussten, was sie in Sachen *Kranich* unternehmen würden, falls die Yacht wirklich verschleppt werden sollte. Sie musste mit Captain Bill direkt sprechen oder notfalls mit Sergeant Reilly, aber es war schwierig, ihn ohne Dietrich zu fassen zu bekommen.

Am Dienstagabend stand ein Auto in der Einfahrt des Landhauses Seitzinger. Als Paula es erspähte, lief sie rascher, das war der Wagen ihres Vaters Johann! Sie winkte Anna kurz zum Abschied und sauste zur Veranda, auf der ihr Vater mit aufgerollten Hemdsärmeln bei Hedi saß und ein Bier trank. Das Jackett des hellen Leinenanzugs hatte er abgelegt, es herrschte eine drückende Schwüle. Richtung Alpen grollte schon ein Sommergewitter. Paulas Vater stand auf und nahm sie in den Arm. »Schön, dich zu sehen, mein Kind. Geht es dir gut?«

Paula warf einen Blick auf Hedi, um herauszufinden, ob sie dem Vater etwas über ihren schweren Anfall verraten hatte, doch Hedi schüttelte kaum merklich den Kopf. »Alles ganz wunderbar, lieber Vater«, sagte Paula deshalb. »Schön, dass du mich einmal besuchen kommst.«

»Nun, eigentlich bin ich auch wegen Hedi hier. Wir haben eine Liste aufgestellt mit den Personen, die den Verein führen sollen, und sie vorab bei der Militärregierung prüfen lassen. Es gibt nun ein kleines Problem, denn jeder, der als Mitläufer eingestuft wurde, muss extra genehmigt werden. Und da im Vorstand Geschäftsleute sitzen, fangen die Schwierigkeiten an. Bisher bin ich als Vorsitzender, dein Bruder Ernst als zweiter Vorsitzender und der Egon als Kassenwart dabei. Aber wir benötigen aus der Familie Schäfer jemanden, und da kommst du ins Spiel, Hedi. Du bist unbelastet, und dich würden die Herren als Schriftführer akzeptieren.«

»Obwohl ich eine Frau bin.« Hedi lächelte bitter.

»Weil du eine Schäfer bist und als Seglerin sehr anerkannt. Schließlich besitzt du eine beachtliche Trophäensammlung. Ich würde mich für dich einsetzen.«

»Ernst übernimmt doch bereits ein Amt, und Paula kann als Jugendleiterin fungieren«, wandte Hedi ein.

»Das geht nicht, weil Paula noch nicht volljährig ist.«

»Und was ist mit Edith?«

Johann schüttelte nur den Kopf und schwieg.

»Klar, sie war auch Mitglied der NSDAP, und mein Vater Gernot auch«, stellte Hedi fest.

Paula machte große Augen. »Das war mir gar nicht so klar, dass ihr alle in der Partei wart. Aber warum denn, wenn ihr doch eigentlich alle gegen die Nazis wart?«

»Davon verstehst du nichts, Kind. Wir hätten unser Geschäft zusperren müssen und wären alle auf der Straße gestanden.«

Paula zitterte, diese Diskussion war zu viel für sie. Dennoch wollte sie mehr wissen.

»Wir haben unser Möglichstes getan, um zu helfen. Ich bin letztes Jahr offiziell entlastet worden, und Ernst durch die Jugendamnestie vom August 1946. Und jetzt

Schluss mit dieser Debatte, das regt dich zu sehr auf.« Johann Seitzinger hatte seine Tochter genau beobachtet und reichte ihr jetzt ein Glas Wasser.

»Paula, es waren andere Zeiten«, mischte sich nun auch Hedi ein. »Du kannst froh sein, dass du nicht zum BDM antreten musstest. Das haben dir deine Eltern ersparen können. Mein Berthold musste in den Krieg ziehen, obwohl er alles daran immer gehasst hat. Aber er wäre ansonsten sofort als Kriegsdienstverweigerer erschossen worden.«

»So, und jetzt beruhigen wir uns alle. Stoßen wir lieber darauf an, dass wir unseren Segelclub bald wieder zurückbekommen.« Johann goss den beiden Frauen einen Schluck Sekt ein, den er schon auf der Anrichte in einen Kühler gestellt hatte.

»Hedi, auf dein Amt als Schriftführerin!«

»Moment noch, Johann, ich habe noch nicht Ja gesagt. Du weißt, dass ich dem Segeln abgeschworen habe, und jetzt verlangst du so etwas von mir!«

»Das ist doch nur pro forma. Du musst nur unterschreiben, die Protokolle führe ich für dich, wenn du es nicht möchtest. Wir treffen uns erst einmal nicht im Club, sondern in München. Du kannst mir aber auch eine Vollmacht schreiben, das genügt für die Wahl. Wir müssen wenigstens vier eigene Vorstandsleute haben, sonst funktioniert unser Vorhaben nicht. Technischer Vorstand wird Carlo, mit dem habe ich schon geredet. Und wenn die Amerikaner weg sind, richtet der Carlo die *Mechthild* und den Kutter wieder her.«

Hedi nickte. »Also gut. Wenn du nicht verlangst, dass ich den Segelclub betrete, kannst du mich eintragen.«

»Bravo! Dann werden wir bald unsere Zulassung zurückbekommen«, freute sich Johann und hob sein Glas. Hedi war nicht wohl bei dieser Entscheidung, aber schließlich konnte sie ihrem Schwager, der sie in seinem Landhaus wohnen ließ und die Gehälter der Pohlkes übernahm, wie so manch andere Rechnung, diese Bitte kaum abschlagen. Dass er sie als Frau auswählte, zeigte ja nur die Not, die er hatte.

Paula war nach oben gelaufen und hatte sich mit Kopfschmerzen entschuldigt. Nachher würde sie noch nach ihr schauen, aber jetzt musste Hedi erst einmal die Kinder, die bei Frau Pohlke in der Küche gewesen waren, zu Bett bringen. Sie hatte sich mit Johann noch über die Weltlage unterhalten und natürlich auch darüber, ob er etwas über Bertholds Verbleib hatte herausfinden können, was nicht der Fall war. Johann glaubte ebenfalls, dass nur eine neue Währung verbunden mit Lockerungen, was die heimische Produktion anging, den Aufschwung bringen könnte. Aber nach und nach übernähmen wieder die alten Seilschaften Ämter, ergänzte er mit gedämpfter Stimme. Und es erstaunte sie beide, wie manche durch die Entnazifizierung gekommen waren. Nach einer halben Stunde war Johann noch eben zu Paula hochgegangen und hatte sich dann verabschiedet.

Hedi war nicht in die NSDAP eingetreten, wunderte sich aber insgeheim über Paulas Naivität, denn Paula hatte schließlich von den Beziehungen ihrer Eltern zu den Machthabern profitiert und war nicht als Erntehelferin oder Kindermädchen aufs Land geschickt worden, sondern als Ladenhilfe unabkömmlich gewesen. Und jetzt stand Paula die Zukunft offen, sie hatte das Abitur und eine gute Bildung genossen trotz der Umstände.

Wenn sie da an Anna dachte, sah das schon ganz anders aus. Deren Familie kam gerade so über die Runden, und sie hatte keine Chance erhalten, eine höhere Schule zu besuchen. Annas Aussichten schienen nicht gerade rosig, doch in den letzten Wochen war das Mädchen aufgeblüht und immer selbstbewusster geworden. Auch Paula hatte einiges an Stärke dazugewonnen.

Die Gerüchte um die *Kranich* hielt Hedi für zu vage, um mit ihrem Schwager darüber zu sprechen. Aber vielleicht konnte Johann durch die Neuerteilung des Vereinsstatus bewirken, dass die Boote wieder in das Vermögen des Yachtclubs zurückkamen. Hedi allerdings musste sich die ganze Sache mit dem Segeln ein für alle Mal aus dem Kopf schlagen, sie hatte zwei Kinder zu ernähren und zu erziehen, für solche Sperenzchen hatte sie keine Zeit. Im Moment zählte für sie, dass Berthold zurückkam und sie wieder eine Familie wurden.

Als die Mädchen eingeschlafen waren, holte Hedi sich die Zeitungen, die Johann ihr aus der Stadt mitgebracht hatte, und begann, alles gründlich zu studieren. Vielleicht fand sich irgendwo ein Hinweis auf ihren Mann.

Am Freitag hatte Anna Gewissheit. Die *Kranich* sollte

nach der großen Regatta vom Ammersee fortgebracht werden. Sergeant Reilly hatte ihr mit stolzgeschwellter Brust von weiteren Regatten berichtet, an denen er und Captain Bill auf dem Chiemsee teilnehmen wollten. Und wenn er den Transport genehmigt bekäme, würde der Captain die *Kranich* als Kriegsbeute mit in seine Heimat Maryland nehmen. Das wäre eine große Ehre für die Yacht, meinte der Sergeant.

Anna hatte Mühe, ihre Fassung zu wahren. Ein Gedanke fuhr ihr immer wieder durch den Kopf: Das wäre das Ende der Freundschaft mit Paula. Paula würde sofort nach München abreisen, denn dieser Verlust wäre für sie kaum zu ertragen, da war sich Anna sicher, und wahrscheinlich würde Paula sich vom See abwenden und den Verlust mit ihrer Person verknüpfen.

Anna konnte Paula nicht einfach die Wahrheit sagen, aber verschweigen konnte sie sie auch nicht. Also beschloss sie, Paula in einem ungestörten Moment zunächst einmal nur von den Regatten am Chiemsee zu erzählen.

Der erste Ferientag im GYA wurde ein voller Erfolg. Die Atmosphäre war ausgelassen und heiter, alle Kinder hatten das Schuljahr bestanden, und manche Eltern, die extra für die Feier zum GYA gekommen waren, dankten Paula und Anna für ihre Unterstützung und ihre Geduld. Einige Kinder hatten etwas für ihre Betreuerinnen und Betreuer gebastelt oder gemalt, und sogar der mürrische Dietrich bekam kleine Geschenke.

Sergeant Reilly war sehr zufrieden und gab Anna und

Paula jeweils ein Pfund Kaffee als Extrabezahlung mit. Dietrich und Wolf wollten mit den Mädchen abends noch was trinken, doch Anna ging lieber nach Hause, um Zeit mit ihren Geschwistern zu verbringen. Eli würde nicht da sein, denn am Freitagabend begann mit dem Sonnenuntergang der Sabbat, den Eli normalerweise im Kibbuz verbrachte. Weil dafür einiges vorzubereiten war, hörte er freitags meistens schon am Nachmittag mit der Arbeit auf und kam erst am Montag in der Früh wieder. Sie hatte Eli jetzt schon die ganze Woche nicht allein getroffen, und Anna spürte eine Art Sehnsucht, wenn sie an ihn dachte.

Elis Kuss ging ihr nach, sie vermisste seine kluge Gesellschaft. Allerdings wurden seine Abreisepläne immer konkreter, weshalb sein Schwimmunterricht weitergehen sollte. Das löste in Anna zwiespältige Gefühle aus, denn einerseits wollte sie ihm helfen, seinen Weg zu gehen, aber anderseits führte dieser Weg auch weg von ihr. Aber ihr Versprechen, zu helfen, wog schwerer, deshalb kam es für sie nicht infrage, einen Rückzieher zu machen.

Wolf begleitete Paula und Anna an diesem Abend auf dem Nachhauseweg. Dietrich musste in die andere Richtung, er hatte in Riederau ein Zimmer gemietet. Anna fühlte sich neben Paula und Wolf wie das fünfte Rad am Wagen, denn die beiden unterhielten sich über einen französischen Schriftsteller, einen Émile Zola, von dem Anna kaum mehr kannte als den Namen.

Als sie am Landhaus ankamen und Wolf sich verabschiedet hatte, verabredete sich Anna mit ihr zu einer

Fahrradtour am nächsten Tag – das GYA war an diesem Samstag wieder geschlossen –, denn ihre Mutter hatte sich einen Drahtesel zugelegt, und im Landhaus Seitzinger gab es auch einen. Sie musste unbedingt allein und ungestört mit Paula über die *Kranich* reden.

Mit Brotzeit und Badesachen im Gepäck holte Paula Anna um zwei Uhr ab. Sie wollten mit den Fahrrädern auf die andere Seeseite radeln, baden gehen und picknicken. Anna hatte auch ein bisschen Geld von ihrer Mutter zugesteckt bekommen, falls sie unterwegs eine Panne hatten oder in ein Ausflugslokal einkehren wollten. Paula trug heute kurze Hosen, die knapp über dem Knie endeten, die waren für das Fahren auf dem Herrenrad der Seitzingers deutlich praktischer als ein Rock.

Auch Anna trug Hosen, allerdings reichten diese bis zur Wade. Etwas außerhalb von Dießen hielten sie an, und Anna krempelte ihre Hosenbeine auf, denn das Thermometer zeigte schon fast dreißig Grad. Als sie in Aidenried ankamen, verlangte Paula lauthals nach einer Badepause, es war zum Fahrradfahren einfach zu heiß. In einer der kiesigen Buchten breiteten sie ihre Handtücher aus und hüpften schnell ins Wasser, um sich abzukühlen. Als sie danach in der Sonne lagen, schaute Anna sich um. Perfekt! Die Luft war rein. Sie rutschte näher an ihre Freundin heran und begann zu erzählen, was sie von Sergeant Reilly erfahren hatte. »Es besteht die Gefahr, dass die *Kranich* von den Amerikanern als Kriegsbeute beschlagnahmt wird«, berichtete sie.

Paula sagte erst einmal nichts dazu, aber Anna sah, wie sich Tränen in ihren Augen sammelten.

Dann richtete sich Paula auf. »Hiermit verkünde ich, Paula Seitzinger, dass ich die *Kranich* retten werde!«

»Und ich, Anna Sonnberger, werde dir dabei helfen!«, versprach Anna feierlich. »Hast du schon eine Idee?«, konnte sie sich dann doch nicht verkneifen, zu fragen.

»Wir werden die *Kranich* so verstecken, dass die Amerikaner sie nicht finden«, sagte Paula so ernst, dass Anna eine Gänsehaut bekam. So würden sie es machen!

23

Die Unterwasser-Methode

In der ersten Ferienwoche war der Andrang im GYA nicht besonders groß. Paula und Anna nutzten daher die Gelegenheit, um täglich mit der *Ernestine* die Gegend zu erkunden. Sie suchten das Ufer nach Stellen ab, wo man eine Kielyacht möglichst ungesehen an Land bringen konnte. Paula meinte auch, ein Heuschober sei als Versteck sehr gut geeignet. Sie konnte sich nicht vorstellen, dass die Amerikaner die Gegend nach einem verschwundenen Boot absuchen würden.

Auf der anderen Seeseite in Aidenried entdeckten sie schließlich eine Slipanlage, die frei zugänglich war. Hier könnten sie die *Kranich* an Land ziehen. Allerdings brauchten sie dann noch einen Hänger, einen Traktor und eben besagte Scheune.

Letztere fanden sie am wenig genutzten Südende des Ammersees, das für die Landwirtschaft wegen des feuchten morastigen Bodens nur schlecht geeignet war. Sie wurde, nach der Menge der Spinnweben zu urteilen, seit Jahren nicht genutzt, auch das Dach war an drei Stellen undicht, und die Wände bröckelten. Altes Heu lag auch noch herum, und es roch modrig.

Anna konnte einen Traktor fahren, das hatte sie bei ihren Verwandten, die einen Hof betrieben, schon als Zehnjährige gelernt. Aber es war nicht so einfach, sich unbemerkt einen auszuleihen, Benzin zu bekommen, und den passenden Bootshänger mussten sie praktisch auch stehlen. Anna glaubte, dass Carlo ihnen sicher helfen würde, aber Paula war sich da nicht so sicher. Schließlich war Carlo ein Geschäftsmann, auch wenn er sich lässig gab. Anna nahm sich vor, sich trotzdem bei Carlo umzuschauen.

Am Freitag reiste Paula schon am Nachmittag nach München, dort stand eine Gartenparty bei den Claasens an und zudem noch eine Matinee am Sonntag. Captain Bill hatte ihr den Nachmittag und den Samstag freigegeben. Diesmal fuhr Paula mit dem Dampfer nach Herrsching. Sie stand an der Reling und betrachtete aufmerksam die Uferlinie. Am Südufer gab es mehrere Buchten, in einer davon war früher ein Café betrieben worden. Von den Walderdbeertörtchen, die in dem Ausflugslokal serviert worden waren, schwärmte ihre Tante Hedi heute noch. Eine Leuchtspurrakete hatte das Haus getroffen und zerstört. Ob es je wieder eröffnet wurde, wusste niemand.

In Herrsching musste Paula sich beeilen, um den Zug nach Pasing zu bekommen. Dort am Bahnhof würde sie der Chauffeur der Familie abholen. Mit ihr fuhren einige

Ausflügler, die den schönen Sommertag am See verbracht hatten, wieder in die Stadt zurück.

Daheim in der Villa ihrer Eltern wurde sie schon von ihrer Mutter erwartet. Ihr Vater war bei einem Geschäftsessen, und ihr Bruder Ernst hatte eine Verabredung mit einer jungen Dame aus gutem Haus, wie ihre Mutter mit Genugtuung feststellte.

»Ich erwarte, dass du deine Bekanntschaft mit dem jungen Ferdinand Claasen bei der Gartenparty vertiefst. Seine Mutter hat mir berichtet, dass er sich nach dir erkundigt hat. Und ich glaube, ihr habt euch sehr gut verstanden. Deshalb werden wir uns bei der Party von unserer besten Seite zeigen«, betonte ihre Mutter. »Ich habe im Modeatelier Barbara morgen um zehn Uhr einen Termin vereinbart. Dort wird der letzte Chic aus Paris geführt, danach hast du einen Termin bei meinem Coiffeur, schließlich kannst du nicht wie ein Naturkind bei den Claasens auftauchen. Du weißt doch, wie wichtig das alles für uns ist.« Den letzten Satz unterstrich sie mit einem tiefen Seufzen.

»Aber, Mutter, das ist doch gar nicht nötig und auch viel zu teuer. Der Ferdi ist schon ein Netter, aber mehr auch nicht.«

»Mehr ist auch nicht nötig! Ich diskutiere das nicht mit dir, Paula, wir haben eine Vereinbarung, und dazu gehört, sich angemessen zu präsentieren. Wenn du bei Hedi auf dem Land verwilderst, dann wirst du deinen Aufenthalt wohl vorzeitig abbrechen müssen«, antwortete ihre Mutter mit schriller Stimme. Paula lagen schon passende

Widerworte auf der Zunge, sie beherrschte sich aber im letzten Moment. Sie hatte eine Mission, und dazu musste sie vor Ort am Ammersee bleiben.

»Also gut, liebe Mutter, dann machen wir es so, wie du möchtest«, sagte sie stattdessen und empfahl sich. Eigentlich hatte sie am nächsten Vormittag an der Universität vorbeigehen wollen, um sich die Aushänge mit den Informationen zur Einschreibung anzuschauen. Das musste sie dann eben auf ihren nächsten Besuch verschieben, oder sie bat ihren Bruder Ernst, für sie Erkundigungen einzuziehen.

Oben in ihrem Zimmer lag auf dem Schreibtisch eine Broschüre von einer privaten Fremdsprachenschule, die ab Oktober neue Kurse startete. Schreibmaschine, Steno, Büroorganisation und die Sprachen Englisch und Französisch wurden hier angeboten. Nach zwei Jahren konnte sie den Abschluss als Fremdsprachenkorrespondentin erreichen. *Danach steht den Absolventinnen die ganze Welt offen*, warb die Schule und zeigte die Abbildung einer jungen Dame, die mit Block und Bleistift in der einen und einem Kaffeegedeck in der anderen Hand neben dem gewaltigen Schreibtisch ihres Chefs stand und dabei diensteifrig in die Kamera lächelte.

Paula stöhnte! Offenbar wollte ihre Mutter sie mit Nachdruck zur Heirat bewegen. Mit ihrem einundzwanzigsten Geburtstag wurde sie volljährig, das bedeutete, dass sie noch ein gutes halbes Jahr die Zustimmung ihrer Eltern benötigte, um sich an der Universität einzuschreiben. Nein, eigentlich reicht die Unterschrift von Vater aus, dachte Paula und lächelte in sich hinein. Sie würde ihre Mutter in Sicherheit wiegen, aber mit ihrem Vater musste sie verhandeln. Er würde sich noch wundern, wozu sie imstande war!

In dieser Nacht ließen die ungewohnten Geräusche der Stadt sie nur schwer in den Schlaf finden. Immer wieder kreisten ihre Gedanken um die *Kranich*. Wie könnten sie es schaffen, das Boot unbemerkt wegzubringen und sicher zu verstecken? Paula dachte an ihr Gespräch mit Ferdi. Er wusste sehr gut über Boote Bescheid. Ob sie ihn unauffällig ausfragen konnte?

Am nächsten Morgen frühstückte Paula vor ihrer Mutter, die meistens etwas später aufstand, und biss herzhaft in die Semmel, die noch warm aus der Backstube gekommen war. Dazu gab es selbst gemachte Erdbeer- und Kirschmarmelade, ein weiches Ei und echten Kaffee mit viel Milch. Sie aß mit gutem Appetit, dann zog sie einen bunten Sommerrock und ein ärmelloses Oberteil an, das am Nacken gebunden wurde. Sie betrachtete ihre dichte Mähne, die ihr bis weit über die Schulter reichte und unter der sie oft schwitzte. Schon seit geraumer Zeit liebäugelte sie mit einem Kurzhaarschnitt. Vielleicht erlaubte es ihre Mutter beim heutigen Friseurbesuch. Für den Moment fasste sie die Haare zu einem Pferdeschwanz zusammen.

Sie las im Esszimmer die Zeitung, als ihre Mutter, wie immer nach Veilchen duftend, hereinkam. Sie trug heute ein durchgeknöpftes dunkelblaues Sommerkleid, einen

Kasack mit einem angesetzten Faltenrock im unteren Bereich. Die Taille betonte ein schmaler Gürtel.

»Paula, wir gehen heute nicht zum Strand. Bitte wähle eine Bluse mit Ärmeln.«

»Aber Mama, das Thermometer ist jetzt schon bei sechsundzwanzig Grad.«

»Meine rote Bluse, die letztes Jahr für dich geändert wurde, passt hervorragend zu dem Rock«, meinte ihre Mutter nur und nippte an ihrem Milchkaffee.

Es blieb Paula nichts anderes übrig, als das luftige Top gegen die kratzige Bluse zu tauschen. Dann fuhren sie mit der Tram in Richtung Innenstadt. In einer Seitenstraße befand sich die Modeboutique, und die Inhaberin Barbara begrüßte Edith freudig, dann wandte sie sich an Paula: »Und da ist ja das hübsche Fräulein Tochter! Ihre Mutter hat schon viel von Ihnen erzählt.«

Sie bat sie, in der kleinen Sitzecke Platz zu nehmen, und holte zwei Modelle. Eines war in Silber und Schwarz gehalten und das andere cremefarben mit schwarzen Punkten und einem tiefen V-Ausschnitt hinten und vorne und weich fallendem Rock. Paula probierte auf Geheiß ihrer Mutter das cremefarbene Kleid an, das aus einem leichten Seidenstoff geschneidert war und ihrer Figur schmeichelte. Es fühlte sich toll an, und sie drehte sich vergnügt vor ihrer Mutter und Barbara. Eine Verkäuferin packte das Kleid in einen großen Karton, und weiter ging es zum Coiffeur. Edith bekam die Haare gewaschen und aufgedreht, während Paula noch die Schnittzeichnungen studierte. Hoffnungsvoll zeigte sie dem Maestro einen

Bubikopf auf Kinnlänge, aber ihre Mutter schüttelte den Kopf. In einem Tonfall, der keinen Widerspruch duldete, sagte sie:»Nur die Spitzen und dann schön hochstecken.«

Paula kam sich vor wie eine Puppe und wagte einzuwenden, dass eine Kurzhaarfrisur um einiges moderner wirkte. Aber Edith ließ sich nicht erweichen, eine Braut trug schließlich lange Haare, die kunstvoll aufgesteckt werden konnten. Im September schneid ich sie ab, schwor sich Paula im Stillen. Ihre Zukunft würde sie mit einer angemessenen Frisur beginnen.

Zur Gartenparty kamen auch ihr Vater Johann und ihr Bruder Ernst mit, die beide helle Leinenanzüge trugen. Paula sorgte in ihrem neuen Kleid für Furore und galt als Hingucker des Abends, selbst ihr Bruder machte ihr ein Kompliment. Seine neue Flamme würde auch mit ihren Eltern auf der Party erscheinen. Man kannte sich in diesen Kreisen.

Paula genoss die Aufmerksamkeit der Herren, und der Junior der Gastgeber, Ferdi, wich kaum von ihrer Seite. Galant holte er ihr ein Glas kühlen Roséwein und erkundigte sich nach ihrer Arbeit im GYA. Er hörte ihr interessiert zu, während Paula das Gespräch auf Segelboote lenkte. Ob Ferdi denn schon von den jüngsten Beschlagnahmungen gehört habe?

Ferdi zog sie in eine stille Ecke. »Weißt du, Paula, wir besitzen tatsächlich eine schöne Familienyacht, die wir gerne bei den Regatten segeln. Wir konnten ein Ausschlachten zu Kriegszeiten verhindern, aber als sich abzeichnete, dass Besatzer kommen, haben wir das Boot versteckt.«

Paula hörte gespannt zu, versuchte aber, sich ihre Aufregung nicht anhören zu lassen. »Wie habt ihr das Boot versteckt? Es ist doch so viel geplündert worden?«

»Ganz einfach. Wir haben ein großes Waldgrundstück südlich vom Starnberger See, in diesem Wald befindet sich ein Weiher. Ich habe die Yacht dort versenkt, und wenn die Luft wieder rein ist, dann holen wir sie wieder an Land.«

»Aber wie bist du vorgegangen? Hast du einfach mit der Axt ein Loch hineingehauen?«

»Viel eleganter. Ich habe mit einem großen Holzbohrer ein Loch in den Rumpf gebohrt. Das lässt sich gut mit einem Pfropfen verschließen, und so kann das Schiff leichter wieder hochgeholt werden.«

Paula ließ sich das Gesagte durch den Kopf gehen. Schadete es den Holzbooten denn nicht arg, wenn sie eine Weile im Wasser lagen?

»Komm doch mal zu uns an den Starnberger See in den Club, dann können wir beide mal rausfahren«, lud Ferdi sie jetzt ein.

»Schöne Idee! Aber ich bin noch bis in den September hinein im GYA beschäftigt, danach habe ich mehr freie Zeit zur Verfügung. Die Oktobertage können ja auch noch ganz schön werden.«

Ferdi schaute ihr tief in die Augen. »Du gefällst mir, Paula. Du bist so wunderschön!«

Dann rückte er näher und drückte seine Lippen auf die ihren. Paula ließ ihn gewähren, dachte aber die ganze Zeit darüber nach, wie sie den Mann auf Abstand bringen konnte. Da ertönte Musik, Paula stand abrupt auf und rief: »Komm, lass uns tanzen!«

Die Claasens hatten eine Combo engagiert, die Schlager nachspielte, als Tanzfläche diente die Terrasse. Ferdi entpuppte sich als schwungvoller Tänzer, einziges Manko waren seine schwitzigen Hände. Aber als er bei der Interpretation von *Goodbye Johnny* eine Hand auf ihren Po legte, schob Paula sie weg. »Ich brauche eine Pause«, sagte sie.

Ferdis Berührung fühlte sich nicht richtig an, sie hatte etwas Mechanisches an sich. Wenn sie da an Wolf dachte, seine warme Energie und sein freundliches Wesen, und wie ihre Haut sich danach sehnte, von ihm berührt zu werden – wie viel lieber sie jetzt mit ihm tanzen würde! Sie gesellte sich zu ihren Eltern, aber ihre Mutter meinte, dass Paula sich heute mal so richtig amüsieren sollte, und zwinkerte ihr vielsagend zu. Von dieser Seite war also keine Hilfe zu erwarten.

Sie holte sich ein Glas Wasser, und bald war Ferdi wieder zur Stelle und wollte noch einmal mit ihr tanzen. Laut sang er bei den Capri-Fischern mit und sah sie dabei sehnsüchtig an. Paula blieb stumm. Der Spaß war ihr vergangen, aber pflichtschuldig absolvierte sie mit ihm noch eine Runde.

An einem der Tische hatten sich die jüngeren Gäste niedergelassen, auch ihr Bruder saß dort. Paula setzte sich mit Ferdi dazu, der ein Glas Wein nach dem anderen in sich hineinschüttete, und flüsterte Ernst zu, dass sie gerne nach Hause wollte. Er war sofort einverstanden. Da seine Freundin doch nicht gekommen war, hatte er keine Lust mehr, noch länger auf der Party herumzusitzen. Nach einer langen Runde der Verabschiedungen eisten sie sich endlich los, allerdings hatte Ernst keineswegs vor, sofort nach Hause zu gehen.

Er kenne da noch eine Bar, da werde flottere Musik gespielt und nicht so olle Schlager, meinte er. Es handelte sich um eine überwiegend von amerikanischen Soldaten besuchte Kneipe, in die Ernst sie nun schleppte. Keine brillante Idee, wie Paula schon am Eingang feststellte. Es herrschte ein deutlicher Männerüberschuss, und sie wurde von oben bis unten gemustert. Ernst trank rasch einen Whiskey und brachte sie tatsächlich nach Hause, als sie ihm sagte, sie fühle sich nicht wohl. Im Hauseingang küsste er sie auf ihr Haar. »Schlaf gut, meine Kleine, ich dreh noch eine Runde.«

Tatsächlich fühlte sich Paula so, also ob sie den Anschluss verpasst hätte. Während sie bei Hedi mit den Kindern lebte und quasi mit den Hühnern ins Bett ging, tobte in der Stadt das Leben. Sie war auf dem besten Wege, eine langweilige Landpomeranze zu werden.

Die Vorstellung gefällt mir, erkannte sie und musste lächeln.

In dieser Nacht träumte sie von Wolf. Anders als Ferdi hatte er noch nicht versucht, sie zu küssen oder an verbotenen Stellen zu berühren. Gut, er flirtete mit ihr, aber das tat er auch mit Anna. Vielleicht hatte Wolf mehr Gefühle für Anna, und sie war gar nicht sein Typ? Paula wusste, dass die Familie von Birkenstein alles verloren hatte und mehr oder weniger geduldet bei Verwandten in Niederbayern wohnte. Es war noch unklar, wo Wolf in Zukunft leben würde. Bei seiner Familie in Niederbayern? Oder zog es ihn wieder an die Küste? Als Heiratskandidaten konnte sie Wolf ihren Eltern unmöglich präsentieren, das war Paula klar. Sie erschrak bei diesem Gedanken. Wollte sie überhaupt heiraten und dafür ihren Plan, zu studieren und zu unterrichten, aufgeben?

Es war eine himmelschreiende Ungerechtigkeit, dass Frauen kaum eigene Entscheidungen treffen durften und immer von Männern abhängig waren. Erst von den Vätern, dann von den Ehemännern. Paula schob die düsteren Gedanken beiseite. Wichtig war jetzt die Rettung der *Kranich*! Sosehr Paula auch die Schuld fühlte, die sie auf sich laden würde, sie war fest entschlossen. Die *Kranich* sollte nicht Teil der Kriegsbeute werden, nur damit die Amerikaner sie mutwillig zerstören konnten. Und genau das würde passieren, da war sich Paula sicher.

Die Yacht musste respektvoll gesegelt werden, was sie gerade noch Wolf zutraute – nicht Captain Bill und schon gar nicht Sergeant Reilly. Die *Kranich* war schließlich kein Boxsack, sondern eine schnelle Rennyacht. Offenbar fanden die Kerle es spaßig, ein Boot zu versenken. Sie hatte das protzende Lachen der Soldaten noch im Ohr.

Nach dem Frühstück und noch bevor ihre Eltern aufgestanden waren, verließ Paula das Haus und hinterließ einen Zettel, dass sie dringend im Landhaus gebraucht werde. Sie hoffte, dass diese kleine Notlüge nicht auffliegen würde. Aber sie brannte darauf, die Idee mit dem Unterwasserversteck mit Anna zu besprechen.

24

Unter Beobachtung

Während Paula am Samstagabend die Gartenparty besuchte, lag Anna im Badeanzug an ihrem Geheimplatz am Südende des Ammersees dösend zum Trocknen in der Sonne, sie war gerade eine große Runde in dem türkisblau leuchtenden See geschwommen. Nun wartete sie auf Eli, der ihr signalisiert hatte, er sei nun bereit, einen erneuten Versuch in Sachen Schwimmunterricht zu unternehmen.

Ein Schatten fiel auf sie, sie öffnete die Augen, und vor ihr stand Eli. Er war pünktlich, trotz Sabbat, und hatte sowohl Annas Badehose als auch die Schwimmweste von Hedis Mann dabei. Weil Anna kaum freie Zeit hatte, hatte Eli heute eine Ausnahme von der Sabbatruhe gemacht und sich davongeschlichen, erklärte er Anna.

Rasch zog er die Badehose an, wobei er Deckung hinter einem Baum suchte. Anna half ihm in die Schwimmweste und zog die Bänder fest, damit sie stramm saß, wenn sie nass wurde. Sie ließ Eli vorgehen, ein paar Schritte ins Wasser waren schon möglich, aber alles in Eli verkrampfte sich, und Anna beobachtete, wie er die Schultern fast bis zu den Ohren hochzog. Sie stellte sich ihm gegenüber ins Wasser und nahm seine Hände in ihre.

»Schließ die Augen und atme mit mir.«

Eli rang mit sich. Ein Auge ging zu, das andere nur halb.

»Schließ die Augen und atme mit mir. Einatmen und ausatmen. Einatmen und ausatmen. Spüre deinen sicheren Stand am Ufer, das weiche Wasser, das deine Knöchel umspielt.«

»Ich spüre dich«, flüsterte Eli und drückte fest ihre Hände.

Anna nahm die Verbindung ebenfalls wahr, ein heißer Impuls fuhr durch ihre Hände, kroch weiter in den Körper. »Jetzt konzentriere dich auf deinen Atem. Einatmen und ausatmen, und noch mal.«

Endlich schloss Eli beide Augen, und langsam entspannten sich sein Gesicht und seine Schultern.

Anna zog an seinen Händen und bewegte sich einen Schritt Richtung Wasser. »Augen geschlossen halten. Lass dich führen!«

Jetzt standen sie schon bis zu den Knien im Wasser. Anna atmete mit Eli, und dann ging es noch einen kleinen Schritt hinein. Als das Wasser Anna schon bis zu den Oberschenkeln reichte, zog Eli Anna fest an sich. Die dicke Schwimmweste drückte sich an Annas Oberkörper, und ihre Nasenspitzen berührten sich. Die heiße Spannung in Annas Körper stieg, bis sie es nicht mehr aushielt und einen abrupten Schritt zur Seite machte. Sie brachte Eli ins Schwanken, und beide landeten im Wasser. Eli schrie, doch die Schwimmweste zog ihn nach oben. Anna richtete sich eilig auf, um zu helfen, und legte die Hände an seinen Kopf. Eli strampelte auf dem Rücken liegend, gehalten von der Schwimmweste, panisch mit Armen und Beinen.

»Einfach ruhig im Wasser liegen, ich bin da. Dein Körper wird gehalten von der Schwimmweste. Ganz ruhig liegen und atmen.«

Sie atmete Eli laut vor, dessen Arme und Beine langsam aufhörten zu zappeln. Jetzt lag er ruhiger im Wasser, die Hände ausgebreitet, die Beine fast gestreckt. Anna ließ ihn einige Minuten treiben, bis er ganz entspannt wirkte.

»Spürst du, wie das Wasser dich trägt? Wie es dich kitzelt und dein Freund sein will?«

Eli ließ nur ein Brummen hören.

»Gut, Eli, bereit für den ersten Schwimmstil? Wir beginnen mit Rückenschwimmen.«

»Dann los. Was soll ich machen?«

»Spann deine Körpermitte an, mach dich fest, und deinen Kopf hältst du gerade in der Verlängerung der Wirbelsäule.« Anna spürte, wie Eli den Kopf hob, zog ihre Hände weg und stellte sich nun seitlich zu Eli. Sie pikste ihn unterhalb der Schwimmweste in den Bauch, um die Muskelspannung zu prüfen. »Fester. Spann an.« Als Anna zufrieden war, ließ sie ihn die Beine auf und ab bewegen. Langsam trieb Eli im Wasser. Das klappte schon ganz gut!

»Und nun die Beine still halten und die Arme mitnehmen, im Wasser nach oben kreisen. Schau mal, so kommst du auch vorwärts.« Sie zeigte ihm eine Rückwärtskraulbewegung. Eli machte es nach, erst noch unbeholfen, dann langsam geschickter. Anna nickte aufmunternd. »Wenn du Arme und Beine kombinierst, schwimmst du richtig schnell. Aber die wichtigste Übung ist, dich in Rückenlage im Wasser treiben zu lassen und die Körperspannung einzusetzen. So kannst du zu Kräften kommen und überlegen. Wir können das nachher ohne die Schwimmweste üben.«

Eli paddelte immer weiter auf den See hinaus. Anna schwamm neben ihn und zog ihn herum, sodass es wieder Richtung Ufer ging. Bis er mit der Schwimmweste über die Steine am Grund scheuerte, schwamm er. Dann richtete Eli sich auf, grinste, schaufelte Wasser und begann, Anna anzuspritzen. Eine Salve Seewasser landete in ihrem Gesicht, und sie prustete. Als sie wieder Luft bekam, startete Anna ihrerseits eine Attacke, und bald lagen sie wieder im Wasser am seichten Ufer.

Eli strich über ihren Rücken, immer weiter nach unten in verbotene Gebiete. Trotz des kühlen Wassers wurde Anna schnell heiß. Sie stand abrupt auf, zog Eli hoch und fing an zu lachen.

»Was ist denn los?«

»Mit der Schwimmweste als Abstandshalter siehst du wirklich komisch aus.«

Eli sah an sich hinunter und lachte auch. Er öffnete die Schnallen und warf die Schwimmweste mit Schwung an Land. Dann standen Eli und Anna im Wasser, eng aneinandergepresst. Anna konnte Elis Männlichkeit spüren, die nun gegen ihren Körper drückte. Er forderte einen Kuss, und zwar einen richtigen. Seine Zunge erforschte ihren Mund, während seine Hände sich auf ihrem Körper bewegten und frecher wurden.

Bald hatte er den Badeanzug ein Stück heruntergeschoben und konzentrierte sich auf Annas Brüste. Sie stöhnte auf. In ihr loderte es. Einerseits wollte sie, dass Eli aufhörte, andererseits hätte sie sich am liebsten den Badeanzug heruntergerissen, sich Elis Liebkosungen hingegeben und auch ihrerseits seinen Körper erkundet.

Da hörten sie Stimmen. Offenbar kam jemand genau auf sie zu. Anna schob Eli weg und zupfte rasch ihren Badeanzug zurecht, während Eli in die Hocke ging, um seine verräterische Schwellung zu verbergen. Anna watete an Land und schlang sich ihr kleines Handtuch um, da stand auf einmal Dietrich vor ihr. »Hab ich dich erwischt!«, schrie er sie an. »Machst hier mit dem da rum, während du mir die prüde Jungfrau vorspielst! So ist das also!«

Anna bekam Angst. Dietrich sah wütend aus, und er war ein kräftiger Mann. Sie sah nur einen Ausweg und rannte ins Wasser. Eli, der im Wasser geblieben war, stellte sich schützend vor sie. Die Stimmen, die sie gehört hatten, kamen näher. Das irritierte auch Dietrich, der nicht nachsetzte, sondern am Ufer stehen blieb und noch eine Warnung ausstieß. »Ich beobachte dich, Anna! Du kannst nirgends sicher sein!«

Da tauchten die Gesichter ihrer Geschwister auf, der kleine Emil vorneweg, dann Berta und am Schluss Berni, der einen Ast in der Hand hielt und grimmig schaute.

Aber Dietrich war verschwunden, von einer Sekunde auf die andere. Sie hätte fast angenommen, dass sie sich den unschönen Auftritt von Dietrich eingebildet hatte, aber Berni rief gleich: »Ist der böse Mann weg?«

Berta drehte sich um, ließ ihren Blick schweifen und bestätigte das schließlich. Emil streckte sein Kinn vor und sagte stolz: »Wir haben ihn verscheucht, ihr könnt wieder rauskommen.«

Anna ging zu ihren Geschwistern und strich Emil übers Haar, dann zog sie sich eilig an. Auch Eli schnappte sich seine Hose und sein Hemd und schlüpfte schnell in die trockenen Sachen. Die Haare standen wirr von seinem Kopf ab. Berni bot Anna und Eli etwas zu trinken an. Er wickelte aus einem Taschentuch ein paar Kirschen und aus einem anderen ein paar Himbeeren aus und bot seine Schätze an. Sie setzten sich ans Ufer. Anna genoss die Süße der Himbeeren und die säuerlichen Kirschen. Die Kirschkerne spuckten sie in den See. Berta schaffte es am weitesten, und sie grinste stolz.

»Was macht ihr eigentlich hier?«, fragte Anna.

»Wir sollten dich suchen. Die Mutter will mit dir zu den Meiers rüber, da wird heute gefeiert, und du sollst mit«, sagte Berta.

»Weil der Beni doch im richtigen Alter wäre«, setzte Berni altklug nach.

Anna lächelte, während Eli erstarrte. »Du solltest deine Mutter nicht warten lassen, und ich muss auch zurück in den Kibbuz«, presste er heraus.

»Eli, ich will nichts von dem Meier Beni, den kenn ich

schon, seit wir ganz klein sind. Und ich hab ihn da schon nicht besonders mögen«, flüsterte sie ihm darauf ins Ohr.

Laut sagte sie: »Dann gehen wir zurück. Und den Eli haben wir nur zufällig getroffen, ist das klar?« Anna schaute streng in die Runde.

Ihre drei Geschwister nickten brav. »Ist doch Ehrensache! Wir wissen ja, dass der Eli schwimmen lernen muss, sonst kommt er nicht über das Meer nach Pälestinensien«, sagte Berni.

»Nach Palästina, du Dumm...«, verbesserte Berta. Sie hörte mitten im Wort auf, weil Anna streng den Kopf schüttelte.

Dass sie auf diese Feier musste, war Anna gar nicht recht. Anscheinend sollte nicht nur Paula an den Mann gebracht werden.

Am Sonntag wollte sie sich nach dem Mittagessen noch mal mit Eli treffen, doch nach dem gestrigen Auftritt von Dietrich kam die alte Stelle nicht mehr infrage. Zuschauer konnten sie aber auch nicht brauchen. Anna kannte noch eine kleine, schwer zugängliche Bucht in Richtung St. Alban. Immer wieder drehten sie sich um, um zu schauen, ob Dietrich in der Nähe war, und versteckten sich zwischendurch neben dem Weg im Gebüsch. Aber außer den Sonntagsausflüglern war niemand unterwegs. Rasch schlüpften sie ins Schilf und erreichten schließlich die Bucht. Trotz aller Vorsicht war Anna nicht wohl, und auch Eli wirkte bedrückt. Sie versuchten, ganz leise zu sein, und Eli schaffte es, sich ins flache Wasser zu legen und sich treiben zu lassen, auch ohne Schwimmweste. Aber die Unbeschwertheit war dahin. Anna drängte auf einen baldigen Rückweg, sie sollte zum Kaffee wieder zu Hause sein. Abends wollte sie Paula vom Dampfersteg abholen, sie musste unbedingt mit ihr reden.

Der Dampfer *Augsburg* kam pünktlich angeschnauft, aber Anna traf die strahlende Paula schon in der Seeanlage. »Grüß dich, Anna. Schön, dass wir uns treffen! Ich habe extra eine frühere Verbindung genommen, denn ich muss dir unbedingt etwas erzählen! Aber du warst am Nachmittag nicht daheim, und deshalb habe ich gehofft, dass du mich abholen kommst.«

Anna umarmte Paula zur Begrüßung. »Ich muss dir auch etwas erzählen!«

»Du zuerst«, sagten beide gleichzeitig und lachten. Anna ließ Paula den Vortritt. Erst berichtete sie von dem Gartenfest und dass Ferdi zudringlich geworden war und ihr das gar nicht gefallen habe. Als sie die Seeanlagen verlassen hatten und sie keine Zuhörer mehr fürchten mussten, erzählte Paula die Idee vom Unterwasserversteck für die *Kranich*.

Anna hörte sich alles an. »Da müssen wir eine besondere Stelle auskundschaften, die tief genug ist, um die *Kranich* zu verstecken, aber gleichzeitig noch gut erreichbar, wenn wir sie wieder an Land holen«, meinte sie. »Und die Yacht sollte nicht so lange im Wasser liegen, das schadet dem Holz schon ziemlich. Was denkst du, wie lange wir sie verstecken müssten?«

»Sobald wir den Yachtclub zurückbekommen und das Vermögen wieder dem Verein zugesprochen wird, könnte sie wieder auftauchen. Ich rechne damit, dass es zum Ende des Sommers so weit sein könnte, denn ich glaube nicht, dass Captain Bill das GYA weiterführen wird.«

»Gut, dann haben wir einen möglichen Plan. Wir fahren morgen Abend mit dem Ruderboot raus und suchen nach einer guten Stelle.«

Paula blickte Anna auffordernd an. Nun war sie an der Reihe.

»Du weißt doch, dass Eli schwimmen lernen will. Und gestern war ich mit ihm an meinem Platz am Südende, und Eli hat es geschafft, sich ins Wasser zu legen und mit der Schwimmweste ein bisschen zu paddeln. Und danach hat er mich geküsst.«

»Das sind ja mal Neuigkeiten. Wie war es für dich?«

»Warte! Es ist noch etwas anderes passiert. Dietrich ist unerwartet aufgetaucht und hat mich beschimpft als prüde Jungfrau und dass er mich beobachtet. Er ist plötzlich wieder abgehauen, weil meine Geschwister kamen und mich geholt haben.«

»Aber wieso stellt Dietrich dir nach? Er scheint dich nicht einmal zu mögen!«

»Wie meinst du das, Paula? Warum stellt er mir denn dann nach?«

»Was sich liebt, das neckt sich?«, scherzte Paula, was Anna überhaupt nicht lustig fand. »Im Ernst, du bist ein richtiges deutsches Mädel mit blonden Haaren und blauen Augen, verzeih mir, wenn ich das so direkt sage.«

Anna wusste, dass es stimmte. Ihr Äußeres entsprach schon sehr den Werbebildern des BDM, aber dafür konnte sie nichts, und sie zog sich absichtlich etwas lässiger an und trug bevorzugt ihre Latzhose und keinen Rock. Dass viele Deutsche auch jetzt noch den jahrelang propagierten Idealbildern nachhingen, wurde zwar nicht offen gesagt, schimmerte aber dennoch immer wieder durch. Dietrich war aus Überzeugung Soldat gewesen. Sie hatte bei ihm schon öfter vermutet, dass er die Naziideologie nicht abgelegt hatte und seine Gesinnung lediglich sehr gut versteckte.

»Aber das ist doch alles ein Irrsinn!«, rief sie aus. Anna stieg das Blut ins Gesicht. Zu viele Gefühle taten sich gleichzeitig auf. Da gab es Eli und seine Zärtlichkeit, Wolf, den sie schätzte, und Dietrich, der ihr von Anfang an nicht geheuer war. Eli, der von einem freien Leben in Erez Israel schwärmte und ihr angeboten hatte, sie mitzunehmen. Das hatte sie Paula nicht erzählt, denn ihre Heimat zu verlassen wäre schon ein sehr radikaler Schritt.

Wolf respektierte sie, sie war gerne in seiner Nähe, schwärmte für ihn, aber war das schon Liebe? Mit zudringlichen Männern konnte Anna eigentlich ganz gut umgehen und diese schnell zur Räson bringen, außerdem vertraute sie auf ihren Instinkt und verließ kritische Situationen so schnell wie möglich. Aber mit Dietrich, das war etwas anderes. Vor ihm hatte sie Angst.

»Was soll ich nur machen, Paula? Morgen muss ich Dietrich wieder gegenüberstehen, und beschweren kann

ich mich auch nicht über ihn, denn dann wird er allen erzählen, dass er mich mit Eli gesehen hat.«

»Ich rede mit Wolf. Er wird ihn zur Vernunft bringen«, versprach Paula.

25

Der Plan

Der folgende Morgen läutete eine weitere Ferienwoche im GYA ein, das auch nach zwei Monaten immer noch die Dorfjugend anzog. Um zehn Uhr öffneten sie, und bis sechs Uhr abends waren Paula und Anna beschäftigt, dann jedoch ließen sie *Ernestine* zu Wasser und ruderten am Ufer entlang. Anna hatte einen langen Ast ins Boot gelegt, damit wollte sie die Tiefe ausloten. Sie suchten nach einer Stelle, die abseits genug lag, um unbeobachtet zu sein, und gleichzeitig zugänglich war, um das Boot später mit einem Traktor wieder aus dem Wasser ziehen zu können. Dafür mussten sie eine Stelle finden, die rasch abfiel.

Am ersten Abend wurden sie nicht fündig, und am zweiten mussten sie abbrechen, weil Dietrich ihnen mit einem Piraten hinterhersegelte und anfing, Fragen zu stellen. Am Ende der Woche hatten sie endlich die perfekte Bucht gefunden, denn Wolf hatte, auf Bitten von Paula, Dietrich die weiteren Abende beschäftigt. Offenbar hatte Wolf seinem Freund ins Gewissen geredet, aber Anna spürte, dass von ihm immer noch eine Bedrohung ausging. Er verbrachte viel Zeit beim Boxen, aber Dietrich zeigte wenig Gefühle, und seine Stimmung war schwer einzuschätzen. Anna nahm an, dass Dietrich ihre Freundschaft zu Eli ablehnte. Sie mussten unbedingt verhindern, dass er mit seiner Nachstellerei ihre Pläne zur Rettung der *Kranich* kaputtmachte.

Nachdem sie die perfekte Stelle gefunden hatten, ging es an die Detailplanung. Paula und Anna diskutierten, ob sie Wolf einweihen sollten, denn im Grunde mussten sie zu dritt sein, auch weil sie die *Kranich* bei Nacht wegsegeln mussten. Aber Wolf hatte gerade andere Sorgen. Es hatte ihn ein Brief seiner Mutter erreicht, der traurige Nachrichten brachte: Sein älterer Bruder Fritzi hatte die russische Gefangenschaft nicht überlebt. Er war im Lager verstorben und in einem Sammelgrab bestattet worden. Offiziell lautete die Todesursache Lungenentzündung, aber das war nur einer der gängigen Gründe, die alles und nichts aussagten. Wolf, der sonst immer ein strahlendes Lächeln auf den Lippen trug, war nun still und in sich gekehrt und wirkte abwesend.

Paula versuchte, Wolf zu trösten, aber sie war nicht wirklich bei der Sache. Ihre Gedanken kreisten nur noch um die Rettung der *Kranich*. Sie schlug vor, dass Wolf nach Niederbayern reisen sollte, es würde ihm helfen, seine Familie wiederzusehen und mit ihr gemeinsam zu trauern, meinte sie. Sergeant Reilly musste einer Reise zustimmen, doch er zeigte viel Verständnis und streckte freundlicherweise das Geld für die Fahrt vor. Sogar eine Mitfahrgelegenheit nach München mit einem der amerikanischen Militärjeeps organisierte er. Dietrich blieb natürlich da, wie Anna beklommen feststellte.

Paula und sie gewöhnten sich an, mit *Ernestine* wegzurudern und sich verborgene Plätze zu suchen, um über ihre Aktion zu sprechen. Anna hatte sich schlaugemacht, was sie brauchten, um ein Loch in den Rumpf der Yacht zu bohren. Sie musste einen großen Handbohrer, wie ihn die Zimmerer benutzten, ausleihen und testen. Wie schnell würde die *Kranich* volllaufen? Musste man zusätzlich noch mit Handpumpen Wasser in das Innere leiten? Außerdem würden sie den Mast umklappen müssen, und dafür benötigten sie noch eine Talje, eine Art Flaschenzug, und einen sogenannten Toten Mann, das war eine V-förmige Eisenkonstruktion für das Vorderdeck, sowie eine Stütze für den Mast.

Üben konnten sie das Umlegen des Mastes nicht, das wäre zu auffällig. Aber auf dem Gelände von Bootsbauer Carlo konnten sie bestimmt etwas Passendes ausleihen, die Maststütze hatte Carlo ihnen glücklicherweise neulich schon mitgegeben. Sie bewahrten sie im unteren Bootshaus auf, aber natürlich wäre es verdächtig, wenn die Stütze erst beim Verschwinden der *Kranich* fehlte. Anna wollte sich eine Begründung einfallen lassen, um sie mit an Bord zu nehmen.

Außerdem mussten sie für die Segel einen trockenen Platz am Ufer schaffen, der ebenfalls versteckt lag. Und zu guter Letzt mussten die beiden Verschwörerinnen die Umgebung der ausgewählten Stelle noch auskundschaften, um sicherzustellen, dass kein Fitzelchen von der *Kra-*

nich zu sehen sein würde. Aber Paula spekulierte darauf, dass sie sich einfach eine andere Yacht schnappen und keine große Energie auf die Suche nach der *Kranich* verschwenden würden.

Nun galt es, auf eine gute Nacht zu warten, am besten, wenn Sergeant Reilly abgelenkt war, immerhin wohnte er im Clubhaus. Blieb noch das Problem des dritten Seglers. Paula schlug vor, Wolf einzuweihen, wenn er wieder aus Niederbayern zurück war. Aber Anna fand das zu riskant. Nicht, weil sie Wolf nicht traute, aber Wolf als anerkannter Segler würde sicher sofort in den Fokus der Ermittlungen geraten. Ob er ein Verhör der Amerikaner durchhalten würde? Das brachte auch Paula ins Zweifeln. Sie setzte darauf, dass Anna und sie kaum verdächtigt werden würden, sie waren ja nur junge Frauen, niemand würde ihnen eine solche Tat zutrauen.

»Und wenn wir noch eine Frau fragen?«, meinte Anna.

»Wer schwebt dir vor?«, hakte Paula nach.

»Mit Hedi als Steuerfrau bekämen wir eine ausgezeichnete Unterstützung, sie hat die *Kranich* besser im Griff als wir, und die Amerikaner würden nie auf sie kommen. Glaubst du, dass sie uns helfen würde? Das müssten wir herausfinden. Traust du ihr auch zu, dass sie den Mund hält und deinen Eltern nicht alles ausplaudert?«, wagte Anna noch, zu fragen.

»Mein Eindruck von Hedi ist, dass sie allein entscheidet, was sie macht und was nicht. Sie würde die Rettung der *Kranich* sicher unterstützen und unseren Plan nicht torpedieren. Wenn sie ihn meinen Eltern verraten würde, dann wäre ich schneller in München, als ich bis drei zählen kann, sie würden das für viel zu gefährlich halten. Ich höre schon meinen Vater, wie er mit sonorer Stimme erklärt, dass die *Kranich* nur eine Yacht ist und es nicht wert, Menschenleben aufs Spiel zu setzen. Und meine Mutter würde es mir nicht zutrauen, sie würde davon ausgehen, dass ich wieder einen schrecklichen Anfall bekomme und ins Wasser falle und ertrinke.«

Es entstand eine lange Pause. Anna runzelte die Stirn. Sie dachte nach. Sie hatte ähnliche Befürchtungen bezüglich Paulas schwachen Nervenkostüms. Aber sie besaß noch das Mittel des amerikanischen Arztes, das könnte Paula zur Vorbeugung nehmen.

»Traust du es dir denn zu? Oder denkst du, dass deine Mutter recht haben könnte?«, fragte Anna vorsichtig und vermied es, Paula in die Augen zu schauen.

»Ganz ehrlich, Anna, ich habe darüber schon viel nachgedacht. Garantieren kann ich es nicht, aber mittlerweile fühle ich mich auf der *Kranich* wieder sicher und geborgen. Es ist, als ob sie zu mir spricht, auch wenn sich das jetzt komisch anhört.«

Anna beschloss, dieses Thema erst dann wieder anzuschneiden, wenn sie wusste, ob Hedi dabei war oder nicht. Zu dritt konnten sie es in jedem Fall schaffen. Wenn sie zu zweit waren, dann musste Paula unbedingt durchhalten und funktionieren, sonst würden sie scheitern. Hedi musste einfach zustimmen! Anna schlug vor, Hedi um ein vertrauliches Gespräch zu bitten, aber Paula meinte, dass sie zuerst allein mit ihr sprechen wollte, denn falls Hedi nicht wie erhofft reagieren würde, dann konnte sie alles auf ihre Kappe nehmen, und Anna würde außen vor bleiben.

Zwei Tage später ergab sich eine günstige Gelegenheit für Paula. Hedi war guter Laune, denn Irmchen hatte sich heute von ihrer besten Seite gezeigt. Ihre Töchter lagen bald nach dem Abendessen in ihren Betten und schliefen ein, gleich nachdem Hedi die erste Geschichte vorgelesen hatte. Von Paulas Vater war eine Kiste mit Weißwein angekommen, und Edith hatte die neusten Zeitungen und Zeitschriften beigelegt. Hedi hatte eine Flasche kühl gestellt und setzte sich mit Paula in den Garten. Die Pohlkes hatten sich auch schon zurückgezogen, sodass Paula mit Hedi allein war.

Hedi erkundigte sich, wie die Arbeit mit den amerikanischen Soldaten lief.

»Das klappt eigentlich ganz gut, aber sie lassen keine Gelegenheit aus, uns zu zeigen, dass wir nur Gäste in unserem eigenen Club sind. Wenn Captain Bill die *Kranich* segeln möchte, dann hat das immer Vorrang. Dabei haben wir hier noch Glück, weil Captain Bill gut segeln kann. Als neulich seine Kameraden da waren, da wurde unter viel Gelächter erzählt, wie viele deutsche Segelboote sie schon versenkt hätten.« Paula schmückte die Geschichte noch etwas aus, und sie musste gar nicht schauspielern, denn die Angst, die *Kranich* für immer zu verlieren, ließ ihre Stimme zittern.

»Du würdest doch sicher auch nicht wollen, dass die *Kranich* mutwillig versenkt wird, nur weil ein paar betrunkenen Männern langweilig ist.«

»Nein, natürlich nicht. Aber die *Kranich* gehört unserem *Yachtclub Ammersee*, als bewegliches Inventar. Ich habe mich mit der Vermögenslage beschäftigt, weil ich doch in den Vorstand soll.«

»Aber die *Kranich* ist mehr als zehn Meter lang und jetzt schon beschlagnahmt von der amerikanischen Militärregierung. Sie wird im GYA eingesetzt, aber sie kann jederzeit weggenommen werden, wenn die Amerikaner sie anderswo brauchen.«

»Aber, Paula, es ist zu erwarten, dass wir die beschlagnahmten Häuser, Grundstücke und Boote auch wieder vollständig zurückbekommen. So habe ich es jedenfalls bei der letzten Sitzung im vorläufigen Vorstand verstanden.«

»Das gilt nicht für die *Kranich*. Ich habe herausgefunden, dass Captain Bill unsere Yacht nutzen will, um Regatten auf anderen Seen zu segeln, und sie am Chiemsee für ein Recreation Center stationiert wird. Das Schlimmste ist, dass er sogar überlegt, unser Familiensegelboot als Kriegsbeute in seine Heimat nach Maryland zu verschiffen.«

Inzwischen liefen Paula die Tränen über die Wangen. Sie sah fremde Hände, die nach der *Kranich* griffen. Diesen Verlust könnte sie einfach nicht ertragen, und sie hoffte, dass Hedi sie verstehen würde.

Hedi nahm ihre Nichte in den Arm und reichte ihr ein

Stofftaschentuch, das sie immer im Ärmel stecken hatte, seit ihre Töchter auf der Welt waren.

»Ach, Paula, mein liebes Mädchen. Das wäre wirklich ein schlimmer Verlust. Die *Kranich* ist für mich fest mit der Erinnerung an Maxima und Mechthild verbunden. Die beiden waren zwei tolle, bemerkenswerte Frauen, die trotz aller Widrigkeiten stets ihren eigenen Weg gegangen sind und sich ihre Freiräume gesucht haben. Einen gemeinsamen Freiraum fanden sie beim Segeln, diese Liebe haben sie an uns beide weitergegeben. Aber wir werden die *Kranich* mit dieser Liebe ziehen lassen, wenn es wirklich so sein soll!«

»Nein!« Paula schluchzte auf. »Das kann und werde ich nicht zulassen. Ich habe einen Plan, aber dafür brauche ich deine Hilfe!« Sie atmete noch einmal tief durch, und dann erzählte sie Hedi, was sie vorhatte.

»Aber, Paula, das ist doch viel zu gefährlich. Deine Eltern würden das mit Sicherheit nicht gutheißen, und ich kann dir auch nur davon abraten. Ich kann Irmchen und Rosalie nicht gefährden, denn die Amerikaner verstehen keinen Spaß in solchen Angelegenheiten!«

»Hedi, wenn du uns nicht hilfst, schaffen wir das auch allein. Aber du darfst zu niemandem etwas sagen, auch nicht meinen Eltern. Das musst du mir versprechen!«

»Wer ist denn wir? Wer weiß von deinem Plan?«

Mist! Paula wollte Anna doch heraushalten. »Das tut nichts zur Sache, aber es ist jemand, dem ich vertraue.«

»Anna«, sagte Hedi lapidar.

»Ja, Anna hat sofort versprochen, mir zu helfen, weil

sie meine Freundin ist. Und ich dachte, du bist auch meine Freundin, und jetzt spielst du hier die Tante, die sich an Recht und Gesetz hält.«

Paula war aufgestanden. Das Gespräch regte sie auf, mit so einer Reaktion hatte sie nicht gerechnet.

»Du musst mich auch verstehen, die Kleinen haben niemanden außer mir, und ich bin für sie verantwortlich. Bitte bringt euch nicht in Gefahr.«

In dieser Nacht wünschte Paula, dass Wolf neben ihr läge und ihr zärtlich zuflüsterte: »Es wird alles gut! Es ist alles in Ordnung!« So flüsterte sie es sich selbst zu, denn die nervliche Anspannung hatte sie zittern lassen, ihre Hände und Füße waren trotz der warmen Augustnacht eiskalt. Sie lag wach in ihrem Bett, lauschte den Geräuschen. Draußen setzte Wind ein, und die Blätter rauschten. Weiter weg grollte Donner, immer wieder gab es nachts Gewitter.

So eine Gewitternacht wäre ideal, um die *Kranich* wegzusegeln, überlegte Paula. Wenn Anna das Ruder übernahm und sie mit wenig Tuch segelten, könnten sie es auch zu zweit schaffen. Da es dunkel war, bräuchte es aber eigentlich eine Person, die am Vordeck den Ausguck machte, damit sie nicht mit im Wasser treibenden Gegenständen kollidierten. Außerdem mussten sie ziemlich genau die Stelle in der Bucht westlich der Schwedeninsel treffen, die sie ausgewählt hatten. Dort fiel das Ufer ab, aber eine Sandbank davor erleichterte den Abtransport der Sachen, die sie nicht versenken wollten. Und die Halbinsel konnte befahren werden, schließlich wurde dort lange ein Café betrieben.

Im Moment befanden sich noch Reste der Blockhütte auf der Insel, aber sie hatten schon gehört, dass dort bald wieder ein Gartencafé an den Wochenenden betrieben werden sollte. Der marode Steg des Cafés lag aber weit ab von der Stelle, an der sie die *Kranich* versenken wollten. Es war also nicht anzunehmen, dass die Yacht in den nächsten Monaten dort entdeckt werden würde, denn es verirrte sich kaum jemand im Schilf und Morast dorthin.

Dass die Leute Abstand halten mussten, waren sie noch gewohnt. Die deutsche Luftwaffe hatte das Südende zu Kriegszeiten gesperrt. Damals diente es als Übungsgelände, und immer wieder wurden alte Fliegerbomben entdeckt, also empfahlen sich andere Orte eher für einen Aufenthalt am Wasser.

In Sachen Bohrerbeschaffung war Anna auch schon weitergekommen. Beim angrenzenden Nachbarhaus wurde das Dach gerichtet, und die Zimmerer durften einen Teil der Werkzeuge in der Werkstatt ihres Vaters verwahren. Die Handhabung des Bohrers war simpel, und sie würde das auch vom Bootsinnern aus hinbekommen, notfalls sogar im Wasser. Sie wollte eine Markierung innen und außen anbringen, falls sie von beiden Seiten bohren müsste.

Paula war sicher, dass Anna für die praktische Seite der Versenkung bald alles beschafft hatte. Schließlich interessierte sich Anna sehr für den Bootsbau und war handwerklich geschickt. Inzwischen hatte sogar Sergeant

Reilly akzeptiert, dass Anna das meiste Können und Wissen von allen im GYA hatte und vieles selbst an den Booten richten konnte.

Und wenn sie nun doch Wolf einweihten? Hedi wollte ihnen ja offensichtlich nicht helfen. Hoffentlich hielt sie wenigstens den Mund und schwärzte sie nicht bei ihren Eltern an. Dann wäre sie die längste Zeit am Ammersee gewesen, ihre Mutter würde sie sofort zurückbeordern und das Kandidatenkarussell wieder ankurbeln.

Paula sah Wolf vor sich. Sie plagte ein schlechtes Gewissen, er hatte ihren Trost gesucht, und sie hatte ihn enttäuscht. Aber sie waren nur Freunde, mehr nicht! Trotzdem wünschte sie, dass er nun bei ihr wäre und sie sich an seinen warmen Körper schmiegen könnte. Paula spürte ein starkes Verlangen. Sie rieb sich, um sich Erleichterung zu verschaffen, aber es war nicht das Gleiche wie sonst.

26

Es wird ungemütlich

Annas Gesicht war gerötet und ihre Augen verweint, sie wirkte ganz aufgelöst, als sie sich wie stets morgens am Landhaus trafen.

»Was ist denn passiert, Anna?«, fragte Paula und schaute ihre Freundin besorgt an.

»Ich hatte gerade einen schlimmen Streit mit meinem Vater. Er hat mir Hausarrest erteilt, ich soll nun immer schon um acht Uhr abends zu Hause sein.«

»Aber warum denn?«

»Wegen Eli. Irgendwer hat ihm gesteckt, dass Eli und ich etwas miteinander hätten. Er mag Eli, deshalb hat er ihn nicht gleich aus der Werkstatt geschmissen. Er hat ihn auch angeschrien, was er sich einbilde, sich an seine Tochter heranzumachen.«

»Und was hat Eli dazu gesagt?«

»Eli hat ihm erklärt, dass ich ihm nur helfen würde, schwimmen zu lernen, und die Situation wohl von jemandem missverstanden worden sei. Und dass er sich schon denken könne, wer diese Person sei.«

»Dietrich! Das darf doch wohl nicht wahr sein. Ich

dachte, Wolf hätte das mit ihm geklärt«, empörte sich Paula und schob das Kinn vor.

»Vater hat es nicht bestätigt, aber auch nicht abgestritten. Mit dem Schwimmunterricht ist jetzt Schluss. Das hat er auch verboten. Ich darf nicht mehr allein mit Eli sein, das schade meinem Ruf!«, rief Anna und verdrehte die Augen.

Paula schüttelte den Kopf und nahm ihre Freundin in den Arm. »Das wird schon wieder! Und wie ich dich kenne, hast du sicher schon einen Ausweg gefunden.«

»Könnten wir uns nicht bei euch im Landhaus treffen? Und Eli könnte doch auch ins GYA kommen, für den Unterricht. Er ist immerhin schon so weit, dass er ganz ins Wasser gehen kann und nicht mehr panisch davonläuft.«

»Im GYA halte ich das für schwierig, gerade wegen Dietrich, aber vielleicht könnte Hedi übernehmen. Sprich doch mal mit ihr.«

»Auf mein Heimkommen um spätestens acht Uhr besteht er allerdings, und das gilt auch am Wochenende. Dabei haben wir noch so viel zu erledigen!«, seufzte Anna. Sie wollte ihrer Freundin bei ihrem Rettungsplan für die *Kranich* unbedingt zur Seite stehen. Allerdings zweifelte sie, ob sie es zu zweit schaffen würden. Und wenn die Sache auffliegen würde, dann hätte sie vermutlich Hausarrest bis zum Tag ihrer Hochzeit. Und das würde dann keine Liebesheirat werden.

Insgeheim schmerzte es sie, dass Eli ihr Zusammensein so abgetan hatte. Schließlich hatten sie sich geküsst, und das nicht nur einmal. Ein bisschen gab sie auch ihrem Vater recht. Eli träumte von einem anderen Leben in Palästina und wollte bald dorthin auswandern. Trotz der schlimmen Nachrichten, die es im Juli aus Haifa gegeben hatte.

Die Briten hatten die auf See in *Exodus 1947* umbenannte *President Warfield* geentert – einen von einer jüdischen Untergrundorganisation umgebauten ehemaligen Vergnügungsdampfer –, dabei hatte es Tote und Verletzte gegeben. Die Überlebenden, über viertausendfünfhundert jüdische Displaced Persons, davon viele Kinder, waren auf drei andere Schiffe verteilt und zum Ausgangspunkt der Reise nach Frankreich zurückgebracht worden. Die Passagiere harrten nun auf den drei Schiffen aus und warteten in der Sommerhitze auf die Unterstützung der Welt.

Palästina blieb weiterhin unter britischem Mandat, aber Eli hatte nur etwas von guten Kontakten gemurmelt und dass es Wege geben werde. Er hatte sie am Ende des Streits heute Morgen angesehen. Es war nur ein kurzer Blick gewesen, aber Anna wusste, dass Eli tiefe Gefühle für sie empfand. Ihre Verwirrung wurde von Tag zu Tag größer.

Wolf kehrte blass und wortkarg von seinem Besuch bei seiner Familie in Niederbayern zurück. In dieser Stimmung wollte Paula ihn nicht mit der Rettungsaktion der *Kranich* behelligen, zumal sie schon Hedis Absage schwer getroffen hatte. So langsam kamen ihr Zweifel: Sollte sie nicht doch lieber die *Kranich* ziehen lassen und irgendwann, wenn alles wieder leichter wäre, ein neues Schiff bauen lassen?

Aber alles in ihr schrie: Nein! Überall um sie herum schien es nur Probleme zu geben. Wolf verhielt sich abweisend, ihre Mutter drängte darauf, dass sie sich mit Ferdi Claasen traf und sich bald mit ihm verlobte. Ihr Herz schlug immer mehr für Wolf, was sie sich aber nicht eingestehen wollte. Und zu allem Überfluss durfte Anna nicht mehr so lange draußen bleiben! Dabei hatten sie doch noch so viel vorzubereiten. Es war wie verhext.

Seit dem Gespräch mit Hedi hatte sich auch die Stimmung zwischen ihr und ihrer Tante verändert, sie war nicht mehr so unbeschwert und fröhlich, und beide waren sie darauf bedacht, der anderen nicht zu nahe zu kommen. Deshalb war Paula ganz überrascht, als Hedi ihr am nächsten Morgen ankündigte, sie mit den beiden Töchtern im GYA besuchen zu wollen. Bisher hatte sie sich standhaft geweigert, den besetzten Segelclub zu betreten.

»Irmchen liegt mir ständig in den Ohren, dass sie zu den Segelbooten will, und diesen Wunsch will ich ihr erfüllen«, hatte Hedi ihr erklärt. Paula hoffte, dass Hedi nicht vorhatte, den Amerikanern etwas von ihrem Plan zu erzählen. Ihren Eltern gegenüber hatte sie wie versprochen dichtgehalten. »Unser Gespräch hat nie stattgefunden«, hatte sie ihr am nächsten Morgen knapp mitgeteilt und sich bisher auch daran gehalten.

Captain Bill war nun häufiger Gast im GYA, er übte mit Wolf und Sergeant Reilly für die große Regatta, die er veranstalten wollte. Bisher mit eher mäßigem Erfolg. Sein

Freund Captain Paisley wollte bei der Wettfahrt ebenfalls mitsegeln.

Hedi kam mit Irmchen und Rosalie nach dem Mittagsschlaf der beiden Kleinen. Beide sahen in ihren bunten Kleidchen mit Rüschen sehr herzig aus, während Hedi ganz sportlich wirkte in dunkler Leinenhose und weißer Bluse. Auch die Haare hielt sie sich mit einem Band aus dem Gesicht, dazu trug sie eine große Sonnenbrille, die ihre Augen verbarg. Hedi sah aus, als ob sie gleich zu einer Segelpartie aufbrechen würde, den weißen Pulli mit den blauen Absetzungen locker um die Schulter geschwungen.

Irmchen rannte direkt zum Wasser hinunter, und Hedi folgte ihr mit Rosalie auf der Hüfte. Anna, die zufällig unten am Steg stand, konnte Irmchen gerade noch auffangen, bevor sie direkt ins Wasser gefallen wäre. Was wohl auch der Plan der Kleinen gewesen war, denn Irmchens Augen leuchteten in der Nähe des Wassers wie die eines Kobolds. Paula, die mit Wolf und den Ferienkindern auf der *Kranich* segelte, reagierte auf Annas Winken und legte unter den wachsamen Augen von Hedi an. Das Manöver gelang vorschriftsmäßig, und Hedi quittierte Paulas Leistung mit einem kurzen Nicken. Hedis Blicke glitten über die elegante Yacht, und Wehmut überschattete ihr Gesicht. Selbst wollte sie nicht segeln, aber Irmchen durfte mit Paula und Wolf und den anderen Kindern mit aufs Boot, nachdem sie hoch und heilig versprochen hatte, nicht ins Wasser zu hüpfen und Paula aufs

Wort zu gehorchen. Rosalie begann zu weinen, als die *Kranich* ablegte, und beruhigte sich erst wieder, als sie mit genügend Abstand zum Ufer auf der Wiese saßen.

Rosalie kam ganz nach ihrem Vater, auch Berthold hatte Gewässer stets gemieden. Hedi ertappte sich dabei, dass sie schon in der Vergangenheitsform an ihren Mann dachte. Seit über zwei Jahren war der Krieg vorbei, und immer noch kein Lebenszeichen! Sie hegte kaum noch Hoffnung auf ein Wiedersehen.

Bertholds Eltern hatten sie gebeten, mit den Enkelinnen zu ihnen zu ziehen oder wenigstens bald ein paar Wochen dort zu verbringen. Hedi zog das ernsthaft in Erwägung, denn es wurde durch die hohe Inflation immer schwieriger, den Haushalt im Landhaus zu finanzieren. Paula müsste dann natürlich wieder nach München zurück, allein konnte sie nicht im Landhaus bleiben. Doch vielleicht hielt Hedi sie so von dieser Dummheit ab, die sie plante: die *Kranich* verstecken! Aber als sie eben die elegante Yacht gesehen hatte und Paulas Strahlen beim perfekten Anlegemanöver, konnte Hedi ihre Nichte verstehen. Für Paula bedeutete die *Kranich* mehr als nur eine Konstruktion aus Holz und Tuch. Und dann noch die Begeisterung von Irmchen, die sofort aufs Boot wollte, ohne Furcht und voller Vorfreude. Wie geschickt sich die Kleine auf dem Boot bewegt hatte! Auf einmal sah Hedi sich selbst mit Irmchen und Paula auf der *Kranich* stehen, und dahinter ihre Mutter, so deutlich, als ob sie wirklich gegenwärtig wären. Hedi rieb sich die Augen, aber es half nichts. Das Bild der Kranichfrauen hatte sich fest in ihr eingeprägt.

Hedi ging mit Rosalie ins obere Bootshaus. Sie suchte die Stille, denn die Trauer um ihre verlorenen Chancen lastete auf ihrem Gemüt. Aus dem Boxstudio drangen dumpfe Schläge, aber die Kinder waren am und auf dem Wasser unterwegs. Plötzlich tauchte Sergeant Reilly auf und blaffte Hedi an: »Hey, Sie da! Mütter haben hier keinen Zutritt. Warten Sie draußen, bis Ihr Kind kommt!« Rosalie erschrak, fing sofort an zu weinen, und jetzt erst bemerkte Reilly das kleine Mädchen.

Hedi baute sich vor dem Sergeant auf. »Ich gehe schon länger in dem Club ein und aus, als Sie auf der Welt sind. Im Übrigen sind meine Töchter und ich auf Einladung meiner Nichte hier.«

Doch Reilly reagierte gar nicht auf Hedis Antwort, sondern ging vor der Kleinen in die Hocke. »Ist ja schon wieder gut, alles in Ordnung. Magst du einen Keks?«, fragte er tröstend. Rosalie hielt den Kopf gesenkt, nickte nach einer Bedenkzeit und klammerte sich dann aber schnell wieder an Hedi, die die Wut gepackt hatte. Wieder so ein Kerl in Uniform, der ihr sagte, was sie zu tun und zu lassen hatte.

Sie ging nach draußen und schlug mit Rosalie den Weg zum Steg ein. Der Sergeant kam mit zwei Flaschen Limonade und einem Cookie hinter ihr her. »Entschuldigen Sie, Sie müssen die Tante von Paula sein. Die tolle Seglerin!«

»Das ist lange her. Ich bin Hedi Roth, und das ist meine kleine Tochter Rosalie.« Sie nahm ihm die Limonade ab und gab der Kleinen den Keks.

»Sergeant Conner Reilly. Das war ein Missverständnis. Sie wissen bestimmt, die Mütter der Ferienkinder dürfen nicht ins GYA. Sie stören nur den Betrieb. Dennoch hätte Paula mir Bescheid sagen müssen, dass wir heute so hohen Besuch bekommen. Hätten Sie Lust, bei unserer großen Regatta mitzumachen? Es wäre uns eine Ehre!«

Hedi schüttelte energisch den Kopf. »Ich habe das Segeln aufgegeben, aber danke für die Einladung!«

Der Sergeant zog wieder ab, und Hedi suchte den Horizont nach der *Kranich* ab. Der Wind hatte aufgefrischt, und kleine Wellen rollten ans Ufer. Hoffentlich war Irmchen nicht ins Wasser gefallen! Da! Endlich sah sie das Boot auf den Steg zukommen. Sie ließ Rosalie bei Anna, die mit ein paar Kindern gerade den Palstek übte, und ging vor zum Steg. Irmchen sprang heraus, jauchzte vor Glück und rief: »Das ist der schönste Tag in meinem Leben!«

Hedi nahm sie in den Arm, ihre kleine Tochter, aufgeladen von Wind und Wellen. »Ach, meine kleine Piratin!«, flüsterte sie ihr sanft ins Ohr.

Später am Abend kamen Paula, Anna und Wolf zum Landhaus Seitzinger. Anna musste bald weiter, sprach aber noch eben mit Hedi und bat sie, den Schwimmunterricht von Eli weiterzuführen. Hedi mochte Eli und sagte gleich zu. Wolf saß still auf der Veranda und starrte in den

Garten, während Paula Getränke holte. Die Kinder waren bei Frau Pohlke in der Küche, Hedi leistete Wolf Gesellschaft.

»Wie geht es dir und deiner Familie?«, fragte sie.

»Mein Bruder Fritzi ist gestorben, der feinste große Bruder, den man haben kann. Ein tollkühner Reiter, ein Mann mit einem großen Herzen, und jetzt stirbt er sinnlos in einem Gefangenenlager in Russland. Mein Vater ist vor Kurzem entlassen worden und bei meiner Mutter auf dem Gut der Verwandten angekommen. Er muss noch zu Kräften kommen. Und jetzt dieser Schicksalsschlag! Wir sind so unendlich traurig!«

Hedi legte nur ihre Hand auf seine. Es gab keine Worte, die halfen, das wusste sie selbst am besten.

Nach einer Weile sagte Wolf: »Mir ist auch jetzt erst so richtig klar geworden, dass meine Familie und ich unser Zuhause für immer verloren haben. Dass wir nichts mehr haben und nur mehr Bittsteller sind. Die weiten Flächen, das Gutshaus, die Ställe, die Pferde, das alles gehört nun nicht mehr uns. Fritzi war der Erstgeborene, er wurde darauf vorbereitet, das Gestüt zu übernehmen. Nun ist er tot, verscharrt in einem Massengrab in Russland, und meine Eltern werden auf dem Hof der Verwandten nur geduldet. Wie es nach dem Sommer weitergeht, das kann ich nicht sagen. Aber nach Niederbayern kann ich nicht, ein weiterer Gast ist dort unerwünscht.«

Paula kam mit selbst gemachtem Eistee von Frau Pohlke nach einem amerikanischen Rezept und Schnittlauchbroten, hart gekochten Eiern und ein paar Radieschen zurück. Sofort verstummte Wolf. Paula erzählte begeistert von der Seglerin Irmchen. Leider war sie noch zu klein, um als Ferienkind ins GYA zu kommen. »Möchtest du nicht mit ihr segeln, Tante Hedi?«, fragte Paula.

»Nein, das kommt nicht infrage. Solange Männer in Uniform bestimmen können, wer segeln darf, so lange werde ich damit nicht wieder anfangen.«

»Aber die Amerikaner haben nichts gegen Frauen, die segeln«, wandte Paula ein.

»Sie dürfen allerdings nicht so gut segeln wie die Männer, das wirst du schon noch feststellen, mein liebes Kind!«

»Ich finde, dass Anna und Paula schon sehr gut segeln. Besser als Sergeant Reilly sind sie allemal«, meinte Wolf.

»Irgendwann packt es dich auch wieder, Hedi. Und dann kannst du es allen zeigen!«

»Für mich ist der Traum von Olympia ausgeträumt«, meinte Hedi trocken und stand auf.

Wolf bedachte sie mit einem langen Blick. »Sie schauen genauso wie ein Reiter, der an der Koppel steht und sein Pferd betrachtet, es aber wegen einer Verletzung nicht reiten darf.«

»Verletzung trifft es, und sie ist noch lange nicht verheilt«, meinte Hedi nur halb im Scherz und ging ins Haus.

»Hedi musste mit dem Segeln aufhören, weil der Dietwart, den die Nazis eingesetzt hatten, es ihr verboten hat. Heute war das erste Mal, dass sie den Club wieder betreten hat. Und dann schnauzt ausgerechnet Sergeant Reilly sie an!«, erklärte Paula.

»So ein Pech! Dabei sieht man jetzt schon, dass Irmchen Talent hat. Aber ich muss jetzt auch los!«, sagte Wolf.

Er sah angestrengt aus, und Paula hätte ihn am liebsten mit auf ihr Zimmer genommen und sich eng an ihn gekuschelt. Wolf nahm zum Abschied Paulas Hand und drückte sie schließlich an sich. Paula hielt die Luft an und schloss sehnsüchtig die Augen. Als sie ein lautes Geräusch hörten, fuhren sie auseinander. Wolf sah sie entschuldigend an, wandte sich dann ab und ging. Paula sah ihm nach, und Wolf drehte sich tatsächlich nach ein paar Schritten noch einmal um und winkte ihr zu. Am liebsten wäre sie zu ihm gelaufen, aber sie beschränkte sich darauf, ihrerseits ein kleines Winken anzudeuten. Sie musste sich beherrschen, denn an erster Stelle stand für sie die Aktion *Kranich*, und die durfte sie nicht gefährden. Sie entschied, Wolf nicht einzuweihen und erst mit ihm über ihre Gefühle zu sprechen, wenn die Sache mit der *Kranich* ausgestanden war.

Wieder kam ein Anruf von Bertholds Eltern. Sie lebten in Freising und schlugen vor, für Hedi ein kleines Haus ganz in der Nähe anzumieten. Von München war die kleine Stadt nicht weit entfernt, nur dass Freising im Norden von München lag und nicht im Südwesten wie der Ammersee. Hedi bat sich Bedenkzeit aus, denn noch wollte sie sich nicht entscheiden. Sie scheute den Umzug zu Bertholds konservativen Eltern, die sie als Schwiegertochter erst akzeptiert hatten, als die Enkelkinder kamen. Aber dass es beides Mädchen waren, hatte ihre Schwiegereltern schon enttäuscht.

War das wirklich der Weg, den sie einschlagen wollte? Im Kopf hatte Hedi inzwischen anderes: Sie würde sich gerne hier am Ammersee mit Segelunterricht selbstständig machen. Ob sie das schaffen konnte, als Frau und mit zwei kleinen Kindern?

27

Die perfekte Gelegenheit

Seit Tagen wechselte sich drückende Augusthitze mit starken Sommergewittern ab. Schon tagsüber hörten Paula und Anna es grollen. Wenn ein Gewitter direkt über einen hinwegzog, wurden selbst die Mutigen ein bisschen ängstlich. Es blitzte in rascher Folge, Regen prasselte nieder, und der Donner erinnerte gefährlich an Kanonenschläge. Immer wieder richteten sie deshalb den Blick in den Himmel gen Westen, denn von dort rauschten die Winde an und verwandelten den friedlichen Ammersee in wenigen Minuten in ein gefährliches Revier. Wenn das geschah, mussten alle Boote sicher festgemacht am Steg liegen und die Kinder sich rasch ins obere Bootshaus ins Trockene retten.

Paula unterdrückte ein Gähnen. In der vergangenen Nacht hatte sie Irmchen herumgetragen, weil sie von lautem Donner und Platzregen aufgewacht war. Sie schaute in den Himmel. Bald würde sich das Wetter ändern, denn in wenigen Tagen stand Mariä Himmelfahrt bevor, der 15. August, ein Feiertag, der in vielen Orten und auch im katholischen Dießen stets gefeiert wurde. Dieses Datum wurde oft mit dem Ende des Hochsommers gleichgesetzt, denn danach sanken die Temperaturen meist ab.

Mitten in diese Wetterturbulenzen hinein verkündete Sergeant Reilly, dass er ein paar Tage Urlaub machen und nach Garmisch fahren werde, um von dort aus in den Bergen wandern zu gehen. Das Boxstudio sollte derweil von Dietrich betreut werden, und Wolf übertrug er die Verantwortung für den Rest. Das hieß aber auch, dass das GYA nachts unbewacht sein würde, denn mittlerweile waren die Amerikaner mit ihren Kontrollen sehr lasch geworden, und nur der Sergeant war ständig im GYA einquartiert.

Paula warf Anna einen bedeutungsvollen Blick zu: Das war die Gelegenheit! Was ihr vor lauter Begeisterung nicht auffiel, war, dass Dietrich den Blick bemerkte. Er blieb Anna den ganzen Tag auf den Fersen und beobachtete sie aus der Ferne. Dass Dietrich ihr wieder nachstellte – trotz seines Versprechens Wolf gegenüber – ließ sie schauern. Und besonders jetzt, wo sie in geheimer Mission unterwegs waren, konnte sie ihn nicht gebrauchen!

Anna überlegte: Es war klar, dass sie die *Kranich* nur in der Dunkelheit wegsegeln konnten. Die Nacht des Feiertags, der dieses Jahr auf einen Freitag fiel, bot sich an. Anna wusste, dass an Mariä Himmelfahrt ein Fest in der Fischerei ausgerichtet werden sollte, und in jener Nacht wären die Fischer dann sicher schon bierselig und würden nicht auf den See rausfahren, was bedeutete, dass sie dann ungestört wären. Es durfte bloß nicht gewittern! Die *Kranich* bei starken Gewitterböen zu segeln wäre zu zweit mehr als eine Herausforderung.

Paula hatte die Idee gehabt, ein Ruderboot an den Steg der Schwedeninsel zu bringen, damit sie von dort wieder zurückrudern konnten. Anna riet davon ab und schlug vor, über Land nach Dießen zu laufen. Der Weg durch das sumpfige Gelände dauerte zwar um einiges länger, war aber weniger auffällig, als über den See zu rudern. *Ernestine* konnten sie jedenfalls nicht für länger wegbringen, das würde Dietrich sofort auffallen. Und da gab es noch die Sache mit dem Hausarrest. Wie sollte sie ungesehen bei Nacht aus dem Haus kommen?

Auf dem Heimweg machten sie einen Abstecher in eine der kleinen Buchten und gingen schwimmen. Paula sprühte vor Abenteuerlust. Tausend Ideen sprudelten auf einmal aus ihr heraus, sodass Anna irgendwann rief: »Stopp! Eins nach dem anderen, Paula. Wir müssen alle Fragen in Ruhe besprechen, wir werden nicht so schnell eine weitere Gelegenheit bekommen! Erstens: Wollen wir das wirklich alleine durchziehen?«

»Wir haben kaum eine andere Wahl. Hedi hat mir deutlich zu verstehen gegeben, dass sie die ganze Aktion für eine Dummheit hält, und Wolf – du hast ja gesehen, wie traurig und bedrückt er gerade ist. Und sonst fällt mir niemand ein, der uns helfen könnte!«

Anna sah das genauso. »Carlo einzuweihen wäre zu riskant. Er macht gute Geschäfte mit den Amerikanern, der würde uns glatt verpfeifen. Eli kann uns leider auch nicht unterstützen, denn er ist noch nicht so weit, in ein Boot zu steigen, und über Dietrich, diesen Schmierlappen, brauchen wir gar nicht zu reden.«

Paula nickte. Ja, sie waren auf sich allein gestellt. Aber sie würden es schaffen, da war sie sich sicher. Sie reichte Anna ihre Hand, und Anna schlug nach kurzem Zögern ein. Dann fielen sich die beiden jungen Frauen in die Arme.

»Ist vor Ort alles fertig?«, fragte Paula kurz darauf und wischte sich eine Träne aus dem Auge.

»Das Versteck für die Segel müssen wir mit einem Netz abdecken. Und den Toten Mann könnten wir auch dort lagern, dann brauchen wir ihn nicht aufs Boot zu bringen. Der Flaschenzug und die Maststütze liegen schon in der Kabine der *Kranich*.«

»Wenn der Sergeant abgereist ist, würde ich es gerne in der Nacht von Freitag auf Samstag versuchen. Hedi verbringt den Tag in München wegen der Vereinssache, und ich passe auf die Kinder auf. Das wäre doch toll, wenn deine Eltern dir erlauben, mir beim Kinderhüten zu helfen. Wir sagen einfach, dass Hedi über Nacht wegbleibt und ich mich alleine mit den Kindern im Haus fürchte. Dann kannst du übernachten, und das Problem mit dem Hausarrest wäre auch gelöst! Und Hedi wird rechtzeitig zurück sein und es gar nicht merken, wenn wir uns nachts rausschleichen.«

Paula klatschte in die Hände und freute sich. Hedi

würde Verständnis dafür haben, dass Anna länger blieb als notwendig. Anna war überzeugt, dass ihre Eltern zustimmen würde, wenn Hedi sie darum bäte. Blieb nur noch ein Problem: der Bohrer. Aber auch dafür hatte Anna schon eine Idee.

Das Arbeitsgerät der Zimmerer war nicht gerade klein, und Anna musste es irgendwie aus der Werkstatt schmuggeln. Vormittags bei der Messe mit der anschließenden Weihung der Kräuterbuschen galt Anna als nicht abkömmlich. Da musste die ganze Familie Sonnberger in der großen Klosterkirche antreten, auch der Vater. Für die duftenden Buschen mit der Königskerze in der Mitte mussten sie diese Woche Kräuter wie die echte Kamille und Schafgarbe sammeln, auch ein paar Getreidehalme wurden normalerweise eingebunden. In diesem Jahr wuchsen die Königskerzen, die extra dafür im Krautgarten gezogen wurden, schon fast zwei Meter hoch und trugen volle gelbe Blütenstände.

»Ich mach extra Kräuterbuschen für euch und das GYA! Kräuterbuschen sollen auch Blitzeinschläge abhalten, und das können wir dieses Jahr alle gut gebrauchen bei den heftigen Gewittern«, sagte Anna. Paula nickte ungeduldig, Kräuterbuschen interessierten sie wenig. »Und jetzt kommt das Beste: Ich kann so den Bohrer tarnen. Schön verpackt in den Buschen fällt er gar nicht auf!«

»Das ist perfekt! Gib mir die Hand drauf, und es wird kein Rückzieher gemacht, wir retten die *Kranich*!«, rief Paula und tanzte im flachen Wasser.

Wie angekündigt fuhr Sergeant Reilly am Mittwoch in die Berge. Paula wirkte angespannt und fahrig. Anna sorgte sich, dass sie wieder einen ihrer Anfälle bekommen könnte, ihre Blässe verhieß nichts Gutes. Aber Paula versicherte, das läge nur an den vielen Gewittern des Nachts, die die Kinder und sie nicht genug schlafen ließen.

»Ich muss dir was beichten«, sagte Anna und musterte die Freundin von der Seite. »Weißt du noch, die Tropfen, die der amerikanische Arzt dir gegeben hat? Er hat mir das Fläschchen überlassen.«

»Hm. Die haben mich ziemlich benommen gemacht«, erwiderte Paula, »aber bring sie für den Notfall mit.«

Da Hedi einen kurzen Brief geschrieben hatte, erteilten die Eltern Anna auch die Erlaubnis zum Übernachten. Hedi wusste noch nicht, wie lange sie in München bleiben würde, wollte aber am Abend zurück sein.

Zu Mariä Himmelfahrt brannte die Sonne morgens von einem wolkenlosen Himmel. Schon auf dem Weg zur Kirche war die weiße Bluse von Annas gutem Sonntagsdirndl durchgeschwitzt. Anna schleppte ihre zwei großen Kräuterbuschen, Berta trug den für das Haus der Sonnbergers. Auf dem steilen Weg zur Klosterkirche durchs schön geschmückte Dorf hinauf ging die Familie in Zweierreihen, vorne die beiden Buben, gefolgt von Anna und ihrer Schwester. Den Abschluss bildeten Annas Eltern, wobei das angestrengte Schnaufen ihres Vaters nicht zu überhören war. Beim Rückweg nach Hause bog ihr Vater zum

Frühschoppen in den Ammerbräu ab, während Anna mit ihren Geschwistern und ihrer Mutter nach Hause ging.

Anna packte schnell ihre Sachen in einen Rucksack, holte die kleine Flasche mit der Medizin aus ihrem Versteck und schlich in die Werkstatt, um sie vorsorglich zu verpacken. Da knarrte es laut, und erschrocken ließ sie die Flasche fallen. Ein dunkler Fleck breitete sich auf dem Boden aus. Mist! Jetzt war die Medizin, die sie Paula versprochen hatte, ausgelaufen. Der Deckel war wohl nicht gescheit zugeschraubt gewesen.

Ein bisschen von der Flüssigkeit war noch drin. Am besten füllte sie die Flasche mit Kräuterschnaps auf, den die Mutter im Wohnzimmer versteckte, der schmeckte auch so bitter und würde vielleicht ebenso helfen. So ganz ohne Notfallmedizin traute sie sich einfach nicht zu Paula.

Also schlich Anna sich ins Haus zurück, ihre Mutter stand am Herd, und Berta half ihr beim Kochen. Unbeobachtet füllte Anna das Fläschchen auf, dann kehrte sie zurück in die Werkstatt und band den Bohrer in die Kräuterbuschen ein. Das Metall war kaum mehr zu sehen, um den Griff wickelte sie noch Zeitungspapier.

Noch vor dem Mittagessen lief sie zum Landhaus Seitzinger und traf auf dem Weg Eli, der am See spazieren ging und sie ein Stück begleitete. In der Hitze war kaum jemand unterwegs, deshalb wagte Eli, einen Arm um Anna zu legen. Sie sah sich prüfend um.

»Wenn du mit mir nach Erez Israel kommst, dann können wir allen zeigen, dass wir zusammengehören.

Wir könnten unsere Träume leben, und ich würde dich unterstützen, bei allem, was du dir wünschst. Du wirst schöne elegante Boote bauen, das weiß ich. Hast du es dir überlegt, Anna? Kommst du mit mir?«, fragte Eli und sah sie dabei zärtlich an.

»Eli, ich denke immer noch darüber nach. Für dich scheint das ein guter Weg zu sein, aber ob das auch für mich richtig ist?«

Eli sagte nichts, ging aber mit ihr bis zum Landhaus und zog sie dort hinter den Holzstapel, um sie zu küssen. Anna lehnte ihren Körper an seinen und öffnete ihren Mund für seine forschende Zunge. Da zog sie jemand am Arm, und Anna fuhr herum. Vor ihr stand Irmchen, die ihren Kopf schief legte und die Stirn runzelte. »Was macht ihr denn da?«, fragte sie neugierig.

Eli ging in die Hocke: »Wir haben nur geflüstert, weil ich Anna etwas Wichtiges gesagt habe.«

»Und was hast du der Anna gesagt?«, beharrte Irmchen.

»Das geht nur den Eli und mich etwas an, Fräulein Naseweis. Komm, wir schauen mal, wo Paula ist«, sprang Anna ein.

Irmchen lief voraus und sang: »Tri, tra, trullala, die Anna und der Eli sind da!«

Eli konnte nicht bleiben, er wurde im Kibbuz gebraucht. Gegen Abend wurden die Kleinen quengelig, besonders Rosalie jammerte nach ihrer Mama. Bei Paula und Anna stieg die Aufregung, noch zeigte sich der Himmel wolkenlos, und kaum ein Lüftchen regte sich. Aber

Anna hörte schon ein Grollen in der Ferne. Das Gewitter schien jedoch nicht in ihre Richtung zu ziehen, es kam lediglich ein bisschen Wind auf. Dann lagen Irmchen und Rosalie endlich in ihren Betten und schliefen, aber Hedi war immer noch nicht zurück.

Es dämmerte, und Anna und Paula mussten bald los. Aber konnten sie die Mädchen alleine lassen? Das war Paula dann doch zu riskant, und sie klopfte bei den Pohlkes an und bat Frau Pohlke, nach den Mädchen zu schauen. Anna und sie müssten noch kurz weg, das sollte sie aber bitte für sich behalten, falls sich jemand erkundigen würde.

»Die Pohlkes sind absolut loyal, die werden kein Wort sagen«, versicherte sie Anna, als sie zurückkam. Für Hedi legte Paula einen Zettel auf die Kommode am Eingang. Darauf stand: »Der Wind der Freiheit weht heute!«

Endlich liefen sie los, in dunkler Kleidung und mit Jacken in den Rucksäcken, in die sie auch das Werkzeug gestopft hatten. Der lange Bohrer ragte seitlich aus Annas Rucksack heraus, aber dadurch hatten sie die Hände frei. Inzwischen pfiff der Wind stärker. Als sie das GYA erreichten, trafen sie die ersten Tropfen. Sie schlüpften durch ein Loch im Zaun, das die Kinder neulich entdeckt hatten, und schlichen schnell runter zum Steg. Das Clubhaus lag verlassen da, nirgendwo ein Lichtschein. Sie waren allein, trotzdem mussten sie möglichst leise arbeiten.

Der Regen wurde immer stärker. Die *Kranich* lag am Steg, warf sich in Wind und Wellen hin und her. Paula holte sie ganz nah heran, sodass Anna aufspringen konnte, dann trieb das Boot wieder weg. Endlich schaffte es auch Paula. Es blitzte heftig, gleich darauf donnerte es.

»Das Gewitter kommt immer näher. Wir schaffen es nicht mehr vorher!«, rief Anna.

»Wir müssen los! Jetzt! Sonst können wir es vergessen«, antwortete Paula, die verbissen an den Segeln zog. Die *Kranich* hatte zwar eine Sturmfock, aber Anna fürchtete, dass auch die reduzierte Segelfläche dem Wind zu viel Angriffsfläche bieten würde. Das Großsegel konnten sie auf ein Minimum verkleinern, damit fingen sie an. Es war ein mühseliges Unterfangen, bei dem strömenden Regen und den böigen Winden das Segel aufzuziehen und schließlich fest zu reffen. Normalerweise erledigten sie das in fünf Minuten, jetzt schien es eine Ewigkeit zu dauern.

Anna war immer mehr dafür, die Sache abzublasen. Dann schlug in der Nähe ein Blitz ein, das GYA war für einen Moment hell erleuchtet. Anna fuhr zusammen, und Paula wurde kreideweiß. Sie verlangte nach den Tropfen, und jetzt wurde Anna blass. Die Tropfen würden nicht wirken, es sei denn, der Glaube allein half. Aber Paula das Missgeschick jetzt zu gestehen würde auch nicht weiterhelfen. Paula würde erst von ihrem Vorhaben ablassen, wenn sie ohnmächtig wurde.

Für einen Moment kletterten sie in die Kajüte. Paulas Gesicht leuchtete wie eine weiße Maske, so angespannt war sie. Anna suchte mit zitternden Händen nach der Medizin. Weil das Boot so schaukelte, tropfte sie Paula drei Tropfen in die Handinnenfläche, die Paula aufschleckte.

Sie runzelte kurz die Stirn, und Anna erwartete schon, dass sie aufgeflogen war, aber Paula sagte nichts.

»Willst du wirklich lossegeln bei dem Gewitter? Vernünftig wäre es, zu warten, bis das Schlimmste vorbei ist.«

»Du weißt doch selbst, dass die Gewitter zwischen den Ufern hin- und herziehen können. Wenn es bis zum Morgengrauen andauert, können wir auf keinen Fall mehr los. Ich gehe an die Pinne, und du übernimmst den Rest. Wir schaffen das!«

»Und wenn du während der Fahrt ohnmächtig wirst? Was ist dann? Alleine kann ich die *Kranich* nicht steuern, das weißt du, und wir würden vermutlich kentern oder ans Ufer abgetrieben werden. Lass uns die Sache abblasen und auf eine andere Gelegenheit warten.«

»Es gibt keine andere Gelegenheit! Wir machen es jetzt, oder die *Kranich* ist verloren.«

In Paulas Blick lag ein solches Flehen, dass Anna nicht anders konnte, als zu nicken. Sie überprüfte, ob die Hilfsmittel für das Umlegen des Masts an Ort und Stelle waren. Dann zurrten sie ihre Jacken noch mal fest und gingen wieder an Deck, wo der Wind pfiff. Anna nestelte die Fock heraus und bereitete auf dem Vorderdeck alles zum Hochziehen vor. Paula machte das Boot am Bug los, jetzt klatschte die Yacht mit den Wellen an den Steg, nur die Fender verhinderten Schlimmeres. Wieder erhellte ein Blitz das GYA, und dieses Mal sah Anna eine Gestalt auf den Steg zurennen. Ihr Herz klopfte bis zum Hals.

»Ich bin's«, rief ihnen eine Frauenstimme entgegen.

»Hedi?«, fragte Paula.

»Ich kann euch zwei bei so einem Wetter nicht alleine segeln lassen. Anna, du übernimmst die Fock und sagst den Weg an, Paula, du übernimmst die Großschot«, befahl sie, kurz nachdem sie beherzt auf das Deck gesprungen war. Sie selbst setzte sich ans Ruder. Wie ein Blitz rauschte die *Kranich* los, in die Nacht und mitten hinein ins Gewitter.

28

Das nasse Versteck

Anna klammerte sich fest, die *Kranich* krängte stark, dann rüttelte die nächste Böe heftig an den Segeln. Hedi steuerte durch das Gewitter mit einer Präzision, die keine Zweifel an ihrem Können aufkommen ließ. Der Wind heulte so heftig, dass Anna Hedi die Richtungsangaben zuschreien musste. Es war ein ausgewachsener Sturm, der sich da über dem See zusammengebraut hatte.

Was war das? Anna starrte angestrengt auf die dunkle Wasseroberfläche. Da trieb doch was im Wasser? »Wahrschau! Backbord voraus! Wahrschau!«, brüllte Anna und zeigte zusätzlich die Richtung an. Hedi reagierte. Im letzten Moment wichen sie einem großen Holzbalken aus, der im Wasser trieb. Das war knapp, dachte Anna, aber sie hatte keine Zeit zum Nachdenken, denn das Schiff brauchte sie in jeder Sekunde.

Schnell hatten sie die Distanz gesegelt, kamen aber durch den starken Wind zu weit östlich an der Schwedeninsel an und mussten gegen den Wind, der aus Westsüdwest kam, kreuzen. Die Landzunge bremste den Wind etwas ab, sodass Hedi kurze Wege wählte, die zwar mehrere

Manöver zur Folge hatten, aber weniger Risiko für Schiff und Besatzung bargen.

Als sie in die Bucht einfuhren, war es so dunkel, dass Anna kaum eine Landmarke ausmachen konnte. Hedi bremste das Schiff ab und ließ die Segel killen. Dann erhellte wieder ein Blitz die Szenerie, nur kurz, aber lang genug, damit Anna die Stelle erkannte, die sie für die *Kranich* vorgesehen hatten. Sie gab die Richtung an, und Hedi traf mit dem letzten Schwung, den die Yacht noch hatte, genau den Platz vor der Sandbank.

In der Bucht selbst war es fast windstill, die Wellen waren deutlich kleiner. Trotz ihrer Jacken waren die Frauen durchnässt bis auf die Haut, aber es gab für keine von ihnen eine Pause. Sie takelten das Schiff ab, falteten die Segel an Deck in Pakete zusammen und verschnürten sie. Anna zog Jacke, Hose und Schuhe aus und sprang ins Wasser. Sie zog die *Kranich* wieder ein Stück weiter zur Sandbank hin, trug die Segelpakete ans Ufer zum Versteck und brachte beim letzten Weg den Toten Mann mit. Paula und Hedi arbeiteten am Schiff und bereiteten die Mastumlegung vor. Anna wagte kaum, zu atmen, denn jetzt stand ein heikler Moment ihrer Mission bevor. Von der Umlegung würde es abhängen, ob die Yacht sicher versteckt werden könnte.

»Sollen wir erst das Loch bohren? Oder zuerst den Mast umlegen?«, fragte Anna zitternd.

Hedi entschied, zuerst den Mast umzulegen. Dieser war drehbar gelagert und wurde durch Holzblöcke gehalten, die mit Bolzen gesichert waren. Anna und Hedi bauten auf dem Vordeck den Toten Mann auf, eine Art Eisengestell. Anna machte das Vorstag los und ließ es über den Toten Mann und die Talje laufen, sodass der Mast mit wenig Kraftaufwand gehalten werden konnte. Die seitlichen Wanten hielten den Mast, und es war äußerst hilfreich, dass sie zu dritt waren, denn sie mussten die Bolzen und die Wanten lösen. Hedi ließ die zwei Mädchen kurz durchschnaufen und fragte mit klarer Stimme, ob sie bereit seien. »Ja!«, riefen beide wie aus einem Mund. Erneut hielt Anna die Luft an. Jetzt durfte nichts schiefgehen! Der Mast senkte sich langsam, und Paula dirigierte ihn auf die Maststütze, während Hedi Anna half.

Als der Mast fest verzurrt auf dem Bootsdeck lag, folgte der letzte und schwerste Schritt: Sie mussten die *Kranich* versenken! Paula liefen die Tränen, aber sie arbeitete verbissen weiter. Anna sprang wieder ins Wasser, stellte sich auf die Sandbank und begann, an der Markierung außen das Loch zu bohren, sie lag etwas oberhalb der Wasserlinie. Der große Handbohrer fraß sich nur langsam durch die Schiffsplanken. Ihre Arme schmerzten, die Muskeln brannten. Dann war es endlich geschafft.

Nun musste die Yacht tiefer sinken, damit das Wasser durch das Loch eindringen konnte. Sie hatten zwei Eimer mit Schnüren am Henkel, so konnten sie händisch Wasser in das Boot kippen, dazu eine Handpumpe. Paula schluchzte bei jedem Wasserschwall auf, der sich in das schöne Boot ergoss. Dennoch ging es ohne Unterlass weiter, und die Yacht sank stetig nach unten. Als das Wasser noch zehn Zentimeter vom Süllrand entfernt war, gab

Hedi den Befehl, das Schiff jetzt zu verlassen. Sie standen im seichten Wasser auf der Sandbank, grau vor Anstrengung.

»Den Rest wird der See erledigen. Bald wird die *Kranich* auf den Grund sinken und sich im Schlick festsaugen. Ihr habt die Stelle gut gewählt, das Wasser wird hier bei Sturm kaum bewegt, und deshalb wird die *Kranich* auch an Ort und Stelle liegen bleiben. Und man kann sie so nah am Ufer gut heben, ihr habt wirklich an alles gedacht!«, munterte Hedi die erschöpften Mädchen auf. Schweigend räumten sie alles, was sie an beweglichen Sachen von der *Kranich* geschafft hatten, in das Versteck in den Binsen. Als sie das selbst gefertigte Tarnnetz darüberbreiteten, dämmerte es bereits.

»Wir müssen zurück«, drängte Hedi.

»Ich will mich noch verabschieden«, wisperte Paula mit tränenerstickter Stimme.

Schweigend standen die Frauen am Ufer, hielten sich an den Händen und schauten aufs Wasser. Es war nichts mehr zu sehen.

Anna hatte schon vor einigen Tagen ein kleines Ruderboot von Carlo organisiert, das am Steg des früheren Cafés festgemacht war. Für drei Personen war es eigentlich zu klein und lag deshalb tief im Wasser. Das Gewitter war abgezogen, der See inzwischen zur Ruhe gekommen. Hedi ruderte zurück, Paula und Anna waren zu abgekämpft. Paula hatte vor der Abfahrt noch ein paar Tropfen genommen und saß nun still und in sich gekehrt da.

Anna spürte jeden Muskel in ihrem Körper. Die Frauen waren nass bis auf die Haut, und Paula und Anna froren, während Hedi beim Rudern der Schweiß herunterlief.

Hedi legte an der kleinen abgelegenen Bucht zwischen Dießen und St. Alban an, und ohne ein weiteres Wort schlichen sie ins Landhaus Seitzinger zurück. Frau Pohlke war auf dem Sofa im Wohnzimmer eingeschlafen, auch die beiden Kinder schliefen friedlich in ihren Betten. Schnell schlüpften sie aus den nassen Sachen und rubbelten sich gegenseitig trocken. Anna und Paula legten sich in Paulas Bett. Anna spürte die Wärme von Paula, die immer noch nicht sprach. Erschöpft schlief Anna ein, in drei Stunden mussten sie wieder aufstehen. Es war Samstag, und sie würden ihren Dienst ableisten müssen.

Paula und Anna wurden sogar noch früher geweckt, weil die beiden Kleinen schon um sechs Uhr wach wurden und sofort in Paulas Zimmer stürmten. Anna murrte, aber Irmchen ließ sich nicht abschütteln und schnaufte einen Zentimeter von ihrem Ohr entfernt, während sie mit ihren kleinen Fingern versuchte, Annas Augen zu öffnen. Daraufhin war Anna wach und kroch aus dem Bett, während Paula sich noch mal einrollte. Doch auch sie hatte gegen Irmchen keine Chance. So saßen Paula und Anna bald am Frühstückstisch in der Küche und stärkten sich mit echtem Kaffee, den Frau Pohlke aufgebrüht hatte.

»Warum sehen deine Haare so aus?«, fragte Irmchen. Paulas Locken standen durch die Regennässe in alle Richtungen ab, während Annas Haare krisselig herunterfielen.

»Wir haben gestern eine neue Frisur ausprobiert, aber da ist wohl etwas schiefgegangen«, sagte Anna schnell, und Paula nickte bestätigend. Außer »Ich will schlafen« hatte Paula immer noch nichts von sich gegeben. Anna sorgte sich um ihre Freundin. Was, wenn sie durch die ganze Aktion wieder in ihre Zustände verfiel? Die Medizin würde nicht helfen. Sie nahm sich vor, Hedi um Hilfe zu bitten.

»Paula, wir müssen noch deine Haare in Ordnung bringen, bevor wir ins GYA gehen. Wir bürsten sie gründlich aus und stecken sie dann zu einem Knoten auf«, sagte Anna.

Paula räusperte sich. Es fiel ihr schwer, zu sprechen. Auch Frau Pohlke blickte sie nun besorgt an. Himmel, sie musste sich zusammenreißen, womöglich schöpfte Frau Pohlke sonst noch Verdacht. Paula nahm noch einen großen Schluck Kaffee und rannte dann nach oben in ihr Zimmer, um die Tropfen zu suchen. Mit zittrigen Händen maß sie fünf Tropfen ab, es durften nicht zu viele sein, sonst würde ihr schwindlig werden. Die Tropfen schmeckten bitter, aber auch irgendwie anders. Egal, Hauptsache, sie wirkten. Sie lehnte sich kurz an den Türrahmen. Immer wieder sah sie die *Kranich* vor sich, wie sie im Wasser versank. Was für ein Verlust, es tat so weh!

»Es ist gut, alles ist in Ordnung«, murmelte sie vor sich hin. Sie hatte es entschieden, sie hatten es durchgezogen, und die *Kranich* lag jetzt in ihrem nassen Bett. Das durfte sie nicht vergessen: Sie hatten die *Kranich* in

Sicherheit gebracht! Keine betrunkenen Amerikaner würden sie auf dem tiefen Grund irgendeines Sees versenken, und selbst Hedi hatte sie für die ausgesuchte Stelle gelobt. Die *Kranich* ist in Sicherheit! Paula hatte die letzten Worte wohl laut ausgesprochen, denn auf einmal fragte Irmchen neben ihr: »Wer ist in Sicherheit?«

»Wir sind in Sicherheit! Weißt du, manchmal spreche ich mit mir selbst, aber Irmchen, das ist nicht schön, wenn man lauscht!«, schalt sie die Kleine.

»Ich hab nicht gelauscht, ich wollte dir nur sagen, dass dein Kaffee kalt wird, und du magst doch keinen kalten Kaffee«, verteidigte sich Irmchen und zog dabei eine Schnute.

Paula lachte lauthals auf. Ein Lachen, das wie eine Befreiung durch das ganze Haus zog und die Anspannung des Morgens vertrieb.

Betont munter ging Paula mit Anna den Weg zum GYA, dabei steckte ihr die Müdigkeit in den Knochen. Anna sah blassgrau aus und schlurfte langsam vor sich hin, was ihr einen Tadel von Paula einbrachte.

»Mir geht es nicht gut. Meine rote Tante scheint zu Besuch zu kommen, und dabei ist es noch gar nicht an der Zeit. Versteh ich nicht«, wehrte Anna ab und griff sich an den Unterbauch.

»Wenn dich jemand anspricht, kannst du deine Unpässlichkeit so erklären. Aber denk dran, es sind heute nur ein paar Stunden im Club abzuleisten, und dann kannst du dich in die kleine Bucht legen und ausruhen, bevor du nach Hause gehst. Soll ich das Ruderboot aufräumen und wegbringen?«

»Nein, das muss heute noch nicht zurück sein. Es wäre eh besser, wenn ich das am Sonntag mache.«

Paula nickte. Als sie verspätet beim GYA ankamen, standen schon Wolf und Dietrich auf dem Steg und suchten den See ab. »Paula, bitte nicht aufregen, aber die *Kranich* ist weg«, wandte Wolf sich mit besorgter Miene an Paula.

»Was, das kann doch gar nicht sein! Wir haben sie doch gut festgemacht an den Steg gelegt«, tat Paula ganz erstaunt. Sie wurde nicht mal rot bei ihrer fetten Lüge.

»Die *Kranich* hat sich bestimmt bei dem Sturm gestern losgerissen und ist auf die andere Seite getrieben worden. Wir müssen das andere Ufer absuchen, dann finden wir sie sicher«, meinte Anna.

»Stimmt, das war ein richtig starker Sturm, sozusagen ein Kranichsturm!«, setzte Paula nach.

Bei dieser Formulierung wurde Dietrich sofort hellhörig, er verzog seinen Mund und sah die beiden jungen Frauen skeptisch an. »Kranichsturm? Was soll das sein? Also, ich bin mir da nicht so sicher, dass die *Kranich* am anderen Ufer gestrandet ist. Vielleicht hat sie auch jemand geklaut.«

Nur nicht verunsichern lassen, dachte Paula und fasste Anna am Arm. »Komm, wir richten die Piraten her und machen heute mit den Kindern Suchfahrten. Wir teilen uns auf, die *Amsel* segelt Richtung Fischen, die nehme ich, die *Schwalbe* Richtung Herrsching, die nimmt Wolf, und du, Dietrich, nimmst den *Fink* und segelst Richtung Breitbrunn.«

»Und was macht Anna?«

»Anna rudert mit *Ernestine* das nahe Ufer ab«, bestimmte Paula. Wolf erklärte sich einverstanden. Die Kinder waren schnell verteilt, und ein Boot nach dem anderen machte sich auf den Weg. Als Dietrich mit dem *Fink* aus der Bucht gesegelt war, seufzte Anna erleichtert auf. »Dietrich wird den ganzen Tag beschäftigt sein.«

»Und ich schaue mir ganz genau das Südufer an«, meinte Paula und zwinkerte Anna dabei zu.

Anna war als Erste zurück, nach ihr kam Paula. Kurz darauf hörten sie das Motorengeräusch eines amerikanischen Jeeps. Das hatte ihnen gerade noch gefehlt! Offenbar kehrte Sergeant Reilly schon zurück. Er kam noch mit seinem Seesack auf dem Rücken zum Steg gelaufen, hinter ihm erschien Captain Bill.

»Ist es wahr, was Dietrich gesagt hat?«, fragte Reilly.

Die Kinder riefen aufgeregt durcheinander: »Die *Kranich* ist weg! Wir haben sie heute schon gesucht! So ein schlimmer Sturm! Wir haben Balken, Äste und einen toten Schwan gesehen.«

»Gestern zog hier ein starkes Gewitter durch. Die *Kranich* hat sich vermutlich losgerissen und wurde auf die andere Seeseite getrieben. Wahrscheinlich finden sie Wolf oder Dietrich, die sind noch unterwegs«, wiederholte Paula.

Captain Bill und Sergeant Reilly sahen sich an.

»Wenn die *Kranich* nicht gefunden wird, muss ich davon ausgehen, dass jemand die Yacht entwendet hat. Das wird schlimme Konsequenzen haben. Ich bestelle sofort die MP her, da stimmt was nicht!«, sagte Captain Bill gefährlich ruhig. Auch der Sergeant glaubte die Geschichte nicht, das las Paula an den grimmigen Mienen der beiden Soldaten ab.

»Habt ihr etwas gehört oder gesehen?«, fragte Captain Bill.

Anna schüttelte den Kopf, und Paula verneinte entschieden.

»Was ist mit dir los heute? Du bist so blass!«, fragte der Captain Anna.

Anna fühlte sich immer schlechter. Sie konnte nicht gut lügen, der wenige Schlaf und die Anstrengung gestern, das war ihr alles zu viel. Sie deutete auf ihren Unterleib.

Paula sprang ein und platzte mit der ersten Sache heraus, die ihr in den Sinn kam: »Anna hat überraschend Besuch von ihrer Tante Rot.«

Endlich verstand Captain Bill und wurde selbst ein bisschen rot im Gesicht.

»Dann bringst du Anna am besten nach Hause. Ihr beiden Mädchen könnt heute eh nichts mehr ausrichten. Aber zeichnet uns noch ein, wo ihr schon gesucht habt. Falls die Yacht wirklich abgetrieben wurde.«

Sergeant Reilly holte eine große Ammerseekarte aus dem Clubhaus. Paula zeichnete sehr großzügig das südliche Ufer an. Anna malte den Uferbereich auf, auch das Stück mit der kleinen Bucht, in der noch Carlos Ruderboot lag. Das musste schnellstens dort weg. Sie krümmte sich und hielt sich den Bauch. Ihr wurde übel.

Der Captain fragte besorgt, ob er sie mit dem Jeep nach Hause bringen lassen sollte. Aber Anna lehnte ab. Bevor Wolf und Dietrich zurück waren, verließen Paula und Anna das GYA wieder. Auf der schmalen Straße kam ihnen schon der erste Jeep der MP entgegen, die Männer im Wagen hatten Maschinengewehre umgeschnallt und blickten wachsam. Anna sackte das Herz in die Hose. Was hatten sie da angerichtet?

»Captain Bill was not amused«, sagte Paula, als der Jeep vorbei war.

»Paula, ich habe Angst. Was, wenn sie uns erwischen? Werden wir dann eingesperrt?«, quetschte Anna hervor.

»Sie verdächtigen uns nicht. Wir sind nur Mädchen, und eines davon hat sogar noch ihre Tante Rot zu Besuch. Das macht es noch unwahrscheinlicher. Ich bringe dich jetzt zur Bucht, dort schläfst du ein bisschen, und ich rudere das Boot weg. Wo muss es hingebracht werden?«

»Ich habe es von Carlo geliehen, angeblich, um heimlich angeln zu gehen.«

»Hmm, das passt dann nicht gut, wenn ich es bringe. Ich rudere dich einfach hin, und wir sagen, dass du mich unterwegs getroffen hast und wir heute noch etwas vorhaben. Bis zu dir heim ist es dann nicht mehr weit.«

»Das hätte ich dir gar nicht zugetraut, dass du so glatt schwindeln kannst. Mir sieht man es sofort an!«

»Ein Glück, dass ich es kann. Sonst wären wir heute schon aufgeflogen«, erwiderte Paula.

29

Falsche Verdächtigungen

Es war bereits dunkel, als Anna in ihrem Bett aufwachte. Sie schaute aus dem Fenster und sah in einen mit Sternen übersäten Nachthimmel. Im Zimmer lag ihr Rucksack, den hatte wohl Paula ihr gebracht. Der Bohrer! Der musste morgen in der Werkstatt liegen, fiel ihr siedend heiß ein. Sie kramte im Rucksack, vergeblich, das Werkzeug hätte ihr sofort auffallen müssen. Ganz unten lag ein Zettel. In Paulas schöner Handschrift stand da: *In der Werkstatt ist alles erledigt.* Offenbar hatte Paula an alles gedacht! Anna seufzte erleichtert. Sie würde morgen früh nachsehen, ob der Bohrer auch am richtigen Platz lag.

Ihr Magen knurrte, und Anna hoffte, dass ihre Mutter noch etwas zu essen für sie aufbewahrt hatte. Tatsächlich stand in der Küche ein Teller mit zwei Butterbroten, die sie noch im Stehen herunterschlang. Danach war sie nicht satt, aber der erste Hunger war gestillt. Sie trank zwei Gläser Wasser und schlich wieder nach oben. Was würden die Amerikaner machen, wenn sie die *Kranich* nicht fanden? Und was würde sein, wenn sie sie fanden? Dass die *Kranich* dort nicht von selbst hingekommen war,

war auf Anhieb ersichtlich. Anna grübelte, aber sie fand keine Antworten. Das würde ein Nachspiel haben, davon ging sie aus, so aufgebracht, wie Captain Bill gewesen war.

Ihre Ängste erhielten neue Nahrung, als der Vater vor dem Kirchgang am Sonntag erzählte, dass die MP mit drei Streifen in die Fischerei gekommen war. Fischer waren befragt worden, und die Amerikaner forderten nachdrücklich auf, den Verbleib der *Kranich* zu melden. Das Gerücht, dass das Segelboot gestohlen worden war, hatte einer der Fischer mit an den Stammtisch gebracht.

»Wenn sie den erwischen! Schwerer Diebstahl ist das!«, polterte ihr Vater. Er musterte seine Älteste. »Dich werden sie auch befragen, schätz ich. Du warst doch im Landhaus Seitzinger beim Kinderhüten, das kann doch sicher jemand bezeugen!«

»Natürlich, Vater, die Paula kann das bestätigen, und die Hedi habe ich in der Früh gesehen! Wir haben gestern nach dem Schiff gesucht, das taucht bestimmt wieder auf!«, beruhigte sie ihren Vater. Der brummelte nur.

Vor der Kirche wurde in Grüppchen diskutiert. Anna stellte sich zu den Frauen und hoffte, dass die als Klatschbase bekannte Erna etwas erzählte. Tatsächlich trompetete die ältere Frau bald herum: »Gestern hat die MP noch zwei Kerle verhaftet wegen dem vermissten Boot.« Nach einer genüsslichen Pause, bei der sie allerlei Nachfragen abgewartet hatte, fuhr sie fort: »Es waren zwei Kerle, die in dem Yachtclub der Seitzingers arbeiten. Die haben sie nach Landsberg ins Gefängnis gebracht.«

Anna wurde schwindlig. Die Erna sprach bestimmt von Wolf und Dietrich. Wie hatte das passieren können? Sie ging in die Kirche hinein, um sich zu setzen, und dachte die ganze Zeit nur daran, dass sie Wolf wieder befreien mussten, und natürlich auch Dietrich, er war ja unschuldig, wie sie sehr genau wusste. Sie musste unbedingt zu Paula und sich mit ihr besprechen. Vielleicht konnte ihre Freundin helfen. Inbrünstig betete sie, obwohl sie eigentlich nicht mehr an einen gütigen Gott glaubte, seitdem sie gehört hatte, was Menschen wie Eli angetan worden war. Jetzt allerdings brauchten sie jede Hilfe, die sie bekommen konnten.

Nach dem Mittagessen brachte sie die Werkstatt in Ordnung. Anschließend schützte Anna ein Treffen mit einer Schulfreundin vor und rannte beinahe zum Landhaus Seitzinger. Das Landhaus wirkte verwaist, niemand machte auf. Anna setzte sich auf die Veranda und überlegte, wo Paula und Hedi mit den Kindern sein könnten. Hatten sie sich schon aus dem Staub gemacht? Ein Schreck fuhr durch ihre Glieder, dann besann sie sich: Das würde Paula nicht machen! Und wo sollten sie auch hin?

Als sie schon wieder gehen wollte, kam Herr Pohlke ums Eck. »Hallo, Anna, suchst du die Paula?«, fragte er. »Die Herrschaften sind heute mit dem Dampfer nach Herrsching gefahren. Heute Abend sind sie wieder da. Kann ich was ausrichten?«

Anna schüttelte den Kopf. »Nein, Herr Pohlke, es ist nichts Wichtiges! Schönen Sonntag!«

Sie besuchte mehr aus schlechtem Gewissen heraus doch die besagte Schulfreundin, die sich über Annas Stippvisite freute und stolz von ihrem Verlobten erzählte. Nächstes Jahr, spätestens, wenn es eine neue Währung gäbe und alles besser würde, dann würden sie heiraten. Nachdenklich ging Anna nach Hause. So würde in absehbarer Zeit auch ihre Zukunft aussehen, immerhin durfte sie noch etwas lernen und die Schneiderlehre beginnen. Sie dachte an das Land, in dem Orangen wuchsen, das Land, von dem Eli schwärmte mit Worten, die sie über das Meer brachten. Annas Gedanken wanderten zu Wolf, der nun in einer Zelle saß, eingesperrt wie ein Verbrecher.

Irgendwie ging der Sonntag vorbei, und nach einer unruhigen Nacht startete Anna am nächsten Morgen schon zeitig. Sie musste unbedingt mit Hedi und Paula reden. Vorm Haus traf sie Eli, der zur Arbeit in der Werkstatt kam und sie besorgt musterte. Das Verschwinden der *Kranich* war das Gesprächsthema in Dießen, und natürlich hatte Eli davon gehört. »Es wird schon gut gehen! Mach dir keine Sorgen!«, raunte er ihr leise zu.

Sie senkte den Kopf. Ganz sicher vermutete Eli, dass sie etwas mit dem Verschwinden des Bootes zu tun hatte. Eli konnte in ihr Herz schauen und irgendwie auf den Grund des Sees, so kam es ihr jedenfalls vor.

»Du hast es schon gehört, oder?«, fragte Paula statt einer Begrüßung.

»Kommt, lasst uns in den Salon gehen, da können wir ungestört reden«, schlug Hedi vor und fuhr fort, als sie die

Tür geschlossen hatten. »Wolf und Dietrich sind von der MP festgenommen worden. Die näheren Hintergründe müsst ihr heute in Erfahrung bringen. Es darf nicht sein, dass Unschuldige eingesperrt werden. Das klärt sich bestimmt heute auf. Ewig kann Captain Bill die beiden nicht festhalten.«

»Was ist mit unserem Alibi? Wir müssen uns noch absprechen, was wir sagen«, wandte Anna ein.

»Wir beide waren mit Irmchen und Rosalie den ganzen Abend im Landhaus, und du hast hier übernachtet. Hedi, die spät aus München zurückkam, kann das bezeugen«, sagte Paula.

»Und die Pohlkes?«

»Die haben sich nach der Abendpfeife von Herrn Pohlke in ihren Anbau zurückgezogen und die ganze Nacht tief und fest geschlafen. Nicht einmal das Gewitter konnte sie wecken«, sagte Hedi mit dunkler Stimme.

»Gut, dann sind wir uns einig. Und die Jungs kommen bestimmt bald frei«, meinte Paula.

»Und was, wenn nicht?«, flüsterte Anna besorgt.

»Jetzt mach dir nicht so viele Gedanken, Anna. Ihr schaut mal, was die Amis gegen die Jungs in der Hand haben«, beruhigte sie Hedi.

Im GYA standen einige Jeeps, auch die MP war da. Captain Bill und Sergeant Reilly erwarteten die jungen Frauen schon und baten sie ins Clubhaus.

»Stimmt es, dass Sie Wolf und Dietrich verhaftet haben?«, ging Paula gleich in die Offensive.

»Die beiden wussten, dass Sergeant Reilly nicht da war und das GYA unbewacht sein würde«, erwiderte der Captain. »Wolf und Dietrich kennen den Wert der *Kranich*, und Wolf ist ein sehr guter Segler, aber er hätte sie nicht allein wegsegeln können. Sie haben beide kein Alibi für Samstagnacht. Der eine hat angeblich geschlafen, und der andere war laut eigener Aussage beim Sternegucken. Das sind die Fakten!«

»Ich kann mir das überhaupt nicht vorstellen. Wolf von Birkenstein ist ein ehrlicher Mann, der würde so etwas nie tun!«, entrüstete sich Paula.

»Liebes Kind, du weißt offensichtlich nicht, wozu Männer, die nichts haben, in der Lage sind«, gab Sergeant Reilly gönnerhaft zurück.

»Haben Sie den See schon abgesucht? Ich glaube, dass das Schiff sich losgerissen hat und im Sturm untergegangen ist. Wenn die *Kranich* irgendwo in den Tiefen des Ammersees liegt, verdächtigen Sie Wolf und Dietrich zu Unrecht«, erklärte Anna.

»Glaubst du wirklich, dass das möglich ist? So ein großes Schiff verschwindet doch nicht einfach«, sagte einer der MP-Soldaten.

»Das kommt zwar selten vor, aber es kommt vor. Fragen Sie Carlo, den Bootsbauer, der kann das bestätigen, wenn Sie mir nicht glauben wollen«, bekräftigte Anna und bekam vor lauter Eifer rote Wangen.

»Das überzeugt mich nicht. Die *Kranich* wäre sicher schon entdeckt worden. Die beiden bleiben erst einmal in Haft, vielleicht gestehen sie ja bald. Außerdem schließe ich das GYA, solange die MP hier ermittelt. Wir müssen sicher sein, dass es sich nicht um einen Akt der Werwölfe handelt!«, kündigte Captain Bill an.

»Entschuldigung, was meinen Sie mit Werwölfen?«, traute sich Anna zu fragen.

Die Soldaten wurden sehr ernst. »Das sind deutsche Soldaten, die im Untergrund gegen die Alliierten vorgehen. Das ist eine ernste Angelegenheit!«, erklärte der Militärpolizist streng.

Anna machte große Augen und schwieg, auch Paula wusste nun nichts mehr zu sagen. Das Schweigen dehnte sich langsam im Raum aus.

»Ihr könnt erst einmal nach Hause gehen«, sagte Captain Bill. »Ich schicke euch eine Nachricht, falls wir wieder aufmachen. Und Paula, richte deinem Vater aus, dass ich mich bei ihm melden werde.«

Schweigend verließen Paula und Anna das GYA und gingen erst einmal zu der kleinen Bucht, die zu ihrer Zuflucht geworden war.

»Werwölfe? Das läuft ganz und gar in die falsche Richtung. Wolf und Dietrich passen ins Muster, zwei deutsche Soldaten, denen die Besatzer vieles genommen haben. Kein Wunder, dass sie die beiden verdächtigen«, analysierte Paula die Lage. »Das sieht nicht gut aus!« Sie schluchzte auf. »Und Wolf, mein lieber Wolf, muss jetzt in einer Zelle schmoren, und das völlig unschuldig! Wenn ich daran denke, zerreißt es mir das Herz! Ich wollte es ja lange nicht wahrhaben, aber jetzt, wo er fort ist, kann ich es nicht mehr leugnen: Ich habe Gefühle für Wolf! Ich kann es kaum ertragen, dass ihm Leid zugefügt wird!«

Anna schwieg. Sie mochte Wolf, aber mehr als eine Schwärmerei war es nie gewesen. Und dass Paula Wolf liebte, daran hatte Anna nun keinen Zweifel mehr. Als Paula nicht aufhörte zu weinen, strich Anna ihr über den Rücken. »Das wird schon wieder! Wir überlegen uns etwas, und dann kannst du mit Wolf so glücklich werden, wie du es dir erträumst«, sagte sie mit brüchiger Stimme.

»Wirklich? Das mit Wolf und mir, macht dir das nichts aus?« Paula blickte Anna in die Augen.

»Ich finde Wolf auch sehr nett und hilfsbereit, aber eher wie einen großen Bruder oder einen guten Segelkameraden«, sagte Anna mit fester Stimme und meinte es auch so. Es war Eli, der ihr Herz erobert hatte.

»Dann ist es abgemacht, wenn Wolf und ich heiraten, wirst du meine Trauzeugin, meine allerliebste Freundin!«

Paula hielt Anna die Hand hin, und Anna schlug ein, aber mit dem Herzen war sie nicht dabei. Um sich abzulenken, beschloss sie, eine weite Runde zu schwimmen. Es war immer noch warmes Sommerwetter, und der Ammersee hatte angenehme zweiundzwanzig Grad. Sie zog sich bis auf die Unterhose aus und sprang ins Wasser.

Paula blieb am Ufer sitzen, sie fühlte, dass einer ihrer Anfälle sich anbahnte. Fieberhaft suchte sie nach einer Lösung. Sie konnte Wolf retten, wenn sie Captain Bill alles gestand. Aber der würde ihr nie glauben, dass sie allein die *Kranich* versenkt hatte, und sofort würde herauskommen, dass Anna und Hedi dabei waren. Sie konnte ihre beste Freundin nicht verraten, und natürlich auch nicht Hedi. Was sollte aus Irmchen und Rosalie werden, wenn sie alle ins Gefängnis kämen und ihnen der Prozess gemacht würde?

Es war wie verhext! Wie sie es auch drehte und wendete, es gab keine Lösung. Und die Amerikaner schienen sich sicher zu sein, wer hinter dem Verschwinden der *Kranich* steckte. Paula wusste, dass sie die Yacht nicht finden würden. Das Versteck war genial, und der Captain hatte nicht einmal nach ihren Alibis gefragt. Sie waren nur zwei junge, unerfahrene Mädchen und damit unverdächtig. Aber wenn sie ihn im Gefängnis schmoren ließ, konnte sie mit Wolf kein Glück finden.

Paula atmete jetzt schneller, rang nach Luft, während ihr innerer Aufruhr immer mehr anschwoll. Wie sollte sie ihm das erklären? Sie merkte, wie die Umgebung vor ihr verschwamm und die Schwärze in ihr aufstieg, eine ganz und gar umfassende Schwärze, in die sie immer tiefer versank. Ihre Welt stürzte ein.

»Paula! Paula!« Jemand rief sie. Sie roch etwas Frisches und spürte etwas Kaltes in Gesicht und Nacken. Sie fühlte sich umklammert, es drückte ihr die Luft ab, sie bekam ihre Lippen nicht auseinander, und ihr war bis ins Innerste eisig kalt.

»Paula, atme ein und atme aus. Ganz langsam«, hörte sie dumpf. Sie wurde ein Stück hochgezogen, das Atmen war nicht mehr so schwer, und Paula nahm die Körperwärme hinter sich wahr. Sie versuchte es, aber sie bekam kaum Luft. »Mit dem Mund ausatmen, komm, Paula, das kannst du!« Langsam wurde die Stimme deutlicher. Das war Anna. Anna war bei ihr. Wieder spülte eine Welle über sie hinweg, sie japste und zitterte. »Alles ist gut, du bist hier sicher, alles ist gut.«

Ganz langsam begann sich die Starre zu lösen. Paula versuchte, ihre Fäuste zu öffnen, und die Kiefer, die sie fest aufeinanderpresste. Sie zitterte, aber nach und nach schaffte sie es, ihre Atmung wieder zu beruhigen. Schließlich gelang es ihr, die Augen zu öffnen. Immer noch lag der See vor ihnen, die Enten schwammen umher, und aus der Ferne grüßten die Alpen. Ihr Kopf lag in Annas Schoß, sie musste aus dem Wasser direkt zu ihr gesprungen sein, denn sie trug immer noch nur die nasse Unterhose. Anna bemerkte ihren Blick und zog rasch ihr Oberteil über.

»Danke«, flüsterte Paula. Ihre Stimme gehorchte ihr noch nicht wieder, und heraus kam nur ein Krächzen.

»Kannst du dich aufrichten? Komm, ich helfe dir!« Anna stützte sie, und Paula kam zum Sitzen. Ihr war immer noch schwindlig.

»Ich werde Hedi holen, wir bringen dich ins Landhaus. Schaffst du es, allein zu bleiben?«

Paula nickte, das Schlimmste war wohl vorbei.

Anna flitzte los. Als sie beim Zurückschwimmen Kurs auf die Bucht genommen hatte, hatte sie Paula schon liegen sehen, den Oberkörper komisch verdreht. So schnell sie konnte, war sie ans Ufer gekrault. Paula war offenbar ohnmächtig geworden und hatte einen ihrer Anfälle, nur dass dieser hier schlimmer als alles war, was sie bisher miterlebt hatte. Wenn sie nur die richtige Medizin noch hätte! Sie überlegte fieberhaft, wie sie Paula helfen konnte. Sollte sie zu Captain Bill gehen und ihm sagen, dass sie die *Kranich* an Mariä Himmelfahrt genommen und aus Versehen versenkt hatte? Würde er ihr das abnehmen? Einem Dorfmädchen?

Hedi zupfte Unkraut im Gemüsegarten, doch sie ließ alles stehen und liegen und kam sofort mit. Anna erzählte ihr, dass die Amerikaner glaubten, Wolf und Dietrich gehörten zu den Werwölfen, und da sank auch Hedis Zuversicht. Aber zunächst mussten sie Paula helfen.

Als sie in die Bucht kamen, saß sie zusammengesunken und mit hochgezogenen Schultern da. Sie konnte immer noch nicht reden, aber zu zweit gelang es Hedi und Anna, sie hochzuziehen, in ihre Mitte zu nehmen und unterzuhaken. Mehrmals mussten sie pausieren, weil Paula keine Luft bekam. Schließlich erreichten sie das Landhaus, und Herr Pohlke trug Paula die Treppen hinauf in ihr Zimmer. Hedi drückte Anna fest. »Das wird schon wieder! Mach dir keine Sorgen. Komm morgen wieder, dann überlegen wir uns was wegen der Jungs.«

Anna grübelte hin und her, die ganze Nacht. Und dann hatte sie eine Lösung. Sie würde jedoch Hilfe benötigen.

30

Das Beweisstück

Das GYA hatte Captain Bill bis auf Weiteres geschlossen, deshalb war Anna am Dienstag ungewohnterweise daheim. Weil sie immer noch sehr blass war und nun vor lauter Aufregung ihre Tante Rot tatsächlich zu Besuch war, erlaubte ihr ihre Mutter, dass sie sich heute ausruhen durfte. Sie blieb am Vormittag in ihrem Zimmer, spähte aber immer wieder hinaus und sah Eli kommen.

Zu Mittag brachte ihr Berta ein Tablett mit einer heißen Suppe aus Sellerie mit gelben Rüben aus dem eigenen Krautgarten und eine Kanne Kräutertee. Es war jetzt schon stickig in dem kleinen Zimmer, dennoch fror Anna innerlich und rieb sich mechanisch die Unterarme. Sie musste eingenickt sein, und als sie wieder aufwachte, stand die Sonne schon viel weiter im Westen. Sie hörte ihren Vater aus dem Haus poltern und in Richtung Wirtshaus marschieren. Darauf hatte sie gewartet. Rasch zog sie sich an und wusch sich das Gesicht. Sie wartete, bis im Haus alles ruhig schien, und schlich die Treppe hinunter zur Werkstatt. Dort war Eli mit einem Auftrag beschäftigt, ein Firmenschild für die Autowerkstatt *Edis Garage*, gut fünf Meter lang, und eine kleinere Tafel, auf die Eli gerade mit Hingabe ein rotes Auto mit offener Motorhaube und plattem Reifen malte.

»Hallo, Eli«, sagte Anna leise, um ihn nicht zu erschrecken.

»Hallo, Anna, arbeitest du heute gar nicht? Bist du krank?«, fragte Eli besorgt und legte den Pinsel weg.

»Ich fühl mich nur ein bisschen unwohl. Das GYA ist geschlossen, weil die Amerikaner Angst vor einem Anschlag der Werwölfe haben. Captain Bill hat die MP kommen lassen, sie haben Wolf und Dietrich verhaftet.«

Anna tat leichthin, aber Eli kannte sie besser und trat ein Stück auf sie zu, sah ihr in die Augen und sagte sanft: »Dich bedrückt doch etwas.«

Anna rang mit sich. Sollte sie Eli alles beichten? War das nicht zu riskant? Sie hatte versprochen, niemandem etwas zu erzählen, je mehr Menschen davon wussten, desto wahrscheinlicher war es, dass sie aufflogen. Dann wäre die ganze Anstrengung umsonst gewesen, schlimmer noch, sie würden vermutlich alle drei ins Gefängnis gesperrt werden. Hedis Kinder würden im Heim landen. Die Angst breitete sich wieder kalt in ihr aus. Eli sagte nichts, nahm sie nur in den Arm. Sie spürte seine Wärme und Ruhe und merkte, wie sehr sie zitterte.

»Ich helfe dir, Anna, egal, was es ist«, flüsterte Eli ihr ins Ohr. Es kitzelte.

Anna machte sich frei, trat einen Schritt zurück und schaute prüfend aus dem Fenster. Niemand war zu sehen.

»Du musst schwören, dass du nichts verrätst. Wir,

ich ... wir haben etwas Schlimmes gemacht«, sagte Anna eindringlich und schaute Eli dabei tief in die Augen.

»Ich schwöre es. Anna, du kannst mir vertrauen, und das weißt du auch! Ich bin auf deiner Seite, immer!«

»Du hast doch mitbekommen, dass die *Kranich* verschwunden ist, und die Amerikaner vermuten, dass sie gestohlen wurde. Wir haben uns einen Plan ausgedacht, damit die *Kranich* nicht an einen anderen See verschleppt oder von Captain Bill mit nach Übersee genommen wird. Neulich Nacht war doch dieses furchtbare Gewitter, wir wussten, dass das GYA nicht bewacht sein wird, und da haben wir die *Kranich* weggesegelt und versteckt. Und zwar so versteckt, dass die Amerikaner sie nie und nimmer finden werden.«

»Paula und du, ihr seid alleine bei diesem schlimmen Gewitter rausgefahren? Ihr hättet kentern und ertrinken können! Das war doch viel zu gefährlich!«, rief Eli entsetzt.

»Nun, sagen wir mal so, wir hatten unerwartet Hilfe, und ohne diese Unterstützung hätten wir es vermutlich nicht geschafft. Aber es ist alles gut gegangen, niemand hat uns gesehen, und wir werden auch nicht verdächtigt.«

»Dafür haben die Amerikaner jetzt Wolf und Dietrich eingesperrt. Geht es dir darum?«

»Es geht darum, dass die Amerikaner glauben sollten, dass die *Kranich* sich losgerissen hat und im Gewittersturm gesunken ist. Aber jetzt sitzen zwei Unschuldige im Gefängnis, und Paula ist zusammengebrochen, weil sie es nicht verkraftet, dass Wolf ihretwegen eingesperrt ist. Wir können nicht zu den Amerikanern gehen und die Wahrheit sagen, ohne Hedi zu gefährden«, rutschte Anna der Name der dritten Komplizin raus. Mist! Das hatte sie nicht verraten wollen, aber jetzt, wo es nun mal passiert war, sprach sie weiter.

»Denk doch an das aufgeweckte Irmchen und die anhängliche Rosalie. Sie haben schon keinen Vater mehr. Was, wenn Hedi eingesperrt wird?« Anna schluchzte auf und zitterte so stark, dass sie sich setzen musste.

»Ich verstehe, aber wie willst du den Amerikanern weismachen, dass die *Kranich* gesunken ist?«

Anna stutzte. Eli schien in ihren Gedanken zu lesen wie in einem offenen Buch. »Tatsächlich habe ich eine Idee«, sagte sie leise. »Was hältst du davon, wenn wir ein Stück Holz so herrichten, dass man denkt, es wäre ein Teil der Kranich? Am besten mit ein paar Buchstaben aus dem Schriftzug, die ich nach dem Lackieren selbst aufgemalt habe. Die Vorlage habe ich noch irgendwo in der Werkstatt.«

Eli begriff sofort. »Das könnte klappen, aber es müsste ein gut gemachter Beweis sein, denn Captain Bill ist kein Narr!«

Er begann, im Materiallager zu wühlen, und förderte die Dosen mit den Resten Bootslack zutage, die Carlo Anna damals mitgegeben hatte.

»Die Farben hätten wir schon mal, aber welches Holz brauchen wir?«

»Mahagoni, mindestens zwanzig Jahre alt und seegewässert«, sagte Anna, als würde sie bei einer Fee bestellen.

Ihr Vater hatte ein kleines Lager mit verschiedenen Hölzern, darunter auch einige gebrauchte Stücke, da es seit Jahren kaum etwas zu kaufen gab. Carlo brachte hin und wieder Holz, das er im Bootsbau nicht mehr verwenden konnte, und gab es an die Werkstatt weiter. Daraus konnten zum Beispiel noch kleine Bilderrahmen entstehen. Und tatsächlich, fast ganz unten lag ein Holzstück, das wohl von einem Boot stammte. Aber es war an einer Stelle morsch, sie mussten es noch zuschneiden und dann ausfransen, damit die Bruchkanten echt aussahen, mindestens zweimal lackieren, ein bisschen auf alt trimmen und so weiter ...

»Das schaffen wir nie!«, seufzte Anna und fuhr sich mit einer verzweifelten Geste durch die Haare.

»Ich muss heute auch noch den Auftrag für die Autowerkstatt fertigstellen, dein Vater ist ja lieber ins Wirtshaus gegangen«, bemerkte Eli nüchtern.

»Ich fang schon mal mit der ersten Lackschicht an, die kann dann trocknen, bis du fertig bist«, schlug Anna vor. »Aber du weißt ja, dass ich eigentlich gar nicht bei dir in der Werkstatt sein darf. Meine Mutter wird bald wieder zu Hause sein, und dann muss ich oben in meinem Zimmer liegen.«

»Dann arbeiten wir eben nachts! Ich sage deinem Vater, dass mir ein Malheur passiert ist und ich etwas falsch geschrieben habe und deshalb nacharbeite. Du kommst in die Werkstatt, sobald alle schlafen. Habt ihr eigentlich noch die Verdunklung aus den Kriegsjahren für das Atelierfenster?«

Anna nickte, der dunkle Stoff lag zusammengefaltet in einem der Schränke, und mit ein paar Nägeln hatten sie ihn schnell wieder ans Fenster gespannt. Als Anna die erste Schicht Lack aufgebracht hatte, hörten sie Stimmen. Sie schlich sich nach oben, hatte eben die Hose ausgezogen und sich ins Bett gelegt, als ihre Mutter nach ihr schaute. »Du hast ja schon wieder Farbe auf den Wangen, es geht dir wohl besser!«

»Ich hab noch Bauchschmerzen und fühl mich immer noch zittrig.«

»Die Berta soll dir nachher noch mal Tee bringen und ein bisschen Brot. Das wird schon.«

»Mama, gibt es sonst etwas Neues? Hast du was gehört wegen der Amerikaner?«

»Die beiden jungen Männer sind immer noch eingesperrt, und die MP hat heute einige Leute aus dem Dorf befragt, die oft am See unterwegs sind. Aber niemand weiß etwas, weil sich alle beim Fest in der Fischerei getroffen haben.« Ihre Mutter musterte sie genau. »Du hast doch damit gar nichts zu tun, was sorgst du dich? Ich weiß noch, wie du geschimpft hast, als dieser Captain Bill euch die beiden Männer vor die Nase gesetzt hat. Das hat er jetzt davon!«

»Das stimmt schon, aber der Wolf ist wirklich ein netter junger Mann, der ist bestimmt kein Werwolf oder Spion, sondern einfach ein guter Segler und ein guter Kollege.«

»Soso, der Wolf ist also ein Netter? Das klingt ja fast so, als ob du ihm geholfen hättest.«

»Nein, nein, Mama, das verstehst du völlig falsch. Ich habe ihm nicht geholfen, und er ist auch nicht mein Freund.«

Anna merkte, wie sehr sie das Gespräch anstrengte und sie zu schwitzen begann. Demonstrativ fasste sie sich an den Kopf. »Ich muss mich jetzt ausruhen«, sagte sie. Ihre Mutter musterte sie noch schweigend, verließ dann aber ohne weitere Kommentare das Zimmer.

Eli ging kurz die paar Schritte in den Kibbuz, um dort Bescheid zu geben, dass er heute Nacht nicht nach Hause kommen würde. Er wollte vermeiden, dass die Wachen falschen Alarm schlugen und es dadurch zu Auseinandersetzungen der Kibbuzniks mit den Deutschen kam. Auf dem Rückweg schaute er in der Wirtschaft vorbei, in der Albert Sonnberger immer mit seinen Freunden am Stammtisch saß, und blieb an der Türe stehen. Sonnberger kam zu ihm heraus, da Eli den Gastraum nicht betreten wollte. Eli tat zerknirscht, erzählte von seinem angeblichen Malheur, und Sonnberger zog ihn ein bisschen auf, grantelte Unverständliches und gab sich damit zufrieden, dass Eli eine freiwillige Nachtschicht anbot. »Aber morgen früh kommt der Edi und will seine Schilder holen! Dann muss alles fertig sein!«, ermahnte er ihn.

Eine Antwort wartete Sonnberger nicht ab, sondern kehrte rasch zum Stammtisch zurück. Eli eilte in die Werkstatt, das große Schild war bis auf die letzten beiden

Buchstaben fertig, das würde er später erledigen. Er lackierte das Holzstück, das den Beweis für den Untergang der *Kranich* liefern sollte, ein weiteres Mal. Da es warm war, trocknete der weiße Lack rasch. Aus dem Kibbuz hatte er noch Natron mitgebracht, damit bearbeitete er die Rückseite, um das Holz optisch altern zu lassen, und stellte es um die Ecke in die Abendsonne zum Trocknen.

Bald wurde es ruhig im Haus, Annas Geschwister gingen früh schlafen, der Vater kehrte gegen zehn Uhr aus der Wirtschaft heim. Nun erlosch auch das Licht in der Wohnstube, wo Annas Mutter Maria noch genäht hatte. Kurz darauf knarrte die Werkstatttür, und Anna kam herein. Schnell hängten sie den Verdunklungsvorhang auf, damit niemand Anna und Eli zusammen in der Werkstatt beobachten konnte.

Eli stellte den Auftrag für die Autowerkstatt fertig, und Anna begann vorsichtig, mit einer Feile die Kanten zu bearbeiten. Der Lack war noch nicht trocken genug, dass sie die Schrift aufmalen konnte. Durch das Natron wirkte das Holz schon verwitterter. Eli hatte noch eine Idee, wie das Fundstück authentischer würde: »Mit Sand und Steinchen waschen.«

Das könnte funktionieren, es war wahrscheinlich, dass so ein Bruchstück durch die Wellen am Seegrund entlangbewegt worden war. Allerdings durfte es nicht zu ramponiert aussehen, dann verlor es an Glaubwürdigkeit. Das Holz selbst war zu trocken, es musste nach dem Lackieren wässern, hatte Anna bestimmt. Gegen zwei Uhr malte Anna ein *nich* auf, der gesamte Schriftzug wäre zu auffällig, meinte sie. Die Bruchkanten sahen schon ganz überzeugend aus, nun musste alles trocknen.

Eli richtete sich ein provisorisches Lager in der Werkstatt her und versicherte Anna, das sei nicht die erste Nacht, die er nicht in einem Bett verbringe. Anna schlüpfte ins Haus zurück und fiel im Morgengrauen in einen unruhigen Schlaf. Als im Traum ein Blitz in die *Kranich* fuhr, schrak sie hoch.

Eilig wusch sie sich, streifte ihre Kleider vom Vortag über und lief wieder in die Werkstatt, die sie leer vorfand. Die Schilder für die Autowerkstatt standen abholbereit neben der Tür, und ihr Werkstück sah auf den ersten Blick auch gut aus. Sie feilte noch ein bisschen herum, da kam Eli mit zwei Eimern. In einem waren Schlamm und Kiesel, im anderen Seewasser.

»Erst mal wässern«, sagte er. Aber das Holzstück war zu groß für den Eimer.

»Wir brauchen die Zinkwanne. Die ist aber zu groß, um sie hier zu verstecken.«

»Ich könnte es mit in den Kibbuz nehmen«, schlug Eli vor.

»Nein, das ist zu gefährlich. Mir fällt nur das Landhaus Seitzinger ein, das Hausmeisterehepaar dort ist verschwiegen. Wir müssten es nur vor den Kindern verstecken.«

»Komm, wir haben noch Zeit. Wir bringen es sofort dorthin«, meinte Eli.

»Wir nehmen das Fahrrad meiner Mutter, wir müssen allerdings schnell sein, damit ich zurück bin, bevor sie et was bemerkt. Und du kommst dann später in die Werkstatt, wie immer.«

Rasch räumten sie die Spuren der Nacht weg, Eli steckte das Holzstück in einen großen Rucksack, Anna schnappte sich die zwei Eimer, und Eli schob leise das Fahrrad weg. Als sie um die Ecke waren, strampelte Eli los, Anna auf dem Gepäckträger, in jeder Hand einen Eimer. Das Wasser schwappte, und sie ermahnte Eli, gleichmäßiger zu treten.

Auf den Straßen war noch niemand zu sehen, Anna hörte nur einen Motor, der wohl von einem Fischerboot stammte. Zur Sicherheit hatte sie eine Mütze aufgesetzt und eine Männerjacke angezogen, damit sie wie ein Junge wirkte. »Wie zwei, die heimlich zum Angeln gehen«, hatte Anna gescherzt.

Im Landhaus Seitzinger war Frau Pohlke schon in der Küche zugange. »Wir brauchen einen abgeschlossenen Ort, in dem wir eine Zinkwanne aufstellen können«, erklärte Anna ihr.

Frau Pohlke stellte keine Fragen, sondern führte Anna und Eli in die Waschküche, wo die Wannen standen. Die mittlere war von der Größe passend. Eli und Anna füllten das Seewasser ein und beschwerten das Holz mit Schlamm und Steinen, damit es erst mal einweichte. Das Wasser stand nur eine Handbreit in der Wanne, also radelte Eli noch mal los und holte noch zwei Eimer mit Seewasser.

Inzwischen regte sich im Landhaus schon etwas. »Ich komme später zurück und erkläre alles«, flüsterte Anna

Frau Pohlke zu. Sie schaffte es unbemerkt in ihr Zimmer, wo sie sich ins Bett legte und tatsächlich noch einmal einschlummerte. Als sie hungrig aufwachte, war es still im Haus. Anna dachte an Eli, wie er vor ihr auf dem Fahrrad saß und sie am liebsten ihre Arme um ihn geschlungen und nie wieder losgelassen hätte. Sie schrubbte sich gründlich die Lackspuren von den Händen und zog ein Sommerkleid an, dann stibitzte sie eine Scheibe Brot und trank kalten Tee. Es zog sie zu Paula.

»Ich muss noch rasch ins Landhaus«, rief sie ihrem Vater zu und rannte beinahe los, damit er sie nicht aufhalten konnte. Ihre Mutter war mit dem Fahrrad unterwegs, deshalb ging sie nun die inzwischen so vertraute Strecke wieder zu Fuß.

Im Landhaus führte Annas Weg zuerst zu Frau Pohlke, dann zu Paula. Sie lag noch immer im Bett, und Anna brachte ihr ein Glas Milch und Kekse. Ihre Freundin sah grau und verweint aus, trotz der sommerlichen Wärme lag sie unter einem Federbett.

31

Die Freundschaft bekommt einen Riss

»Meine liebste Paula, gräm dich nicht mehr! Ich habe die Lösung!«, platzte Anna freudig heraus.

Doch Paula drehte sich weg. »Es gibt keine Lösung«, sagte sie mit Grabesstimme. »Wie ich es auch drehe und wende, es ist eine Katastrophe, und ich habe das Ganze angerichtet!«

»Doch, Paula, wenn du deine Milch getrunken und einen Keks gegessen hast, dann erzähle ich dir von meinem Plan!«

Nun wurde Paula neugierig. Folgsam trank sie einen kleinen Schluck Milch und knabberte an einem Keks. Aus Anna sprudelte die ganze Geschichte in einem Atemzug heraus.

Paula reagierte allerdings ganz anders, als Anna sich das ausgemalt hatte: Sie wurde furchtbar wütend. »Das hätte ich nie gedacht, dass du uns verrätst!«, zischte sie, weil Anna Eli alles erzählt und er ihr bei der Herstellung des falschen Bruchstückes geholfen hatte.

Anna wich zurück. Aber Paula war noch nicht fertig: »Ich habe Wolf nicht eingeweiht, aber du rennst sofort zu deinem Eli, von dem wir wissen, dass er unter den Deutschen sehr gelitten hat. Meinst du nicht, dass es ihm eine Freude sein wird, uns bei den Amerikanern zu verraten?«

»Nein, das glaube ich nicht. Eli ist uns sehr zugetan, und er würde uns nie an die Amerikaner ausliefern! Zumal er wahrscheinlich weniger ein Problem damit hat, dass Wolf und Dietrich eingesperrt sind. Seine Tage hier in Dießen sind sowieso gezählt, der Kibbuz wird bald geschlossen!«

»Genau das ist doch das Problem! Wolf und Dietrich sind eingesperrt und der Spionage verdächtigt. Mein armer Wolf, der meinetwegen so viel erleiden muss! Das verzeiht er mir nie, dass ich ihn in diese Lage gebracht und nicht sofort alles aufgeklärt habe! Und Eli findet es natürlich richtig, dass die beiden weggesperrt sind, hast du selbst gerade gesagt! Das macht eine beste Freundin nicht! Hättest du das nicht zuerst mit mir besprechen können? Aber nein, Anna, du musst dich wieder mal als Retterin aufspielen!«, schrie Paula inzwischen mit hochrotem Kopf.

Anna hielt sich die Ohren zu. Ihre Freundin war außer sich. So hatte Anna sie noch nie erlebt, und offenbar wollte sie sie auch nicht mehr als Freundin. Fehlte nur noch, dass Paula sie hinauswarf.

»Was ist denn hier los! Paula, warum schreist du so herum?«, fragte Hedi, die hereinkam und hinter sich die Tür zuzog. Dass die beiden sich stritten, verbesserte die Lage nicht. Paula war ungerecht Anna gegenüber, sie suchte einen Schuldigen und steigerte sich ganz offenbar in eine fixe Idee hinein. »Worum geht es hier? Kannst du es mir erklären?«, wandte sich Hedi an Anna, da Paula nun schwieg.

»Ich habe eine Idee, wie wir aus dem Schlamassel herauskommen und Wolf und Dietrich entlasten können. Captain Bill glaubt nicht, dass die *Kranich* sich von alleine losgerissen hat und im Gewittersturm gekentert ist. Deshalb habe ich mit Eli zusammen letzte Nacht aus einem alten Bootsholz ein Bruchstück gefertigt, das jetzt in eurer Waschküche im Seewasser einweicht, damit es aufquillt. Wir haben es die ganze Nacht bearbeitet. Alleine hätte ich das nie geschafft, deshalb habe ich Eli gebeten, mir zu helfen. Und jetzt bezichtigt mich Paula des Verrates, weil ich sie nicht vorher um Erlaubnis gefragt habe, ob ich Eli einweihen darf. Aber Eli hatte es sich sowieso schon zusammengereimt. Nur ging er davon aus, dass Wolf uns geholfen hat.«

»Du hast ihm also auch gesagt, dass Hedi dabei war!«, empörte sich nun Paula wieder und verkniff ihre Lippen zu einem Strich.

»Das ist mir so rausgerutscht, ich wollte es wirklich nicht verraten. Tut mir leid, Hedi!«, sagte Anna zerknirscht und schaute Hedi bittend an.

»Macht nichts. Ich kenne Eli ein bisschen, und er wird nichts verraten, das weiß ich genau. Ohne Eli hättet ihr beide gar nicht im GYA arbeiten können, habt ihr das vergessen? Er ist auf eurer Seite, das war er immer schon!«, sprang Hedi Anna bei. Paula grummelte vor sich hin.

»Die Idee von Anna kann funktionieren«, sagte Hedi nun betont sachlich. »Wir müssen nur warten, bis es wieder einen starken Nordostwind hat, und dann das Holzstück in der Bucht ins Wasser setzen, damit die Amerikaner es im GYA finden können. Gleichzeitig müssen wir hier das Gerücht streuen, dass sich die *Kranich* losgerissen hat und irgendwo mitten im See, wo er achtzig Meter tief ist, auf Grund liegt. Anna, du sprichst mit Carlo, und ich werde das Gerücht bei den Fischern und im Kramerladen platzieren. Wenn viele es weitererzählen, erfahren es auch die Amerikaner.«

»Und ich? Was soll ich machen?«, fragte Paula.

»Du entschuldigst dich bei Anna für dein Benehmen und versuchst, daran zu denken, dass alles gut werden wird. Im Moment bist du ja das reinste Nervenbündel, vielleicht solltest du ein paar Tage nach München fahren«, ordnete Hedi mit resoluter Stimme an.

»Nein, ich will nicht weg. Ich fahre jetzt bestimmt nicht nach München und überlasse Wolf seinem Schicksal«, schluchzte Paula auf und erntete einen strengen Blick von Hedi. Also richtete sie sich in ihrem Bett auf und streckte Anna die Hand entgegen. Mit zerknirschter stimme murmelte sie: »Entschuldige, Anna, das habe ich alles nicht so gemeint. Ich habe überreagiert. Kannst du mir verzeihen?«

Anna zögerte einen winzigen Moment, dann griff sie nach der Hand ihrer Freundin, die sich kraftlos anfühlte.

»Ich muss weiter, meine Familie braucht mich«, sagte sie und stand auf. Hedi verließ mit ihr Paulas Zimmer, und beide gingen in die Waschküche, wo das Brett einweichte.

Hedi hob es heraus und sah es von allen Seiten an. »Respekt, Anna! Das sieht täuschend echt aus, und wenn es noch ein wenig im Wasser liegt, dann wird Captain Bill es bestimmt als Beweisstück akzeptieren. Ich muss schon sagen, du bist ein richtig patentes Mädel, das noch viel im Leben erreichen wird!«

Hedi warf noch ein großes Wäschestück in die Zinkwanne, sodass von dem Holz nichts mehr zu sehen war. Draußen berührte sie Annas Oberarm. »Sei Paula nicht böse. Sie ist offenbar sehr verliebt in Wolf, hat es ihm aber nicht gesagt und befürchtet nun, dass er sie ablehnen wird. Die erste Liebe tut am meisten weh.«

Anna senkte den Blick. Was Paula heute zu ihr gesagt hatte, hatte sie verletzt. Paulas Entschuldigung war nur ein kleines Pflaster auf dieser Wunde.

»Eli und du, seid ihr ein Paar?«, fragte Hedi weiter.

Anna schüttelte den Kopf.

»Aber du empfindest etwas für ihn, oder?«, sagte Hedi ganz ernst.

Anna wusste nicht, ob das Liebe war, was sie für Eli empfand, aber bald würde er fort sein. Er würde immer einen Platz in ihrem Herzen haben, aber wenn es Liebe war, dann war es eine, die sie nicht leben konnte. Er wollte nicht bleiben, und sie wollte nicht gehen, nicht in ein Land, wo sie sich immer schuldig fühlen würde, weil sie aus dem Land der Täter kam. Sie war nicht im Widerstand gewesen, hatte gar nichts in dieser Richtung vorzuweisen.

»Eli und ich, wir können nicht zusammen sein«, erwiderte Anna deshalb knapp.

Auf dem Rückweg überwältigten sie ihre zwiespältigen Gefühle, und die Angst stieg wieder in ihr hoch. Mit Carlo würde sie ein anderes Mal sprechen, dazu war sie jetzt nicht imstande. Um zur Ruhe zu kommen, lief sie zu ihrem Geheimplatz und streckte die Füße ins Wasser.

Als sie wieder nach Hause kam, waren ihre Geschwister schon da und saßen müde und hungrig am Tisch. Schnell half Anna ihrer Mutter beim Kochen. Ihre Geschwister ruhten sich von der anstrengenden Erntearbeit, die sie heute verrichtet hatten, aus. Anna musste ihrer Mutter mit den Näharbeiten helfen. Sie hatte einen ganzen Berg Wäsche zum Ausbessern, die sie nun Anna übergab. Stunde um Stunde saß Anna in der Ecke des Wohnzimmers und flickte kleine und große Löcher, ließ Säume aus oder nähte Knöpfe an. Der Berg Wäsche schien nicht kleiner zu werden, und Anna konnte kaum noch still sitzen.

Die Standuhr im Wohnzimmer ließ ihr gleichmäßiges Ticken hören, und Anna überlegte, wie sie es schaffen könnte, von den Näharbeiten wegzukommen. Als ihre Mutter, die mit Adleraugen neben ihr saß und jeden krummen Stich bemerkte, zur Toilette musste, legte sie die Unterhose, die sie gerade flickte, weg.

»Ich müsste mal in die Werkstatt schauen, ich glaube, der Vater hat nach mir gerufen!«, meinte Anna zu ihrer Mutter, als sie sich im Flur begegneten.

»Nichts da! Die Werkstatt ist für dich nichts mehr, und außerdem ist Eli da. Du setzt dich jetzt hin und hilfst mir mit den Näharbeiten«, befahl ihre Mutter.

Also setzte Anna sich wieder und nahm erneut die Näharbeit auf. Ihre Mutter widmete sich gerade einem Schnittheft.

»Schau mal, was hältst du von diesem Kleid? Das wäre doch das richtige Gewand zum Arbeiten bei deiner neuen Lehrstelle, es ist zeitlos und engt dich nicht ein!« Sie deutete auf ein weich fließendes Kleid in Grau, vorne geknöpft, das von einem Gürtel in der Taille gehalten wurde und krempelbare Ärmel hatte. In dem Kleid sehe ich aus wie eine graue Maus, dachte Anna, aber ihre Mutter war mit ihrem Vortrag noch nicht fertig. »Du kannst wirklich von Glück sagen, dass du bei der Schneiderin anfangen darfst. Bist als Lehrmadel schon ziemlich alt, aber die Betty ist mir noch einen Gefallen schuldig.«

»Ich bin gerade mal neunzehn Jahre alt und nicht einmal volljährig. Daran werde ich hier in dem Haus ja oft genug erinnert!«, sagte Anna schnippisch.

»Dein Ton gefällt mir nicht. Offenbar weißt du nicht mehr, was sich gehört. Mit deiner Herumzieherei ist jetzt Schluss! Wir hätten dir die Arbeit in dem GYA gar nicht erlauben dürfen. Jetzt denkst du, du hättest die gleichen Möglichkeiten wie das Fräulein Paula. Aber da irrst du dich gewaltig! Du kannst wirklich sehr froh sein, dass wir dich nicht schon längst auf einem Bauernhof als Stallhilfe oder in einem Haushalt als Hausmädchen untergebracht haben.«

»Warum darf ich nicht das tun, was ich am besten kann? Das hat doch gar nichts mit Paula zu tun. Paula will Lehrerin werden, das liegt mir eh nicht so.«

»Und was soll das sein, was du am besten kannst? Mit den Jungs herumtollen? Das ist keine Kunst, mein liebes Kind!«, ätzte ihre Mutter.

Doch Anna ließ sich nicht beirren. »Mit Holz arbeiten, das kann ich gut! Am liebsten würde ich Boote bauen, schöne elegante Yachten, das würde ich gerne machen, und nicht hier sitzen und alte Unterhosen stopfen!« Sie ließ die Näharbeit sinken und schaute aus dem Fenster sehnsüchtig Richtung See.

»Soso, das werte Fräulein will Boote bauen! Da gibt es aber nur Lehrstellen für Buben, das weißt du genau. Schlag dir solche Rosinen ein für alle Mal aus dem Kopf!«

Als Anna nun aufspringen wollte, hielt ihre Mutter sie am Arm fest. »Ich meine es wirklich gut mit dir, Anna. Bei der Betty kannst du eine Menge lernen und später selbst Meisterin werden.«

Anna schaute verkniffen, die ganze Situation war für sie kaum auszuhalten. Ihre Mutter beugte sich weiter vor und flüsterte in ihr Ohr. »Und jetzt sag ich dir was, was du für dich behalten musst. Ich spar schon lange das Eiergeld für dich, meine Anna, damit ich dir mit einem eigenen Geschäft helfen kann. Du sollst einmal selbst schalten und walten können. Denn ich hab dich lieb, meine widerspenstige Anna!«

In Anna brodelte es. Wie konnte ihre Mutter davon reden, dass sie sie lieb hätte, wenn sie sie gleichzeitig dazu zwang, den ganzen Tag in einem Zimmer zu sitzen und zu nähen. Sie musste doch wissen, dass Anna immer schon am liebsten mit Holz gearbeitet und bereits als kleines Kind mit der Hand die Fasern nachgefahren und jede Struktur studiert hatte.

Immerhin hatte ihre Mutter verstanden, dass sie lieber ihre eigene Herrin war. Warum konnte sie nicht bei Carlo in die Lehre gehen? Das musste doch irgendwie möglich sein! Während des Krieges, als die Männer alle an der Front kämpften, machten die Frauen die sogenannte Männerarbeit doch auch, und meistens bewerkstelligten sie diese genauso gut wie die Männer. Und jetzt, zwei Jahre nach Kriegsende, nachdem viele Männer wieder aus der Kriegsgefangenschaft und den Inhaftierungen der Alliierten zurück waren, jetzt galt das alles nicht mehr? Sie verspürte eine enorme Wut, aber auch einen großen Schmerz. »Auch Frauen können gute Bootsbauerinnen werden!«, sagte sie trotzig.

»Das kann schon sein, aber ich kenne keine, und die Handwerkskammer wird vermutlich alles tun, damit es auch in Zukunft keine geben wird. Weißt du, Anna, ich habe mir das nicht ausgedacht, aber wir einfachen Frauen müssen uns an das halten, was möglich ist. Wir können uns nicht mit Geld und Einfluss durchsetzen, sondern nur mit ehrlicher Arbeit. Du kannst nähen, du kannst sticken, und du hast ein Gefühl für Formen und Farbe. Und die Mode ändert sich, du hast da noch nichts verpasst. Begreife doch endlich, was für eine Möglichkeit das ist!« Bei den letzten Sätzen war die Mutter immer lauter geworden.

Dann kräuselte sie die Lippen und erklärte so das Thema für beendet.

Auch Anna blickte nun stur auf die zu flickende Unterhose, die sie im Schneckentempo weiterbearbeitete, und sagte nichts mehr. Am liebsten wäre sie zu Paula gelaufen, aber nach dem heutigen Vorfall war sie nicht mehr sicher, ob Paula wirklich ihre beste Freundin war. Der Vorwurf, dass sie eigenmächtig gehandelt hätte, um sich aufzuspielen, wirkte nach. Aber sie hatte den Druck nicht mehr ausgehalten und mit jemandem reden müssen, und mit Elis Hilfe hatten sie jetzt zumindest einen Plan.

Paula hatte immer noch Hedi, die so klug war und sich und ihre süßen Mädchen seit Jahren allein durchbrachte. Hedi würde sie verstehen! Aber Paula? Vielleicht hatte ihre Mutter recht, und Paula würde sie sofort fallen lassen, wenn sie sie nicht mehr brauchte. Aber auch Paula konnte trotz ihrer Herkunft nicht tun und lassen, was sie wollte, da irrte ihre Mutter. Mehr Möglichkeiten hatte die Tochter aus gutem Hause allerdings schon, sie hatte Abitur machen dürfen, und wenn sie studieren wollte, würde sie das sicher durchsetzen können.

Anna schnaufte tief. Ihre eigenen Möglichkeiten hier in Dießen waren sehr überschaubar. Die Schneiderinnenlehre würde ihr einen Aufschub geben, da durfte sie noch zu Hause wohnen. Aber dann musste sie irgendwann heiraten oder eine komische alte Jungfer werden. Sie sah ihr Leben vor sich, alles grau in grau wie das vorgeschlagene Kleid ohne große Freiheiten. Wahrscheinlich durfte sie auch nicht mehr segeln, wo auch? Und dann dachte Anna an das Land, das Eli ihr beschrieben hatte. Das Land, das es bald geben würde, das Land, das ihr die Freiheit geben könnte, zu leben, wie sie wollte. Aber ob das alles tatsächlich so sein würde? Anna konnte es sich nicht recht vorstellen. Sehr nachdenklich ging sie zu Bett.

Im Landhaus Seitzinger schimpfte Hedi mit Paula, die sich immer mehr in ihr eigenes Drama hineinsteigerte, sodass Hedi nahe dran war, einen Arzt zu rufen. Als Paula die Tropfen verlangte, die Anna von dem feschen Militärarzt bekommen hatte, gestand Hedi ihr, dass das Fläschchen nur Kräuterschnaps enthielt, weil Anna ein Malheur passiert war.

»Das hat sie doch zu Fleiß gemacht!«, lautete Paulas Kommentar.

Aber Hedi glaubte Anna, die ihr das Missgeschick gebeichtet hatte. Sie rügte Paula für die neuerliche Anschuldigung. »Jetzt hör endlich auf, Anna die Schuld geben zu wollen. Sie hat dir bei der Aktion mit der *Kranich* geholfen, weil sie deine Freundin ist. Deine beste Freundin übrigens! Deshalb hat sie sich auch selbst in Gefahr gebracht.«

»Aber Anna hat mich nicht gewarnt, was alles noch passieren könnte.«

»Paula, ich habe dir gesagt, dass das keine gute Idee ist, aber du hast es einfach rücksichtslos durchgezogen. Und weil ihr ohne mich vermutlich gekentert wärt und Gott weiß was passiert wäre, habe ich euch geholfen. Wenn du nicht aufhörst mit deiner Selbstzerfleischung

und deinen Vorwürfen, schick ich dich nach München zu
deinen Eltern! Und werde dann auch den Grund dafür
nennen!«

32

Die Finte

Anna musste einen ganzen Tag Wäsche flicken und konnte nicht eine Minute am See verbringen. Sie fühlte sich um mindestens zwanzig Jahre gealtert, als sie abends ins Bett sank. Die Temperaturen waren etwas gefallen, und kühle Luft wehte in ihre Kammer, sodass sie rasch einschlief. Aber irgendetwas störte ihren Schlaf, Anna baute die Geräusche in ihren Traum ein und ließ Steine ins Wasser springen. Doch dann sickerte die Erkenntnis in ihr Bewusstsein, dass sie nicht am Ufer stand, sondern daheim in ihrem Zimmer im Bett lag. Die Geräusche von kleinen Steinchen, die klackernd an ihr Fenster flogen, waren echt.

Sie schwang sich aus dem Bett, spähte hinaus in die Schwärze der Nacht, denn Wolken verdeckten den Sternenhimmel. Sie konnte eine mittelgroße Gestalt sehen, und als das Mondlicht für einen Moment heller schien, wurde das Gesicht beleuchtet. Es war Paula, die dort unten stand. Anna fröstelte am offenen Fenster, inzwischen hatte sich das kühle Lüftchen zu einem Wind ausgewachsen, der um die Häuser heulte. Die Baumwipfel, die sich dunkel im Grau der Nacht abhoben, bogen sich, und Anna sah, dass die Richtung stimmte: Nordost! Darauf hatten sie gewartet.

Sie signalisierte Paula, dass sie gleich herunterkommen würde, und schlüpfte schnell in eine Hose und ein dunkles Leibchen, zog noch eine Strickjacke darüber. Auf Zehenspitzen verließ sie das Haus und folgte Paula, die gleich losgegangen war, als Anna um die Ecke bog. Seit dem Streit gestern hatten sich die beiden Freundinnen nicht gesehen, ein drückendes Schweigen lastete auf ihnen.

Anna hörte, wie Paula sich räusperte, aber es kam nichts. Normalerweise wäre sie nun sofort in die Bresche gesprungen und hätte etwas Lustiges erzählt, um die Spannung wegzunehmen, aber heute blieben Annas Lippen trotzig verschlossen. Sie ließ sich etwas zurückfallen und ging hinter Paula her, die geradewegs in Richtung GYA lief. Auf halber Strecke hatte Paula einen Rucksack im Gebüsch versteckt, den sie nun herausholte. In der Dunkelheit war der Inhalt kaum auszumachen, da hörten sie Schritte auf dem Kies.

Anna reagierte sofort und zog Paula ins schützende Gebüsch. Nah aneinandergedrängt warteten sie darauf, dass die Person ihr Versteck passierte. Anna hatte schon die Befürchtung, es sei Dietrich, aber das konnte nicht sein, denn Dietrich war immer noch im Gefängnis in Landsberg eingesperrt. Dort, wo einst Hitler eingesessen hatte, oder eher residiert, wenn man dem Stammtischgerede

Glauben schenkte, das von einer Extrazelle nur für die täglich eintreffenden Geschenke für den Herrn Hitler berichtete. Hitler hatte dort eine Sonderbehandlung genossen, die ihresgleichen suchte, nun kerkerten die Amerikaner in Landsberg Nazis und andere Verbrecher ein, aber sicher weit weniger komfortabel.

Der nächtliche Spaziergänger, der nun des Weges kam, schien schon ziemlich viel getrunken zu haben, da er nicht recht von der Stelle kam. Anna konnte nicht erkennen, wer es war, aber sie vermutete, dass es einer der Bauern aus Bierdorf sein musste. Bierdorf lag etwas oberhalb zwischen Dießen und Riederau, und obenrum wäre es kürzer gewesen, aber der Mann hatte wohl nicht auf der Hauptstraße gehen wollen. Es dauerte endlose Minuten, bis der Bauer außer Sichtweite war, und sie spürte durch den Stoff ihrer Jacke Paulas kleine unruhige Bewegungen intensiver werden. »Es wird alles wieder gut!«, flüsterte Anna ihr zu. Den Rest der Strecke gingen die beiden Mädchen Hand in Hand. Paula voerneweg, Anna hintendrein. Ihr Freundschaftsband mochte zwar eingerissen sein, hielt aber noch.

Das GYA lag ebenfalls im Dunklen, aber Paula hatte eine Zigarettenspitze am Tor aufglimmen sehen. Mist! Die Amerikaner hatten die Bewachung verstärkt. Sie konnten nicht einfach aufs Gelände schleichen und das Bruchstück in Stegnähe ins Wasser setzen. Sie zog Anna zurück und kehrte ein Stück um. Hoffentlich hatte die Wache sie nicht entdeckt! Hinter einem Baum harrten sie aus. Sie wagten in den bangen Minuten, kaum zu atmen, aber niemand näherte sich.

»Wir können nicht in den Club hinein, deshalb werden wir schwimmen müssen. Komm, wir gehen über das Grundstück weiter vorne ins Wasser.«

»Aber ich habe keine Schwimmsachen dabei.«

»Ich habe Handtücher und zwei Badeanzüge eingesteckt. Wenn uns jemand aufhält, sagen wir, dass wir Lust auf ein nächtliches Bad hatten. Der See ist immer noch warm genug zum Schwimmen.«

Die beiden Mädchen stiegen bei einem Grundstück, auf dem eine halb verfallene Hütte stand, über den Zaun. Sie wussten nicht genau, ob sich jemand in der Hütte aufhielt, und pirschten sich im Schutz der Sträucher ans Wasser. Hier war das Ufer flach, dennoch rollten unablässig Wellen an, die der stete Nordostwind vor sich hertrieb. Sie gingen barfuß und mit hochgekrempelten Hosenbeinen ein Stück ins Wasser, bis sie eine kleine sandige Stelle erreichten, die komplett eingewachsen war. Hier machte Paula halt und leerte ihren Rucksack. Sie war froh, die schwere Last absetzen zu können.

Im Wind war es kühl, deshalb zogen sie sich rasch um. Paula reichte ihrer Freundin eine Haarspange, sie selbst hatte ihre langen Haare bereits daheim zu einem festen Dutt hochgesteckt. Bis zum GYA mussten sie am Ufer noch eine längere Strecke zurücklegen. Sie versuchten, noch ein Stück zu gehen, aber im Schlick sanken sie immer wieder ein, und der weiche mit Algen überzogene Untergrund fühlte sich eklig an.

»Komm, wir schwimmen, das geht schneller!«, meinte Paula.

Anna fügte sich. Das Holzstück in den Wellen zu transportieren war gar nicht einfach, da Paula keine Schnur daran befestigt hatte und sie es vor sich herschieben mussten, was in dem Wellengang schwierig war. Einmal hatten sie es schon fast aus den Augen verloren, aber Paula konnte es wieder greifen. Daraufhin schwamm Paula Rücken und nutzte nur die Beine zur Fortbewegung, während sie die Planke festhielt.

Als eine Welle über sie spülte und sie nach Luft schnappen musste, ließ sie das Holz beinahe los. Anna schlug deshalb vor, das unhandliche Brett in die Mitte zu nehmen und es mit dem rechten beziehungsweise linken Arm festzuhalten. Sie probierten es aus, und es klappte halbwegs, sie mussten dafür allerdings sehr synchron schwimmen, was nicht auf Anhieb gelang.

Endlich kam der Steg vom GYA in Sicht, wie Paula erleichtert feststellte. Sie keuchte schon vor Anstrengung. Die Wellen schienen immer höher zu werden und liefen schräg auf das Ufer zu. Die meisten trugen Schaumkronen. Sie war keine so gute Schwimmerin wie Anna, die sich geschickt von den Wellen tragen ließ. Der Wind rauschte.

Paula ließ das Holzstück los, versuchte, zu Atem zu kommen. Anna holte das Holzstück zu sich und umklammerte es. Sie wurden immer näher ans Ufer abgetrieben, da flackerte auf dem Gelände Licht auf. Im Clubhaus gingen im ersten Stock die Lampen an, bald darauf näherte sich ein unstetes Licht der Steganlage. Das musste Sergeant Reilly sein, der mit einer Taschenlampe das Gelände absuchte. Ob er sie gesehen hatte? Wenn er sie jetzt erwischte, war alles umsonst gewesen. Sie waren zu nah am Ufer, um noch gegen die Wellen wegschwimmen zu können. Es gab nur eine Möglichkeit: Sie mussten unter den Steg tauchen und abwarten.

Anna gab Paula ein Handzeichen, nahm das Holzstück und tauchte unter. Paula tat es ihr nach und blieb unter Wasser, bis sie dachte, ihre Lunge würde bersten. Dann tauchte sie auf und sah, dass sie zu weit nach Süden abgetrieben war. Der Steg lag rechter Hand. Reilly stand darauf, stocksteif, und suchte mit dem Licht seiner Taschenlampe das Wasser ab. Anna war nirgends zu sehen. Paula tauchte wieder unter, gerade noch rechtzeitig, bevor sie der Lichtstrahl getroffen hätte, und bewegte sich in Richtung Steg. Sie sah etwas vor sich und tauchte wieder auf. Vor ihr lag eines der Piratenboote, sie hielt sich am Ruderblatt fest. Als sich der Strahl der Taschenlampe wieder auf die andere Seite richtete, tauchte sie erneut ab und legte die kurze Distanz bis unter den Steg zurück. Dort suchte sie vorsichtig mit den Füßen nach festem Grund, bekam mit einer Zehenspitze Kontakt. Sie musste noch ein bisschen weiter vor, dann konnte sie stehen.

Paula umarmte einen der Stegpfosten, damit sie nicht weggespült wurde, und versuchte, keinen Laut von sich zu geben. Unter dem Steg war es stockdunkel. Sie konnte nicht sehen, wo Anna stand und ob sie die Bootsplanke noch hatte. Die Zeit dehnte sich endlos aus, der Wind heulte, rhythmisch schlug etwas auf Holz, und die Metallteile der Boote klackerten.

Paula begann zu frieren. Plötzlich sah sie eine Szene aus ihrer Vergangenheit vor sich. Es war auch kalt und feucht gewesen, erinnerte sie sich jetzt, das Bild eines kleinen Schutzraumes wurde klarer, und Paula hatte damals Angst verspürt, sehr große Angst. Doch es war nicht der Wind gewesen, der geheult hatte. Dann verschwamm die Szene wieder, aber Paula fühlte neue Kraft, die Angst verflog.

Endlich verrieten Schritte auf den Bohlen, dass der Sergeant abzog. Paula wusste, dass er sicher noch am Ufer stehen blieb, denn der Soldat war alarmiert, hatte aber keinen Grund dafür gefunden. Sie wartete noch und zählte fünfmal bis sechzig, dann bewegte sie sich wieder weiter, sie musste Anna finden. Anna durfte nichts passieren! Mit einem Mal war ihr schlecht vor Sorge. Wenn es nur nicht so dunkel wäre unter dem Steg.

Da stieß sie auf etwas Weiches, es war Anna, die leise aufschrie, so sehr hatte sie sich erschrocken. Das präparierte Stück Holz hielt sie immer noch fest umklammert. Sollten sie es jetzt loslassen? Oder wäre das zu auffällig? Anna zitterte schon, sie mussten zurück, sonst würden sie sich den Tod holen. Paula entschied, dass sie noch ein Stück rausschwimmen, das Holzstück dann loslassen und selbst mit den Wellen quer über die Bucht an Land gehen würden. Dann wäre es auch nicht mehr weit bis zu der Stelle, wo sie die Kleider abgelegt hatten.

Sie hielten sich eng aneinandergeschmiegt an der Badeleiter fest, versuchten, sich gegenseitig etwas zu wärmen, und atmeten durch. Paula flüsterte Anna ihren Plan ins Ohr, und diese nickte. Paula riskierte einen Blick nach oben, aber die Lichter im Clubhaus brannten noch. Sie mussten abwarten.

Endlich herrschte wieder komplette Dunkelheit. Nebeneinander schwammen sie ein Stück raus, gegen die Wellen, und als der Winkel günstig schien, ließen sie das Holzstück los. Paula schickte ein Stoßgebet hinterher. Anna fürchtete, dass Sergeant Reilly bald noch mal nachsehen kam. Schräg zu den Wellen ließen sie sich nun ans Ufer treiben und wateten durch den Schlick, bis sie endlich ihren Platz erreichten.

Paula rubbelte Anna, die nur noch bibberte, mit dem Handtuch kräftig ab, ganz so, wie sie es bei Irmchen immer machte. Ihre Freundin wirkte so erschöpft, dass sie alles über sich ergehen ließ. Paula legte die Strickjacke um Anna und trocknete sich selbst ab. Rasch schlüpfte sie in ihre Kleidung, versuchte, den völlig aufgelösten Dutt zu bändigen, und wickelte schließlich ihr Handtuch um den Kopf. Anna wimmerte, als Paula ihr die Strickjacke wieder wegnahm, damit sie sich anzog, aber sie stieg mechanisch in die Kleidung, die Paula ihr hinhielt. Als sie beide wieder angezogen waren, umarmte Paula Anna und drückte ihren Körper fest an ihren. Anna fühlte sich immer noch eiskalt an, und der Wind heulte unablässig um sie herum.

»Kannst du laufen, Anna? Wir müssen hier weg!«

Anna reagierte nicht. Paula zog an ihr, zwickte sie in den Oberarm und bekam endlich eine Reaktion von Anna, die »Aua« rief.

»Komm, wir gehen heim. Los!«

Sie mussten nun wieder im Wasser laufen, auch Paula kostete das Überwindung, die Schuhe hatte sie in den Rucksack gesteckt. Schließlich waren sie wieder auf dem Grundstück und konnten im Trockenen die Schuhe anziehen. Anna folgte Paula mit abgehackten Bewegungen, die Erschöpfung war ihr deutlich anzumerken. So konnte sie Anna keinesfalls nach Hause bringen, das Landhaus Seitzinger lag viel näher.

Dort angekommen, legte Paula Anna angezogen in ihr Bett, suchte Decken zusammen und wickelte mehrere um Anna herum, dann schlüpfte sie selbst dazu, und als ihre Füße endlich warm wurden, schlief auch Paula ein.

Von einem lauten Klopfen wachte Anna auf. Sie sah sich um, wusste nicht gleich, wo sie war. Dann sah sie lange dunkle Haare neben sich. Das war Paula, und sie lag in Paulas Bett im Landhaus Seitzinger. Wenn ihre Eltern herausfanden, dass sie nicht zu Hause geschlafen hatte, dann würde sie ein gewaltiges Donnerwetter erwarten. Aber warum war sie hier und nicht zu Hause?

Als sie ihre Arme bewegte, wusste sie es, denn sie spürte einen tiefen Schmerz in allen Gliedern. Sie hatte Muskelkater, und zwar einen gewaltigen! In ihrer Erinnerung tauchten die Schaumkronen auf, das wilde Wasser, das keine Rücksicht auf die Schwimmerinnen genommen hatte. Das war ziemlich knapp gewesen! Sie hatte reichlich Seewasser geschluckt und war an ihre körperliche Grenze gegangen. Paula musste sie hierhergebracht haben, sie konnte sich nur noch daran erinnern, dass ihr entsetzlich kalt gewesen war. Sie richtete sich auf und musste sofort laut niesen, gleich darauf hustete sie.

Nun steckte Hedi ihren Kopf durch die Tür. »Guten Morgen, Anna. Ich habe euch gar nicht kommen hören. Ist alles glattgegangen?«

»Ich denke schon, aber ich glaube, ich habe mich erkältet, und mir tut alles weh. Und was ist mit meinen Eltern? Die wissen nicht, dass ich hier bin.«

Hedi trat heran und fühlte Annas Stirn. Sie glühte! So konnte sie Anna nicht nach Hause schicken. Paula bewegte sich im Schlaf, wachte aber nicht auf. Hedi half Anna aus dem Bett heraus und sah, dass sie noch komplett angezogen war. Offenbar waren die beiden Mädels sehr erschöpft gewesen. Sie führte Anna aus dem Zimmer, suchte ihr ein Nachthemd heraus und half ihr, sich in ihr Bett zu legen. Währenddessen erzählte Anna ihr bruchstückhaft, was sich in der Nacht ereignet hatte.

»Ich schicke Herrn Pohlke zu deinen Eltern, damit sie Bescheid wissen, und Frau Pohlke wird dir gleich einen Lindenblütentee machen. Den trinkst du, und dann schläfst du noch ein bisschen. Mach dir keine Sorgen.«

Hedi deckte Anna zu und schloss die Vorhänge wieder. Das würde Ärger geben mit Herrn Sonnberger! Dass

Anna sich einfach so weggeschlichen hatte, würde sie nicht gut erklären können, und jetzt hatte sich das Mädchen auch noch eine veritable Erkältung geholt.

Doch noch bevor sie Herrn Pohlke losschicken konnte, radelte Eli mit dem Rad von Annas Mutter herbei. Offenbar wurde Anna schon gesucht, denn Eli schaute ganz besorgt.

»Ist die Anna bei euch? Wir suchen sie schon alle!«

»Eli, gut, dass du kommst. Ja, die Anna ist da, aber sie muss noch das Bett hüten.«

Hedi zog Eli ins Wohnzimmer und schloss die Tür. »Paula und Anna haben heute Nacht das präparierte Holzstück ausgebracht, und offenbar mussten sie dafür lange im Wasser sein. Paula schläft noch, und Anna hat Fieber und Schnupfen. Was sagen wir bloß den Eltern?«

Eli dachte nach. Natürlich hatte Annas Vater gleich ihn in Verdacht gehabt, als Anna heute nicht aufzufinden gewesen war. Aber er hatte ja wirklich nichts gewusst, deshalb war seine Sorge um Anna echt gewesen, und schließlich hatte Herr Sonnberger ihm geglaubt. Annas Mutter hatte ihn mit dem Rad losgeschickt, weil Anna ja andauernd im Landhaus der Seitzingers war.

»Sie soll sofort nach Hause kommen, hat Frau Sonnberger gesagt. Und dass eine Menge Arbeit auf Anna warten würde.«

»Daraus wird nichts, die Anna kann nicht mal alleine aufstehen. Du radelst jetzt wieder zu den Sonnbergers und sagst ihnen, dass die Anna heute ganz früh gekommen ist, weil sie mit der Paula angeln gehen wollte. Allerdings hätte sie sich nicht wohlgefühlt und wäre fiebrig gewesen, deshalb hätte ich mir erlaubt, sie direkt ins Bett zu stecken. Ich komme persönlich bei den Eltern vorbei, sobald ich Zeit habe.«

»Das klingt doch recht plausibel, aber wo sind die Angelruten?«

»Stimmt, wir holen noch zwei vom Heini aus dem Schuppen und stellen sie in den Flur.«

Eli radelte eilig davon. Hedi rannte den ganzen Tag die Stiegen auf und ab, um die kleinen und großen Mädchen zu versorgen. Auch Paula hatte sich einen Schnupfen geholt. Eine bange Anspannung lag im Haus neben der Hoffnung, dass ihre Finte das gewünschte Resultat erzielte.

33

Der Untergang der *Kranich*

Zwei Tage später waren Anna und Paula wieder über den Berg. Dennoch: Anna nieste gelegentlich, und beide hatten noch Muskelkater. Das Donnerwetter im Hause Sonnberger war gar nicht so schlimm ausgefallen, wie Anna es befürchtet hatte, denn Hedi hatte Anna nach Hause begleitet und die Wogen geglättet.

Die beiden Freundinnen seien nun mal unzertrennlich, hatte sie verkündet, was ihre Mutter mit einem Schnauben und ihr Vater mit einem wohlwollenden Lächeln kommentierte.

Annas Vater fand es wichtig, dass Anna gute Beziehungen knüpfte, und hielt es durchaus für wahrscheinlich, dass sie in höhere Kreise einheiraten könnte. Schließlich war Albert Sonnberger auch nicht immer nur ein Schildermaler gewesen. Vor dem Krieg war er vor allem als Landschafts- und Porträtmaler bei der sogenannten besseren Gesellschaft beliebt gewesen. Deshalb wurde Anna bloß zur Beichte verdonnert, die sie pflichtschuldig beim Pfarrer absolvierte, dem sie freilich nichts wirklich

Wichtiges erzählte. Mit fünf Ave-Maria und drei Vaterunser, die sie beten sollte, kam sie gut weg.

Am Nachmittag fuhr bei den Sonnbergers ein Jeep vor, und ein großer Soldat mit blitzenden Augen und MP-Binde am Arm beorderte Anna ins GYA zu einer Befragung. Anna musste ihre Näharbeit stehen und liegen lassen und sofort mitfahren. Im GYA traf sie auf Captain Bill und Sergeant Reilly, auch Paula wurde fast gleichzeitig mit ihr gebracht. Im Clubhaus hatte der Captain eine Art Verhörraum eingerichtet, wie Anna mit Schrecken bemerkte. Zuerst war Anna allein dran, ihr schlug das Herz bis zum Hals. Wenn sie nur eine bessere Lügnerin wäre! Oder hatte sie jemand verraten? Schlimmer noch, war die *Kranich* gefunden worden? Was hatte diese Heimlichtuerei zu bedeuten? Dass Captain Bill sie außerdem als Fräulein Sonnberger und nicht als Anna ansprach, wertete sie als schlechtes Zeichen.

»Nun, Fräulein Sonnberger, halten Sie es für möglich, dass Schiffe sich in Luft auflösen?«

»Nein, aber ich halte es für möglich, dass sie sich losreißen und abgetrieben werden.«

»Wir haben das gesamte Ostufer des Ammersees abgesucht, wir sind sogar mit dem Flugzeug über den See geflogen.« Captain Bill machte eine bedeutungsschwere Pause.

Anna wich das Blut aus dem Gesicht. Konnte man die *Kranich* vom Flugzeug aus sehen? So weit in der Tiefe lag das Schiff nicht.

»Nirgends eine Spur von der *Kranich*. So ein großes Schiff kann doch nicht einfach spurlos abtauchen!«, fuhr Captain Bill fort.

»Das wäre leider möglich. Es sind schon einige Schiffe verschwunden. Wenn es durch herumtreibende Gegenstände leckschlägt oder führerlos im Wind auf die Seite gedrückt wird, läuft ein Boot mit Wasser voll und sinkt binnen einer Minute. Der Ammersee misst an der tiefsten Stelle über achtzig Meter! Selbst wenn ein Schiff nur auf dreißig Meter unter Wasser liegt, findet man es nicht. Das Schiff gräbt sich mit der Zeit tief in den Schlick und vermodert unter Wasser.« Anna überlegte, ob sie Bruchstücke ins Spiel bringen sollte, ließ es dann aber bleiben, das wäre vielleicht zu auffällig. Je weniger Informationen sie herausgab, desto weniger konnte Captain Bill nachbohren.

Aber der Soldat setzte seine Befragung fort. »Du glaubst, die *Kranich* hat sich in der Gewitternacht losgerissen?«

»Ja, das denke ich. In der Nacht zog ein ziemlicher Sturm aus Westen auf mit starken Böen. Es ist nicht unwahrscheinlich, dass das Boot zur tiefen Zone des Sees getrieben wurde.«

»Fräulein Sonnberger, halten Sie das Verschwinden der *Kranich* für ein Unglück?«

Anna zuckte erst mit den Schultern, nickte dann zustimmend, traute sich aber nicht, Captain Bill dabei in die Augen zu sehen. Bestimmt war sie inzwischen knallrot angelaufen. Endlich wurde sie entlassen, Paula wechselte mit Anna den Platz. Verstohlen hatte Anna den Daumen nach oben gereckt und hoffte, dass Paula die Geste bei ihrer kurzen Begegnung im Flur gesehen hatte und richtig interpretierte. Paula war nach der langen Wartezeit vor der Tür weiß wie die Wand. Hoffentlich hält sie das Verhör durch, dachte Anna und ballte die Fäuste vor Aufregung.

Paula sah das Zeichen von Anna. Okay, Daumen nach oben, es lief nach Plan. Sie hatte sich vorgenommen, dass das Verhör heute die Wende bringen musste, denn Wolf und Dietrich waren immer noch im Landsberger Gefängnis inhaftiert. Wenn nicht, würde sie Captain Bill alles gestehen und die gesamte Schuld auf sich nehmen. Anna und Hedi waren nur ihr zuliebe dabei gewesen, das hatte sie jetzt eingesehen, und sie schämte sich wegen ihres patzigen Auftretens. Sie hielt sich an dem Gedanken fest, dass in naher Zukunft die *Kranich* wieder an ihrer Boje liegen und statt der amerikanischen Flagge wieder die Vereinsflagge wehen würde. Mit diesem Bild vor Augen ging sie ins Verhör.

Captain Bill sprach auch Paula so formal wie noch nie als Fräulein Seitzinger an und wirkte sehr distanziert. Obwohl der durchdringende Blick des Captains sie ins Schwitzen brachte, bestätigte Paula in dem Gespräch ebenfalls, dass es in der Vereinsgeschichte schon vorgekommen sei, dass sich ein Boot im Sturm losgerissen hatte.

»Ist dieses Boot dann wiederaufgetaucht?«, wollte Captain Bill wissen.

»Das Boot ist am Ostufer angetrieben worden, es hatte zwar einige Schäden, die jedoch repariert werden konnten.«

»Wie hieß das Boot denn?«, wollte der Captain wissen und beugte sich interessiert vor.

Jetzt kam Paula ein wenig ins Schwimmen, denn sie hatte sich die Geschichte ausgedacht. »Äh, das weiß ich leider nicht so genau, es war ein Schiff eines Mitglieds, ich glaube, es war von Werner. Aber Werner ist gleich in den ersten Kriegstagen gefallen, und das Boot haben die Erben verkauft. Es war irgendwas mit einer Blume oder so.«

»Kein Vogelname? Wie es sonst so üblich war hier im Yachtclub?«

»Wir führen in unserem Yachtclub den Kranich in der Standarte, den Vogel des Glücks. Es gab einige Vereinsboote, die Vogelnamen tragen, aber auch andere, wie beispielsweise *Ernst* für das Motorboot. Wir hatten früher auch zwei Yachten namens *Maxima* und *Mechthild*, jeweils benannt nach meinen Großmüttern. Die *Maxima* haben die Franzosen ruiniert, als sie nach Kriegsende einmarschiert sind, im Winter darauf wurde das Boot ausgeplündert. Sie haben ja gesehen, wie es noch vor ein paar Monaten hier aussah!«, entrüstete sich Paula und dachte mit Schaudern an die Bootsruinen.

Captain Bills Gesichtsausdruck war kaum zu deuten, Paula wurde wieder hinausgeschickt zu Anna. Sie hätte ihre Freundin gern gefragt, ob die Amerikaner ihr schon das Beweisstück präsentiert hatten. Ihr hatten sie es nicht gezeigt. Es konnte doch nicht sein, dass es noch nicht gefunden worden war! Einige lange Minuten später wurden Anna und Paula gemeinsam wieder hineingerufen.

Captain Bill nickte Sergeant Reilly zu, der etwas brachte, das er liebevoll in ein Tuch eingewickelt hatte. »Paula, Anna, ich möchte, dass ihr euch das hier ganz genau anschaut und mir ehrlich sagt, was ihr davon haltet. Anna, du zuerst.«

Anna beugte sich vor, und Sergeant Reilly ließ sie das präparierte Holzstück sehen. Es hatte durch die nächtliche Aktion noch einige Schleifspuren dazubekommen, sah aber wie ein perfektes Bruchstück aus.

»Also das sieht mir nach einem Stück einer Bootsplanke aus. Da stehen ja auch Buchstaben.« Anna beugte sich vor und las: »N, I, C und ein L.«

Jetzt schoss Paula alarmiert von ihrem Stuhl auf und beugte sich über das Holz. »Das ist kein L, sondern ein H. Hier steht ein *nich* – wie in *Kranich*«, schrie sie entsetzt auf.

Wie auf Kommando liefen Paula Tränen über die Wangen. Sie riss das Holzstück an sich. »Es ist von der *Kranich*! Ach, du Arme, was hat der Sturm nur mit dir gemacht?«, rief sie. Paula wollte das Holzstück nicht mehr hergeben, wiegte es wie ein kleines Kind, bis Captain Bill sie energisch aufforderte, es wieder zurückzulegen.

»Das ist das Einzige, das mir von meiner schönen *Kranich* geblieben ist«, schluchzte Paula und hielt es weiterhin ganz fest. Anna tätschelte ihr besorgt den Arm. Niemand entriss ihr das Andenken, aber Captain Bill ließ sie wieder vor die Tür bringen, wo Paula fortfuhr zu jammern. Anna versuchte, ein bestürztes Gesicht zu machen. Kurze Zeit später kam Captain Bill heraus.

»Wir gehen nach den jetzigen Erkenntnissen davon aus, dass die *Kranich* sich im Gewittersturm losgerissen hat und gesunken ist. Wir werden deshalb Wolf von Birkenstein und Dietrich Müller wieder freilassen und das GYA morgen wieder öffnen. Zur Sicherheit bleiben aber bis nach der großen Regatta einige Soldaten hier und bewachen das Gelände rund um die Uhr.«

Als die beiden Mädchen immer noch wie erstarrt dastanden, ergänzte er ein militärisches »Wegtreten!«.

Captain Bill verließ das Clubhaus, sprang auf den Beifahrersitz des Jeeps, und sein Fahrer brauste los. »Sie fahren nach Landsberg, um die beiden jungen Männer zu holen«, versicherte der eine MP-Soldat Paula. Jetzt nur kein Freudentänzchen aufführen! Von Paula fiel solch eine schwere Last ab, dass sie hätte schreien, tanzen und singen mögen, am liebsten alles gleichzeitig. Es hatte geklappt!

Anna zog sie vom Gelände, und sie rannten beinahe Richtung Landhaus. Als sie die Gartenpforte erreichten, entlud sich die Anspannung bei Paula mit einem lauten Juchzer. Sie rief nach Hedi, die gleich in den Garten kam. »Hedi, es hat funktioniert! Gerade holt Captain Bill Wolf und Dietrich aus Landsberg ab! Ich bin so glücklich!« Paula tanzte durch den Garten, schnappte sich Anna und wirbelte sie herum.

»Das müssen wir feiern! Kommt, ich hab noch was Feines im Keller!«, sagte Hedi und winkte die beiden ins Haus. Obwohl es ein warmer Tag war, bat Hedi ins Wohnzimmer und schloss die Fenster. Sie hatte noch eine kleine Flasche Sekt aufgetan, den sie nun in die guten Kristallgläser goss. Dazu bekam jede ein kleines Stück Apfelkuchen vom Blech, den Frau Pohlke frisch gebacken hatte.

»Jetzt erzählt mal, ihr zwei Hübschen!«

»Sie haben uns einzeln reingeholt, und Anna wurde als Erste befragt. Ich saß draußen vor der Tür und bin vor Angst fast gestorben. Und dann war ich dran, aber von dem präparierten Stück weit und breit keine Spur zu sehen! Ich war schon drauf und dran, alles zu gestehen und die Schuld auf mich zu nehmen!«, sprudelte es aus Paula heraus.

»Ich hab mir auch Sorgen gemacht, weil man mir jede Lüge an der Nasenspitze ansieht. Aber Paula war einfach großartig! Wie sie die Überraschte spielte und dann theatralisch um die *Kranich* getrauert hat, das war wirklich bühnenreif!«

»Da musste ich nicht viel spielen. Die *Kranich* ist weg, und ich kann sie nicht mehr jeden Tag sehen und mit ihr segeln gehen«, schniefte Paula.

»Wir holen sie ja bald wieder zu uns. Ich werde deinen Vater bitten, sich wegen einer Entschädigung an Captain Bill zu wenden. Schließlich ist unter seiner Verantwortung unsere beste Yacht verloren gegangen«, spann Hedi den Faden weiter.

»Aber, Hedi, das wäre wirklich dreist. Findest du das richtig?«, wandte Anna ein.

»Wenn unsere Geschichte glaubhaft sein soll, wäre das folgerichtig. Keine Angst, Anna, die Amerikaner werden nichts bezahlen, und wir fordern es nur zum Schein«, beruhigte Hedi sie.

Anna schüttelte den Kopf. Neben Hedi und Paula kam sie sich wieder mal wie ein unwissendes Mädchen vom Land vor.

»Aber viel wichtiger ist, dass Wolf freikommt! Liebe Anna, ich danke dir von ganzem Herzen, und bestell auch Eli meinen besten Dank!« Paula freute sich so sehr, doch gleich darauf verdunkelte sich ihr strahlendes Gesicht.

»Was ist denn, Paula?«, fragte Hedi besorgt.

»Ich habe gerade daran gedacht, wie Wolf wohl reagieren wird, wenn er erfährt, was ich getan habe. Sicher wird er böse auf mich sein.«

»Aber, Paula, Wolf ist doch Soldat gewesen und war lange in Gefangenschaft. Ein paar Tage Gefängnis machen ihm nichts aus, er wusste ja, dass er unschuldig ist.«

»Von mir aus kannst du ihm alles erzählen. Wolf ist ein guter Kamerad, genau wie Eli. Er wird uns nicht verpetzen«, sprach Anna ihr Mut zu.

»Genau! Und jetzt trinken wir auf die Freundschaft!« Hedi hob ihr Glas.

Leicht beschwipst ging Anna nach Hause. Der Vater war unterwegs, und Eli arbeitete allein in der Werkstatt. Anna schlüpfte hinein und strahlte ihn an. Er legte den Pinsel aus der Hand und wollte Anna auf den Mund küssen, doch sie drehte sich weg, sodass sein samtener Mund nur ihre Wange streifte. Sie wollte nicht hier in der Werkstatt mit Eli schmusen. Dann lachte Anna, sah Eli in die Augen und schmiegte sich doch wieder an ihn. Ein glückliches Gefühl perlte bis in ihren Kopf. »Ein Kuss für die gute Nachricht und ein Kuss für die schlechte«, sagte sie leichthin. »Welche willst du zuerst hören?«

»Immer die gute zuerst.«

»Die Amerikaner haben die Finte geschluckt!«

»Das ist eine wunderbare Nachricht!«, rief Eli und holte sich seinen ersten Kuss ab. »Und die schlechte?«, fragte er, als er wieder zu Atem kam.

»Dietrich wird auch freigelassen, und vermutlich wird er ziemlich sauer sein.«

»Wahrscheinlich hast du recht, aber ich glaube nicht, dass er die ganze Geschichte errät. Halt dich einfach so gut wie möglich von ihm fern!« Eli nahm Anna in den Arm und küsste sie zärtlich auf die Stirn.

»Ich habe auch eine gute Nachricht!«

Anna sah Eli an. Seine Augen glänzten erwartungsfroh. »Oh nein! Ist es schon so weit?«

»Das muss nicht das Ende bedeuten, Anna. Für uns beide könnte bald ein neues Leben in Freiheit beginnen!«

34

Neuigkeiten

Anna schlenderte zu Carlo. Er erzählte gleich, dass Wolf und Dietrich wieder auf freiem Fuß seien, und ließ Anna gegenüber durchblicken, dass er an die Geschichte mit der untergegangenen Yacht nicht glaubte. Auf die Frage nach dem Bruchstück, das er sich sehr gerne mal genauer anschauen würde, meinte Anna nur, dass es im Privatbesitz der Seitzingers sei.

Sie nahm sich vor, Paula zu bitten, das Beweisstück zu verbrennen, einer Prüfung durch einen Sachverständigen wie Carlo könnte es sicher nicht standhalten. Allein deshalb schon, weil so eine Yacht weit öfter als zweimal lackiert wurde und die Krümmung des Holzes nicht exakt war. Aber Carlo tappte nichtsdestotrotz im Dunkeln über den Verbleib der *Kranich*, genau wie alle anderen, und das freute Anna.

Sie besuchte ihn, weil sie sich als Lehrling ins Spiel bringen wollte. Aber Carlo beschied ihr, dass er noch nicht genügend Aufträge für einen Stift habe, und wenn er jemand anstellen würde, wäre das sein Neffe, der gelehrig sei und im passenden Alter. Das sei schon lange so ausgemacht, meinte Carlo, schließlich sei er nicht umsonst Taufpate von dem Buben.

Anna hatte ganz allgemein weitergefragt, aber da war der sonst so freundliche Carlo abweisend geworden. »Schlimm genug, dass immer mehr Frauen segeln wollen«, hatte er mit einem gehässigen Unterton gesagt, den Anna nie und nimmer von ihm vermutet hätte.

»Lass das nicht die Hedi hören, die ist jetzt sogar im Vorstand des Yachtclubs«, antwortete Anna.

»Es kommen wieder andere Zeiten, jetzt, wo die Männer aus dem Krieg zurück sind. Zum Glück müsst ihr eure hübschen kleinen Köpfe nicht anstrengen. Macht euch fein und kümmert euch um die Kinder!« Carlo lachte.

Anna reichte es. »Hast du das Geschwätz vom Stammtisch heimgebracht? Du bist doch sonst keiner, der so rückwärts denkt!«

Aber Carlo ließ sie einfach stehen und pfiff einen Schlager, während er seine Ohrenschützer aufsetzte und an einem Bootsrumpf schliff. Wutentbrannt verließ Anna die Werkstatt und dachte an den Berg Flickwäsche, der auf sie wartete. Die Kraft der Sonne ließ langsam nach, gestern hatte es den ersten Frühnebel gegeben, es roch erdiger, feuchter. Dieser Sommer würde bald zu Ende gehen, das spürte sie.

Am Samstag öffnete das GYA wieder seine Pforten. Beide Mädchen fürchteten sich vor dem ersten Zusammentreffen mit den jungen Männern, allerdings jede aus anderen

Gründen. Als Anna Paula wie gewohnt abholte, trotteten sie mit gesenkten Köpfen dahin.

»Du, Paula, es wäre gut, wenn du unser Beweisstück in den Ofen steckst! Carlo hat eine blöde Bemerkung fallen lassen, dass er es prüfen möchte. Wir sollten es auch nicht noch mehr Leuten zeigen.«

»Das hat Hedi schon erledigt. Ich fand es zwar unklug, denn wenn Captain Bill es noch mal sehen will, habe ich keine Erklärung, warum ich es nicht mehr besitze, aber Hedi sprach nur von einem Missverständnis, und schon wanderte es schön zerteilt in den Küchenofen.«

»Sehr gut! Gib dich trotzdem erst mal so, als ob es bei dir wäre. Ich bin mir sicher, dass Wolf und Dietrich es sehen wollen.«

Als Anna Wolf erwähnte, lächelte Paula schief und flüsterte: »Ob Wolf mir sehr böse sein wird?«

Das konnte sich Anna nicht vorstellen. »Das wird gut ausgehen!«, ermutigte sie die Freundin.

Ihr selbst wurde dagegen ziemlich mulmig, wenn sie nur an Dietrich dachte, und ihre Angst davor, dass er es nicht bei bösen Worten belassen würde, stieg.

Im GYA mussten sie wieder die Wachen am Tor passieren, auch Captain Bills Fahrer stand am Eingang. Er gab ihnen Bescheid, dass sich alle Mitarbeiter erst einmal auf der Terrasse des Clubhauses treffen sollten. Dort saß schon Wolf und blickte gedankenverloren auf den See hinaus.

»Grüß dich, Wolf, wie geht es dir?«, fragte Paula, die sich gleich neben ihn setzte. Wolf trug eine dunkle Sonnenbrille, die ihm wohl einer der Amerikaner geschenkt hatte, und lächelte. »Der Wolf ist kein Werwolf, deshalb bin ich nun wieder zurück und darf diesen Ausblick genießen.«

»War's denn schlimm im Gefängnis?«

»Ach wo, im Vergleich zu den Lagern in Russland ein Luxushotel. Ich wusste ja, dass ich unschuldig bin, mich hat es nur gewundert, dass die Amerikaner so heftig reagiert haben. Captain Bill hatte schließlich ein Einsehen. Es ist wohl ein Bruchstück der *Kranich* gefunden worden, oder?« Wolf drehte sich zu Anna und sah ihr direkt in die Augen. Ihr wurde blümerant, sie spürte seinen prüfenden Blick trotz der dunklen Gläser seiner Sonnenbrille. Sie presste die Knie zusammen, als könne sie so Halt finden.

»Die *Kranich* wurde nicht angeschwemmt, sie ist wohl untergegangen, und Sergeant Reilly hat ein Bruchstück gefunden«, bemühte sich Anna jetzt, lässig herauszubringen, während ihre Wangen sich verräterisch röteten. Wolf blickte ihr weiterhin in die Augen, und sie spürte seinen Zweifel. Er selbst sagte nichts dazu.

Sergeant Reilly kam mit Dietrich aus dem Boxclub. Augenscheinlich hatten sie trainiert, ihre Unterhemden wiesen Schweißflecken auf. »Na, Dietrich, hast du Dampf abgelassen?«, zog Wolf den anderen Mann auf, während dieser auf den Tisch zutrat.

Dietrich setzte sich. »Bring uns eine kalte Cola«, befahl er Anna.

Sie wollte schon erwidern: Ich bin doch nicht dein

Dienstmädchen, aber Dietrich starrte sie mit kalten Augen an. Sie stand auf, um ihn nicht wütend zu machen, und holte vier Flaschen aus der Küche.

»Ich sagte, kalte Cola, nicht so eine warme Brühe. Machst du das mit Absicht, du dummes Ding?«, zischte Dietrich sie an, als die dunkle Flüssigkeit beim Öffnen sprudelte.

»Na, na, na, so spricht man nicht mit einer jungen Dame!«, tadelte Captain Bill, der hinzugekommen war. »Schön, dass wir alle wieder hier zusammen sind! Die *Kranich* ist zwar verloren, aber wir werden für die große Regatta einige andere Yachten ausleihen. Anna und Paula, ihr bastelt bitte noch Dekorationen mit den Mädchen für die Regatta und die anschließende Party. Lasst euch was Hübsches einfallen, Girls! Wolf und Sergeant Reilly werden mit mir trainieren, und Dietrich wird sich um die Boote an Land kümmern.« Damit entließ er sie, und die Mädchen gingen ins obere Bootshaus.

Paula holte die Kiste mit dem Bastelmaterial und leerte Pappe und Papier unterschiedlicher Farben und Stärken auf den Arbeitstisch.

»Welche Farben sollen wir nehmen? Die amerikanischen?«, fragte Anna.

Paula schüttelte den Kopf. »Nein, wir nehmen die Farben des *Yachtclubs Ammersee*: Orange und Blau, und dazu falten wir Kraniche. Ganz viele Kraniche, das bringt Glück!« Anna wirkte blass. Sie knabberte wohl noch an dem Vorfall auf der Terrasse, deshalb ergänzte Paula:

»Dietrich sah nicht gut aus. Offenbar hat er die Haftzeit nicht so gut weggesteckt wie Wolf.«

»Jedenfalls ist seine Laune am Gefrierpunkt. Dem gehen wir lieber aus dem Weg«, meinte Anna knapp.

Sie ordneten ihre Stoff- und Papiervorräte, und als die ersten Mädchen eintrafen, machte sich die Basteltruppe sofort an die Herstellung bunter Wimpelketten sowie bunter Blüten aus Stoffresten. Aus Papier faltete Paula die ersten kleinen Kraniche, die wie Kunstwerke aussahen und die sie in einer Reihe aufstellten und sich daran erfreuten, bis Dietrich hereinkam. Er herrschte Anna an, sie habe ihm mit den Booten unten zu helfen, denn in der kleinen Werkstatt im unteren Bootshaus habe er das reine Chaos vorgefunden.

Bangen Herzens ging Anna mit ihm mit. Sie konnte die Wut, die Dietrich auf sie hatte, körperlich spüren und hielt so weit wie möglich Abstand. In der Werkstatt beugte sich Dietrich zu ihr und flüsterte: »Wie hast du das hingekriegt, dass Captain Bill dir deine Lügen glaubt? Die *Kranich* untergegangen? Das stinkt doch zum Himmel!« Er packte Anna am Arm. »Was musstest du dafür tun? Sag es, du Amiflittchen!«

»Lass mich los, Dietrich! Spinnst du! Hör auf, mich zu beschimpfen!«, schrie Anna und drehte sich von ihm weg. Schnell trat sie ins Freie und rannte nach oben. Auf halbem Weg kam ihr eine der Wachen entgegen. »Mädchen, was ist los? Brauchst du Hilfe?«

»Nein, es geht schon. Dietrich hat schlechte Laune!«,

tat Anna die Situation ab. Das fehlte ihr noch, dass Dietrich seine Anschuldigungen vor dem Wachmann wiederholte. Wie kam er nur auf solche Ideen? Als sie oben im Bootshaus war, zitterte sie am ganzen Körper.

»Was ist los, Anna? Kann ich dir helfen?«, fragte Paula besorgt und zog sie in eine geschützte Ecke.

»Dietrich ahnt etwas, und er denkt, ich hätte mit Captain Bill was angefangen!«

»Meinst du, er lässt uns auffliegen?«

»Wenn er Beweise hat, sicher! Aber dazu wird es nicht kommen, er hat nur Vermutungen. Wir müssen vorsichtig sein, Paula.«

An diesem Tag war Anna froh, als sie wieder zu Hause war. Schade, dass Eli heute nicht in der Werkstatt arbeitete, sie hätte ihn gerne gesehen, mit ihm geredet, und sie sehnte sich nach seiner zärtlichen Umarmung.

Die kalten Augen von Dietrich verfolgten sie noch im Schlaf.

Paula hingegen bekam, gleich nachdem sie im Landhaus angekommen war, Besuch von Wolf. Verlegen zog er einen Brief aus der Tasche, ein Schreiben seiner Mutter, das in seiner Abwesenheit gekommen war.

»Paula, ich brauche deine Hilfe! Meine Mutter schreibt mir, dass ich in München einen entfernten Verwandten habe. Und dieser Verwandte wohnt irgendwo in Schwabing, ich soll ihn finden und mit ihm sprechen.«

»Natürlich helfe ich dir! Weißt du, was? Eigentlich sollte ich heute nach München fahren, weil meine Familie auf einem Sommerfest eingeladen ist. Ich wollte mich schon davor drücken, aber wenn du willst, können wir den nächsten Dampfer nach Herrsching nehmen.«

»Das wäre mir sehr recht, denn im Brief steht etwas davon, dass der Verwandte krank sei.«

Wolf ging rasch in sein Quartier, und Paula rief ihre Mutter an, um sich für den Abend anzukündigen, was diese erfreute und unverzüglich zu neuen Plänen anregte.

Pünktlich trafen sich Wolf und Paula am Dampfersteg in St. Alban, die *Augsburg* schnaufte von Dießen heran und stieß einen hellen Warnpfiff aus, weil ein Ruderboot den Weg nicht freigab. Paula genoss es, Wolf alles zu zeigen, und wie zufällig suchte seine Hand die ihre.

Wie könnte sie Wolf ihre Gefühle offenbaren und gleichzeitig ihr Schweigen erklären? Paula überlegte fieberhaft. Doch weil ihr im Moment nichts einfiel, flüchtete sie sich in die Suche nach dem Verwandten, ließ sich alle Angaben, die Wolf dazu hatte, genau erklären und beschloss, als Erstes am Josephsplatz anzufangen. Es war kein leichtes Unterfangen, dorthin zu kommen, die wenigen Straßenbahnen waren meist überfüllt.

Schließlich erreichten sie den Platz, der vollgestellt und staubig wirkte. Von der Josephskirche stand nur noch der Turm, und ein provisorisches hölzernes Bauwerk hatte man als Notkirche ausgewiesen. In der Umgebung waren viele Häuser zerbombt worden, es war allerdings schon viel Schutt weggeräumt worden.

Unter der angegebenen Adresse fanden sie nur eine Ruine, aber im Kellergeschoss hatte sich eine Familie einen Verschlag eingerichtet. Eine verhärmte Frau kam heraus und musterte Wolf genau. »Sie suchen den Herrn von Birkenstein?«, lispelte sie schließlich.

Wolf nickte überrascht. »Ja, genau den suche ich, woher wissen Sie das?«

»Sie sehen ihm ähnlich. Der werte Herr ist umgezogen, wir passen derweil auf, dass hier nicht alles wegkommt.«

»Können Sie uns auch sagen, wo er jetzt wohnt?«

Die Frau hustete, setzte dann zu einer Erklärung an: »Sie gehen hier entlang, zwei Straßen weiter, biegen rechts in die Agnesstraße ab, und dann ist es gleich links. Da ist er zurzeit aber nicht, er liegt im Krankenhaus in Nymphenburg. Beeilt euch besser, es steht nicht gut um ihn!«

Sie bedankten sich, und Paula lief schnellen Schrittes voran. Es ging nun in ihre Richtung, aber sie wollte Wolf noch rasch zum Krankenhaus begleiten. Als sie endlich in der provisorisch wiederhergerichteten Klinik des Dritten Ordens ankamen, wollte der Pförtner sie nicht einlassen, die Besuchszeit war schon lange vorbei. Paula bot ihren ganzen Charme auf, daraufhin ließ er sich erweichen und erklärte ihnen den Weg.

Der Mann lag hinfällig in den weißen Laken, die Ähnlichkeit zwischen ihm und Wolf war dennoch unverkennbar, sie hatten dieselben braunen Augen. Er lächelte freundlich, als Wolf erklärte, wer er war.

»Mein Junge, du gleichst meinem Sohn, dem Roland,

Gott hab ihn selig! Komm, lass dich umarmen!«, rief der ältere von Birkenstein mit heiserer Stimme und zog sich mühsam am Bettgalgen zum Sitzen hoch. Wolf blieb bei seinem Verwandten, ein Großonkel väterlicherseits, und wischte sich verstohlen ein paar Tränen weg, während Paula aufbrechen musste. Sie beschrieb Wolf den Weg zu ihrem Elternhaus und dass er in der Küche Bescheid sagen sollte. Daraufhin zog Wolf eine Braue hoch. »Wenn ich dir peinlich bin, finde ich auch eine andere Möglichkeit zum Übernachten«, sagte er.

Paula schlug sich die Hand vor den Mund. »Nein, überhaupt nicht! Ich kann nur nicht einfach einen Mann mitbringen. Meine Mutter würde durchdrehen, außerdem muss ich mit ihr ausgehen. Ich werde dich erst morgen offiziell vorstellen können. Bitte versteh das nicht falsch!«

»Wäre es besser, wenn ich dich nach Hause begleite?«, fragte Wolf.

»Bitte geh nicht gleich wieder. Du kannst hier bei mir bleiben. Ich regle das mit den Schwestern«, bat Wolfs Großonkel. Wolf tat der einsame kranke Mann leid, und er entschied sich, zu bleiben. »Ich hole dich morgen für die Heimfahrt am Nachmittag ab«, sagte er zu Paula.

Mit dem Gefühl, dass sie sich mit ihrem Vorschlag bei Wolf nun schon wieder in die Nesseln gesetzt hatte, legte Paula rasch den Weg nach Hause zu Fuß zurück. Ihre Mutter wartete schon auf sie, und nach einer Katzenwäsche schlüpfte Paula in die Kleider, die ihre Mutter für sie herausgelegt hatte, und steckte ihre Haare hoch.

Auf dem Sommerfest spielte eine Band flotte Musik, aber Paula hatte Mühe, ausgelassen mitzufeiern. Schließlich gab sie sich einen Ruck und tanzte die meiste Zeit mit Ferdi Claasen, der ihr nach wie vor den Hof machte. Paula achtete darauf, nicht mit ihm in einen dunklen Winkel zu geraten, seine Küsse hatte sie noch in schauriger Erinnerung. Sosehr sie auch versuchte, Wolf aus ihren Gedanken zu verdrängen, die braunen Augen, die sie vorhin so gekränkt angesehen hatten, schoben sich immer wieder in ihre Gedanken. Sie entschuldigte sich mit Kopfschmerzen und fuhr mit ihrer Mutter nach Hause.

Im Salon erwartete die beiden Frauen schon Paulas Vater. Er rief sie gleich zu sich, kaum dass sie die Haustür geschlossen hatten, und bot ihnen etwas zu trinken an. Paula nahm einen Whiskey, der sie bereits beim ersten Schluck husten ließ. Aber heute stand ihr der Sinn nach etwas Stärkerem als dem Eierlikör, den sie normalerweise wählte.

Johann kam gleich auf den Punkt: »Was ist das für eine unglaubliche Geschichte mit der *Kranich*?«

»Jetzt lass das Kind in Ruhe, Hansi. Das war ein Unglück, das hat dir Captain Bill doch schon gesagt!«, warf Edith ein, die an einem Sherry nippte.

»Stimmt das, Paula? War es ein Unglück?«, fragte ihr Vater und musterte sie dabei aufmerksam.

»Wenn der Captain das sagt, wird es so gewesen sein. Vielleicht taucht die Yacht ja wieder auf!«

»Hoffen wir, dass es so sein wird. Es wäre wirklich

schade, wenn wir dieses schöne Schiff als verloren betrachten müssten.«

Paula nickte. Ihr Vater ahnte wohl mehr, war allerdings zu klug, um das in Anwesenheit ihrer Mutter zu äußern.

»Übrigens kommt morgen Wolf von Birkenstein vorbei und begleitet mich wieder an den See. Bitte seid nett zu ihm!«, sagte sie noch im Hinausgehen. Für den Moment konnte sie den Nachfragen ihrer Mutter aus dem Weg gehen, aber spätestens morgen würde das Verhör starten.

Tatsächlich hatte Paula am nächsten Morgen noch nicht einmal ihren ersten Schluck Kaffee getrunken, als ihre Mutter sich nach dem jungen Mann, diesem von Birkenstein, erkundigte.

Paula erzählte das Wenige, das sie wusste. Als ihre Mutter hörte, dass die Familie ihr ganzes Vermögen verloren hatte, reagierte sie sofort: »Paula, du weißt, dass ein Mann ohne finanzielle Mittel für dich nicht infrage kommt. Du kannst ihn dir gleich wieder aus dem Kopf schlagen!«

»Wie kommst du darauf, dass ich ihn mir aus dem Kopf schlagen müsste?«

»Ich bin deine Mutter. Aber das wird nichts, wir brauchen jemanden, der frisches Geld in die Firma bringt, und keinen Hungerleider ohne Ausbildung. Da nützt auch der Adelstitel nicht viel!«

»Mutter, ich bitte dich! Wolf von Birkenstein ist ein feiner Mensch und hat im Krieg alles verloren. Wie kannst du so hartherzig sein? Im Übrigen ist mir der Appetit vergangen!« Paula schleuderte ihre Stoffserviette auf den Tisch, stürmte nach oben und warf sich in ihrem Zimmer aufs Bett. Sie hatte das Gefühl, dass ihr alles entglitt.

35

Die große Regatta

In der Woche vor der großen Regatta wuselten viele Segler auf dem Gelände des *Yachtclubs Ammersee* herum. Wolf von Birkenstein wurde als Regattaleiter zusammen mit einem amerikanischen Soldaten eingesetzt, der normalerweise am Starnberger See segelte. Als Schreiber fungierte Dietrich.

»Immer mehr Teams melden sich an«, erzählte Wolf am Mittagstisch, an dem auch Paula, Anna, Dietrich und einige Kinder saßen. Es wurden bereits Boote hertransportiert, sodass es am Steg langsam voll wurde. Wolf schwärmte von der *Condor*, die Captain Bill von der früheren *Segelschule Dießen*, die neuerdings als *Bayerische Sportakademie* firmierte, ausgeliehen hatte. Bei der *Condor* waren die Kriegs- und Plünderungsschäden inzwischen repariert worden, sodass sie im Schulbetrieb genutzt werden konnte. Sie war mit knapp etwas über acht Meter Länge kürzer als die *Kranich* und segelte noch mit Gaffeltakelung.

Die *Condor* lag nun an der Boje der *Kranich*, führte das Segelzeichen P4, was sie als eine der ersten Yachten der

Bootsklasse *45er Nationale Kreuzer* auswies. Anna wusste, dass die *Condor* 1912 für einen Augsburger Adligen nach Plänen des berühmten Yachtkonstrukteurs Max Oertz in dessen Werft in Hamburg-Neuhof gebaut worden war, speziell zugeschnitten auf das Segelrevier Ammersee.

Die schöne Yacht hatte in den vergangenen Jahren gelitten, aber sie war immer noch ein schnelles Boot. Von der Sportakademie stammten noch zwei weitere Jollen für die amerikanischen Soldaten, ein Akademie-Team trat unter dem Namen *Die Seeadler* mit dem zweiten Kielboot an, das sie wieder ertüchtigt hatten. Auch Segler aus den Clubs am Ammersee aus Dießen, Riederau, Utting und Herrsching wollten teilnehmen. Sogar vom Starnberger See erhielten sie Meldungen, und tatsächlich wurden zwei Yachten von amerikanischen Soldaten überführt.

Ein Motorboot machte im GYA fest. Eigentlich war es mehr ein findiges Provisorium, einer der amerikanischen Flugzeugmechaniker hatte in ein Boot, dessen Motor auch geplündert worden war, einen Automotor eingebaut. Über dieses Boot waren alle froh, denn es vereinfachte vieles, war es doch Captain Bill den ganzen Sommer über nicht gelungen, für das GYA mehr als das Ruderboot *Ernestine* zu beschaffen.

Die Kinder tollten auf der Wiese herum, und die vier Betreuer redeten über die Regattavorbereitungen. Es gab einiges zu bedenken. Wolf holte seine lange Liste hervor, auf der schon vieles abgehakt war, und stellte fest: »Es ist schon erstaunlich, was möglich ist, wenn alle zusammenarbeiten.«

Anna nickte nachdenklich und erkundigte sich bei Wolf nach dem Reglement. »Nach welchem Modus wird die Regatta gestartet?«

»Die Boote werden in Klassen eingeteilt, die zeitversetzt starten. Die Jollen sind zuerst dran, dann werden die Boote immer schwerer. Ich orientiere mich da an den olympischen Vorschriften von 1900, das sollte am besten funktionieren unter den erschwerten Bedingungen, die wir hier haben.«

»Wie viele Teams haben sich denn angemeldet?«, fragte Paula nach.

»Das werden an die dreißig Boote sein, aber Captain Bill ist sich trotzdem ziemlich sicher, dass er gewinnen wird. Mit der *Condor* segelt er eine schnelle Yacht, die bei leichterem Wind die Nase vorn haben wird.«

»Wenn er sich da mal nicht täuscht! Aus Utting kommen auch zwei starke Mannschaften, da segeln die Amerikaner mit den deutschen Eignern zusammen«, warf Anna ein.

»Macht ihr beiden eigentlich mit?«, fragte Wolf.

»Selbstverständlich!«, sagte Paula.

»Ich habe euch nicht auf meiner Meldeliste«, brummte Dietrich.

»Mist, ich hab ganz vergessen, es dir zu sagen. Anna hat sich schon bei mir mit unserem Piraten *Amsel* angemeldet«, sprang Wolf ihr bei.

Dietrich funkelte Anna schon wieder böse an. »Da habt ihr Glück gehabt, die kleine *Amsel* wollte bis jetzt niemand. Wie heißt euer Team?«

»*Die wilden Piratinnen*. Und wir werden gewinnen«, erwiderte Paula schmunzelnd.

Dietrich ließ ein dreckiges Lachen hören, das Anna durch und durch ging. Keine Minute wollte sie länger mit ihm an einem Tisch sitzen! Sie stand auf und rief den Kindern zu: »Alle Mädchen herkommen, wir haben noch viel zu tun!«

»Ja, geht nur schön basteln. Das könnt ihr am besten«, höhnte Dietrich, was ihm einen strengen Blick von Wolf einbrachte.

»Musst du Anna immer so anblaffen? Sie hat dir doch nichts getan!«, sagte er so laut, dass Anna es noch hören konnte. Daraufhin zuckte Dietrich nur unwillig mit den Schultern und biss in sein drittes Sandwich. Eigens für die Regatta war wieder der Koch vom Airfield R-78 gekommen, um die amerikanischen Soldaten angemessen zu versorgen.

In dieser Woche waren hauptsächlich ältere Mädchen da, die Anna und Paula bei den Dekorationen halfen. Wenn gute Windverhältnisse herrschten, hörten sie nachmittags früher auf, denn Paula und Anna wollten mit der *Amsel* trainieren.

Wolf gab täglich Trainingskurse vor, die sie und einige andere absegelten. Bald waren ihnen die Bahnen vertraut, meistens wehte nur eine leichte Brise aus Nordost. Gestartet wurde immer gegen den Wind, dann kreuzen bis zur Boje eins, Raumschots zu Boje zwei, weiter mit Raumschots zu Boje drei, wieder kreuzen zu Boje eins, Vorwind-Kurs zu Boje drei und anschließend weitere Durchgänge. Diesen Kurs trainierten die beiden Piratinnen für die Wettfahrten.

Auch heute übten Anna und Paula, nachdem die Mädchen nach Hause gegangen waren. Beim Start haperte es noch, auch der Wechsel auf dem Vorwind-Kurs klappte noch nicht so zügig, wie Anna es sich wünschte.

»Hoffentlich bekommen wir am Sonntag guten Wind! Nichts finde ich zermürbender als Flauten«, meinte Paula, als sie die *Amsel* nach einer guten Stunde Training am Steg festmachten, weil der Wind einschlief.

»Es könnte sein, dass wir böigen Westwind bekommen«, spekulierte Anna und studierte den Himmel. Paula blickte jetzt auch nach oben, aber außer ein paar zarten Schäfchenwolken war nichts zu sehen.

»Das wäre ein Vorteil für alle, die sich im Revier gut auskennen.« Paula schmunzelte und verbeugte sich mit einem Hofknicks vor ihrer Steuerfrau Anna, die braun gebrannt auf den Steg sprang.

»Warten wir ab, ich würde sagen, wir haben eine echte Chance auf das Siegertreppchen! Hast du schon gesehen, was es zu gewinnen gibt?«

»Es gibt wohl einen Pokal und Medaillen und für den Gewinner auch hundert Dollar in bar. Amerikanische Dollar!«

»Das ist richtig viel Geld! Was würdest du mit deinen fünfzig Dollar machen?«

»Ich würde sie vermutlich für einen guten Zweck verwenden.«

»Du gibst es Eli? Alles?«, hakte Paula nach.

Anna nickte. Eli brauchte Geld für seine Auswanderung, das wusste sie von ihrem Vater.

»Dann gebe ich meinen Anteil auch Eli«, versprach Paula und hielt Anna die Hand hin, die sofort einschlug.

Was für ein Unterschied zum Anfang des Sommers!, stellte Anna für sich fest. Jetzt war Paulas Händedruck kräftig und voller Energie. Sie schien seit der Nacht im Wasser ihre Angstattacken überwunden zu haben, jedenfalls lebte Paula trotz ihres Liebeskummers wegen Wolf sichtlich auf. Sie hatte Anna erzählt, dass ihre Eltern Wolf, als dieser Paula am Sonntagnachmittag abholen kam, sehr reserviert begrüßt hatten, lediglich ihr Vater hatte mit ihm ein wenig über das Segeln gefachsimpelt. Die gemeinsame Rückfahrt an den Ammersee war recht schweigsam verlaufen.

Anna hatte ihr den Rat gegeben, auf einen geeigneten Moment zu warten und Wolf dann alles zu beichten. Aber noch hatte sich keine Gelegenheit ergeben, denn je näher der Tag der Regatta kam, desto hektischer wurde es im Yachtclub. Immer mehr Soldaten trafen ein, und im oberen Bootshaus wurde das Boxkammerl zum Schlafplatz umfunktioniert. Anna und Paula bekamen die Anweisung, mit den Kindern am Freitag alles wegzuräumen, damit dort noch weitere Übernachtungsgäste unterkommen konnten. Für diesen Zweck waren vom Fliegerhorst Fursty Matratzen und Decken herangeschafft worden.

Überall wurde nun Englisch gesprochen, und aus den

Radios drang der Sound der Amerikaner. Rauf und runter wurde der Nummer-eins-Hit *Smoke! Smoke! Smoke! (That Cigarette)* von Tex Williams & His Western Caravan gespielt, dazu immer wieder Lieder von Nat King Cole und Glenn Miller & His Orchestra. Eine schwungvolle Mischung dudelte laut, die Stimmung der Soldaten war unbeschwert, auch das warme Spätsommerwetter hielt an. Anna und Paula mussten nun häufiger einmal einen der Soldaten zurechtweisen, die mit ihnen flirten wollten. In Annas Kopf dröhnte immer wieder Dietrichs Stimme, die ihr »Amiflittchen« zurief.

Anna versuchte, sich mit Eli zu treffen, aber abends kam sie wegen des Regattatrainings meist erst in der Dämmerung nach Hause und fiel dann geschafft ins Bett. Hedi hatte Anna ihre alten Segelhandschuhe mit Lederbesatz zugesteckt, die sie bei den vielen Manövern auch gut gebrauchen konnte. Sie waren zwar ein bisschen eng, Anna hatte größere Hände, besser als aufgerissene Handflächen waren sie aber allemal.

Heimlich hoffte Anna, dass Eli länger in Dießen bleiben würde, denn das Drama um die Passagiere des Flüchtlingsschiffes *Exodus 1947* verschlimmerte sich von Tag zu Tag. Zurück in Frankreich waren nur wenige alte und gebrechliche Passagiere von Bord gegangen. Nun waren die drei Gefangenenschiffe, auf die sie verteilt worden waren, wieder auf See. Den Überlebenden des Holocaust wurde angedroht, dass sie wieder nach Deutschland gebracht und dort in einem früheren Konzentrationslager in Lübeck untergebracht werden würden. Anna fand diese

Vorstellung ganz furchtbar und hoffte auf ein Einlenken der Briten. In den Radionachrichten hieß es, dass die Briten so ein Zeichen gegen die illegale Einwanderung setzen wollten.

Momentan befanden sich die Schiffe gerade in Gibraltar, und die Passagiere hofften auf eine Einreise nach Dänemark. Aber dort lebten schon Tausende deutsche Flüchtlinge, und die Flüchtlingslager in Zypern waren ebenfalls übervoll belegt. Dorthin verfrachteten die Briten diejenigen, die sie bei der illegalen Einreise nach Palästina erwischten. Wie sollte ausgerechnet Eli da an eines der begehrten tausendfünfhundert Einwanderungszertifikate kommen, die die Briten jeden Monat ausgaben? Eli würde wohl eher die illegale Einwanderung, Alija Bet, wählen, vermutete Anna, denn Eli hatte ihr nie etwas Konkretes mitgeteilt. Überall herrschte so viel Sprachlosigkeit. Anna kam es vor, als ob auch ihr Mund austrocknen würde.

In der Nacht vor der Regatta wechselte das Wetter, es zog ein starkes Gewitter über den See. Am frühen Morgen blies noch ein ordentlicher Westwind mit starken Böen. Anna holte wie immer Paula ab, in ihrem Rucksack hatte sie Anorak und Wechselkleidung dabei. »Das könnte heute ungemütlich werden!«, meinte sie fröstelnd.

Die erste Wettfahrt war für neun Uhr angesetzt, je nach Wetterbedingungen sollten bis zu vier weitere folgen. Wolf rief die Teilnehmer mit einem Megafon erst um halb zehn an die Startlinie, da es Probleme mit dem improvisierten Motorboot gegeben hatte. In der Bucht war das Wasser noch relativ ruhig, aber kaum waren sie ein Stück vom Ufer entfernt, fegte die erste Böe über sie hinweg. Noch vor der Startlinie kenterten die ersten Jollen, da die Amerikaner auf die Wucht des Windes nicht vorbereitet waren. Anna hatte das Großsegel etwas gerefft, weil die beiden Frauen nicht so viel Gewicht in den Trimm werfen konnten. Dadurch wurde ihre Fahrt zwar etwas gedrosselt, aber Anna hoffte, dieses Manko durch geschicktes Manövrieren ausgleichen zu können. Auf jeden Fall versprach es mehr Sicherheit.

Jetzt standen sie bereits kurz vor der gedachten Startlinie, und Anna versuchte, eine gute Position zu halten. Das Signal zum Start wurde angezeigt. Sie zog das Großsegel an und hielt sich hart am Wind. Die *Amsel* schoss vor, bei den Wenden verloren sie keinen Raum, und bald setzten sie sich an die Spitze. Bis zum ersten Vorwindkurs lagen sie vorne, dann wurden sie auf der Geraden von zwei Amerikanern in einer Jolle überholt, schließlich schlossen die schwereren Boote auf, die später gestartet waren.

Beim zweiten Kreuzkurs kämpften sich Anna und Paula zurück an die Spitze, neben ihnen segelte die *Condor*. Bei Boje drei war die *Amsel* einen Tick schneller als die *Condor*, die etwas abfallen musste, was Sergeant Reilly sichtlich ärgerte. Was dann allerdings geschah, hätten sich die beiden Frauen in ihren kühnsten Träumen nicht ausdenken können.

Sergeant Reilly stellte sich im Boot auf, zog vor der nächsten Boje seine Pistole, die er den beiden Mädchen zeigte. Er schrie auch etwas, was Anna im Wind kaum hörte. Sie sollten wohl abdrehen, vermutete sie.

Zunächst dachte Anna, der Soldat mache einen schlechten Scherz, da ertönte ein Knall. Reilly hatte tatsächlich einen Warnschuss gen Himmel abgegeben. Anna traute sich nicht mehr, zu atmen, lockerte sofort ihren Griff, die Segel begannen zu flattern, und die Yacht zog vorbei. Anna dröhnte das Blut im Kopf, auch Paula saß bleich auf ihrem Posten. Ein solch unsportliches Verhalten hätte sie dem ehrgeizigen Sergeant Reilly nicht zugetraut.

Weil sie bereits so weit vorne gelegen hatten, kamen sie immerhin noch im Mittelfeld ins Ziel. Der Wind ließ nicht nach, und so fanden Anna und Paula auch keine Zeit, sich zu besprechen. Wolf startete direkt im Anschluss und ließ sie nicht an Land gehen. Anna wollte eigentlich aufgeben, aber Paula schüttelte heftig den Kopf, als Anna zum Ufer zeigte. »Nein, wir machen weiter! Wir lassen uns nicht kleinkriegen!«

Anna dachte an Eli und an das Preisgeld, das sie ihm geben wollte. Sie biss die Zähne zusammen, bis es schmerzte. Aber ihr Siegeswille war verschwunden, sie machte Fehler, hielt zu großen Abstand und segelte defensiv. Nach diesen zwei Wettfahrten zog der Wind noch mal an, und Wolf schickte das Starterfeld an Land. Paula wollte sofort zu Wolf, um zu protestieren. Die *Condor* lag auf Platz eins, der Platz, der eigentlich Anna und Paula zugestanden hätte. Aber niemand wollte etwas gesehen oder gehört haben, und so entschied sich Wolf auch da-

für, den angeblichen Pistolenschuss als Hirngespinst ab-
zutun. Vermutlich sei nur ein Stag gerissen, das höre sich
fast gleich an, meinte er.

Wutentbrannt stapfte Paula zu Anna. »Das darf doch
wohl nicht wahr sein! Wir werden hier überhaupt nicht
ernst genommen, aber den ersten Platz müssen sie uns
schon streitig machen. Das kratzte wohl doch zu sehr am
Selbstbewusstsein der werten Herren!«

»Nicht so laut, Paula, das wird uns nicht helfen. Wir
liegen jetzt bereits auf einer hinteren Position, wir schaffen es auf keinen Fall mehr auf die ersten Plätze. Lass uns
doch aufhören!«

»Das kommt nicht infrage. Eine Seitzinger schmeißt
nicht die Flinte ins Korn!«

»Welche Flinte?«

»Na, du weißt schon, wir geben nicht auf!«

»Ja, hab ich ja verstanden, aber denkst du, dass Sergeant Reilly wirklich auf mich gezielt hätte, wenn wir die
Condor nicht vorbeigelassen hätten? Dass er unser Können kaum ertragen kann, weiß ich ja, aber dass Captain
Bill das zugelassen hat, das macht mich wirklich traurig!«

»Na, ihr zwei Piratinnen! Hat wohl nicht geklappt mit
dem Gewinn«, rief Dietrich ihnen nun grinsend zu.

»Wie, es geht nicht weiter?«

»Die Regatta ist zu Ende. Die Wettkampfleitung hat
entschieden, dass der Wind inzwischen zu stark ist. In einer halben Stunde ist Siegerehrung!«

Die beiden jungen Frauen spürten nicht die geringste
Lust, der Siegerehrung beizuwohnen, das wäre ihnen aber

als unsportliches Verhalten ausgelegt worden. Deshalb räumten sie die Segel der *Amsel* auf, zurrten das Boot fest und schlüpften in trockene Kleidung. Paula steckte sich sogar noch die Haare auf. Es gelang ihr, sich fröhlich zu geben, während Anna versteinert neben ihr stand. Ihre Miene heiterte sich auch nicht auf, als Captain Bill verkündete, das Preisgeld von einhundert Dollar an die Ordensschwestern von St. Alban spenden zu wollen, die Babys und kleine Kinder betreuten, die in Notlagen von ihren Müttern abgegeben worden oder Waisen waren.

»Immerhin, so viel Anstand hat der Captain noch, dass er das Preisgeld nicht für sich behält!«, flüsterte Paula. Aber Anna nahm alles wie in Trance war. Es wunderte sie, dass Paula so schnell einlenkte, aber vermutlich fand sie es unklug, Aufmerksamkeit jedweder Art auf sich zu ziehen.

36

Große Gefühle und ein Übergriff

Am nächsten Morgen mussten Anna und Paula wieder zum Dienst antreten, der Montag startete mit Aufräumarbeiten, und bald hingen nur mehr die drei Piraten am Steg, die Boje der *Kranich* war wieder verwaist, und am frühen Nachmittag begann es zu regnen. Das neue Schuljahr hatte angefangen, und das GYA öffnete wieder später. Wie lange es die Einrichtung noch geben würde, war ungewiss, es lag eine Abschiedsstimmung in der Luft. Deshalb brachten Anna und Paula das obere Bootshaus in Ordnung und sortierten ihre Bestände in Materialkisten, die Paula liebevoll beschriftete.

Zu Schulzeiten waren die beiden jungen Frauen wieder als Nachhilfelehrerinnen gefragt. Paula kramte ihre Bücher hervor und widmete sich hingebungsvoll den Kindern. Sie selbst wartete auf einen Bescheid der Ludwig-Maximilians-Universität, bei der sie sich nach telefonischer Rücksprache mit der Zweitschrift ihres Abiturzeugnisses schriftlich beworben hatte. Im Studiensekretariat hatte sie als derzeitige Adresse das Landhaus Seitzinger angegeben. Zur Einschreibung würde sie allerdings zumindest die Einwilligung ihres Vaters vorweisen müssen. Das wollte sie klären, wenn es so weit war, denn es war ja noch keineswegs sicher, dass sie angenommen wurde.

Am Nachmittag, als die beiden jungen Frauen Kekse und die Limo für die Kinder holten, trafen sie auf Wolf und Dietrich. Die Stimmung war angespannt. Wolf behandelte Paula kühl, Dietrich motzte und fuchtelte mit einem Stock herum. Als sie auseinandergingen, rannte Wolf Paula hinterher. »Paula, auf ein Wort!«

»Gerne, Wolf, aber nicht hier, zwischen Tür und Angel.« Sie zögerte einen Moment und dachte nach. »Wir schließen heute früher, dann können wir uns zu einem Spaziergang treffen, während Anna hier auf mich wartet. Du weißt ja, dass wir immer zu zweit gehen.«

»In Ordnung, ich hole dich um halb fünf ab. Bis später!«

Paula nickte und ging schnellen Schrittes ins Bootshaus. Während sich die Mädchen auf die Süßigkeiten stürzten, zog Paula ihre Freundin in eine stille Ecke. »Wolf will nachher mit mir reden, allein. Was soll ich denn jetzt tun?«, jammerte sie und rang ihre Hände.

»Das ist die Gelegenheit, über die wir schon gesprochen haben. Du solltest ihm deine Gefühle zeigen.«

»Aber wie? Ich habe das noch nie gemacht. Was soll ich denn sagen?« Paula hob die Achseln.

»Lass erst einmal ihn reden. Vielleicht musst du gar nicht mehr viel sagen.«

»Ja, ich will! – Das will ich sagen!« Paula lachte und

wirbelte Anna herum. Dann hielt sie inne. »Ist das okay, dass wir alleine spazieren gehen? Wartest du auf mich?«

Anna versprach es, während sie sich umsah und zur Tür blickte. Im Kreis der Kinder fühlte sie sich sicher. Sie kümmerte sich wieder um die Mädchen, die heute viel zu erzählen hatten, von neuen Gesichtern in der Klasse, unbekannten Lehrerinnen und wer neben wem sitzen musste. Anna freute sich mit den einen und tröstete die anderen.

Bald würde sie auch wieder zur Schule gehen, zur Berufsschule nach Weilheim wahrscheinlich. Das fühlte sich jetzt schon seltsam an. Ihre Lehrstelle fing sie erst zum 1. Oktober an, das hatte ihre Mutter mit der Lehrherrin so ausgemacht, damit sie die Saison im GYA beenden konnte. Dann allerdings würde es den ganzen Tag nur noch Nadel und Faden, Stoffe und Schnitte geben. Ihr grauste davor.

Anna las den Mädchen, die langsam zur Ruhe kamen, noch aus einem Märchenbuch vor, als Paula schon mit Wolf unterwegs war. Aus dem Augenwinkel beobachtete sie, wie Dietrich ins Boxkammerl schlich.

Paulas Herz schlug ihr bis zum Hals. Sie war so aufgeregt, dass sie sich mehrmals räuspern musste. Neben sich spürte sie die warme Energie, die von Wolf ausging. Am liebsten hätte sie ihre Hand in seine gelegt, aber Wolf schaute streng. Paula wartete, ob er von sich aus mit dem Reden anfing. Beinahe hielt sie das Schweigen nicht mehr aus, da begann er endlich, zu sprechen. »Weißt du, Paula, du und die Anna, ihr beide seid ziemlich geschickte Seglerinnen. Und wie gut ihr seid, das habt ihr gestern gezeigt. Wenn die Sache mit dem Schuss nicht passiert wäre, dann hättet ihr die Wettfahrt gewonnen. Und das mit der lahmen *Amsel*!«

»Ach, jetzt auf einmal gibst du es zu! Gestern waren es noch Hirngespinste!«

»Ich wollte euch schützen. Wenn ihr gewonnen hättet, meinst du nicht, dass Captain Bill und die anderen MP-Soldaten dann eins und eins zusammengezählt hätten? Die *Kranich* untergegangen? Dass ich nicht lache!«

»Ich weiß nicht, was du meinst«, antwortete Paula.

Wolf riss sie herum, sodass er ihr nah gegenüberstand. »Du kannst es ruhig zugeben. Anna und du, ihr habt die *Kranich* weggebracht! Und ihr habt zugelassen, dass Dietrich und ich verhaftet werden«, sagte er zornig und fuhr nach einer kleinen Pause fort, als Paula nicht reagierte. »Weißt du, die Anna trifft keine Schuld, sie hilft dir, weil sie deine Freundin ist. Aber ich weiß genau, wie viel die *Kranich* dir bedeutet! Und ich kann dich sogar verstehen. Ich würde dir wahrscheinlich auf der Stelle verzeihen, wenn du endlich die Wahrheit sagst und mich nicht mehr anlügst.«

Paula nahm all ihren Mut zusammen. »Du hast recht, Wolf, ich liebe die *Kranich*, und es hat mir das Herz zerrissen, als die Amerikaner dich verhaftet haben. Ich wollte schon alles gestehen, aber gleichzeitig wollte ich die anderen nicht denunzieren. Kannst du mir verzeihen?« Den letzten Satz flüsterte sie, und sie merkte, wie sich eine Träne aus ihrem linken Auge drückte.

»Welche anderen? Wer war denn noch dabei?«

Jetzt hatte Paula sich auch noch verplappert! Sie musste Wolf nun wohl oder übel vertrauen. »Ohne Hedi hätten wir es nie und nimmer geschafft. Es war so schon eine ziemlich riskante Fahrt bei dem Unwetter. Aber bitte, verrate uns nicht. Die Amerikaner haben doch die Sache mit dem Untergang der *Kranich* geschluckt!« Sie erzählte ihm nun die ganze Geschichte.

»Das war ziemlich schlau von euch. Ich wette, da ist die Anna draufgekommen«, stellte Wolf schließlich bewundernd fest.

»Was hast du nur immer mit der Anna? Gehört ihr dein Herz?«, wollte Paula jetzt wissen und sah Wolf eindringlich an. Bange Sekunden verstrichen, in denen sie ihn nicht einen Wimpernschlag aus den Augen ließ.

Wolf lachte und strich dann eine Locke aus Paulas Gesicht: »Dummerchen, ich liebe nur dich! Von der ersten Sekunde, als wir uns am Bahnhof gesehen haben, hatte ich nur Augen für dich! Du bist meine Sonne am Himmel!«

Paula war es, als ob endlich eine Tür aufging und strahlendes Licht eine dunkle Kammer flutete. Er liebte sie! Vom ersten Augenblick an! Sie war seine Sonne! Sie schloss die Augen, wollte das Glücksgefühl, das sie durchströmte, noch einen Augenblick genießen und stellte sich auf die Zehenspitzen. Endlich fanden ihre Lippen zueinander. Wolf hielt sie in den Armen, und sie küssten sich.

Erst zärtlich, dann leidenschaftlicher. Es fing wieder an zu regnen, doch das störte sie nicht.

Irgendwann löste sich Wolf von ihr und fand, dass sie beide wie getaufte Mäuse aussahen und lieber ins Trockene gehen sollten. Sie schlenderten noch eine Weile, Paulas Hand lag in Wolfs. Es fühlte sich viel besser an, als sie es sich ausgemalt hatte. Sie tauchten unter den Schutz einer Birke, um sich noch einmal einen langen Kuss zu geben.

Dann hatte Wolf noch eine Frage auf dem Herzen, und es fiel ihm sichtlich schwer, sie zu stellen. »Paula, ich kann dir gar nichts bieten. Meine Familie hat alles verloren, ich habe keinen Beruf. Wie soll das denn weitergehen?«

»Gib mir ein bisschen Zeit, ich spreche mit meinen Eltern. Bis dahin müssen wir unsere Liebe geheim halten!«

»Ich bin kein Freund von Heimlichkeiten.«

»Du hast mich jetzt schon so lange heimlich geliebt, ich habe schon gedacht, du magst mich gar nicht!«, scherzte Paula und knuffte Wolf in die Seite. Für den Rückweg zum GYA benötigten sie reichlich Zeit. Immer inniger wurden die Umarmungen, und Paula kam ganz erhitzt und aufgelöst im GYA an. Kinder waren inzwischen keine mehr da, auch die Wachen am Tor waren wieder abgezogen. Aber Paula hörte jemanden schreien.

»Hörst du das auch?« Sie stupste Wolf an. Der lauschte angestrengt, dann deutete er auf das untere Bootshaus. Rasch liefen sie los, und immer deutlicher hörten sie, dass eine Frau um Hilfe rief.

»Das ist Anna!«, rief Paula und legte noch einen Zahn zu. Hoffentlich war ihr nichts passiert! Paula riss die Tür des unteren Bootshauses auf, darauf gefasst, einen Einbrecher vertreiben zu müssen. Hinter ihr stand Wolf, der sich noch rasch mit einem Besen bewaffnet hatte. Ungläubig blickte Paula auf die Szene, die sich ihnen nun bot: Anna wurde von Dietrich an die Wand gedrängt, der ihre Arme festhielt und versuchte, sie zu küssen. Was Anna ganz offensichtlich nicht wollte, so wie sie den Kopf schüttelte und schrie.

Paula reagierte noch vor Wolf und griff nach Dietrichs Hemd, um ihn von Anna wegzuziehen, worauf Dietrich nach hinten ausholte. Jetzt war Wolf zur Stelle, packte seinen Arm und drehte ihn auf den Rücken.

»Sei auf der Stelle ruhig!«, zischte Wolf ihn an.

Anna schob sich von Dietrich weg. Sie musste sich an der Wand abstützen, sonst wäre sie gefallen. Paula war hin- und hergerissen, sollte sie zu Anna laufen oder Dietrich aus dem Bootshaus bugsieren? Wolf rief ihr zu, sie solle ihm helfen, und Paula packte Dietrich an der anderen Seite. Gemeinsam beförderten sie ihn nach draußen. Wolf nickte Paula zu, die nun zu Anna eilte. Sie zog ihre Jacke aus, breitete sie über ihre Freundin, die zusammengekauert auf dem Boden saß, und setzte sich zu ihr. »Anna, es ist vorbei, Dietrich kann dir nichts mehr tun. Was ist denn passiert?«

»Ihr wart weg, und ich wollte im unteren Bootshaus aufräumen, und plötzlich war Dietrich hinter mir und hat mich wieder beschimpft. Ich würde es mit jedem treiben, und jetzt sei er dran! Erst habe ich ihn noch ausgelacht, aber dann hat er versucht, mich ...« Anna versagten die Worte.

»Tut dir irgendetwas weh? Hat er dich verletzt?«, fragte Paula sanft.

»Ich werde wohl ein paar blaue Flecken bekommen, nichts Schlimmeres.«

»Gott sei Dank sind wir rechtzeitig gekommen! Das wird schon wieder, komm, wir bringen deine Kleider in Ordnung.« Paula half ihrer Freundin auf.

Draußen hörten sie Dietrich mit Wolf laut diskutieren. »Wenn du mich anzeigst, sag ich Captain Bill die Wahrheit!«, schrie Dietrich.

Paula rannte hinaus. »Schrei doch noch lauter, dann nimmt dich der Captain gleich wieder fest.«

»Du und deine verlogene Freundin, ihr beide könnt mir nicht drohen. Ich weiß sehr genau, wer die *Kranich* weggesegelt hat. Vermutlich habt ihr sie in einem Heuschober vor den Amis versteckt, und uns hättet ihr in einer Gefängniszelle verrotten lassen! Was bildet ihr euch eigentlich ein? Und überhaupt, die Anna hat mich die ganze Zeit schon scharfgemacht, die wollte es, und jetzt tut sie wie die heilige Jungfrau!«

»Reiß dich zusammen! Schluss jetzt!«, forderte Wolf.

»Dann lass mich endlich los! Das ist ja lächerlich!«, wütete Dietrich.

»Wir vergessen die ganze Sache, aber du darfst dich Anna nicht mehr nähern. Anna ist für dich tabu. Versprich mir das!«, sagte Wolf.

»Von mir aus! Auf so eine prüde Pute habe ich ohnehin keine Lust!«, antwortete Dietrich schnippisch.

Nun ließ Wolf Dietrich los, der sich sofort den schmerzenden Arm rieb und angewidert das Gesicht verzog. Aber er verließ nun ohne weiteren Protest das Gelände.

Anna hatte im Innern des Bootshauses alles mitgehört. Jetzt tat Dietrich so, als ob sie es gewollt hätte, dabei ekelte es sie, wenn sie nur an die Berührung seiner kalten Finger dachte. Sie hatte kein Begehren in seinen Augen gesehen, nur eine Kälte, die sie jetzt noch zittern ließ.

»Ihr ... ihr könnt doch den ... den Dietrich nicht einfach laufen lassen«, stotterte sie, als Paula wieder reinkam.

»Ach, Anna, es tut mir so leid, dass dir das passiert ist. Zum Glück waren wir rechtzeitig da, um noch Schlimmeres zu verhindern. Aber zu unser aller Schutz dürfen wir jetzt nichts riskieren. Und Dietrich hätte sonst alles rausposaunt, was er sich zusammengereimt hat. Dann wäre die Aktion für die *Kranich* umsonst gewesen.«

Anna fehlten die Worte. Paula und Wolf hatten das Ärgste verhindern können, das stimmte. Aber sie fühlte sich trotzdem elend und verängstigt. Dietrich war so aggressiv gewesen und hatte ihr zudem eine saftige Ohrfeige verpasst. Ihre Wange schmerzte. Sie hätte nie gedacht, dass Dietrich so weit gehen würde.

»Ist Wolf noch draußen?«, fragte sie. Vor ihm schämte sie sich am meisten, am liebsten hätte sie sich verkrochen.

»Nein, sie sind beide weg, und Wolf behält Dietrich im Auge. Komm, wir gehen schnell rauf ins obere Bootshaus, dann näh ich dir die Knöpfe wieder an.«

Mit weichen Knien stand Anna auf und schleppte sich wie eine alte Frau nach draußen. Dass Knöpfe an der Bluse fehlten, hatte sie gar nicht gemerkt. Im oberen Bootshaus trafen sie auf Sergeant Reilly, der gerade zurückkam und nun prüfte, ob alles aufgeräumt war. Er schaute die beiden Frauen verwundert an. »Nanu, was macht ihr denn noch hier? Ist was passiert?«

Neugierig schaute er Anna an, auf deren Wange sich langsam ein blauer Fleck abzeichnete.

»Sie ist gegen die Tür gerannt im unteren Bootshaus und beim Fallen hängen geblieben, wir müssen jetzt noch etwas flicken«, plapperte Paula gleich an Annas Stelle los.

»Anna, stimmt das?«, fragte der Sergeant und schaute sie ernst an.

»Ja, genau so war es. Aber jetzt sollten wir schnell machen, ich muss nach Hause!«, sagte Anna leise.

»Okay, ich ziehe mich zurück. Sagt mir Bescheid, wenn ihr geht.«

Paula wartete, bis der Sergeant das Bootshaus verlassen hatte, sah aber, dass er vor der Tür stehen blieb und sich eine Zigarette anzündete.

»Los, Anna, schlüpf schnell aus der Bluse. Ich hab das gleich!«

Anna bewegte sich mechanisch vorwärts. Ihr war kalt, und sie wusste nicht, ob ihr jemals wieder warm werden würde. Irgendwie schafften sie es, bis zum Landhaus Seitzinger zu laufen, dann drohte sie umzukippen. Paula zog sie rasch ins Haus, lotste sie in ihr Zimmer und wickelte eine Decke um sie. Hedi war mit den Kindern unterwegs, um Lebensmittel zu organisieren. Paula lief zu Frau Pohlke hinunter und bat sie um einen starken heißen Tee. Sie kam mit einem Tablett beladen wieder hoch in ihr Zimmer, in den schwarzen Tee schüttete Paula reichlich kostbaren Zucker.

Anna trank das heiße Getränk in kleinen Schlucken und spürte, wie die süße Flüssigkeit sie zu wärmen begann. Als sie eine große Tasse getrunken hatte, war ihr unter der Decke schon fast heiß, und sie ließ sie auf den Boden gleiten. »Ich muss nach Hause, es wird schon dunkel«, brachte sie hervor.

»Ich begleite dich wie versprochen!«

»Dann musst du ja im Dunkeln allein zurück! Das geht nicht!«, widersprach Anna mit erhobener Stimme.

»Wir nehmen das Fahrrad, dann geht es ganz schnell.«

Paula bot Anna die Mitfahrt auf dem Gepäckträger an und strampelte los. Tatsächlich waren sie rechtzeitig vor Einbruch der Dunkelheit bei den Sonnbergers, und auch dort erzählte Paula die Geschichte von der Tür, sodass Annas Mutter gleich eine kühle Kompresse auf die Wange ihrer Tochter legte.

»Bis morgen, meine liebe Anna«, wisperte Paula in Annas Ohr und verabschiedete sich. Auf der Heimfahrt dachte sie nach: Wie konnte an einem Tag, an dem sie

Wolf endlich ihre Liebe gestand, Anna so etwas Übles widerfahren? Dietrich musste endlich verschwinden!

37

Der Clubabend

Am nächsten Morgen wartete Paula vergeblich auf Anna und ging dann mit schlechtem Gewissen allein los. Sie hatte solche Sehnsucht nach Wolf, dass es sie fast automatisch Richtung GYA zog. Vielleicht würde Anna ja später kommen. Obwohl, das sah ihrer Freundin gar nicht ähnlich. Anna war stets zuverlässig und pünktlich. Wenn sie jetzt nicht kam, dann ging es ihr vermutlich schlecht. Sie sorgte sich um Anna, wusste aber nicht genau, wie sie ihr helfen konnte. Aber sie könnte zumindest dafür sorgen, dass Anna diesen fiesen Rohling nicht mehr sehen musste. An diesem Punkt würde sie gleich heute ansetzen. Vielleicht kam er auch gar nicht, das wäre das Beste!

Als sie im GYA ankam, entschuldigte sie Anna bei Sergeant Reilly. Dietrich war heute im Boxkammerl, sie sah durch den offenen Türspalt, wie er wütend auf einen Sandsack eindrosch. Kopfschüttelnd machte sich Paula auf die Suche nach Wolf, den sie im unteren Bootshaus antraf, wo er gründlich putzte. Offenbar war das seine Art, mit der Sache umzugehen, denn er schrubbte verbissen den bereits sauberen Boden. Unsicher blieb sie an der Tür stehen, bis Wolf sie bemerkte und sofort den Putzlappen fallen ließ. »Hallo, Paula«, begrüßte er sie zärtlich.

»Hallo, Wolf, du, Anna ist heute nicht gekommen, und ich mache mir Sorgen.«

Wolf runzelte die Stirn. »Die Arme, wie ging es ihr gestern noch?«

»Sie stand unter Schock, und ihre Wange wurde blau, aber als ich sie daheim abgeliefert habe, war sie wieder gefasst. Ich sehe gleich nach dem Dienst nach ihr.« Nach einer betretenen Pause ging sie auf Wolf zu und gab ihm zärtlich ein Küsschen auf die Wange, worauf er sie in seine Arme zog und stürmisch auf den Mund küsste.

Als sie Schritte auf dem Kies hörten, stoben sie auseinander. Es war Captain Bill, der Wolf suchte. Er wolle heute gerne segeln gehen, ob Wolf ihn begleiten würde? Sie durften sich noch mal die *Condor* ausleihen. Wolf sah zum See hinaus, eine leichte Brise aus Nordost wehte, die Oberfläche kräuselte sich in sanftem Blau, und die Sonne wechselte sich mit weißen Wölkchen ab.

Das waren ideale Segelbedingungen, und Wolf sagte zu, schränkte aber ein, dass er vielleicht im GYA gebraucht werde, da Anna nicht da sei.

Der Captain stutzte. »Was ist mit ihr? Ist sie krank?«

»Sie hatte gestern einen Zusammenstoß, und heute ist ihr nicht gut«, erklärte Paula.

»Zusammenstoß? Was ist passiert?«, fragte der Captain ganz irritiert.

»Mit einer Tür. Sie ist dagegengerannt, es war ein Missgeschick«, log Paula. Der Soldat musterte sie.

»Wenn hier im Club Probleme auftreten, könnt ihr Mädchen immer zu mir kommen. Ich weiß, dass es für euch mit den ganzen jungen Männern hier nicht gerade leicht ist.«

Paulas Herz pochte. Jetzt wäre eine gute Gelegenheit, dem Captain von dem Übergriff zu berichten. Aber was, wenn Dietrich alles ausplauderte, was er vermutete? Sie war hin- und hergerissen, schaffte es nicht, einen klaren Gedanken zu fassen. Mit hängenden Schultern stand sie neben Wolf, der sie bat, die Putzsachen aufzuräumen und das untere Bootshaus abzuschließen. Als Captain Bill schon vorging, murmelte er ihr ins Ohr: »Ich komme so schnell wie möglich zurück. Dietrich hat mir in die Hand versprochen, dass er sich benehmen wird. Du musst keine Angst vor ihm haben.«

»Ich habe keine Angst vor ihm. Ich bin nur unfassbar wütend auf ihn, aber mach dir keine Gedanken und genieße den schönen Segeltag mit der *Condor*.«

Als ihr die sanfte Brise ins Haar wehte, bekam auch Paula große Lust, mit den Kindern segeln zu gehen. Einige waren inzwischen mit den Booten so gut vertraut, dass sie die Piraten auch alleine steuern konnten, wenn sie nur zusammenblieben. Tatsächlich freuten sich die Kinder über ihren Vorschlag, aber der Sergeant verdonnerte Dietrich dazu, mitzukommen. Kurz darauf saß er mit drei blonden Kindern im *Fink*, Paula hatte drei Mädchen in der *Amsel* an Bord, und im *Sperling* saßen drei große Jungs. Paula vermisste Anna, ohne sie war alles nur halb so lustig, und Dietrich versuchte auch gleich wieder, eine Wettfahrt aus dem kleinen Törn zu machen. So ein Blödmann!

Sie war froh, als alle Boote wieder am Steg festgemacht waren und die Kinder Sandwiches und Kekse aßen. Dann las sie ihnen noch eine Geschichte vor, von Wolf war weit und breit nichts zu sehen. Es hatte keinen Sinn, zu warten, deshalb ging Paula allein zum Landhaus und holte das Fahrrad. Sie wollte nach Anna schauen, die zu ihrer Verwunderung nicht zu Hause war. Offenbar war sie in der Früh wie immer losgegangen. Eilig fuhr Paula zu Carlo, doch auch dort war ihre Freundin nicht, aber der Bootsbauer wusste, dass sie sich heute ein Ruderboot ausgeliehen hatte. Paula radelte zum Dampfersteg und suchte den See nach Booten ab. Tatsächlich sah sie Anna von der Schwedeninsel zu Carlos Steg rudern. Dort wartete sie auf die Freundin, deren blauer Fleck auf der Wange inzwischen leuchtete. Anna schien wenig erfreut, Paula zu sehen. Jedenfalls reagierte sie nicht auf ihr Winken. Blass und traurig saß sie im Boot.

Paula half ihr, das Ruderboot festzumachen, und umarmte ihre Freundin. Erst stand Anna stocksteif da, dann wurde sie langsam weich und ließ sich in Paulas Arme fallen. Sie schluchzte auf, dann löste sie sich. »Ich musste heute allein sein und über alles nachdenken. Aber jetzt erzähl mal, wie war es denn mit Wolf?«

»Das verstehe ich doch. Dietrich ist wirklich zu weit gegangen, wir müssen diesen üblen Kerl dringend loswerden. Captain Bill hat sich heute nach dir erkundigt, er ist mit Wolf auf der *Condor* rausgefahren.«

»Ich habe die beiden gesehen, sie sind Richtung Herrsching gekreuzt.«

Paula schaute in diese Richtung. Inzwischen war der Wind fast eingeschlafen, kein Wunder, dass Wolf so lange nicht zurückkam. Flaute schieben war angesagt!

»Jetzt sag schon, was ist mit Wolf und dir?«

»Also, es ist so, Wolf liebt mich, er hat gesagt, vom ersten Augenblick an. Es ist so wunderbar mit ihm! Es fühlt sich an, als ob ich über dem Boden schwebe, wenn ich mit ihm zusammen bin.« Paula seufzte.

»Na, dann hat es sich wenigstens gelohnt, dass du mich allein gelassen hast«, stieß Anna bitter hervor.

»Aber, Anna, das konnte ich doch nicht ahnen. Es tut mir so leid! Und viel schlimmer ist, dass wir es Captain Bill nicht sagen dürfen, denn dann wird Dietrich alles ausposaunen, und Hedi, du und ich, wir müssen ins Gefängnis! Ich passe jetzt besser auf und weiche dir nicht von der Seite, das verspreche ich dir. Anna, bitte verzeih mir!«

Paula sah Anna ernst an, ihre Stimme war brüchig. Anna konnte nicht anders, als ihr zu vergeben, auch wenn sie es ihr übel nahm, dass sie die Sache mit Dietrich so herunterspielte und sie diesen Widerling wohl weiterhin sehen musste. »Können wir denn gar nichts gegen diesen Kerl unternehmen?«, fragte sie leise.

»Nur Wolf kann ihn dazu bewegen, zu verschwinden. Ich werde ihm deutlich sagen, dass ein Mann wie Dietrich hier nichts zu suchen hat.«

Auch am nächsten Tag kam Anna nicht ins GYA, wartete aber abends beim Landhaus Seitzinger auf Paula.

Captain Bill hatte Paula eine gedruckte Einladung für sie mitgegeben. Am Samstag lud er ins Clubhaus eine amerikanische Band ein, es sollte ein Fest zum Ausklang des Sommers werden. Paula hatte auch eine Einladung erhalten, sie wollte mit Wolf hingehen. Anna durfte ebenfalls eine Begleitung mitbringen.

Am Donnerstag kam Anna wieder ins GYA, obwohl sie ein paarmal versucht war, wieder umzukehren. Dietrich hatte Wolf versprochen, ihr aus dem Weg zu gehen. Aber wie Paula ihr berichtet hatte, dachte er nicht daran, das GYA zu verlassen, und wiederholte lediglich seine alte Drohung. Anna verstand nicht, dass Wolf immer noch an Dietrich festhielt.

Paula blieb den ganzen Tag an Annas Seite, ließ sie keinen Augenblick allein und hielt sogar vor der Toilettentür Wache. Dietrich benahm sich so, als ob nichts vorgefallen sei. Anna schwankte zwischen Wut und Angst, wenn sie ihn sah. Und während Wolf und Paula sich schon auf den Tanzabend im Club freuten, war Anna nicht nach einem fröhlichen Abend zumute, schon gar nicht, wenn Dietrich anwesend wäre. Aber dann traf sie abends auf Eli, der sie abgepasst hatte. Er hatte mitbekommen, dass etwas nicht stimmte, und erschrak, als er den langsam verblassenden Fleck sah.

Eli pustete zärtlich auf ihre Wange. »Anna, wer hat dich geschlagen? Und sag jetzt nicht, dass du gegen eine Tür gelaufen bist, das glaube ich dir nicht.«

Anna wollte Eli nichts von Dietrich erzählen, deshalb

bestand sie darauf, dass es nur eine Ungeschicklichkeit gewesen sei.

»Warum bist du denn dann so traurig?«, fragte Eli sie daraufhin.

»Bin ich doch gar nicht«, erwiderte Anna, und wie zum Beweis fragte sie Eli, ob er sie in den Club begleiten wolle.

»Eine Band mit Tanz und allem? Da komme ich sehr gern mit!«

»Abgemacht, dann treffen wir uns am Bahnhof, die Party geht schon um achtzehn Uhr los!« Jetzt musste sie sich noch etwas Schickes zum Anziehen besorgen.

Paula lieh ihr eines ihrer besseren Kleider, mit schwingendem schwarzen Rock und weißen Knöpfen und Biesen. Für sich hatte Paula ein ähnliches Modell in Rot und Schwarz ausgesucht. Als sie die Kleider gerade anprobierten, kam Hedi mit Irmchen und Rosalie die Treppe hinauf.

»Seid ihr Prinzessinnen?«, fragte Irmchen.

»Wir gehen nur zum Tanzen aus.« Anna lachte und zog sich rasch wieder um. Die Kleine hatte es geschafft, sie aufzumuntern, was Paula erleichtert registrierte. Paula gab ihr das Kleid mit, Hedi lieh ihr noch passende Tanzschuhe, die allerdings etwas drückten. Anna ließ sich nichts anmerken, sie hoffte, dass es für einen Abend schon gehen würde.

Am Samstag wartete Anna aufgeregt auf Eli. Er kam auf einem alten Herrenfahrrad angeradelt und trug einen Anzug und ein weißes Hemd, das ihm sehr gut stand. »Du bist wunderschön, Anna! Komm, lass uns heute feiern!«, begrüßte er sie mit einem Kompliment.

Anna platzierte sich vor ihm im Damensitz auf der Stange und spürte seine Nähe, die sie einhüllte wie ein weiches Laken. Er pfiff ein Liedchen, die Luft war mild, und es versprach, einer der letzten lauen Sommerabende des Jahres zu werden. Offiziell ging sie mit Paula zur Feier. Dass Eli sie begleiten würde, hatte Anna ihren Eltern nicht verraten.

Paula und Wolf würden sie im Club treffen, damit den beiden Turteltäubchen ein wenig Zeit zu zweit blieb. Anna freute sich inzwischen für die zwei. Schon aus weiter Entfernung hörten sie Klarinettenklänge herüberwehen. Es swingte, und Eli ließ sich davon anstecken, fuhr in leichten Schlangenlinien und summte zur Melodie. Anna mochte die Musik, die so anders war als die, die sie von ihren Eltern kannte.

Im Clubhaus hatten sich schon eine Menge Gäste versammelt, sie erspähte Dietrich, der mit Sergeant Reilly an der eigens aufgebauten Bar Whiskey trank. Wolf und Paula tanzten eng umschlungen auf der Tanzfläche, eine achtköpfige Band spielte gerade ein langsames Stück. Eli besorgte erst einmal Drinks für sie beide. Anna entschied sich für Cola-Rum und Eli für Whiskey. »Die Drinks gehen aufs Haus«, erklärte ihr Eli, als er die Getränke brachte. Die meisten Soldaten waren in Uniform da, die sie als Angehörige der US Air Force auswies, und sie hatten größtenteils ihre deutschen Freundinnen mitgebracht. Captain Bill kam auf Anna und Eli zu, als die Band Pause machte, und begrüßte sie. Auch Paula und Wolf kamen heran, mit einem verliebten Lächeln auf dem Gesicht.

Als die Band mit einem weiteren langsamen Lied wieder einsetzte, zog Eli sie auf die Tanzfläche und schmiegte sich eng an sie. Wegen seiner alten Fußverletzung war er kein grandioser Tänzer, aber es fühlte sich gut an, seine Nähe zu spüren. Sie lächelte Eli an und blickte in zwei strahlende Augen.

Gerade als Anna dachte, es würde auch in ihrem Leben alles gut werden, nahm sie eine plötzliche Bewegung hinter Eli wahr. Er wurde von ihr weggerissen. Dann stand sie allein da, ein paar Meter weg von ihr hatte Dietrich Eli in den Schwitzkasten genommen. Sein Gesicht war vor Wut verzerrt.

»Du dreckiger Jude!«, schrie er. »Nimm die Finger weg von dem arischen Mädchen, von Anna, du beschmutzt sie!«

Eli versuchte verzweifelt, sich aus dem Griff zu befreien. Dietrichs Worte hatten alle gehört, die Band hatte aufgehört zu spielen. Aber Dietrich schien wie von Sinnen zu sein, ließ Eli zwar los, holte aber aus, um ihn niederzuschlagen. Zwei Soldaten überwältigten Dietrich, bevor er Eli verletzen konnte, Captain Bill hatte sofort reagiert. Alles passierte rasend schnell, Anna war starr vor Angst stehen geblieben. Endlich bugsierten die Soldaten Dietrich nach draußen. Die Gäste standen betreten herum, die meisten studierten ihre Fußspitzen, auch Wolf und Paula sahen sich erschüttert an. Nur Captain Bill ging auf Eli zu, reichte ihm demonstrativ die Hand und entschuldigte sich in aller Form.

Eli war weiß wie die Wand geworden und brachte kein Wort heraus. Dann eilte Captain Bill hinaus, um die Sache zu regeln. Eli saß schweigend an der Bar und stürzte einen Whiskey hinunter, den der Barkeeper wortlos vor ihn hingestellt hatte. Anna legte einen Arm um ihn. Wolf und Paula schirmten sie ab.

»So, damit es alle wissen, Dietrich hat Hausverbot hier! Und sein Verhalten wird Konsequenzen haben!«, verkündete Captain Bill, als er wieder hereinkam. Er bedeutete der Band, weiterzuspielen, und gesellte sich dann zu Eli, Anna, Wolf und Paula..

»Welche Konsequenzen denn? Das bringt doch alles nichts. Ich muss fort von hier!«, schrie Eli plötzlich schluchzend auf.

»Ich bringe euch nach Hause«, bot Captain Bill an. Auch Paula und Wolf war die Lust am Feiern vergangen, und sie wollten ebenfalls mit. Als alle vier im Auto saßen, versprach Captain Bill: »Eli, ich werde nachforschen. Dietrich ist ein Nazi, und wenn er noch mehr Dreck am Stecken hat, dann finde ich das heraus. Das verspreche ich dir!«

Eli antwortete ihm nicht, er war in sich zusammengesunken.

Wolf schüttelte immer wieder den Kopf und sagte: »Ich versteh das nicht! Das hätte ich doch merken müssen, dass mein Kamerad ein besessener Nazi ist.«

»Sagst du das jetzt, weil du selbst einer bist? Oder bist du wirklich so naiv?«, kommentierte Anna scharf.

»Wenn du nicht zu ihm gehalten hättest, wäre er schon früher aus dem GYA rausgeflogen«, warf nun auch Paula ein.

»Ach, tatsächlich? Ich hatte eher das Gefühl, dass Sergeant Reilly sich mit Dietrich gut verstanden hat.«

Captain Bill bremste scharf ab. »Sich jetzt gegenseitig zu beschuldigen bringt gar nichts. Ich trage die Verantwortung, und ich werde mich kümmern.« Nun wandte er sich an Eli, der sich verstohlen die Augen wischte. »Ich kann mich nur noch mal in aller Form dafür entschuldigen, dass ich dich nicht schützen konnte, Eli! Das tut mir wirklich von ganzem Herzen leid!«

»Ich nehme Ihre Entschuldigung an, Captain Bill. Ich weiß, was ich zu tun habe. Ich hoffe, Sie wissen es auch!«

Wolf und Paula stiegen beim Landhaus Seitzinger aus, dann fuhr Captain Bill Anna heim, und zuletzt saß nur mehr Eli im Auto, auf der Ladefläche lag sein Fahrrad. Eli saß stocksteif da wie eine Statue, als Anna versuchte, ihm einen Abschiedskuss auf die Wange zu geben.

Mit zittrigen Knien stand sie vor ihrem Elternhaus. Am liebsten hätte sie Eli mit in ihr Zimmer genommen, ihn mit Küssen überdeckt und seinen Schmerz gelindert. Eli sprach nicht über den Krieg und wie er ihn überstanden hatte. Anna wusste nur, dass er keine Verwandten mehr hatte und dass er in einem Leben in Erez Israel seine Zukunft sah. Hoffentlich machte er keine Dummheiten!

Siedend heiß fiel ihr ein, dass Eli einmal davon gesprochen hatte, dass die Männer und Frauen, die den neuen sicheren Staat aufbauen wollten, auch ein Schießtraining im Wald absolviert hatten. Und er sei im Schießen mit der Pistole ganz gut gewesen, hatte Eli gesagt. Würde er sich an Dietrich rächen wollen? Bei genauerem Nachdenken hielt Anna das für wenig wahrscheinlich. Eli plante ein neues Leben, er plante seine Zukunft in einem fernen Land! War das auch ihre Zukunft? Er würde nicht bleiben. Und ob sie bleiben wollte, das wusste sie nicht mehr.

38

Bittere Wahrheiten

»Dietrich ist weg, er ist einfach abgehauen!«, entrüstete sich Wolf am Sonntag, als er Paula bei Hedi zu einem Promenadenspaziergang abholte.

»Woher weißt du das so genau?«, fragte Paula.

»Ich war heute Morgen bei seinem Vermieter, und er sagte, dass Dietrich in aller Eile ein paar Sachen zusammengepackt und ihm einen Zettel nebst der Miete für den Monat hingelegt habe. Er komme nicht zurück, stand da!«

»Dann hat er gleich nach seinem fürchterlichen Auftritt die Flucht ergriffen. Was denkst du, was hat er vor?«

»Keine Ahnung, vielleicht will er sich nach Berlin durchschlagen und in der Großstadt untertauchen. Oder er geht in die russische Zone, damit die Amis ihn nicht erwischen. Er hat auch schon mal erwähnt, dass er gern nach Argentinien auswandern möchte. Ich habe die ganze Nacht wach gelegen und gegrübelt, ob ich früher hätte bemerken können, dass Dietrich ein Nazi durch und durch ist und an diesen abscheulichen Ideologien festhält. Aber er war ein einfacher Soldat, der sich stets für seine Kameraden eingesetzt hat. Ohne ihn hätte ich die russische

Gefangenschaft nicht überlebt, wäre gestorben wie mein Bruder.«

»War er wirklich ein einfacher Soldat? Mein Vater hat auch schon gehört, dass SS- und SA-Männer sich Uniformen von Feldsoldaten angezogen haben, wenn die Gefahr bestand, in russische Gefangenschaft zu geraten. Vielleicht hat er uns allen etwas vorgemacht?« Paula blickte Wolf zärtlich an, der vor lauter Nachdenken seine Stirn in tiefe Falten gelegt hatte. »Captain Bill wird sicher etwas herausfinden. Jetzt sollten wir lieber nach Eli und Anna schauen und uns nicht weiter um den üblen Dietrich kümmern«, schlug sie vor und versuchte, ihrer Stimme einen heiteren Klang zu geben.

»Das ist nicht so einfach. Ich habe schließlich sehr viel Zeit mit Dietrich verbracht und mich für ihn eingesetzt. Das ist ein furchtbarer Verrat, und ich schäme mich, dass ich Annas Bedenken nicht früher ernst genommen habe. Was er getan hat, verurteile ich aufs Schärfste.«

»Das solltest du den beiden selbst sagen. Ich bin sicher, dass sie deine Entschuldigung annehmen, denn schließlich bist du auch getäuscht worden.«

»Ja, du hast recht, wir gehen gleich zu Anna«, sagte Wolf, und die beiden liefen Hand in Hand los. Es war ihnen nicht geglückt, ihre Beziehung geheim zu halten, auch wenn Paula ihren Eltern noch nichts erzählt hatte. Hedi wusste sofort Bescheid, versprach aber, vorerst nichts zu verraten. Nur in ihr Zimmer durfte Paula ihren Freund nicht mitnehmen, das hielt selbst Hedi für zu unschicklich.

Anna war tatsächlich da, aber sie hatten Besuch von Verwandten, und Anna musste zu Hause bleiben. Also gingen Paula und Wolf allein weiter zum Kibbuz und blieben am Eingang stehen. Zwei dort postierte Wachen beäugten sie misstrauisch, als sie nach Eli Mandelbaum fragten.

Eine der beiden rief etwas nach oben, dann kam Eli die Treppe herunter.

»Haben sie ihn schon gefasst?«, fragte er Wolf statt einer Begrüßung. Als er Wolfs erstauntes Gesicht sah, erlosch sein Lächeln, und er ließ die Schultern hängen. »Dietrich ist nicht der, für den er sich ausgegeben hat. Ich habe gleich gestern Nacht noch ein Porträt von Dietrich gezeichnet, und heute Morgen hat ein Kibbuznik das Bild erkannt. Er war ein SS-Mann! Er glaubt, in ihm einen Wachmann vom KZ Treblinka zu erkennen. Er ist sich ziemlich sicher.«

Wolf wurde noch blasser. »Hast du das Captain Bill schon gesagt? Dietrich ist nämlich gestern Nacht noch abgehauen!«

Eli ballte die Hände. »Dieses Schwein! Wir haben im Münchner Hauptquartier der Amerikaner angerufen, aber Captain Bill haben wir nicht erreicht. Der zuständige Offizier wollte jemanden schicken, wir warten hier auf die Amerikaner!«

Paula überlegte, was sie jetzt am besten machen sollten. »Wir gehen ins Landhaus Seitzinger, da haben wir ein Telefon, und warten auf Captain Bill und seine Leute. Dietrich muss gefasst werden und seine gerechte Strafe erhalten!«

»Kann es überhaupt eine gerechte Strafe geben?«, antwortete Eli bitter und ließ die beiden stehen.

Wolf musste sich an der Wand abstützen.

»Was ist mit dir? Ist dir schlecht?«, fragte Paula besorgt.

Wolf stöhnte. Paula stützte ihn und führte ihn in den Schatten. Dann klingelte sie an der nächsten Haustür und bat um ein Glas Wasser, das sie von der Hausfrau auch gleich gereicht bekam. Schweigend saß Wolf auf dem Boden, diese fürchterlichen Neuigkeiten setzten ihm zu. Schließlich rappelte er sich auf. »Bin ich so blind gewesen? Wie kann das sein?«

Er musste würgen. Paula wusste nicht mehr, was sie machen sollte. Die Leute sahen sie schon komisch an, sie mussten hier weg. Sie stellte das Glas vor die Haustür, packte Wolf am Arm und zerrte ihn in ein Wegerl, das hinter einer Kapelle begann, gerade noch im letzten Augenblick. Er spie hinter einen Busch. Bei den Geräuschen, die er dabei von sich gab, war Paula nahe dran, es ihm gleichzutun.

Ein paar Sonntagsspaziergänger schreckten zurück, und Paula hörte, wie ein Mann sie als besoffenes Gesindel bezeichnete. Ärger stieg in ihr auf. Schärfer als geplant herrschte sie Wolf an: »Jetzt reiß dich zusammen. Wir müssen zum Landhaus zurück!«

Wolf zuckte zusammen, ging aber doch vorwärts. Weil er nach Erbrochenem roch, hielt Paula ihn zwar am Arm, drehte aber den Kopf zur Seite, was wiederum Wolf zu der Bemerkung veranlasste, sie sei wohl eher zartbesaitet.

Der Weg zum Landhaus zog sich hin, aber irgendwann waren sie endlich da. Paula zeigte Wolf das Badezimmer und suchte Hedi, die mit den beiden Kleinen im Garten spielte.

»Was ist denn los, habt ihr euch gestritten?«, fragte Hedi, als sie Paulas verkniffenen Gesichtsausdruck sah.

»Dietrich war bei der SS, er ist wohl ein KZ-Wachmann gewesen. In Elis Kibbuz hat ihn jemand erkannt. Wolf hat das sehr mitgenommen, er musste sich übergeben.«

»Was ist ein SS-Mann?«, fragte Irmchen, die etwas von dem Gespräch aufgeschnappt hatte, obwohl beide vor den Kindern nur flüsterten.

Hedi versuchte, es einfach zu erklären: »Ein SS-Mann ist ein Nazi, der sehr viel Böses getan hat.«

Irmchen war natürlich mit dieser Erklärung nicht zufrieden und fragte weiter. Paula forderte sie deshalb zu einem Wettrennen auf. Es funktionierte, Irmchen ließ sich ablenken und rannte bald mit Paula um die Wette zur Birke und wieder zurück.

Hedi kochte derweil mit Rosalie am Rockzipfel einen starken Kaffee, denn einen klaren Kopf hatten jetzt alle nötig. Sie saßen gerade auf der Veranda, als Captain Bills Jeep vorfuhr. Heute war er mit seinem Fahrer unterwegs, und er hatte noch einen Mann dabei, den Hedi auf einen Blick als Captain Rick Paisley erkannte. Ihr Herz schlug schneller, sie ging den beiden Amerikanern entgegen und streckte zur Begrüßung ihre Hand hin. Nur Captain Paisley reagierte darauf, sein Händedruck fühlte sich genau richtig an, nicht zu fest und nicht zu weich. Sie sah ihm in die Augen, forschte in seinem Blick, aber Flirtereien waren angesichts der bedrückenden Situation unangebracht.

Beide Männer waren ernst, Captain Bill verlangte, mit Wolf von Birkenstein allein zu sprechen, und zog sich mit ihm in den Salon zurück. Währenddessen trank Rick, wie der Militärarzt genannt werden wollte, mit Paula und Hedi eine Tasse Kaffee.

»Sie machen einen guten Kaffee, Fräulein Hedi«, sagte er und lächelte ihr charmant zu.

»Einfach Hedi«, murmelte Hedi, um ihn nicht korrigieren zu müssen. Was war sie eigentlich? Eine Frau im Wartezustand, halb Witwe, halb Ehefrau? In erster Linie wohl Mutter, denn Irmchen zupfte schon wieder bittend an ihrem Rock.

Nachdem Captain Bill mit Wolf gesprochen hatte, rief er Paula in den Salon. Wolf war sichtlich mitgenommen von der Sache, und Paula bekam im Augenwinkel mit, dass Paisley die Arzttasche aus dem Jeep holte. Offenbar hat der Captain ihn als Beistand mitgenommen, dachte Paula und war beruhigt, dass Wolf nun versorgt wurde.

Captain Bill hatte Papiere vor sich liegen, unter anderem Elis Zeichnung. Paula betrachtete das Bild, das Eli gut gelungen war. »Wissen Sie schon, wer dieser Mann wirklich ist?«, fragte sie den Captain.

»Sicher wissen wir es nicht. Aber er ist nicht Dietrich Müller, das konnten wir bereits feststellen. Müller starb an der Ostfront, das haben Aufzeichnungen der deutschen Behörden ergeben. Er hat wohl Pass und Uniform von einem Toten an sich genommen und geriet dann in russische Gefangenschaft. Wegen der Häufigkeit des Nachnamens fiel es vermutlich nicht auf, dass es zwei Dietrich Müller gab.«

»Wie kann ich helfen, damit dieser Mann seine gerechte Strafe bekommt? So einer sollte nicht frei rumlaufen!«, rief Paula.

»Paula, hast du irgendetwas gesehen oder gehört, was dir seltsam vorkam? Jedes noch so kleine Detail könnte wichtig sein«, forschte Captain Bill nach.

»Anna hat er auf dem Kieker gehabt, wohl seit er mitbekommen hatte, dass sie mit Eli befreundet ist. Ich habe gedacht, er war so unfreundlich zu ihr, weil sie ihn abgewiesen hat. Er hat sie auch beschimpft, und vor wenigen Tagen wollte er sie mit Gewalt küssen, da kamen wir gerade noch rechtzeitig dazu.«

»Warum seid ihr nicht zu mir gekommen? Ich hätte ihn längst überprüfen lassen.«

»Wir wollten nicht petzen, und Wolf wollte das mit ihm regeln.«

»Spätestens nachdem er Anna derart bedrängt hat, hättet ihr etwas sagen müssen. Anna ist wohl nicht gegen eine Tür gelaufen, oder?« Captain Bill wurde lauter.

»Wir wollten das unter uns regeln.« Paula zog hilflos die Schultern hoch. Sie hörte selbst, wie erbärmlich sich das alles anhörte. Sie hatte Anna nicht gut beschützt und ihre Interessen vorangestellt, aber vor Captain Bill wollte sie das nicht zugeben. Der Soldat packte seine Papiere zusammen, polterte die Treppe hinunter und ging mit langen Schritten zum Jeep. Captain Paisley eilte ihm hinterher, und der Fahrer hupte zum Abschied, dann waren sie weg.

Am nächsten Morgen fand Anna einen Zettel von Eli. Er wolle mit ihr reden, es sei dringend. Eli schlug Annas Lieblingsplatz am Südufer vor, sie sollte dort nach der Arbeit auf ihn warten. Jetzt müssen wir keine Angst mehr haben, dass Dietrich uns nachspioniert, dachte Anna und fühlte sich dennoch ausgelaugt und unsicher.

Das Septemberwetter war noch mild, es regnete wenig, aber der Ammersee war deutlich abgekühlt. Ein Bad im See war nun sehr erfrischend, weshalb Anna nur ein kleines Handtuch für die Füße einsteckte. Eli würde sicher nicht mehr schwimmen üben wollen, er hatte das Training aufgegeben. Es reichte ihm, dass er es inzwischen aushalten konnte, sich vom Wasser tragen zu lassen, und schließlich hatte er noch die Schwimmweste, die Hedi ihm geschenkt hatte.

Im GYA herrschte eine gedrückte Stimmung, es gab keine Neuigkeiten über Dietrichs Verbleib, und Wolf wollte gerade am liebsten für sich allein sein, was Paula verunsicherte. Es kamen kaum noch Kinder, weil der neuerliche Skandal im GYA die Eltern aufgeschreckt hatte. Nur der Boxclub behielt seine Anhänger, und auch Paulas Nachhilfeunterricht war gefragt.

Wolf und Anna beschäftigten sich jetzt wieder mit den

Booten, Anna hatte eine weitere Jolle vom Schiffsfried-
hof des Segelclubs zum Herrichten im unteren Bootshaus
aufgestellt und werkelte daran herum. Wolf hatte sie wort-
reich um Verzeihung gebeten und sah ziemlich mitgenommen aus. Anna vermutete, dass er geweint hatte. Obwohl sie es ihm nicht so leicht hatte machen wollen –
so wie er ihre Bedenken wegen Dietrich heruntergespielt
hatte –, nahm sie seine Entschuldigung an.

Die Ereignisse der letzten Wochen nagten an ihr, sie
war selbst fahrig und schreckhaft geworden. Immer wieder sah sie Eli vor sich, das große Entsetzen, die Angst
in seinen Augen, als Dietrich ihn angriff. Sie dachte an
das Elend, das er hinter sich haben musste, und wollte
nur noch weinen. Aber Mitleid wollte Eli nicht, er konzentrierte sich vor allem auf seine Zukunft, die er sich in allen
Farben ausmalte.

Abends verabschiedete sich Anna rasch von Paula und
Wolf und rannte zu ihrem Lieblingsplatz. Sie umklammerte die Bäume, setzte sich auf die Baumwurzel und
streckte ihre Füße ins Wasser. Die tief stehende Sonne
malte Goldflecken aufs Wasser, Anna schaute den kleinen
Wellen zu und vertiefte sich in ihre Umgebung. Da wuselten kleine Fischchen in Gruppen am Ufer, spielten Fangen um die Wasserpflanzen herum, und von weiter her
hörte sie das Klappern von Schaufelrädern – ein Dampfer
schnaufte von Herrsching nach Dießen über den See.
Dann hörte sie es hinter sich rascheln, und Eli rief: »Ich
bin's!« Sie stand auf und umarmte ihn lange.

»Anna, ich muss mit dir reden, und es ist wichtig«, sagte Eli ernst. Sie blieben stehen, sahen einander an. Eli räusperte sich, suchte nach den richtigen Worten. »Ich habe beinahe geglaubt, dass es möglich ist, hier zu leben. Ich weiß es zu schätzen, dass dein Vater mich unterstützt hat und sich für mich einsetzen wollte. Aber nach dem Vorfall am Samstag, als Dietrich mich angegriffen hat, ist mir eines klar geworden: Hier wird es immer Menschen geben, die mich bedrohen, nur weil ich Jude bin. Jetzt beschützen uns noch die Amerikaner, aber wenn sie abziehen, werden die Nazis ihr Mäntelchen abwerfen, so wie Dietrich es getan hat. Ich bin hier nicht sicher, und ich kann hier nicht leben. Keine Minute länger als nötig werde ich bleiben. Schon sehr bald wird es für mich eine Möglichkeit geben, nach Erez Israel zu gelangen. Es wird kein legaler Weg sein, aber ich werde ihn gehen!«

Anna setzte zu einer Antwort an, aber Eli bedeutete ihr mit einer Handbewegung, zu schweigen. Dann sank er vor ihr auf die Knie und zauberte eine kleine Schachtel mit einem Ring aus seiner Tasche hervor. »Liebste Anna, ich möchte mein Leben mit dir teilen und bitte dich, mit mir zu gehen und mich zu heiraten. Willst du meine Frau werden?«

Anna stand da, sie hatte Tränen in den Augen. Als sie nicht antwortete, setzte Eli nach: »Ich kann auf deine Antwort warten. Ich weiß, es ist schwer für dich, deine Familie zu verlassen und deinen geliebten Ammersee. Ich werde dir einen Treffpunkt mitteilen, wenn ich abreise. Wenn du kommst, verspreche ich dir, alles dafür zu tun, damit deine Träume in Erfüllung gehen und du frei leben kannst. Wir werden als Mann und Frau in eine neue Zukunft gehen, die wir selbst erschaffen. Wäre das nicht wunderbar?« Jetzt wurden auch Elis Augen feucht, er sah sie bittend an.

»Eli, das klingt wunderschön. Aber ich weiß nicht, wie das gehen soll. Meinst du wirklich, dass ich bei euch im Kibbuz akzeptiert werden würde?«

»Das ist es, was ich mir wünsche. Dass du als meine Frau bei mir bist«, sagte Eli feierlich.

Anna kämpfte mit all ihren widersprüchlichen Gefühlen. »Ich liebe dich, Eli. Aber ich weiß nicht, ob ich mit dir gehen kann.«

»Bitte denk in Ruhe darüber nach und fühle in dich hinein. Ich werde deine Entscheidung akzeptieren. Aber ich wünsche mir nichts mehr, als dass du mit mir gehst. Und bitte sag es niemandem. Die ganze Operation ist geheim.« Dann drehte er sich um und ging. Anna unterdrückte den Impuls, ihm nachzulaufen. Nachdenklich blickte sie auf ihren geliebten See, ihre Heimat.

39

Heimkommen und Abschied

Herr Pohlke betrat in der Früh besorgt das Landhaus. Den beiden Frauen, die sich in der Küche aufhielten, erzählte er, dass er am Vorabend einen zerlumpten Mann ums Haus hatte streichen sehen, der sich aber versteckte, als er ihn anrief.

»Vielleicht ein hungriger Heimkehrer?«, vermutete seine Frau Rosa. Hedi hielt an den Tisch gelehnt inne. Gerade heute Nacht hatte sie intensiv von ihrem Mann geträumt, wie ein Held hatte er vor ihr gestanden und sie in seine Arme geschlossen. Alarmiert ging sie in den Garten und schaute sich dort um. Die Tür zur Waschküche stand einen Spalt offen. Sie rief Herrn Pohlke, der entschlossen die Tür öffnete.

Auf dem Zementboden lag ein zerlumpter Mann, die Wehrmachtsuniform hing an ihm herunter, sein Schädel war nahezu kahl, und er roch sehr schlecht. Hedi musste sich überwinden, näher zu treten. Der Mann schlief auf seinem improvisierten Nachtlager. Herr Pohlke sprach ihn laut an: »Aufwachen! Das ist hier keine Herberge!«

Der Mann regte sich, dann hustete er. Hedi schreckte

auf. Dieses Husten kannte sie. Sie beugte sich zu dem Mann nieder. »Berthold? Bist du es?«, rief sie.

Der Mann hustete wieder, bevor er flüsternd antwortete: »Hedi, meine Liebste, ja, ich bin es.«

»Ein Wunder, es ist ein Wunder!«, flüsterte Hedi und fuhr Berthold über den kahlen Kopf. Der abgemagerte Mann mit den eingefallenen Gesichtszügen hatte nur entfernte Ähnlichkeit mit dem Berthold, den sie kannte. Hier lag kein strahlender Held, sondern ein kranker Mann, der sich für sie sehr fremd anfühlte.

Herr Pohlke zog Hedi nach draußen. »Sind Sie sich sicher, Hedi? Es gibt so viele Betrüger, die Theater spielen für ein Bett und eine warme Mahlzeit.«

»Das ist mein Mann!«, stammelte Hedi. »Ich habe ihn an seinen Augen erkannt! Wir brauchen heißes Wasser, Seife und saubere Anziehsachen. Seine Kleidung verbrennen wir gleich hier draußen.« Sie hielt einen Moment bebend inne. »Berthold, es wird alles gut! Ich komm gleich wieder«, sagte Hedi und lief rasch ins Haupthaus, um Frau Pohlke zu informieren und saubere Kleidung aus dem Schrank zu holen.

Herr Pohlke brachte in einer kleinen Wanne warmes Wasser in die Waschküche, dazu ein Stück Kernseife, zwei Waschlappen und ein großes Handtuch. Hedi zog Berthold mit der Hilfe von Herrn Pohlke behutsam aus, legte Lage um Lage auf einen Haufen vor die Tür und wusch ihren Mann. Mehrmals musste Herr Pohlke frisches Wasser bringen, Hedi sah einige Wunden und alte Narben auf dem ausgemergelten Körper. Sie würde den Arzt rufen, damit er Berthold gründlich untersuchte. Ihr Mann brauchte auch eine Rasur, aber jetzt sollte er sich erst einmal ins Bett legen und ausruhen.

Warum ist er nicht gleich ins Haupthaus gekommen?, fragte sich Hedi. Vermutlich hatte sich Berthold nicht so schwach zeigen wollen und war dann in der Waschküche erschöpft eingeschlafen.

Trotz der Hilfe von Herrn Pohlke schafften sie es kaum, ihn nach oben in ihr Schlafzimmer zu bringen. Dann lag ihr Mann im Ehebett, er sah zusammengeschrumpft und alt aus. Hedi wünschte, sie hätte ihm gleich einen Schlafanzug angezogen. Für einen neuerlichen Kleiderwechsel hatte er keine Kraft mehr. Berthold stöhnte bei jeder Bewegung. Sie schaffte es, ihm ein paar Schlucke Tee mit viel Zucker einzuflößen, dann sank der Heimkehrer vollkommen erschöpft zurück und schlief ein. Nach den Kindern hatte Berthold gar nicht gefragt.

Paula war mit den beiden Mädchen spazieren gegangen, damit sie den Vater nicht so zerlumpt sahen. Jetzt kamen sie zurück und liefen zu Hedi, die neben dem Bett saß und ihrem Mann beim Schlafen zusah. »Ist das mein Vater?«, rief Irmchen.

»Pst, Irmchen, dein Vater ist völlig entkräftet und muss sich ausruhen. Ihr müsst jetzt ganz leise sein. Euer Vater ist nach Hause gekommen! Ist das nicht wunderbar?«

Auch Paula hatte einen kurzen Blick ins Schlafzimmer geworfen und sich sehr erschrocken. Dann klopfte es an der Haustür, und sie lief die Treppe hinab. Der Arzt war gekommen. Sie geleitete ihn hinauf und nahm die Kinder mit hinunter in die Küche, um ihnen eine Limonade zu machen.

Nach einer Weile kam Hedi mit dem Arzt herunter und sprach besorgt mit ihm.

Von oben rief Berthold mit brüchiger, kaum verständlicher Stimme nach ihr, und Hedi eilte wieder nach oben.

»Ich muss gleich los ins GYA«, rief Paula, aber Hedi blieb oben. Frau Pohlke versicherte, sie habe alles im Griff, und Paula ging rasch zu Anna, die schon an der Gartenpforte wartete.

»Du ahnst nicht, was heute Morgen passiert ist! Mein Onkel Berthold ist wieder da!«, sagte sie zu Anna. »Hedis Ehemann«, erklärte sie, als diese nicht reagierte.

»Das sind ja großartige Nachrichten. Wie geht es ihm denn?«

»Na ja, er ist in keinem guten Zustand, kam zerlumpt und krank hier an. Vorhin war der Arzt da. Aber Hedi bekommt ihn sicher wieder auf die Beine!«

»Hoffentlich! Was sagt er denn zu Irmchen und Rosalie?«

»Er hat gar nicht nach ihnen gefragt, und Hedi muss die ganze Zeit an seinem Bett sitzen.«

»Das renkt sich bestimmt bald wieder ein. Apropos einrenken, was ist eigentlich bei dir und Wolf los?« Anna musterte Paula neugierig.

»Wir haben uns ausgesprochen und konnten alles klären. Aber irgendwann muss ich meinen Eltern sagen, dass ich nur Wolf und niemand anderen heiraten werde.«

Anna lag es auf der Zunge, Paula von Elis Heiratsantrag zu erzählen. Aber Paula hätte sicher alles andere auch aus ihr herausgekitzelt, und sie war sich immer noch nicht sicher, wie sie sich entscheiden sollte. Sie liebte Eli. Aber würde ihre Liebe für ein neues Leben ausreichen, in einem fremden Land?

Am Abend stand das Auto von Paulas Vater in der Einfahrt. Paulas Eltern waren angesichts der Nachricht von Bertholds Heimkehr sogleich an den See gefahren. Johann hatte noch einen weiteren Beweggrund, es ging um den Segelclub, in dessen neuem Vorstand Hedi ja nun war.

Die saß allerdings immer noch am Bett ihres Mannes, außer ihr wollte er niemanden sehen, auch nicht seine Töchter.

Frau Pohlke rotierte in der Küche, da sie nun auch noch die feinen Herrschaften bekochen und gleichzeitig ein Auge auf die Mädchen haben sollte. Wenigstens war Irmchen heute brav, sie schien den Ernst der Lage durchaus zu begreifen. In die Schule sollte sie aber erst nächstes Jahr gehen, damit sie Zeit hatte, mehr Sitzfleisch zu entwickeln. Edith konnte mit den Kleinen nicht viel anfangen, es war Johann, auf dessen Knien Irmchen und Rosalie nun saßen. Er unterhielt die beiden mit allerlei Tiergeräuschen, die er täuschend echt imitierte.

Endlich erschien Hedi, sie wirkte erschöpft. Edith

wollte unbedingt mit Sekt auf Bertholds Heimkehr anstoßen, und Hedi nippte pflichtschuldig an ihrem Glas. Johann verkündete feierlich, dass der Segelverein wieder seine Zulassung erhalten hatte und alle Vorstandsmitglieder die Prüfung der Amerikaner bestanden hatten. Er hob sein Glas: »Auf unseren *Yachtclub Ammersee*!«

»Das sind gute Nachrichten! Wann ziehen die Amerikaner ab?«, erkundigte sich Hedi.

»Das muss ich mit Captain Bill besprechen. Noch ist das Clubgelände beschlagnahmt, es muss offiziell für uns freigegeben und unsere Boote wieder in unseren Besitz übergeben werden. Ich hoffe, er schließt das GYA bald, damit wir noch vor dem Winter das Gelände übernehmen können.«

»Aber wo sollen die Kinder dann hin?«, fragte Paula besorgt.

»Für die Kinder gibt es nächstes Jahr bestimmt wieder irgendwo Kurse, und ansonsten sollen sich die Schule und die Eltern kümmern. Wir können nicht ewig unser Gelände hergeben!«, antwortete Johann unwirsch. Offenbar hatte er sich eine andere Reaktion der Frauen auf diesen Erfolg erhofft.

Von oben war ein schwaches Rufen zu vernehmen.

»Hedi, ich glaube, Berthold ruft nach dir. Ist es nicht wunderbar, dass er wieder nach Hause gekommen ist?« Edith lächelte Hedi aufmunternd an.

»Es ist ein Wunder! Er ist allerdings sehr schwach und bedürftig. Wie kann das gehen, wenn ich Tag und Nacht an seinem Bett sitzen soll? Wer soll sich dann um Irmchen und Rosalie kümmern? Er will seine Töchter nicht einmal sehen!« Beim letzten Satz schluchzte Hedi auf und rannte wieder zu ihrem Mann. Betroffen sahen sich die Erwachsenen an.

Edith räusperte sich. »Paula, du solltest deiner Tante nicht länger zur Last fallen und mit uns nach München zurückfahren. Das GYA wird sowieso zugemacht, und außerdem hast du uns versprochen, dich nach diesem Sommer zu verloben. Und jetzt ist es Zeit für dich! Der junge Claasen will dir seine Aufwartung machen, und ich kann mir schon denken, was er dich fragen will!« Edith lächelte vielsagend.

»Aber, Mutter, das ist jetzt ein denkbar schlechter Zeitpunkt. Du siehst doch, dass Hedi meine Hilfe braucht. Und außerdem gibt es hier einen jungen Mann. Dazu muss ich nicht nach München fahren!«

»Du meinst doch nicht etwa Wolf von Birkenstein? Diesen Habenichts! Ich hatte dir doch schon gesagt, dass das nichts werden kann«, entgegnete ihre Mutter und setzte ihr Glas hörbar auf der Tischplatte ab.

Paula funkelte ihre Mutter wütend an. Sie musste an sich halten, ihr nicht gleich die Meinung zu geigen, aber das würde nichts bringen.

»Warum stellst du uns diesen jungen Mann nicht noch mal richtig vor? Vielleicht ist er gar nicht so ohne, wie du jetzt annimmst, Edith, mein Veilchen!«, mischte sich nun ihr Vater ein.

Ihre Mutter verzog das Gesicht zu einem sauren Lächeln. Dass ihr Vater nicht ins gleiche Horn blies, würde für ihn ein Nachspiel haben, da war sich Paula sicher. Eilfertig sagte sie: »Ich schicke Herrn Pohlke los, damit er ihn holt. Ihr müsst mir versprechen, ihm eine echte Chance zu geben. Wolf ist ein Mann mit Zukunft! Und jetzt entschuldigt mich bitte, ich muss mich um die beiden Mädchen kümmern.«

Paula ging mit Irmchen und Rosalie in den Garten und überlegte fieberhaft, wie sie das Blatt wenden konnte. Es stimmte, dass Wolf nichts zu bieten hatte, aber er hatte viele Talente, würde studieren, und vielleicht könnte er in die Firma ihres Vaters einsteigen. Sie stellte sich vor, wie sie beide erst einmal auf die Uni gehen würden, ihretwegen auch verheiratet, wenn es unbedingt sein musste. Aber mit eigenen Kindern wollte sie warten.

Herr Pohlke kam mit Wolf auf dem Gepäckträger herangeradelt. Wolf sprang elegant vom Fahrrad und eilte zu Paula.

»Deine Eltern sind da, hast du es ihnen schon gesagt?«

Paula nickte. »Du musst dich jetzt von deiner besten Seite zeigen. Meine Mutter will mich mit so einem reichen Schnösel verheiraten.«

»Wir sprechen erst einmal allein mit dem jungen Herrn. Du musst ja die Kinder hüten«, verkündete ihr Vater, als sie Hand in Hand in den Salon kamen. Wolf begrüßte Edith formvollendet mit Handkuss und schüttelte ihrem Vater die Hand. Paula ging wie befohlen hinaus und wartete aufgeregt mit den Kindern. Nach einer gefühlten

Ewigkeit trottete Wolf mit hängenden Schultern wieder aus dem Salon in den Garten.

»Das ist wohl nicht gut gelaufen?«, fragte sie ihn, obwohl sein Gesichtsausdruck Bände sprach.

»Sie mögen mich, aber ich kann dir kein standesgemäßes Leben bieten, und was wohl noch schwerer wiegt: Ich bin evangelisch!« Wolf schüttelte den Kopf. »Am besten ist es, wenn wir uns die Sache aus dem Kopf schlagen und du mit deinen Eltern nach München fährst. Vielleicht kannst du sie ja noch hinhalten, damit ich Zeit habe, mir eine Lösung zu überlegen«, sagte er mit Tränen in den Augen.

»Das ist nicht dein Ernst! Wir lieben uns doch!«, entfuhr es Paula. Das konnte nicht wahr sein! Ihre Eltern durften ihr doch das Leben nicht kaputtmachen! Wütend stampfte sie ins Haus und ließ Wolf bei den Kindern zurück.

»Was habt ihr zu ihm gesagt?«, herrschte sie ihre Eltern an.

»Aber, Kind, die Lage ist nun mal so, wie sie ist. Wolf von Birkenstein ist ein attraktiver junger Mann, aber er kann nichts, und er hat nichts. Wie soll er denn eine Familie ernähren? Und außerdem sind wir katholisch! Eine Heirat mit einem Protestanten kommt in keinem Fall infrage«, dozierte ihre Mutter ungerührt.

»Das ist ja unglaublich, dass du über mein Leben entscheidest. Wolf kann katholisch werden, das ist sicher kein Problem. Oder wir heiraten nur standesamtlich. Ich liebe Wolf, und ich möchte mit ihm zusammen etwas aufbauen. Bei Wolf kann ich zum ersten Mal so sein, wie ich wirklich bin. Und er hat auch nichts dagegen, dass ich studieren möchte. Wenn ich erst einmal Lehrerin bin, dann verdiene ich mein eigenes Geld. Wir brauchen nur noch ein wenig Zeit. Und ganz ehrlich: Ich bin viel zu jung, um schon zu heiraten!«

»Aber Wolf hat es doch eingesehen. Er zeigt Verständnis für diese missliche Situation. Das mit euch war eine Sommerliebe, mehr nicht. Es ist doch noch nichts passiert, oder?«, forschte ihr Vater nach.

»Wenn das alles ist, was dich interessiert!« Paula war so wütend, dass sie überlegte, ihrem Vater weiszumachen, sie sei bereits in anderen Umständen. Aber das wäre eine zu große Lüge gewesen. »Ich habe mich verliebt, und ich heirate Wolf oder niemanden!«, brach es aus ihr heraus.

»Paula, mäßige dich!«, ermahnte sie ihr Vater.

»Müsst ihr so herumschreien? Gerade war Berthold eingeschlafen!« Hedi platzte mit roten Flecken an Gesicht und Hals herein und schaute vorwurfsvoll in die Runde.

Und nun kam auch noch Wolf mit den Kindern zurück, und Paula rannte zu ihm. Sie umarmte ihn ganz fest vor aller Augen und verkündete: »Wir lassen uns nicht auseinanderbringen. Versprich mir das!«

Wolf strich Paula über den Rücken, küsste sie auf die Stirn und wisperte ihr zu: »Lass uns morgen reden.«

Paulas Vater versuchte, sie zu einer unverzüglichen Rückfahrt nach München zu bewegen, aber Paula blieb standhaft. »Solange das GYA geöffnet ist und Hedi meine

Unterstützung braucht, werde ich hier im Landhaus bleiben!«

»Bitte, Edith, ich brauche Paula wirklich im Moment ganz dringend, bis es Berthold wieder etwas besser geht. Ich kann mich ja nicht vierteilen!«, bat nun auch die erschöpfte Hedi ihre Schwester. Das gab den Ausschlag, und Edith stimmte zu, dass Paula vorerst bleiben durfte. Es würde sich schon regeln, Johann blieb zuversichtlich, er würde Wolf unter vier Augen ein Angebot machen, das dieser nicht ausschlagen konnte. Zunächst wollten sie allerdings abwarten, ob Wolf sich nicht von sich aus zurückzog und vernünftig handelte. Dass er außerdem im Falle des Falles konvertieren müsste, hatten sie ihm rigoros klargemacht, und auch, dass sie hofften, der Fall würde nicht eintreten.

Als ihre Eltern endlich aufbrachen, atmete Paula auf. Allerdings nur kurzfristig, da kam schon die nächste Schwierigkeit auf die Frauen zu: Irmchen und Rosalie waren es gewohnt, bei Hedi im Ehebett zu schlafen. Jetzt lag dort Berthold, der absolut nicht gestört werden durfte. Paula las den beiden lange vor, denn der fremde Mann, der ihr Vater sein sollte, machte sie nervös, und die Kinder verstanden nicht, warum sie nicht wie immer ins Ehebett krabbeln konnten.

Hedi versuchte derweil, Berthold Suppe einzuflößen. Er schlief entkräftet ein, fuhr aber sofort hoch, wenn Hedi versuchte, sich aus dem Zimmer zu schleichen. Paula holte schließlich die beiden Kinder zu sich ins Bett, und irgendwann schliefen alle ein.

Plötzlich ertönten gellende Schreie aus dem Eheschlafzimmer. Paula schreckte auf und eilte Hedi zu Hilfe. Berthold lag, anscheinend schwer träumend, im Bett, fuchtelte herum und schrie. Hedi wollte ihn aufwecken, dabei bekam sie einen Schlag ab. Endlich wachte Berthold auf, nass geschwitzt und verwirrt.

Aus ihrem Zimmer hörte Paula nun auch die Kinder weinen. Hedi schüttelte es ebenfalls, so bitterlich schluchzte sie. Sie hatte sich so viele Male vorgestellt, wie es sein würde, wenn ihr geliebter Berthold wieder bei ihr und den Kindern war.

Der Mann, der nun bei ihr im Bett lag, war schwer traumatisiert, ein Schatten seiner selbst. Statt seine Familie zu unterstützen, stellte er eine große Last dar, ängstigte sie und die Kinder. Wie sollte sie es schaffen, ihm zu helfen, die Töchter zu betreuen und sich gleichzeitig ein neues Leben aufzubauen? Sie würde sehen, wie er die Nacht überstand, und dann erneut nach dem Arzt schicken. Im Moment konnte sie nur bis zum nächsten Morgen planen.

40

Wie geht es weiter?

Zwei Tage später rief Captain Bill seine Truppe zu einer Besprechung im Clubhaus zusammen. Inzwischen war es Mitte September, und Paula fröstelte auf der Terrasse. Wolf gab ihr fürsorglich seinen Pullover, was der Captain mit einer hochgezogenen Augenbraue quittierte. Anna hatte eine Jacke dabei, und Sergeant Reilly schien gegen die Kälte abgehärtet zu sein. »Wie ihr wisst, haben wir für das GYA den *Yachtclub Ammersee* beschlagnahmt«, sagte Captain Bill. »Nun wurde der Verein wieder zugelassen, und der Yachtclub soll zum 1. Oktober 1947 wieder in den Besitz des Vereins übergehen, dazu gehören auch die Boote des Segelclubs. Für euch bedeutet das, dass ab nächster Woche Schluss ist. Du, Wolf, könntest noch bleiben, es gibt noch einiges aufzuräumen. Sag mir einfach am Samstag Bescheid, wie du dich entscheidest.«

Nun wandte er sich feierlich an alle drei: »Ich möchte euch danken, ihr habt hier ausgezeichnete Arbeit geleistet! Viele Kinder haben segeln und schwimmen gelernt, und ihr beiden Mädchen habt uns gezeigt, wie gut ihr mit Nadel und Faden umgehen könnt, und alles hübsch dekoriert. Ich wünsche euch eine gute und erfolgreiche Zukunft in einem demokratischen Deutschland!«

Wolf fasste sich als Erster. »Vielen Dank, dass Sie uns die Chance gegeben haben, für Sie zu arbeiten. Für mich war es ein lehrreicher Sommer – in vielerlei Hinsicht. Allerdings bedaure ich, dass ich Dietrich mitgebracht habe, er hat auch mich getäuscht. Gibt es diesbezüglich schon Neuigkeiten?«

»Wir fahndeten nach ihm. Aber er scheint sich nicht mehr im amerikanischen oder britischen Sektor aufzuhalten, sonst hätten wir ihn schon geschnappt.«

»Ich habe mich von Dietrichs Sportbegeisterung blenden lassen und seine Sticheleien geduldet«, ließ nun überraschenderweise Sergeant Reilly sich hören. Das kam einer Entschuldigung gleich, er wirkte zerknirscht.

Bei der Erinnerung an Dietrich kippte die Stimmung, und bald zerstreute sich die kleine Truppe. Paula ließ ihren Blick von der Terrasse über den See schweifen und stellte sich vor, dass bald wieder die *Kranich* an ihrer Boje hängen würde. Sie lächelte zufrieden.

Paula und Anna gingen zum oberen Bootshaus, hier hatten sie bereits klar Schiff gemacht. Die Materialkisten sollten ebenso wie die Nähmaschinen an die Schule gespendet werden, so hatte es der Captain entschieden. Ob es im nächsten Jahr wieder eine ähnliche Einrichtung in Dießen oder Riederau geben würde, hatte der Soldat offengelassen.

»Ich glaube nicht, dass die Amis das GYA nächstes

Jahr wieder öffnen, wenn jetzt alles gespendet wird«, vermutete Paula und beschriftete eine der Kisten.

»Vielleicht plant der Captain etwas anderes. Ich habe im Dorf gehört, dass in Landsberg ein Debattierclub eingerichtet wurde, und die ehemalige Segelschule in Dießen gibt es auch noch. Da ist auch ein neuer Verein tätig.«

Paula nickte abwesend. Sie hörte Anna gar nicht richtig zu, ihre Gedanken drehten sich um ihre eigene Zukunft und auch um die Zukunft der *Kranich*. Sie zog Anna beiseite. »Meinst du, wir können im Herbst noch die *Kranich* aus ihrem nassen Versteck holen?«, flüsterte sie.

»Es wäre sicher gut, wenn sie nicht den Winter dort im Wasser liegen müsste. Die rechtliche Seite müsstest du allerdings mit deiner Familie besprechen. Zum Rausholen bräuchten wir einen starken Traktor und ein paar Helfer.«

»Danke, Anna, dass du mich so unterstützt! Ohne dich hätte ich das alles hier nicht geschafft. Aber jetzt brauche ich ein Wunder, und zwar ein großes!«

»Ist es wegen Wolf?«, fragte Anna mitfühlend.

»Ich liebe ihn, aber meine Eltern halten dennoch daran fest, dass ich den blöden Ferdi Claasen heirate, nur weil seine Familie vermögend ist. Und zu allem Unglück ist Wolf auch noch Protestant. Am liebsten würde ich mit ihm weglaufen, aber wohin?«

»Das versteh ich gut«, sagte Anna und war wieder knapp davor, Paula von Elis Plan zu erzählen und mit ihr das Für und Wider einer Auswanderung zu besprechen.

Aber Paula ließ ihr wenig Zeit zum Nachdenken und redete gleich weiter. »Bis Ende der Woche darf ich noch hier am Ammersee bleiben, dann muss ich wieder nach München. Ich muss auch Hedi mit den Kindern im Stich lassen. Sie ist verzweifelt, weil es ihrem Mann so schlecht geht.«

»Ihr findet bestimmt eine Lösung. Was sagt denn Wolf?«

»Er sagt, dass er es auf sich nehmen wird, Katholik zu werden, da er ohnehin längst seinen Glauben verloren habe. Aber er kann kein Vermögen herzaubern, seine Familie hat ihren ganzen Besitz verloren.«

Anna zuckte mit den Achseln. Da konnte sie auch nicht helfen, sie hatte selbst kaum etwas, und wenn der Sommerjob im GYA zu Ende war, musste sie die Lehre bei der Schneiderin antreten, und ihr schmaler Verdienst würde nicht ausreichen, um bei den Eltern auszuziehen. Sie konnte schon froh sein, wenn im Winter genügend zu essen auf den Tisch kam. Eli ging ihr nicht aus dem Kopf. Immer, wenn sie dachte, dass sie nun eine Entscheidung getroffen habe, zögerte sie kurz darauf wieder.

Paula redete jetzt pausenlos von Wolf und ihrem Studium, das sie demnächst beginnen wollte. In Anna nagte es, bald würde Paula fort sein und sie zurückbleiben.

»Anna, woran denkst du gerade?«, hörte sie nun Paula fragen.

»Ich denke darüber nach, wie meine Zukunft aussehen wird. Der Sommer mit dir war sehr schön, und wir waren beinahe jeden Tag zusammen, aber was wird sein ...« Anna brach ab. Dann nahm sie all ihren Mut zusammen und redete weiter. » ... wenn du wieder in München bist, Paula, werden wir dann weiterhin Freundinnen sein?«

Paula fiel aus allen Wolken. »Aber natürlich, liebste Anna! Du bist meine beste Freundin. Du kannst mich immer besuchen in der Stadt, und wir behalten auf jeden Fall das Landhaus. Da werde ich oft sein, und nächsten Sommer segeln wir beide wieder zusammen auf der *Kranich*. Das wird wunderbar!«

Dann umarmte Paula sie fest und blickte ihr tief in die Augen: »Wir bleiben Freundinnen für immer und ewig!«

Jetzt traten Anna Tränen in die Augen. »Wir bleiben Freundinnen für immer und ewig!« Das Band ihrer Freundschaft war wieder stark, das spürte sie ganz deutlich. Sie hatte für Paula einiges riskiert, war auch froh wegen der Möglichkeiten, die sich ihr durch die Arbeit im GYA geboten hatten. Eigentlich hatte sie Paula ein solches Versprechen gar nicht geben wollen, weil sie immer noch nicht wusste, ob sie mit Eli gehen würde oder nicht. Aber jetzt war sie froh darüber und zuversichtlich, dass das Band ihrer Freundschaft stark genug war und auch dann halten würde, wenn ein Meer sie trennte.

Eli hatte sie seit seinem Heiratsantrag nicht mehr gesehen, er war nicht mehr in die Werkstatt gekommen. Bisher hatte sie auch keine Nachricht von ihm erhalten. Anna vermutete, dass er sich auf die Ausreise vorbereitete.

In den letzten Tagen lag eine wehmütige Stimmung über dem GYA. Der Sommer ging in den Herbst über. Bald würde es zu kalt sein, um sich länger in den Bootshäusern aufzuhalten. Es war kein großer Abschied geplant, die Amerikaner würden einfach sang- und klanglos zumachen. Captain Bill und Sergeant Reilly würden sich einer neuen Aufgabe widmen.

Anna fragte Wolf, wohin er nach der Schließung gehen wolle. Wolf war noch nicht sicher, überlegte jedoch, erst einmal bei seinem Verwandten in München unterzuschlüpfen und sich eine Arbeit zu suchen. Allerdings sei der Onkel immer noch im Krankenhaus, sein Zustand habe sich kaum verbessert, seit er ihn besucht hatte. Am Wochenende wollte er hinfahren, um nach ihm zu sehen und über eine Wohnmöglichkeit zu sprechen.

Doch dazu kam es nicht mehr. Für Wolf traf ein Brief im GYA ein, von seinem Großonkel. Paula stand neben ihm, als er ihn öffnete. Wolf überflog ihn, dann trat er ein paar Schritte zur Seite und las erneut. Er wischte sich eine Träne aus den Augenwinkeln, warf dann aber den Brief hoch in die Luft und jubelte. Gleich darauf sah er schuldbewusst drein.

»Sag schon, was schreibt dein Onkel?«, fragte Paula.

»Er schreibt, wenn ich den Brief lese, weilt er nicht mehr unter den Lebenden. Der arme Onkel, eigentlich war er mein Großonkel väterlicherseits, ich mochte ihn vom ersten Augenblick an, und wir konnten uns gar nicht richtig kennenlernen.«

»Das ist wirklich traurig. Aber warum siehst du dann so glücklich aus?«, fragte Paula irritiert und presste ihre Lippen aufeinander.

Wolf legte seinen Arm um Paula, drückte sie fest an

sich und wirbelte sie laut lachend ausgelassen herum. »Er hat mich als Alleinerben eingesetzt. Ich soll seinen Notar aufsuchen, er hat ihm im Krankenhaus sein Testament diktiert. Und stell dir vor: Ich erbe mehrere Mietshäuser in München!«

Paula stand der Mund offen. Das konnte doch gar nicht möglich sein! Sie sah zum Himmel, fiel auf die Knie und bekreuzigte sich. »Danke, lieber Gott, dass du dieses Wunder möglich gemacht hast!«

»Seit wann bist du so gläubig?«, spöttelte Wolf.

»Wenn das kein Wunder ist, dann weiß ich es nicht!«

Wolf sah nun auch prüfend in den Himmel, drehte sich dabei um seine Achse. »Ich glaube, diese Nacht wird sternenklar. Ich hole dich um acht Uhr ab zum Sternegucken!« Dabei grinste er sie vielsagend an. Paulas Herz schlug schneller. Er würde ihr einen Antrag machen, sie war sich sicher. Und sie würde Ja sagen! Sie hüpfte einmal in die Luft, dann aber packte auch sie das schlechte Gewissen ob des verstorbenen Großonkels.

Auf dem Heimweg vertraute sie Anna an, dass sie heute mit Wolf zum Sternegucken verabredet war. Anna hatte die Nachricht von Wolfs unerwartetem Erbe mit einem leichten Stich aufgenommen, aber sie gönnte ihm seinen neuen Reichtum von ganzem Herzen. Für Paula war es so leicht, Probleme aus dem Weg zu räumen, für sie gab es stets eine gute Lösung. Sie selbst hatte das Gefühl, auf der Stelle zu treten und immer mehr von ihren Pflichten vereinnahmt zu werden. Sie wollte frei sein. Anna dachte an Eli und hatte auf einmal klar das Bild vor

Augen, wie sie beide Hand in Hand auf einem Hügel stehen, vor sich das weite Meer. Auf dem Heimweg summte sie ein Liebeslied.

Im Landhaus Seitzinger bat Hedi ihre Nichte darum, mit den Kindern vor dem Abendessen zum See zu gehen, sie müsse mit ihrem Mann ein ernstes Gespräch führen. Sie war blass und zittrig und schien seit Tagen nicht geschlafen zu haben.

Hedi hatte mit dem Arzt über Bertholds Zustand gesprochen, der empfahl eine Kur für ihren Mann, auf jeden Fall eine ruhige Umgebung. Hedi hatte nicht die Mittel, um Berthold in ein Sanatorium zu schicken, aber sie hatte seine Eltern verständigt, die morgen kommen wollten. Ihr Mann lag im Bett, Hedi schüttelte sein Kissen auf. »Berthold, ich muss mit dir sprechen.«

»Komm, setz dich zu mir. Ich spüre so gerne, dass du bei mir bist. Meine liebe Frau, nur der Gedanke an dich hat mich durchhalten lassen.«

Hedi schluckte. Berthold machte es ihr nicht leicht. Aber sie hatte einen Entschluss gefasst. Sie konnte nicht gleichzeitig ihrem kranken Mann und den Kindern gerecht werden.

»Mein Lieber, ich habe mit dem Arzt gesprochen. Er hat mir bestätigt, dass du wieder ganz gesund werden kannst, dazu braucht es viel Ruhe und gute Pflege, am besten in einem Sanatorium.«

Als Berthold darauf nicht reagierte, fuhr sie fort: »Morgen reisen deine Eltern an, und ich möchte dir vorschlagen, dass du eine Weile mit zu ihnen fährst, damit du die Ruhe bekommst, die so wichtig für deine Genesung ist. Mit den zwei kleinen Mädchen hier wird es nicht gehen.«

Berthold ließ sie kaum ausreden. »Weil du die Mädchen zu sehr verwöhnt hast. Irmchen ist ungezogen und Rosalie weinerlich!«

Hedi ging auf diesen Vorwurf nicht ein, wiederholte, wie sie es bei ihren Kindern machte, ihre Entscheidung: »Berthold, das war keine Bitte. Es ist bereits beschlossene Sache, dass deine Eltern dich am besten gesund pflegen können. Sie holen dich morgen ab und haben extra ein komfortables Auto organisiert. Du wirst es gut haben dort, und die Kinder und ich kommen dich so oft wie möglich besuchen.«

Bevor ihr Mann noch etwas erwidern konnte, verließ sie das Schlafzimmer. Bald danach rief er wieder nach ihr. Sie seufzte, aber sie würde sich nicht umstimmen lassen.

Nach dem Abendessen kam Wolf und holte Paula ab. Er hatte für sie eine Rose dabei, und sie spazierten zur kleinen Kirche St. Alban direkt am Ufer, weil Paula unbedingt eine Kerze stiften wollte. Es war schon dunkel, als sie auf den Dampfersteg traten. Über ihnen tat sich ein Meer aus Sternen auf. Wolf zeigte Paula den hell leuchtenden Stern Wega, der zum Sternbild Leier gehört. Sie spürte seinen Atem an ihrem Ohr und drehte sich herum, um ihn zu küssen. Lange standen sie innig umschlungen da, dann flüsterte Wolf: »Paula, ich möchte dir etwas Wichtiges sagen.«

Er machte sich los und kniete sich vor sie hin. In der Dunkelheit konnte sie ihn nicht genau erkennen, aber das Sternenlicht ließ seine Augen schimmern.

»Liebste Paula, ich liebe dich bis zu den Sternen und wieder zurück. Willst du den Rest deines Lebens mit mir verbringen und meine Frau werden?«

»Ja, ich will!«, hauchte sie. Und dann küsste Wolf sie, wild und leidenschaftlich.

Paula brannte darauf, Anna die Neuigkeit mitzuteilen. Sie lief ihr am Morgen entgegen und strahlte sie an. »Wolf hat mir gestern einen Antrag gemacht, und wir werden heiraten.«

»Herzlichen Glückwunsch! Das freut mich für euch!«

»Danke! Anna, wir haben ja schon darüber gesprochen, und ich habe noch einen großen Wunsch. Willst du meine Trauzeugin sein?«

Paula sah Anna erwartungsfroh an. Ihre Verliebtheit war ihr deutlich anzumerken, sie schwebte förmlich. Anna zögerte mit der Antwort. Wie konnte sie ihrer Freundin etwas zusagen, was sie vielleicht nicht halten konnte? »Wann soll es denn so weit sein? Und wo?«, fragte sie stattdessen.

»Ich würde am liebsten hier am Ammersee heiraten, und ich glaube, wir können nicht mehr lange warten.«

Annas Augen weiteten sich. »Ist es schon passiert?«

Paula grinste. »Nein, aber viel hat nicht mehr gefehlt. Und es hat sich ganz besonders angefühlt. Davon will ich gerne mehr!«

Jetzt grinste auch Anna. Dieses Gefühl war ihr nicht fremd.

»Trauzeugin?«, hakte Paula nach.

»Wenn es mir möglich ist, übernehme ich das Amt sehr gerne!«, antwortete Anna ausweichend.

»Also sagst du Ja! Das wird ein Spaß! Oh, ich freu mich schon so!« Paula wirbelte Anna herum und stimmte dabei die ersten Töne des Hochzeitsmarschs an.

Am Samstag wartete Paula vergeblich auf Anna. Es war der letzte offizielle Tag im GYA, und schlussendlich lief Paula allein los. Captain Bill wusste bereits, dass Anna heute nicht kommen würde. Sie hätte eine wichtige Angelegenheit zu klären, deshalb hatte er ihr schon gestern den Lohn ausbezahlt und noch einen Bonus in Dollar daraufgelegt.

Paula fand das seltsam, Anna hatte nichts von einer dringenden Angelegenheit erzählt. Den Abschluss jetzt ohne ihre Freundin zu machen fühlte sich nicht richtig an. Ihre Abwesenheit schmerzte. Am Abend lief sie zu den Sonnbergers.

Dort herrschte helle Aufregung. Anna war fort und hatte nur einen kurzen Brief hinterlassen. Paula bekam ihn in die Hand gedrückt und las nun mit banger Miene:

Meine lieben Eltern, liebe Berta, lieber Bernhard und lieber Emil,
es fällt mir schwer, mich von Euch zu trennen, aber ich bin mit Eli auf dem Weg in die Freiheit, in ein bes-

seres Leben. Sucht nicht nach mir! Ich schreibe Euch und werde immer an Euch denken. Bitte verzeiht mein heimliches Fortgehen.

Eure Anna

PS: Bitte sagt meiner lieben Paula, dass ich stets mit viel Freude an unseren wunderbaren gemeinsamen Sommer denken werde. Wir bleiben Freundinnen, egal wohin der Wind uns weht.

– Ende –

Nachwort

Auch wenn dieser Roman vor dem Hintergrund geschichtlicher Ereignisse spielt, handelt es sich um eine fiktionale Erzählung. Die handelnden Personen sind, sofern es sich nicht um historische Persönlichkeiten handelt, frei erfunden. Ähnlichkeiten mit Lebenden und Verstorbenen sind nicht beabsichtigt. Die Geschichte spielt im Sommer 1947, die Bizone ist seit 1. Januar 1947 in Kraft, und der Marshallplan wird angekündigt. Inflation, rationierte Lebensmittel, Wohnungsnot, Flüchtlinge, Displaced Persons und der Hungerwinter 1946/47 prägen das Jahr, die Währungsreform kommt erst 1948. Die Menschen sitzen im Wartesaal zwischen gestern und morgen. Unverheiratete Frauen waren noch Fräuleins, die Kinder wurden erst mit einundzwanzig Jahren volljährig, und bis dahin bestimmten letztlich die Väter beziehungsweise nach der Heirat die Ehemänner über viele Bereiche ihres Lebens. Allerdings trafen selbstbewusste Frauen auf gedemütigte Kriegsheimkehrer. Rollenverständnisse mussten neu definiert werden.

Als Ort der Handlung habe ich das Westufer des Ammersees gewählt. Suchen Sie nicht nach dem *Yachtclub Ammersee* (YCA), dieser ist erdacht und am heutigen See-weg-Süd in Dießen angesiedelt. Heute ist dort ein Cam-pingplatz untergebracht, auch ein Segelsteg gehört dazu. 1947 waren dort noch die Seewiesen, und St. Alban sowie Riederau gehörten zur damals eigenständigen Gemeinde Rieden. St. Alban hatte noch einen eigenen Dampfersteg, ebenso wie Fischen. Die Schifffahrt auf dem Ammersee galt als Verkehrsmittel, ab Herrsching fuhr die Bahn nach München in die Landeshauptstadt.

German Youth Activities (GYA) wurden von den Ame-rikanern in den Nachkriegsjahren auf dem Gelände des *Münchner Yacht-Clubs e. V.* in Starnberg am Starnberger See für die Jugendlichen angeboten. Dort wurde auch ge-boxt, es gab Schwimmunterricht und Handarbeitsklassen. Auch der Mangel an Badekleidung und eine Sammelak-tion von Stoffen ist belegt. Ich habe mir die Freiheit ge-nommen, ein GYA im *Yachtclub Ammersee* anzusiedeln und fiktiv zu gestalten.

Belegt ist, dass es in der Kreisstadt Landsberg ab De-zember 1946 einen amerikanischen Jugendclub gab, der Amerikanern und Deutschen ein zwangloses Treffen er-möglichte. Die Amerikaner warben ab 1947 verstärkt für demokratische Verhältnisse.

In München befinden sich ebenfalls Schauplätze mei-ner Geschichte. Die gutbürgerlichen Villen, wie beispiels-weise das Stadthaus der Familie Seitzinger, sind ebenfalls erdacht, könnten aber durchaus in den Stadtvierteln ste-hen.

Die beiden für das GYA zuständigen Soldaten habe ich der Einfachheit halber dem amerikanischen Hauptquartier in München zugeordnet. In der Nähe des Ammersees gab es zwei Flugplätze in amerikanischer Hand: den Flugplatz in Penzing bei Landsberg und den Fursty, den Flugplatz in Fürstenfeldbruck.

Segelclubs wurden nach Kriegsende in der Regel vom Militär beschlagnahmt, manchmal auch schon davor zum Beispiel als Übernachtungsmöglichkeit für Flakhelfer/-innen. In der NS-Zeit wurden alle Sportvereine im Zuge der Gleichschaltung Mitglied im Deutschen Reichsbund für Leibesübungen, bekamen eine neue Satzung und verloren ihre Eigenständigkeit und Unabhängigkeit. Die Aufgaben des neu einzusetzenden Dietwarts waren die »Überwachung und Leitung der völkischen Erziehung und Haltung«. 1938 wird die Dachorganisation der NSDAP unterstellt.

Nach Kriegsende wurden mit dem Kontrollratsbeschluss Nr. 23 vom 17. Dezember 1945 mit Wirkung vom 1. Januar 1946 alle Sportvereine aufgelöst. Die Vereine mussten sich bei den jeweiligen Militärregierungen und den Landratsämtern neu um ihre Anerkennung bewerben. Beim *Yachtclub Ammersee* habe ich die Zuständigkeit dafür nach München gelegt, vermutlich wären aber die Behörden und die Militärregierung in Landsberg zuständig gewesen. Dazu waren Unbedenklichkeitserklärungen der Aktiven nötig.

Eine Anerkennung als Sportverein hatte aber nicht automatisch ein Ende der Beschlagnahme zur Folge. Segel-

Danksagung

Bei den Recherchen speziell zu den historischen Fakten möchte ich insbesondere folgenden Institutionen und Personen danken: Christian Fries vom Stadtarchiv Starnberg, Barbara Blankenburg vom Archiv der Marktgemeinde Dießen, den Heimatforschenden sowie den Chronistinnen und Chronisten einiger Segelvereine am Starnberger See und am Ammersee. Die Aufzeichnungen aus den Vereinen sind meistens noch relativ vollständig und erhellen manchen Aspekt der Nachkriegszeit. Leider gibt es speziell zum Jahr 1947 wenig Material. Es mangelte an allem, auch an Papier.

Viele Fachleute haben mir bei meinen Detailfragen bereitwillig und gerne geholfen, und dafür bin ich sehr dankbar. Alle Fehler sind natürlich meine Fehler und nicht den Experten anzulasten.

Ich danke meinen Freundinnen und Freunden, die immer bereit waren, sich meine Ideen anzuhören, und die Entwicklung des Romans geduldig begleitet haben. Und natürlich danke ich meiner Familie, die mich bei meiner

Arbeit sehr unterstützt. Meine Mutter las als Erste die Texte und motivierte mich während des monatelangen Schreibprozesses. Besonderer Dank gebührt natürlich meinen Testlesenden: Autorin Claudia Huber achtete dabei auf die Formulierungen, Autor Toni Garber auf den Plot und Historiker Dr. Albert Thurner auf den historischen Hintergrund.

Dieses Buch wäre nie geschrieben worden ohne die Anregungen meiner Literaturagentin Lianne Kolf. Einen historischen Roman mit starken Frauenfiguren zu schreiben war für mich aufregend, spannend und zugleich rechercheintensiv. Sehr gefreut hat es mich, dass sich Annalena Ehrlicher vom Ullstein Verlag von Anfang an für die Geschichte um Paula, Anna und Hedi und die *Kranich* begeisterte. Inga Lichtenberg und Anna Koliska sorgten für ein genaues Lektorat. Allen Mitarbeitenden der Verlagsagentur Lianne Kolf und des Ullstein Verlages herzlichen Dank für die gute Zusammenarbeit.

Kurzum: Allen, die mitgeholfen haben, dass die Kranichfrauen fliegen, möchte ich ganz herzlich danken!